U0096779

茅盾研究
八十年書系

錢振綱・鍾桂松◎主編

李岫◎著

17

茅盾比較研究論稿

花木蘭文化出版社

國家圖書館出版品預行編目資料

茅盾比較研究論稿／李岫 著 — 初版 — 新北市：花木蘭文化出版社，2014〔民 103〕

目 2+238 面；19×26 公分

（茅盾研究八十年書系；第 17 冊）

ISBN：978-986-322-707-6（精裝）

1. 沈德鴻 2. 中國小說 3. 文學評論

820.908 103010237

ISBN-978-986-322-707-6

茅盾研究八十年書系

第十七冊

ISBN：978-986-322-707-6

茅盾比較研究論稿

本書據北岳文藝出版社 1988 年版重印

作　　者　李 岫

主　　編　錢振綱　鍾桂松

總 編 輯　杜潔祥

副總編輯　楊嘉樂

編　　輯　許郁翎

出　　版　花木蘭文化出版社

社　　長　高小娟

聯絡地址　235 新北市中和區中安街七二號十三樓

電話：02-2923-1455 ／傳真：02-2923-1452

網　　址　http://www.huamulan.tw 信箱 hml 810518@gmail.com

印　　刷　普羅文化出版廣告事業

初　　版　2014 年 7 月

定　　價　60 冊（精裝）新台幣 120,000 元

茅盾比較研究論稿

李　岫　著

作者簡介

李岫，女，1938 年 5 月 10 日生於濟南，濟南人。現任北京師範大學文學院教授，博士生導師。

1962 年畢業於南開大學文學院，1956 年畢業於南開大學研究生院，師從李何林教授。畢業後留校任教。1979 年調任北京師範大學文學院，講授基礎課《中國現代文學史》和專業課《茅盾研究》、《20 世紀中外文學交流史》，出版的主要著作有：《茅盾比較研究論稿》（北岳文藝出版社，1988 年）；《20 世紀文學東西方之旅》（人民文學出版社，2004 年）；《歲月、命運、人——李廣田傳》（人民文學出版社，2006 年）；主編的學術著作有：《茅盾研究在國外》（湖南人民出版社，1984 年）、《中國現當代著名作家文庫》（黃河文藝出版社，1987 年）、《20 世紀文化名人文庫》（三卷本，中國廣播電視出版社，1994 年）、《20 世紀中外交流史》（上、下兩卷，河北教育出版社，2001 年）、《李廣田文集》（五卷本，山東文藝出版社，1983 年至 1986 年）、《李廣田全集》（六卷本，雲南人民出版社，2010 年）等。

提　　要

《茅盾比較研究論稿》最初爲在高校攻讀碩士、博士學位的研究生開設《茅盾研究》專題課的講稿，後逐漸豐富、系統化方形成書稿。本書力圖將茅盾放在 20 世紀的國際視野中，用比較文學的研究方法，從文藝理論和創作實踐兩方便闡述茅盾對 20 世紀中國文學和世界文學的貢獻。這是半個多世紀以來茅盾研究領域中的一個新視角。

作者此前主編過一本《茅盾研究在國外》（湖南人民出版社，1984 年版，全書 50 萬字）書中包括東西方 14 國學者關於茅盾研究的論文及資料，起論年代自 1931 年至 1983 年，半個世紀多一些。書中除個別篇目外，絕大多數文章都是編輯此書第一次翻譯過來，同時輯入幾部世界性百科全書的茅盾詞條。這些譯文爲《茅盾比較研究》一書提供了第一手資料。

本書首先從 14 個翻譯過茅盾作品的國家研究文章入手，介紹各國研究情況及水平。然後選取茅盾長、中、短篇小說中的代表作和上述國家中類似的題材、手法相比較，最後闡述茅盾在創作方面也在理論方面對中國比較文學的貢獻，說明茅盾不僅是一個有豐富產品的作家，也是一個站在學識前沿的理論家，他對中國文學的貢獻是多方面的。

目次

引　言

中國文學要走向世界，世界文學也要走向中國——這是當今文學不可逆轉的潮流，也是時代對文學的呼喚。

早在 1848 年，馬克思和恩格斯就提出了「世界文學」。《共產黨宣言》指出：

> 過去那種地方的和民族的閉關自守和自給自足狀態已經消逝，現在代之而起的已經是各個民族各方面互相往來和各方面互相依賴了。物質的生產如此，精神的生產也是如此，各個民族的精神活動的成果已經成爲共同享受的東西。民族的片面性和狹隘性已日益不可能存在，於是由許多民族的和地方的文學形成了一個世界的文學。

如果說，在馬克思和恩格斯提出「世界文學」的時代，是「由於（資產階級）開拓了世界市場，使一切國家的生產和消費都成爲世界性的了」，那麼，在今天，當科學技術突飛猛進，使得人們的生活節奏空前地加快、人們之間的交往空前頻繁，因而使地球也似乎縮得很小的條件下，建立「世界文學」的必要性和迫切性超過了以往任何一個時代。讓文學從希臘、羅馬、耶路撒冷的殿堂走到東方來，讓中國、印度、日本的文學走到西方去，進行超越國界的東西方文化融合，繼承和發揚人類一切優秀的文化成果，這個重要的歷史任務落在了我們這一代人肩上，我們應該爲實現這個任務打開一切通路。

在現代，任何一個國家和民族，要想實現現代化，採取閉關自守、固步自封的政策是肯定行不通的。

爲了促進我國文學走向世界，我們不僅要借鑒國外的經驗，也要總結我們自己的歷史經驗，特別是「五四」以來新文學的經驗。今天的文學，比「五四」時期的文學，無論是題材的開掘、主題的深化、人物的塑造、反映生活的深廣等方面，都有了很大發展，是「五四」以來新文學發展的一個嶄新的階段。魯迅、郭沫若、茅盾等新文學傑出的代表在促進中國文學走向世界的過程中建立了不朽的功績。

20 世紀初葉，中國的歷史從舊民主主義進入新民主主義的大轉折時期，也是東西方文學大融合的時期。這個時期文化思想界關於東西方文化的爭論、對於人的文學的倡導、新詩運動的勃興等都說明西方先進思想和先進文化的滲透導致了與封建文化的決裂和新文學的衝出起跑線，從此打開了通向世界文學的窗口，開始全方位地向世界各國文學汲取營養。作爲早期共產黨人和新文學先驅者的茅盾也在這時覺悟到文學的世界性現象，產生了對這種現象作歷史研究的願望。他說：

> 這樣的文學家所負荷的使命，就他本國而言，便是發展本國的國民文學，民族的文學；就世界而言，便是要聯合促進世界的文學。〔註 1〕

> 這一步進一步的變化，無非欲使文學更能表現當代全體人類的生活，更能宣泄當代全體人類的情感，更能聲訴當代全體人類的苦痛與期望，更能代替全體人類向不可知的運命作奮抗與呼籲。〔註 2〕

青年時代的茅盾，基於對人類文學藝術前景的熱切期望，基於對繼承發揚人類全部優秀文化成果的歷史責任感和建立世界文學的意識覺醒，他呼籲著、期待著、促進著世界文學巴貝爾大庫〔註 3〕的建立。

作爲一個文學大國的作家，茅盾爲實現世界文學的目標勤奮耕耘了一生。他一生的心血凝聚成四十卷宏文，共一千二百萬字，是留給後人的巨大的精神財富，不僅屬於中國人民，也是屬於世界人民的。茅盾的著作參與了世界文學向前發展的歷史過程，揭示了世界歷史過程的某些重要方面，從而加入了世界的精神生活和情感生活。他的作品被翻譯成二十多種文字，在許多國家傳播開來，被借鑒、吸收、模仿並產生廣泛而深遠的影響。茅盾的國際聲譽使他的名字進入了各國具有權威性的百科全書，法國《大拉魯斯百科

〔註 1〕見《文學和人的關係及中國古來對於文學者身份的誤認》。
〔註 2〕見《新文學研究者的責任和努力》。
〔註 3〕巴貝爾（Babel），見《舊約・創世紀》第十一章，原意說耶和華妒忌人民造塔通天，便把語言變亂，使之不能合作造塔。常用來比喻語種繁多。

全書》、《卡斯爾世界文學百科辭典》、《東方文學大辭典》、《蘇聯大百科全書》、《英國百科全書》、《大日本百科事典》中都設有茅盾條目，高度評價了他在中國文學和世界文學中的地位。美國的比較文學學者紀廉說過：「只有當世界把中國和歐美這兩種偉大的文學結合起來理解和思考的時候，我們才能充分面對文學的重大的理論性問題。」〔註 4〕茅盾的文學成就把這種東西方文學相結合的思考向前推進了一步。本書第一章將著重介紹茅盾在世界文學中的地位和影響。

茅盾既是世界的，也是民族的。他的作品表現了中華民族的傳統、風格和特徵，那種長期在特定自然的、歷史的、社會的條件下形成的一個民族靈魂深處的東西。茅盾筆下的時代女性的形象、民族資產階級的形象、江南小鎮的店舖、步履緩慢的鄉村、春蠶、賽會……無一不是描寫民族的命運，民族的苦難，揭示了中華民族歷史生活的某些本質方面。正如張光年在紀念茅盾 90 誕辰的大會講話中所說：

> 如果說，一個民族的一定時代的精神文明與智慧水準，總是以這個民族與時代的精神領域、思想領域的傑出人物爲代表，那麼，茅盾同志和一些同時代的傑出的英雄志士、思想家、科學家、文化巨人、文化大師們一起，毫無疑問是二十世紀中華民族精神文明與智慧水準當之無愧的優秀代表。

茅盾的創作是優秀的民族文學，具有和其它優秀的民族文學相通的地方，這是它匯入世界文學爲世界所承認的前提；至於它所具有的獨特的民族內容、民族個性，則是它豐富世界文學使之千姿百態的表徵。本書第二章把茅盾及其同時代作家，和他的前輩作家進行比較研究，力圖找出他們之間的師承關係、影響關係，從而看到茅盾在世界文學中的作用。

茅盾以自己輝煌的藝術成就爲使「五四」以來的中國新文學走向世界付出了艱辛勞動，與此同時，爲使世界文學走向中國，他也做了巨大的工作，這便是作爲早期比較學者爲比較文學中國學派的建立所做的貢獻。季羨林說：「以我們東方文學基礎之雄厚，歷史之悠久，我們中國文學在其中更佔有獨特的地位，只要我們肯努力學習，認眞鑽研，比較文學中國學派必然能建立起來，而且日益發揚光大。比較文學中國學派的建立，不但能促進我們的

〔註 4〕《比較文學研究譯文集・比較文學的理論與發展》，上海譯文出版社 1985 年版。

研究工作，而且能大大豐富世界比較文學的研究內容，加強世界各國人民之間的了解和友誼。」〔註 5〕茅盾在他漫長的 60 年文學生涯中一直為這個工作進行著不懈的努力。從「叩」文學之門起，他就高舉反帝反封建的旗幟，力主東西方文化交流，大量引進新思想新文學。他翻譯之多、介紹之繁、內容的覆蓋面之寬廣，為近現代學者所罕見。他處處以開放的眼光、廣闊的視野和豁達的文化觀念力圖把中國文學從國別文學史的狹窄天地裡解放出來，納入錯綜複雜的世界文學的體系，他矚目文學現象國際間的精神聯繫，辯證地考察文學現象間的歷史類比，本質地研究各國文學作品的相互關係及文學現象的異同，從人類社會歷史發展的共同過程出發，探討世界範圍內文學現象的規律性，從而取得了豐碩的成果。茅盾是較早明確地提出了比較研究的目的性和方法論的。他反對主觀唯心主義的比較觀，主張歷史唯物主義的介紹觀和科學正確的研究方法，這些原則和方法都是根據中國社會的實際需要提出來的。他的許多理論雖產生在「五四」時期，但今天看來，仍不失為比較文學理論的先聲，在當時和今天都具有相當的影響和意義。他的這些貢獻受到了國際比較學者的讚譽，國際比較文學協會會長佛克瑪在中國比較文學學會成立大會的講話中把茅盾稱作和魯迅一樣同屬中國比較文學大家之列。我們相信，在茅盾等文學大師努力的基礎上，具有中國特色的比較文學中國學派很快就能建立起來。早在 19 世紀與 20 世紀之交的時候，法國文學史家戴克斯特為瑞士的路易・貝茲所編比較文學書目寫序時就指出：「19 世紀是國別文學史形成和發展時期，而 20 世紀的任務將無疑是寫比較文學史。」〔註 6〕我們應當寫世界的比較文學史，也應當寫中國的比較文學史，在這些文學史中，茅盾的名字是無論如何不應被忘記的。本書第三章將詳細介紹這方面的內容。

茅盾在中國文化史和文學史上的卓越地位，他對中國文化和世界文化的輝煌貢獻，將隨著時間的推移而日益顯示出其重要性。茅盾作為我國新文學走向世界的先覺者和開拓者之一，他在長期的探索、追求、奮鬥中，積累了可貴的歷史經驗。研究學習他在這方面的成果和經驗，對於新時期的文學發展，對於我國文學進一步走向世界，具有鞭策、激勵、啓迪、借鑒和指導的作用。

〔註 5〕《比較文學譯文集・序》，北京大學出版社 1982 年版。

〔註 6〕《比較文學研究譯文集・比較文學的理論與發展》，上海譯文出版社 1985 年版。

第一，茅盾的藝術實踐證明，一個民族或國家的文學走向世界，要有一個正確的指導思想。

茅盾在他一生的藝術活動中，始終堅持正確的指導思想，他從 1919 年尾接觸馬克思主義，後來成了我國第一批共產黨人，1924 年，他在《論無產階級藝術》中明確表達了對無產階級藝術的認識和態度，從此，始終如一地堅持將文藝作爲「助成無產階級達到終極理想」的工具。無論是翻譯還是創作，都遵循著正確的指導思想，他翻譯過 40 多個國家的作品，多是被壓迫民族的文學和蘇俄文學，他撰文介紹過的作家不下百人，大多是每個時代傑出的現實主義作家，包括在當時嶄露頭角的青年作家。他引進來的清新的、進步的新思潮、新文學和那些頹廢消沉、黃色荒誕、世紀末的情緒等是毫不相干的。他的創作也是這樣，《子夜》的寫作以明確的指導思想回答了托派關於中國社會性質的謬論，短篇小說的寫作意在寫出殖民地化的中國大都市以外的人生。總之，從「爲人生的藝術」到「爲無產階級的藝術」的指導思想貫穿了他的一生，這是他成爲偉大的革命文學家和享有世界聲譽的作家的首要條件。

今天的世界，並不是一個統一的整體。第二次世界大戰之後，全球已形成第一、第二和第三世界。資本主義國家以自由、平等、博愛、人道主義爲其思想文化的核心，社會主義國家以馬克思主義作爲意識形態的指導思想，第三世界的發展中國家把民族的獨立、自由看得高於一切。不同國家的政治觀點和政治制度無疑地制約著各自的思想文化觀點。縱觀全球，五光十色，千差萬異。那種以歐洲中心主義或西方中心主義的世界文學概念或將革命現實主義定於一尊的提法都已成爲過去。即使對於西方現代派文學，我們也應搞清它的基本特徵、社會根源、理論基礎、重要流派，知道其長處和短處，貢獻和局限，才能有所研究和借鑒。對民族主義文學也是如此。中國文學要走出去，世界文學要走進來，都要有一定的思想標準和藝術標準，也就是要有正確的指導思想。盲目推銷或盲目引進都是要失敗的，「拿來主義」不是什麼都拿，胡拿亂拿；「走出去」也不是將自身的疸瘢展示給人看，以醜比美，換取精神勝利，而是要像茅盾那樣，在正確思想指導下，把我們民族優秀的文化成果貢獻給世界人民，從外國汲取對中國現代化和改革有用的東西，這樣才能不斷豐富發展自己，促進人類的進步事業。

第二，茅盾的藝術實踐證明，一個作家或一個流派的文學要走向世界，不僅要有深厚的文學造詣，還要有廣博的社會知識、歷史知識和中外文化的豐富學識。

茅盾的文學走向世界，是和他學貫中西博古通今的淵博學問分不開的。他是我國「五四」以來學者化的一代偉大作家。茅盾的文學成就，是立足於中外文化藝術豐厚的土壤之中的。從青年時代起，他涉獵所及有十三經注疏、先秦諸子、二十四史、《漢魏六朝百三家集》、《昭明文選》、《資治通鑒》及歷代名家詩文集，〔註7〕他從中接受了中華民族優秀的文化傳統和淵博的古典文學知識；五四以後，他有意識地注意從中外文化巨人那裡汲取觀察人生表現人生的藝術經驗，他說過，一個偉大的作家，「在他的作品的藝術方面，除了他獨創的部分外，還凝結著他從前時代的文化遺產中提煉得來的精髓。在偉大的作家，是人類有史以來的全部智慧作爲他的創作的準備的。」〔註8〕他自己正是這樣，中外文學的深厚素養和堅實基礎形成了他不斷發展的、廣闊的現實主義理論體系和恢宏的創作實踐，以及進行文學比較研究的眼光和方法，使他成爲一個站在中外古今文化藝術交叉點上的藝術大師。

今天，爲了建設具有社會主義特色的新文化，產生出如恩格斯所說「巨大的思想深度和意識到的歷史內容」的作品，創作出能夠走向世界的文學巨著。我們應當學習茅盾的藝術經驗，不斷豐富和擴大自己的學識。

第三，茅盾的藝術實踐證明，一部作品要成爲具有世界意義的作品，要走向世界，必須堅實地立足於本民族的土壤，和自己所處的時代、人民同呼吸共命運。

茅盾在他幾十年的創作生涯中，始終立足於我們民族的土壤，這不僅表現在他批判地吸取我國在長期的歷史長河中所創造的古典民族文化遺產，而且表現在他紮根於現實生活土壤的深層，紮根於人民生活之中。他的創作，是他紮根於實際生活、長時期地生活積累的產物。強烈的民族意識是他的創作走向世界的內在的素質。

茅盾文學的民族特色，不僅表現在語言、結構、手法等本民族特有的藝術思維方式和文學表達形式，更重要的表現在思想內容上。他特別注意表現植根於民族文化深層的我們民族的思想、感情、心理、氣質，最能代表一個民族本質或特徵的東西，善於刻畫具有我們民族特點的人物性格，描繪我們的國家和民族在一定歷史時期的主要矛盾和衝突，這些矛盾和衝突，是別的國家和民族所不具有的。儘管《子夜》和左拉的《金錢》有著許多相似之處，

〔註7〕《我走過的道路・商務印書館編譯所》（上），人民文學出版社，1981年版。
〔註8〕見《創作的準備》。

但《子夜》所反映的 20 世紀 30 年代的典型環境集中了半封建半殖民地中國社會的一切矛盾，吳蓀甫的形象是典型的中國民族資產階級的形象，和 19 世紀 60 年代的法國、和投機家薩加爾有著根本的區別。儘管《林家舖子》的故事和美國作家馬拉默德筆下的故事有著幾乎一樣的情節，但「林家舖子」是中國江南城鎮的一個店舖，林老板是中國式小資產階級的典型，而馬拉默德的《伙計》則是猶太味兒十足的。這就是彼此的民族特色不同。不能設想，一個享有世界聲譽的作家的作品是沒有民族特色的。一棵樹木離開了養育自己的土地是要枯萎的，文學之樹離開了民族的土壤也將失去生命，更談不到躋入世界文學之林。茅盾是一棵文學大樹，他所以枝葉扶疏，正因爲他深深紮根於民族的沃土。

中國文學已經走向世界，世界文學也已經走向中國，茅盾的藝術經驗昭示著中國文學匯入世界文學的必然趨向。茅盾留下的巨大的文學遺產，我們要學習它、繼承它、研究它、發展它，使我們今天的文學成爲社會主義精神文明強有力的組成部分，能夠攀登世界文學的高峰，發揮我們四分之一人類的文學所應該發揮的作用。

第一章　茅盾在世界文學中的地位和影響

第一節　半個世紀以來國外茅盾研究鳥瞰

我們接觸到蘇、德、捷、法、西、英、美、阿拉伯、希臘、日、蒙、越、朝、泰〔註1〕14國學者關於茅盾研究的很多論文及資料，起訖年代從1931年至1983年，半個世紀多一點。這些論文和資料絕大多數是近年才翻譯過來，第一次和我國讀者見面。

在全面開創社會主義現代化建設新局面的今天，自然科學的研究面臨著一個了解世界、走向世界的問題，社會科學的研究也面臨著一個了解世界、走向世界的問題。中國文學主要靠我們自己研究創新、探索規律、總結經驗，但也應該知道別的國家對我國的歷史、現狀、作家作品的研究已經達到什麼程度，和我們在觀點、流派、研究方法上有什麼不同，這樣才能汲取別人的長處，豐富並發展我們自己的研究事業。

「五四」以來的中國現代文學，以魯迅、郭沫若、茅盾等爲代表從她誕生的那天起，就爲世界人民所矚目，所熱愛，各國學者和翻譯家從不同角度、不同範疇從事中國現代文學的研究。今天，爲了建設高度的社會主義精神文明，深入了解別的國家對我國現代文學的研究狀況，汲取國外的研究成果和先進經驗，是十分必要的。

〔註1〕國家排列按翻譯茅盾著作先後爲序。

一

茅盾，我國現代進步文化的先驅、現代文學史上的一顆巨星，他的名字是屬於具有世界意義的作家、思想家之列的。在半個多世紀的文學活動中，他以傑出的現實主義創作、精闢的文學理論和大量的文學翻譯，在文學史上留下了不可磨滅的豐功偉績。這些精神勞動的巨大成果不僅是中國人民也是世界人民共同的精神財富，是世界文庫中瑰麗的珍寶。他是我們文學的驕傲，民族的光榮。

茅盾的作品很早就爲世界各國的學術界、文學界所注意。許多國家進步的翻譯家、文化交流的使者都曾致力於把他的作品介紹給本國的讀者。他的作品被譯成 20 多種文字，其中蘇聯除俄文外還有八、九種各加盟共和國的譯文，日文的譯本中同一作品又有好幾種譯本。翻譯最多的是他的長篇小說《子夜》和短篇小說。

最早翻譯成外文的是短篇小說《喜劇》（寫於 1931 年），由喬治・肯尼迪（George. A.Kennedy）譯成英文，刊登在 1932 年 6 月 18 日上海出版的《中國論壇》（*China Forum*）上，這是我們迄今見到的最早的譯文，兩年後又在美國的《今日中國》（*China Today*）重新登載。稍後，「農村三部曲」中的《春蠶》由王際眞（Wang Chichen）譯成英文發表在伊薩克斯編的《當代》（*Contemporary*）上，接著，《秋收》、《船上》、《小巫》、《趙先生想不通》、《林家舖子》等被陸續介紹給英美讀者。1935 年，《泥濘》、《自殺》被譯成英文，譯者就是美國著名作家、記者埃德加・斯諾（E. Snow）。爲了把中國介紹給世界讀者，他和他當時的妻子海倫・福斯特編譯了一本書——《活的中國》（*Living China*），副標題是「現代中國短篇小說選」，由倫敦喬治・G・哈拉普公司出版。

在這本書的序言中，斯諾寫道：「任何人在中國不需要呆多久就體會到他是生活在一個動蕩不安的社會環境中。這個環境爲富有活力的藝術提供了豐富的資料。……到處都沸騰著那種健康的騷動，孕育著強有力的、富有意義的萌芽。它將使亞洲東部的經濟、政治、文化的面貌大爲改觀。在中國這個廣大的競技場上，有的是衝突、對比和重新估價。今天，生活的浪濤正在洶湧澎湃。這裡的變革所創造的氣氛使大地空前肥沃。在偉大藝術的母胎裡，新的生命在蠕動。」〔註 2〕

〔註 2〕《活的中國・編者序言》，湖南人民出版社，1983 年版。

那麼，什麼是中國富有活力的藝術呢？什麼是藝術母胎裡正在蠕動的新生命呢？在斯諾看來，是魯迅的作品，是茅盾的作品。他在書的序言中稱茅盾是中國「最知名的長篇小說家」，他認爲《活的中國》一書中的作品「是中國文學中抗爭和同情的現代精神日益增長的重要表徵，在中國文學發展史上，它第一次確認『普通人』的重要性。」〔註3〕他的夫人化名尼姆·威爾士在書的附錄《現代中國文學運動》中同樣肯定了茅盾在新文學史上的業績。作爲倫敦、紐約和芝加哥幾家報紙的駐華記者，斯諾和其它的西方記者是不一樣的。有的西方記者來到中國，醉心於中國的蟾蜍硯滴、長辮小腳之類的東西，企圖用這些「死的中國」來滿足西方人的好奇心，然而斯諾卻找尋著「活的中國」，他終於在魯迅、茅盾和其他革命作家的作品裡找到了這個活的中國，他看到他們的作品中跳動著中國的脈搏、民族的精魂。《活的中國》一書得到宋慶齡和魯迅的熱情支持，也得茅盾的多次幫助，爲編輯此書，斯諾多次拜訪茅盾，虛心聽取他的意見。從 1931 年到 1935 年斯諾編譯並出版了這本第一部英文版中國現代小說集，在中國和世界讀者之間架起了一座精神的橋樑。次年，他便到陝北革命聖地去了。捷、日、英、美、法、西、阿拉伯、瑞典、冰島等國編譯的茅盾短篇小說選收入了茅盾最優秀、最有代表性的短篇，這些短篇大多寫在第二次國內革命戰爭時期，尤其是 30 年代初期。幾乎所有的國家都注意到這樣一個事實，即茅盾的短篇小說與現實的緊密聯繫，正如捷克的普實克所說：「他堅定地面對現實，正視一切苦難，對它們進行理性的剖析，將現實的歷程包括自己心靈的歷程一併客觀地如實呈現在作品裡。」從這個意義上說，「茅盾的短篇小說可說是 1919～1937 年間中國新文學第一階段裡最重要的文獻之一。」〔註4〕的確如此，第二次國內革命戰爭的 10 年間，中國社會的各種問題，革命的轉折、抗日民族統一戰線的建立、農村破產、商業蕭條，等等，在他的作品裡都有反映。雖然往往是取自生活的一角，一戶蠶農、一個店舖，但從中都表現了重大的社會主題，揭示了社會生活的某些本質方面。

其次，各國的序言不約而同地指出，茅盾在他的短篇裡以成功的現實主義手法塑造了不同類型的人物典型，而這些典型形象已經成爲世界文學人物

〔註 3〕斯諾：《我在舊中國十三年》，三聯書店，1973 年版。

〔註 4〕《茅盾研究在國外·捷文版〈茅盾短篇小說選〉後記》，湖南人民出版社，1984 年版。

畫廊的一部分。蒙古的波・古爾巴扎爾說：「茅盾是最早以現實主義手法塑造農民形象，反映農民生活的中國現代文學家之一。」〔註 5〕捷克的M・高利克認爲，老通寶的形象完全可以和魯迅筆下的阿Q媲美，「這個人物可說是中國新文學裡所塑造的一些最優秀的人物形象之一，他之所以如此，乃是由於作者在他身上描繪出了一個人的特徵，那裡飽含有中國人生動而又眞實的特徵，而且茅盾善於概括多種類似的生活素材，從而塑造出有鮮明個性又有普遍意義的藝術典型。」〔註 6〕當我們看到世界各國出版的不同裝幀的《茅盾短篇小說選》，封面上都印著老通寶、林老板等形象時，我們立即就會感到，這些形象已深深印在世界各國讀者的心中。

各譯本的序言作者敏銳地看到，茅盾的短篇小說不僅深刻地反映現實，而且熱情歌頌人民的鬥爭力量，描寫了對未來的希望，閃現著理想主義的火花。法國的米歇爾・魯阿說，茅盾的短篇「與希臘悲劇不同，與《土地》中那種不可救藥的獸性也不同，『農村三部曲』則是蘊含著希望，一種從一開始就注定是漫長的鬥爭中新近醞釀出來的希望，一種與小說的結尾同樣不完善的希望。」〔註 7〕儘管有時這種理想還較爲朦朧，但它畢竟標誌著茅盾創作方法的變化，「茅盾已向社會主義現實主義方法邁進，他既抓住了具體的革命形勢，同時又表現出爲社會主義未來而鬥爭的力量，作者把自己的理想注入到作品的具體內容中去了」。〔註 8〕

二

《子夜》的問世，無論對茅盾的創作道路，還是對中國現代文學的發展，都具有里程碑的意義。這是作家對中國社會進行了長期縝密的觀察之後，運用馬克思主義觀點和社會主義現實主義創作方法，爲我們描繪的一幅 30 年代初期中國社會廣闊而眞實的歷史畫卷。作品以其反映社會生活的無比深刻和藝術表現的恢宏精湛，很快贏得了國內外社會輿論的重視。蕭三同志爲 1937 年俄文版《子夜》寫的序言，是第一個外文譯本的《子夜》序。今天看來，

〔註 5〕《茅盾研究在國外・蒙文版〈子夜〉前言》，湖南人民出版社，1984 年版。
〔註 6〕《茅盾研究在國外・捷文版〈林家舖子〉前言》，湖南人民出版社，1984 年版。
〔註 7〕《茅盾研究在國外・法文版〈茅盾短篇小說選〉序》，湖南人民出版社，1984 年版。
〔註 8〕《茅盾研究在國外・捷文版〈茅盾短篇小說選〉後記》，湖南人民出版社，1984 年版。

這篇序言已經成爲一份重要的歷史文獻。蕭三同志的序言雖作於 1937 年，但今天讀來，仍感到十分親切，他站在時代的高度，給予《子夜》崇高的評價，尤其是肯定了《子夜》對中國社會形勢及出路的論爭所作出的答覆，以及對 1930 年前後黨內錯誤路線的批判，都在十分重要的問題上即《子夜》的社會價值及思想價值上給蘇聯讀者以中肯而深刻的介紹。至於魯德曼和活虎的文章作爲第一篇向國外讀者系統介紹茅盾生平和創作道路的文章，文字優美生動，材料豐富，是十分難得的。

1938 年德文版《子夜》序言，也是一份珍貴的歷史資料。德譯者弗郎茨・庫思根據 1933 年開明版，改書名爲《黃昏的上海》，在德累斯頓出版了德文版《子夜》全譯本。這個德譯本，在我們國內各大圖書館均無館藏，現在見到的這個版本是巴金同志自己的藏書，書的扉頁上有「送給雁冰先生」字樣。我們應當感謝巴金同志爲我們保存了這份難得的史料。在我們譯出這篇序文之前，恐怕很少有人知道這個譯本的情況、它的價值，以及它存在的問題。時間經過了 50 年，我們從 1978 年德文版《子夜》新譯本的跋中才約略知道了第一個德譯本的情形。這個新譯本是英格里德和沃爾夫岡・顧彬參照 1977 年北京版《子夜》校訂的，新的德譯本印刷講究，裝幀精美，充分說明了聯邦德國文化界對這本書的重視。顧彬在跋中指出：「茅盾的《子夜》是迄今爲止沒有喪失它的意義和影響的第一部傑出的中國現代小說。」他充分肯定了 1938 年德譯本的歷史功績，同時也指出了它的錯誤。茅盾爲這個新的德譯本寫了《致德國讀者》：「通過文學作品，各國人民可以增進相互了解。現實主義的文學作品反映了光明與黑暗的搏鬥，反映了人民革命的主流，它是時代進軍的號角。」「在這個意義上，《子夜》如果能夠幫助德國讀者對本世紀 30 年代中國人民所經歷的艱苦卓絕的革命鬥爭有一個大概的了解，那將是我的絕大榮幸。」從 1938 年到 1978 年，整整半個世紀，從兩個德譯本的面世，可以看到各國茅盾研究進展之一斑。

國外對《子夜》的研究，根據我們接觸到的材料，大致包括了如下幾方面內容：

1、《子夜》在中國文學史上的地位及其在茅盾創作歷程中的意義。許多國外評論把《子夜》放在中國現代文學的發展中加以考察，從而指出「《子夜》作爲中國現代文學發展道路上的里程碑，其成功決不是偶然的。」〔註 9〕「茅

〔註 9〕《茅盾研究在國外・朝文版〈子夜〉前言》，湖南人民出版社，1984 年版。

盾的《子夜》是中國在 1931 年日本侵華前夕所經歷的那個可怕年代的一部巨大的文獻。」〔註 10〕「長篇小說《子夜》是中國新文學中第一部史詩型的優秀作品。」〔註 11〕「茅盾的作品標誌著中國文學中現實主義傾向的頂峰。」〔註 12〕這些崇高的評價說明了《子夜》在世界文壇上的影響。

2、《子夜》的現實主義的特點在於它反映社會生活的博大恢宏和無比深刻。有的把它比諸「一幅大型的色彩濃鬱、富有立體感的圖畫，反映了中國那個時代中的所有重大問題」，〔註 13〕有的把它比諸「透過一個萬花筒看到一幅巨大壁畫上的眾多的同時發生的交迭的場面」，它「精確地描繪出當時中國的許多相互衝突著的力量」。〔註 14〕有的稱它爲「以現代大都市上海爲舞台而描寫的中國社會的鳥瞰圖」，「其間明顯地反映出中國在糾纏全世界共同的『現代』諸問題中的特殊性」。〔註 15〕有的稱它爲「戰前中國最偉大的一部文學作品」。〔註 16〕沒有哪一位作家，能如此明晰、透徹地理解主宰著戰前中國社會的各種傾向、潮流和力量，「從他那裡隨之就開始了通向偉大的社會主義現實主義作品的一條光輝大道。」〔註 17〕法國女作家蘇珊娜・貝爾納無限感慨地說過，「茅盾的現實主義是眞正以生活爲藍本，與公式化、概念化、偷工減料是背道而馳的……在《子夜》中，茅盾文筆之純熟達到了令人目眩神移的程度！」〔註 18〕這些評價說明了《子夜》在世界文學寶庫中的地位。可以看出，這些評論絕非從文學的趣味、純藝術的觀點或什麼驚險情節等要素來要求一部文學作品，他們是根據現實主義對文學的要求來評價一部作品的，而隨著時間的推移，《子夜》這部小說仍能經得起這些嚴格的評價，絲毫不減當年的藝術魅力。

3、探討《子夜》同中國古典文學及西歐文學的關係。任何一部優秀的文學作品總是植根本民族的土壤，繼承優良的現實主義傳統，而又是產生它的那個特定時代的產物，其中不可否認地會接受外來文化的影響，汲取別人的

〔註 10〕《茅盾研究在國外・捷文版〈子夜〉前言》，湖南人民出版社，1984 年版。
〔註 11〕《蘇聯大百科全書》中的茅盾條目。莫斯科百科全書出版社，1974 年版。
〔註 12〕《東方文學大辭典》中的茅盾條目。英國喬治・艾倫與昂溫書局，1974 年版。
〔註 13〕《茅盾研究在國外・捷文版〈子夜〉前言》，湖南人民出版社，1984 年版。
〔註 14〕《東方文學大辭典》中的茅盾條目。英國喬治・艾倫與昂溫書局，1974 年版。
〔註 15〕《茅盾研究在國外・日文版〈子夜〉譯後記》，湖南人民出版社，1984 年版。
〔註 16〕《茅盾研究在國外・捷文版〈子夜〉前言》，湖南人民出版社，1984 年版。
〔註 17〕同前註。
〔註 18〕蘇珊娜・貝爾納：《走訪茅盾》，《新文學史料》1976 年三輯。

長處作爲自己的養料。《子夜》也是如此。普實克在捷譯本序中指出，茅盾的作品與中國古典小說有著密切的聯繫，尤其是繼承了吳敬梓一派古典小說的傳統，當然，他的作品「屬另一模子」，其思想性、藝術性都是古典作家們所不能比的。奧・克拉爾指出，「茅盾已經不是站在唯心主義立場從儒家的道德觀念出發，因這一立場觀念最終削弱了吳敬梓的批判鋒芒，並且阻礙了他去進行合理的社會分析。茅盾是從新的共產主義理想、新的社會道德這一立場出發的，並掌握了馬克思主義的社會分析方法。」〔註 19〕茅盾早年接受過自然主義的影響，但寫作《子夜》時，他已經自覺地運用社會主義現實主義，他在馬克思主義經典作家的著作中和蘇聯文學中找到了藝術的眞理。他的文藝思想與歐洲文學先進理論的聯繫造成他「那特有的藝術審美的敏銳感受，科學的、理性的，甚至是一種分析解剖式的態度去觀察生活和社會的一切根源。」〔註 20〕這種聯繫正是他藝術個性的源頭。

4、關於《子夜》的缺陷和不足。爲了向本國的讀者介紹這是根據茅盾同志自己談過的意見，有的則表述譯介者的看法。比較集中的看法是，小說沒有完滿地表現都市革命工作者，並存在著「像辛克萊的小說中所看到的人物類型化」，〔註 21〕還有的意見認爲《子夜》缺乏中國章回小說的「即物性」，作者和他筆下的人物、讀者和書中的人物之間「嚴格存在著一個空間」，尚未突破情節劇的單調，缺乏含蓄和彈性。〔註 22〕

三

任何一個偉大的作家，其文藝思想作爲他的世界觀的一部分，絕非一朝一夕形成的，包括創作方法及創作風格，也不是生來如此，一成不變的。往往經過長時間的實踐和磨煉，才日臻圓熟，被社會和讀者公認爲「這一個」。對茅盾這樣的大作家，研究其文藝思想的形成與發展，自然成爲各國學術界的課題。

對茅盾文藝思想的研究，不可避免地集中到幾個問題上：茅盾的創作中究竟有沒有自然主義的影響？他的文學主張和以左拉爲代表的自然主義有什

〔註 19〕《茅盾研究在國外・捷文版〈林家鋪子〉譯後記》，湖南人民出版社，1984 年版。

〔註 20〕《茅盾研究在國外・捷文版〈腐蝕〉後記》，湖南人民出版社，1984 年版。

〔註 21〕《茅盾研究在國外・日譯本〈腐蝕〉解說》，湖南人民出版社，1984 年版。

〔註 22〕山田富夫：《關於〈子夜〉》，京都大學《中國文學報》1958 年 10 月。

麼區別？茅盾的現實主義和古往今來的中外作家比較，有什麼特點？

收入書的最早一篇文章，是楊昌溪的《西人眼中的茅盾》，這是伏志英所編《茅盾評傳》（上海現代書局 1931 年版）中的一篇。這篇文章介紹了《中國簡報》上的譯文，稱茅盾的作品是「左拉主義的文學」，「他是自然主義者的領袖」。可惜這篇文章寫在《蝕》發表不久，對作家的思想發展未見端倪。

這類文章中較有份量的是捷克的普實克和高利克二人的評論。兩篇文章立論精審，材料豐富，注意到文學現象上下左右的三大特徵入手，指出：

> 茅盾在文學作品中捕捉現實和傳達現實的特點，是集中注意具有時事性的現實。在全世界偉大作家的作品中，很少有人像茅盾那樣緊密地、經常地、直接聯繫著當代重要的政治經濟事件，茅盾的作品大多數取材於不久前剛發生的事件，在這些事件尚未從當代人的印象中消退時，便將它熔鑄成自己的藝術作品。

其次，「茅盾致力於客觀性的明顯的表現，是他力求將作家個人排除於敘述之外。在他的作品中，完全看不見故事和故事以外的什麼人有關聯的跡象。作者有意讓讀者自己去看，去感覺和體驗小說中的一切。他在讀者與小說所描寫的事物之間排除一切中介，使讀者像一位目擊者一樣，參與正在進行中的故事」，「這也可以說是他將歐洲古典現實主義創作方法運用於本國文學創作的一個典型特點。」第三，描寫的氣魄異常宏偉，充滿行動的場景，充滿社會過程的爆發點，「沿著二十世紀譴責文學開闢的道路，把中國文學的描寫提到一個新的水平」，既超過了《老殘遊記》的現實主義高度，也超越了歐洲的先行者托爾斯泰，「這無疑已是中國文學走向現代現實主義，走向分析並再現多方面的現實的道路上的一塊里程碑。」「這也是中國文學前進的節奏驚人迅速的一個例證。」〔註 23〕

繼而普實克從美學的角度探討了茅盾的創作規律，他以現實主義創作的悲劇感論述了茅盾與自然主義的根本區別。自然主義派往往把人生看作是悲劇性的，人的命運被一種高於個人的力量所決定，而這種力量在於生物性、在於遺傳。茅盾的長短篇中也有一種從人生出發的悲劇感，「但茅盾所描寫的卻不是一個人的或一個家庭的命運。這彷彿是茅盾寫作的規律：描寫的總是一個大規模的集體，整個階級，甚至整個民族。這就使他的作品的悲劇感給人以範圍廣闊的感覺。即使是在具體地描寫個人，仍然使人感到那是整個群

〔註 23〕《茅盾研究在國外．〈論茅盾〉》，湖南人民出版社，1984 年版。

體的個人化。」「茅盾作品中的這種悲劇感對當時的中國文學是典型的，呈現出當時中國知識界的共同色彩。茅盾在此以高超的藝術，表達了中國整整一代人的感情。」之所以如此，因爲他「不是從自然決定論，而是從社會現實中尋找決定個人或一群人的命運的力量」，茅盾對這種力量認識的過程，就是他藝術上成熟的過程，也是他政治認識發展的過程。在比較了茅盾和自然主義派的區別之後，普實克說了一段十分耐人尋味的話：

> 比茅盾更精通外國文學和本國文學的中國作家，是很少有的。但茅盾雖然掌握了歐洲文學的一切可能的經驗，他自己的作品在世界文學中也佔有相當的地位，但他卻從來沒有使自己從屬於任何一個歐洲文學流派的影響。〔註24〕

馬立安・高利克的代表作是《中國現代文學批評的產生》，這是國外一本較系統地研究我國早期新文學批評的專著。作者認爲，新文學批評是中國現代思想史的重要組成部分，國外研究少，中國本身對它研究也很少。他這本書力求在世界文學的背景中來評價中國現代文學批評，採用「系統——結構」方法，把中國現代文學批評家們放在社會現實、文學創作和文學批評的整體中加以考察，放在中外文學、哲學、美學的基礎上加以考察。其中第八章《茅盾爲現實主義和馬克思主義的文藝理論而鬥爭》正是遵循上述指導思想介紹了茅盾從批判現實主義主張到接受馬克思主義文學理論的發展過程。

日本學者高田昭二的文章在觀點上和兩位捷克學者基本一致，他重點分析了茅盾所受自然主義的影響、與自然派作家的異同及對自然主義認識的局限性。

「五四」以後，各先進國家的文學被介紹到了中國的文學界，中國作家以各種方式加以吸收，茅盾提出「爲人生的藝術」，「他接受外國文學的方式，取決於他對文學的態度」，一個「爲」字，「包含著使人類的現實生活從某種意義上看都有所提高的理想。」〔註25〕

高田昭二從理論和創作兩方面分析茅盾所受的影響，他認爲，茅盾的文學主張的支柱是泰納的《英國文學史》導論，茅盾把泰納的文藝批評理論作爲自己文藝批評的基礎。泰納提出決定文學社會性的主要因素是人種、環境、時代三點，茅盾又補充了第四點，即作家的人格。高田昭二說，「泰納的文藝理論，

〔註24〕《茅盾研究在國外・〈論茅盾〉》，湖南人民出版社，1984年版。
〔註25〕《茅盾研究在國外・〈茅盾和自然主義〉》，湖南人民出版社，1984年版。

對茅盾的影響是很顯著的。」法國自然派代表左拉也是受泰納的實證主義心理學和史學的影響，「左拉的文學主張及作品，在某種意義上說，對茅盾的文學觀有著重要意義。」茅盾雖然深受左拉影響，但他對自然主義文學理論的優缺點有著清醒的判斷：自然主義的最大長處是求眞。茅盾說：「自然主義者最大目標是『眞』；在他們看來，不是眞的就不會美，不算善。」用在創作上就是要認眞觀察，「世上沒有絕對相同的兩匹蠅，所以若求嚴格的眞，必須事事實地觀察，這事事實地觀察便是自然主義者共同信仰的主張。」自然主義理論的缺點是定命論，茅盾說：「我們要從自然主義者學的，並不是定命論等等，乃是他們的客觀描寫與實地觀察。」茅盾很欣賞莫泊桑、福樓拜寫小說的經驗，即便是寫巴黎的一個小咖啡館，也必須觀察全巴黎的所有咖啡館，在這個世界上，絕對不存在相同的兩粒沙、兩只蠅、兩隻手或兩個鼻子。茅盾不是盲目吸收自然主義理論，而是有借鑒有批判的，所以高田昭二說：「茅盾對自然主義的理解之正確是很驚人的」，「茅盾並不是左拉的信徒」，「他認爲文學要不是經常清楚地展現人生中具有積極意義的事物，就是不能信賴的。在吸收外國文學時也是一樣的。冷靜地觀察對象，利用一切可以利用的成份，拋棄一切應該拋棄的東西。這個態度是茅盾評介自然主義的理論根據。」〔註26〕

從創作上看，茅盾受左拉影響並有許多相似之處：他們創作的出發點都是活生生的人生，無論是《盧貢・馬卡爾家族》還是《子夜》、《蝕》，「無論是左拉，還是茅盾，都是全面地描繪一個時代、一個社會的需要出發，提出投機問題的。」其次，他們作品的藝術特點相同，「兩者的結構都非常龐大又謹密，並長於情景描寫特別是群眾的情景描寫。」再次，「從他們的作品裡都能發現決定論」，《子夜》以前的創作就有這種缺陷。茅盾和左拉的創作也有很大不同：

> 左拉之所以對文學傾注了那麼多的熱情，是想要反映人類生活的眞實。而茅盾與他大相徑庭，在茅盾的文學作品中，經常貫穿著想要提高人類生活的某種期待。
>
> 其次，他們兩人的巨大差距在於他們的思想傾向。不能否認，左拉傾向於傅立葉和蒲魯東的空想社會主義，而茅盾則親近巴比塞的思想，兩者是有很大區別的。〔註27〕

〔註26〕《茅盾研究在國外・〈茅盾和自然主義〉》，湖南人民出版社，1984年版。
〔註27〕同前註。

高田昭二在有一點上表述了自己獨到的看法，即認爲茅盾對自然主義的認識是有局限性的：

> 他對自然主義這個湖面的觀察是很冷靜的、周到的。然而可以說，他從未考慮過這個湖的深度。似乎他做夢也未曾想過浮在水面的美麗的蓮花，竟和即將枯萎的病葉，長在同一個根上。茅盾不知道提出這樣的疑問，即左拉在《盧貢·馬卡爾家族》中所進行的嚴密的觀察和分析，其思想基礎難道不正是他的決定論嗎？另外，茅盾沒有觸及產生自然主義文學的根本原因，正是他所認爲的那個醜惡的時代，他也不談自然主義文學得以存在只決定於那個時代這樣一個歷史事實。而且，這也是違背他在《社會背景與創作》中主張的理論，而試圖硬把產生於一定時代（社會）的文學，去適應另一個時代（社會），即是說，茅盾想把十九世紀法國資產階級成熟時期產生的自然主義文學，硬搬到「五四」運動餘燼尚在燃燒的二十年代初的中國社會中去。〔註28〕

在歐美的研究文章中，有些作者的觀點和我們存在著根本的分歧，文森特Y. C. 史的《批評家茅盾》即其一。這篇文章認爲茅盾自始至終處於政治與文學的矛盾之中，「在茅盾的觀點中，沒有表現出一種堅定的信念。當他爲現實主義辯護時，曾不斷地與潛意識中贊成文學唯美主義因素的藝術良心作鬥爭」，「公平地看待茅盾，他從來也沒有容忍過徹底篡奪文學的美學作用的宣傳。」作者認爲，自新文學產生以來，一種無形的政治壓力使得「他的觀點全受變化的環境的支配」，產生「隨著時代而改變的認識」，遂之產生了「藝術天性與人文主義傾向之間的矛盾。」作者在評價一個作家時，把現實主義與美學思想、政治與文學往往對立起來。文森特Y. C.史在《中國季刊》1964年第 20 期上繼續寫道：「我們如果相信藝術起源於靈感，那麼他在文學上的不活躍，就可以被認爲是他對文學所持觀點的自然結果。因爲只有一個人感情不被束縛、可以憑任藝術衝動自由創作的時候，靈感才會出現。」〔註 29〕文學的源泉是現實生活，而不是主觀唯心主義的靈感，這是我們和作者的分歧。從這點出發來評價茅盾，很難得出符合歷史實際的結論。

〔註28〕《茅盾研究在國外·〈茅盾和自然主義〉》，湖南人民出版社，1984年版。

〔註29〕《茅盾研究在國外·〈西方關於中國現代文學的一場重要論爭〉》，湖南人民出版社，1984年版。

四

以上，我們對 50 年來國外對茅盾的研究作了一番粗略的介紹。肯定還有很多資料我們尚未接觸到，僅就我們所得到的這些材料，不難看出：

1、50 年來，國外研究茅盾的學者和著作大大增加了，目前的研究已進入第 2 代或第 3 代，這一點和國外對魯迅研究的狀況是類似的。普實克是歐洲最早研究茅盾的漢學家，他的學生M・高利克曾來中國學習，並到茅盾的故鄉進行考察，回國後已經發表若干研究文章和專著，成爲捷克斯洛伐克新一代的茅盾研究專家了。蘇聯的費德林是老一代的學者，對中國現代文學史、作家作品都有不少專論，我們曾經選輯過他的一些文章。當茅盾於 40 年代訪問蘇聯的時候，索羅金還是一個大學生，曾聆聽到茅盾的講演，而後，他以《茅盾的創作道路》一書躋入了蘇聯漢學家的行列。日本的松井博光是一位中年學者，比之增田涉等，算是後起之秀了，增田涉是最早的《子夜》日譯者，早在小野忍、尾坂德司、竹內好的譯本之前，他譯的《子夜》就在《大陸》雜誌連載，而松井博光所撰《黎明的文學——中國現實主義作家茅盾》則是日本第一本系統研究茅盾生平及著作的專論。松井多次來華，是茅盾生前會見的最後一位外國友人。這種學術研究的繼承性說明，茅盾的著作早已跨越民族和時代的界限，成爲各國人民共同的財富。

2、對茅盾的研究，遍及歐、美、亞各洲，歐洲以捷克斯洛伐克的研究較多，亞洲以日本的研究較集中。研究趨向日益深入，日益準確。普實克不僅親自翻譯了茅盾的著作，還爲其他人的譯本寫了序跋，詳細介紹了茅盾的生平及思想，他的文章特點是把茅盾的作品放到特定的時代環境中加以分析，對舊中國半封建半殖民地的社會政治、經濟、文化有較深入的了解，這對一個歐洲學者來說，是很難能可貴的。他分析茅盾的作品，不是大而化之地議論，多有切當中肯的意見。他爲捷文版《子夜》寫的序言，對中國民族資產階級的軟弱性、動搖性，對舊中國「資本主義同封建主義的共棲現象」的分析，都是其它國外評論中不多見的。日本方面對魯迅、郭沫若、茅盾的研究都比較多，大概因爲這三位偉人都曾在日本生活過，而這一段生活對他們的思想發展又都產生過相當的作用，所以特別引起人們研究的興趣。石川梅次郎監修的日本《中國文學研究文獻要覽》中的茅盾研究部分，是戰後這一研究範圍的索引，有關的圖書和文章達 70 餘種，大致包括 4 個方面：關於茅盾的傳記和回憶錄，作品分析，茅盾文藝思想及創作方法研究，作品校勘與注釋等。

3、由於譯介者的立場、觀點不同，對茅盾的原著進行了曲解或任意刪節，以致歪曲了原作的主題。1940 年，日本東成社曾發行一套《現代中國文學全集》，茅盾的《虹》由已故武田泰淳譯成日文編入第 3 卷。譯者將《虹》中描寫的「抵制日貨運動」譯成「抵制劣貨運動」，將「蘇貨舖」譯成「俄國商店」，這顯然不是由於語言水平造成的誤譯。且不說 20 年代時小說主人公生活的西陲城市——「謎之國」的成都有無「俄國商店」，這恐怕是盡人皆知的，譯者拋開了《虹》的時代背景——從「五四」到「五卅」，這一時期正是中國人民展開轟轟烈烈的反帝反封建鬥爭，而抵制日貨運動則是我國人民反帝反封建的愛國運動的一個重要內容，主人公梅女士反抗封建婚姻，不僅是愛情上的不如意，更重要的是，嫁給蘇貨舖掌櫃柳遇春就意味著自己將成爲一個偷賣日貨的蘇貨舖的女主人；她後來走進革命鬥爭的行列，參加了反對日商紗廠主殺害工人顧正紅的「五卅」鬥爭，這一切都是那個特定時代背景下中國人民社會生活的一部分。正如松井博光在《黎明的文學——中國現實主義作家茅盾》一書中所指出：「從壞處想，譯者是有意識的歪曲了成爲這篇小說軸心的時代特定，至少是把歪曲了的小說形象帶給了讀者。」

1938 年版德譯本《子夜》，雖有它的歷史功績，但譯者在序言中卻把小說和蔣介石提倡的「新生活運動」強扯在一起，這是十分錯誤的。關於這一點，下節還要談到，這裡不再贅述。

4、華裔美籍學者夏志清的《中國現代小說史》是國外出版的第一部系統的中國現代文學史，在歐美流傳很廣，但書中很多觀點我們不能同意。

夏志清在他的小說史中譯本序中，一開頭就公開表白自己的政治立場：「我自己一向也是反共的」。他聲稱自己治史「不能因政治或宗教的立場而有任何偏差」，「我所用的批評標準，全以作品的文學價值爲原則」。然而，事實並非如此。嚴重的政治偏見使他違背了自己的諾言，書中多處對我們黨的政策和無產階級作家作品進行詆毀，對茅盾的評論也失去了一種歷史的、科學的、實事求是的態度。他認爲，茅盾的《蝕》「是他作品中最精彩的一本」，「能眞正反映出當代歷史，洞察社會狀況」，因爲茅盾「身爲共產同路人」，「站在小說家的立場，說了小說家的話」，表現了「共產黨批評家所不能理解的自找麻煩的誠實」，而《子夜》則是「失敗之作」，「很不容易看到茅盾作爲一個熱忱的藝術家的眞面目」。我們在這裡並不打算對夏氏的立論逐一進行評論，但可以看出，正是他的政治立場決定了他不可能用「文學價值的原則」作爲批評標準，更談不到用歷史唯物主義和辯證唯物主義觀點分析文學現象和作家作品。

國外對茅盾的研究還很多，這裡只談了一部分。魯迅先生說過，「人類最好是彼此不隔膜，相關心。然而最平正的道路，卻只有用文藝來溝通。」〔註30〕魯迅和茅盾這些大師們在他們一生的文學活動中都曾譯介了大量的世界進步文藝作品，他們是各國文化交流的使者與典範。古往今來一切優秀的文化藝術作品，必將跨越時代和國界，在全世界讀者心目中生根開花，世世代代給人以美的享受和進步的力量。讓茅盾的作品像魯迅先生所祈望的，成爲溝通中國和世界的橋樑，發揮它更大的作用。

第二節　國外對《子夜》的評價及研究

《子夜》初版於 1933 年，距今已是半個多世紀了。50 多年來，它被譯成俄、德、捷、保、匈、蒙、日、越、朝等文字，受到各國文化界的推崇與重視。從各國的譯介與評論看，茅盾的這部巨著無疑地已躋入世界文學之林，成爲世界人民所珍愛的不朽名著之一。但是，由於譯介者的傾向、觀點和角度不同，或受到歷史條件的限制，在評價上並不完全一致，在給予《子夜》以崇高評價的同時，有的譯本也出現了觀點性的錯誤。在翻譯上，個別譯本對原著進行了修改和調動。這裡，僅就蘇、德、日、捷等國對《子夜》的評價談幾個問題。

《子夜》最早的兩個外文譯本

1937 年，蘇聯的弗拉基米爾・魯德曼將《子夜》譯成俄文，由列寧格勒國家文藝出版社出版。在這之前，俄譯多爲節選，把全書介紹給蘇聯讀者的，這是第一個完整的譯本。在譯本前面，有弗・魯德曼和活虎寫的《茅盾的創作道路》一文，系統介紹了茅盾一生的道路和創作成就，還有一篇蕭三同志用俄文爲俄譯《子夜》寫的序言：《論長篇小說〈子夜〉》。這篇序言從當時的國際、國內形勢出發，分析了 30 年代中國的社會矛盾，指出：

> 茅盾的長篇小說《子夜》，是近年來中國文壇上的一個獨特的現象。甚至保守的和反動的批評家們，也都不得不承認這部長篇小說

〔註30〕魯迅：《且介亭雜文末編・〈捷克譯本〉》。

不僅是當代中國最偉大的作家茅盾的重大成就，同時也是整個中國文學的重大成就。

序言認爲，「長篇小說接觸到了當代中國，特別是 1930 年時期中國社會生活的非常多的方面。」它「對激動著進步中國社會的問題作出了正確的答覆。」蕭三同志最後說：

茅盾是位眞正的革命作家，現實主義者和戰士！我們高興的，就是由於這本書的出版，蘇聯的讀者終於有可能讀到茅盾的作品，和一般地認識到革命的中國文學；這個文學，近年來，在中國人民爲了反對日本侵略者進行民族革命戰爭而建立的人民統一戰線的背景上，更爲有力地發展了起來。

從 1937 年到 1984 年，將近 50 年的時間，重讀蕭三同志的序言，仍然感到這篇文章的理論高度和說服力，它忠實地、深刻地向蘇聯讀者介紹了《子夜》這部巨著，這對當時的蘇聯讀者全面了解中國現代文學及《子夜》並對此作出正確的評價，當是極大的助力。

比俄譯本晚一年，1938 年，弗朗茨・庫恩的德譯本問世。眾所周知，史沫特萊女士很早就有意將《子夜》介紹給德國讀者，但由於種種原因，她的這個計劃未能實現。因此，庫恩的這個譯本並非史沫特萊計劃中的譯本。〔註31〕庫恩是根據 1933 年的《子夜》開明版，改書名爲《黃昏的上海》在德累斯頓出版的。

1938 年，正是希特勒的法西斯恐怖專政的時期，他所建立的壟斷資產階級和容克大地主的政權，對外瘋狂進行武裝侵略，對內大批逮捕屠殺工人運動領袖和進步人士，取消出版、言論、集會自由，野蠻地摧殘德國的民族文化，燒毀進步作品，將進步作家、科學家驅逐出境。就在這樣一個時期，庫恩將《子夜》介紹給了德國人民，這一歷史作用是應當肯定的。他於蒙特爾浴場爲自己的譯本寫下了簡短的前記：

《子夜》在中國引起人們極大的注意，並很快一再重版。它非同尋常地向我們顯示，在今天的中國，東西方文化之間的融合過程進展到了何種程度，就是由於這一理由，促使我把它譯成德文。〔註32〕

〔註31〕詳見茅盾於 1977 年 2 月 9 日及 1979 年 10 月 15 日致葉子銘的信。發表於《中國現代文學研究叢刊》1981 年第四輯。

〔註32〕《茅盾研究在國外・德文版〈子夜〉前記》，湖南人民出版社，1984 年版。

庫恩敏感到《子夜》的份量，決定譯介《子夜》。但是，我們在肯定他的歷史作用的同時，應當指出，他的譯文並未忠於原著，對某些情節作了移動和發揮，還由於對漢語某些成語和習慣用法不熟悉而翻譯不準確，如趙伯韜的一句話「中國人辦工業沒有外國人幫助都是虎頭蛇尾」被譯成「中國人辦工業沒有外國人幫助都是怪胎」，大概以為既是「虎頭」而又「蛇尾」，那必是「怪胎」了。對類似這些地方，不少學者已提出過善意的批評。捷克的雅羅斯拉夫・普實克在為捷譯本《子夜》寫的序言中指出德譯本對原著是「略加詩化了」。〔註33〕1978年，沃爾夫岡・庫彬在新德譯本「跋」中說：

> 庫恩在1938年寫的前記中，談到他的譯本是「一部包括十九章原書在內的完整譯本」，但在這一點上，應該校正一下：他常常以其創造性的才能，大段大段地對原書加以概述或總結，並進行了章節方面的移置和調動，雖然這並沒有損害讀者的理解和興趣。還有各章的標題以及可以幫助讀者領略全書概貌的置於各章之前的人物表，也都出自庫恩的手筆。在這個譯本中，顯然含有一些缺點，但在本書出版時期，他作為一個翻譯家，確實承擔了重任。〔註34〕

這無疑是對庫恩譯本的批評。更應指出的是，庫恩在「前記」裡存在著一個嚴重的錯誤，他說，「讀者閱讀本書的時候，應該注意到產生小說情節的1930年，也正是蔣介石及其夫人於1934年發動『新生活』改革運動前四年。」這樣，便把《子夜》的背景和「新生活運動」胡亂地強扯到一起了，不僅違背了歷史事實，而且混淆了完全不同性質的兩碼事。蔣介石的「新生活運動」，其目的在於維護其大地主大資產階級的統治，配合其反革命軍事「圍剿」和文化「圍剿」，他雖然打出「復興民族」的旗號，但和吳蓀甫振興民族工業的要求不可混為一談。在某種意義上，《子夜》一版再版，恰是對「新生活運動」的一種反擊。它以形象的力量雄辯地說明了，半封建半殖民地的中國，不推翻以蔣介石政權為代表的帝國主義、封建勢力、官僚買辦資產階級的統治，只能走向更加殖民地化的道路。這一點，是早已被歷史所證明了的。

〔註33〕《茅盾研究在國外・捷文版〈子夜〉序》，湖南人民出版社，1984年版。
〔註34〕《茅盾研究在國外・德文版〈子夜〉後記》，湖南人民出版社，1984年版。

《子夜》的現實主義的深刻性

眞正指出了《子夜》的現實主義成就的，我以爲當推尾坂德司對《子夜》的評價。尾坂德司是日本戰後最早翻譯《子夜》的日譯者，他將《子夜》題名《深夜中》，於 1951 年由千代田書房出版發行。

在日譯本《子夜》譯後記中，尾坂德司首先把《子夜》與巴爾・布克的《大地》作了比較，他說：

> 讀了巴爾・布克的《大地》，我們好像了解了中國的社會。但仔細體會，覺得自始至終只不過是映現在外國人眼裡的，引起好奇的幻覺，並非現實世界的描寫，至多不過是中國的略圖而已。因此，如果作爲羅曼蒂克而覺得饒有興味，那又當別論。但是要將它作爲鑰匙，去理解正在變革中的中國，是不現實的。
>
> 相反，已經譯成日文的茅盾的《深夜中》這部著作，是中國人持刀刺入自己的肉體，而用湧出來的鮮血作墨水，在痛苦的呻吟中寫成的，實爲中國現實社會的解剖圖。在那裡不知有多少人與我們同樣掙扎於苦悶黑暗的時代的深淵裡，他們尋求逃避現實的桃源，陷於戀愛、頹廢的衝動，他們被折騰著。現在的日本人果眞知道中國的這些情況嗎？日本人雖然熟悉歐洲、巴黎，但對於鄰國的上海，棲息於上海這塊土地上汗流浹背的人群，卻一點也不知道他們的遭遇。國際都市的上海，在那裡擁擠著中國人口的百分之一，還包括日本人，數十個國家的僑民和其他雜多的人種，終日在劇烈的生存競爭中生活。《子夜》就是以現代大都市上海爲舞台而描寫的中國社會的鳥瞰圖。〔註 35〕

這段比較的文字是切中腠理的。巴爾・布克即賽珍珠，她的《大地》成書於 30 年代初，與《子夜》幾乎是同時，它以中國農村爲背景，描寫了貧苦農民王龍帶有傳奇性的發家史。小說描寫了中國社會的某些現象，並未觸及到中國社會的本質。賽珍珠雖被稱爲「中國通」，但正如魯迅先生所說，「然而看她的作品，畢竟是一位生長在中國的美國女教士的立場而已，所以她之稱許『寄廬』，也無足怪，因爲她所覺得的，還不過一點浮面的情形，只有我們做起來，方能留下一個眞相。」〔註 36〕尾坂德司稱她的作品是「映現在外

〔註 35〕《茅盾研究在國外・日文版〈子夜〉譯後記》，湖南人民出版社，1984 年版。
〔註 36〕魯迅致姚克，1933 年 11 月 15 日。

國人眼裡的幻覺」，這話是對的，站在傳教士的立場上看中國、寫中國，只能歪曲中國的現實，而不能寫出本質的方面。《子夜》不然，作家站在無產階級立場，運用革命現實主義的創作方法，對中國社會進行了長期縝密的觀察分析，容納了中國社會錯綜複雜的諸多矛盾，成爲30年代中國社會的一面鏡子，這就是這部巨著的現實主義深刻性之所在。

尾坂德司把《子夜》放在產生這部作品的那個時代背景中加以考察，指出「它是以國際都市上海爲舞台，揭露了全世界正面臨的政治、經濟以及其它一切社會機構在『現代』的許多矛盾與其眞面目，並執拗地尋究其根本原因……其間明顯地反映出中國在糾纏全世界共同的『現代』諸問題中的特殊性。」〔註37〕《子夜》正是寫的世界經濟恐慌波及到上海後中國民族工業的出路和命運問題。在上海這個城市，既呈現了許多世界性的矛盾：經濟危機的影響、城市的殖民地化……也呈現出中國社會特殊性的矛盾：軍閥戰爭、農村破產、民族資產階級的處境……《子夜》選擇了上海爲背景，給予主人公吳蓀甫以無限廣闊的活動場所，僅僅兩個月時間，吳蓀甫從一個「鐵鑄的人兒」到破產出走，一場振興民族工業的美夢宣告結束。這個藝術形象所完成的主題即中國在帝國主義壓迫下，是更加殖民地化了。

同樣的分析和研究方法，雅・普實克在他爲捷譯本《子夜》所寫的序言中也表述過：

> 他的《子夜》，除了屬於中國現代最偉大的文豪魯迅的經典作品以外，可說是戰前中國最偉大的一部文學作品了。沒有哪一位作家，能如此明晰、透徹地理解主宰著戰前中國社會的各種傾向、潮流和力量。
>
> 茅盾只用了一個遠鏡頭來描寫國民黨那些大亨們控制的封建幫派，而將特寫鏡頭對準上海的大資產階級身上，從而使他的描寫具有最明顯的眞實的文獻的價值。〔註38〕

巨大的組織才能和冷靜的社會分析是茅盾現實主義的特點。他的現實主義的成就使他贏得了眾多的讀者，中國的和外國的。爲什麼尾坂德司說，「《子夜》雖然是1932年中國人的作品，但它卻震撼了1951年日本人的心靈」？〔註39〕爲什麼法國的蘇珊娜・貝爾納說，「茅盾的現實主義是眞正以生活爲藍本，與公

〔註37〕《茅盾研究在國外・日文版〈子夜〉譯後記》，湖南人民出版社，1984年版。
〔註38〕《茅盾研究在國外・捷文版〈子夜〉序》，湖南人民出版社，1984年版。
〔註39〕《茅盾研究在國外・日文版〈子夜〉譯後記》，湖南人民出版社，1984年版。

式化、概念化、偷工減料是背道而馳的」，〔註 40〕原因正在於此。50 多年後的今天重讀《子夜》，仍然感到它現實主義的生命力。

《子夜》在中國現代文學史上的地位

眾所周知，新文學的第一個十年裡長篇小說的園地是荒蕪的。到了第二個十年，情形就大不同了，《倪煥之》、《山雨》、《子夜》、《家》、《八月的鄉村》、《駱駝祥子》等相繼出現，作家的成熟、題材的廣泛、主題的深入，都是第一個十年所不能比的。其中，茅盾的《子夜》是獨樹一幟的。它不同於那些反映農村、城市工人、知識分子題材的長篇，它以民族資產階級的命運和出路為題材，組成了恢弘的社會生活的畫面，揭示了 30 年代初期中國現實的某些本質方面。它一出現，立即引起中國文壇的矚目和震動，瞿秋白同志當即指出，「在中國，從文學革命後，就沒有產生過表現社會的長篇小說，《子夜》可算第一部。」〔註 41〕

50 年過去了，中國的文學史家和評論家不僅沒有忘記《子夜》，而且越來越感到《子夜》的份量；外國的漢學家和新文學的研究者也越來越對《子夜》發生興趣，當他們把《子夜》放在中國現代文學史的長河中加以考察的時候，使他們更加堅信《子夜》的地位是別的作品所不能代替的。

雅・普實克在捷文版《子夜》序言中寫道：

> 茅盾的《子夜》是中國在 1931 年日本侵華前夕所經歷的那個可怕年代的一部鉅大的文獻。雖然其中也有 1930 年春夏幾個月的一些鏡頭，然而它像是一幅大型的色彩濃鬱、富有立體感的圖畫，反映了中國那個時代中的所有重大問題。我們可以這樣說，還不曾有別的什麼書能像這本書那樣，給我們提供了如此眾多的、富有教益的，並且又十分生動的戰前的中國生活畫面。
>
> ……
>
> 除了魯迅而外，誰也不曾像他那樣真切地、現實主義地描繪了戰前的中國社會。從他那裡隨之就開始了通向偉大的社會主義現實主義作品的一條光輝大道。〔註 42〕

〔註 40〕《走訪茅盾》，《新文學史料》1979 年第三輯。

〔註 41〕瞿秋白《讀〈子夜〉》，《中華日報》副刊，1933 年 8 月 13 日。

〔註 42〕《茅盾研究在國外・捷文版〈子夜〉序》，湖南人民出版社，1984 年版。

朝鮮學者朴興炳爲朝譯本《子夜》撰寫的前言指出：

> 左聯成立之後，儘管有無產階級的明確的文學理論綱領，但是還沒有出現滿足綱領要求的長篇巨作，正好說明作家的思想改造和與之相適應的創作實踐絕不是那樣輕而易舉。而茅盾在參加左聯活動之後寫出巨作《子夜》，說明他在 30 年代無產階級文學領域裡發揮了先驅者的作用。換句話說，《子夜》的歷史功績在於開創了中國社會主義現實主義文學發展的道路。〔註 43〕

不難看出，這些評論有一個共同的趨歸點：即指出《子夜》是社會主義現實主義的前驅作品，對我們社會主義現實主義文學的發展，起了開闢先河的作用。評論家必須具備史家的眼光，注意到文學現象上下左右的聯繫，才能得出正確的結論。我國文學史家劉綬松說過，《子夜》「是我國現代長篇小說最早的成熟的標誌。」〔註 44〕如何看待一部作品是否是成熟的呢？一個作家能夠正視現實生活中重大的矛盾鬥爭，通過眞實生動的藝術形象反映出革命的某些本質方面，從而起到推動歷史前進的作用。這就是我們衡量一部作品是否成熟的尺度。用這個尺度衡量《子夜》，經過 50 年時光的洗刷，可以說，《子夜》的出現，不僅是第二次國內革命戰爭時期新文學的重要收穫，而且是一部成熟的、傑出的社會主義現實主義巨著。第二次國內革命戰爭時期尖銳複雜的社會鬥爭，不僅要求現代歷史有所記載，也要求文學藝術有所反映，而且用較大規模的篇幅而不用短小的、報導性的形式，1928 年革命文學論爭對無產階級革命文學的推動也爲長篇巨製的出現在理論上和實踐上準備了條件，《子夜》正是在這種情況下應運而生的。

上述評論都提到了《子夜》的創作方法，其實，創作方法歸根結底還是作者的世界觀和立場。作家世界觀的形成和思想準備的成熟是需要一定歷史條件和過程。《子夜》本質地揭露了半封建半殖民地社會的矛盾鬥爭及其尖銳程度，預言了歷史發展的必然趨勢，從而給托派以有力駁斥，給人民群眾以深刻的教育。能起到這樣的作用，作家沒有先進的世界觀和創作方法是不可能的。在這個意義上，國外的評論和我們治史的觀點取得了一致。

〔註 43〕《茅盾研究在國外・朝文版〈子夜〉前言》，湖南人民出版社，1984 年版。
〔註 44〕劉綬松：《論茅盾的〈蝕〉與〈虹〉》，《文學評論》1963 年第二期。

《子夜》在茅盾創作歷程中的地位

文學史的經驗告訴我們，任何一個偉大作家的出現都不是偶然的，任何一部作品的成功也絕不是偶然的。《子夜》的問世，既是那個歷史時代的產物，是文學藝術本身發展的產物，也是作家自身的生活、思想和藝術積累的結果，是作家在自己漫長的創作道路上不斷探索不斷前進的結果。

從《蝕》三部曲以後，茅盾走上了職業作家的道路。《蝕》雖顯露了作家傑出的創作才能，但卻流露了大革命失敗後對革命前途的悲觀失望情緒和懷疑頹廢的傾向，影響了反映現實的眞實性。同時期寫的《創造》等五個短篇，後來結集成《野薔薇》，小說塑造了幾種類型的知識女性，表現了那個時代的小資產階級女性在接受新思潮沖激後勇於打破傳統束縛的一面，但也表現了逃避現實的苦悶的一面。雖然茅盾自己認爲這些短篇表現了「《幻滅》等三篇以後第一次思想上的變化」，〔註45〕但他也不得不承認她們「中間沒有値得崇拜的勇者，或是大徹大悟者。」〔註46〕這期間，茅盾寫了長篇小說《虹》，通過梅行素的形象，展現了從「五四」到「五卅」的時代風貌和知識青年的精神狀態，梅從個人主義的奮鬥躍向集體主義的行列，從這個形象的塑造可以看到作家思想的進展。在這個新的進展面前，作家試圖跨入新的創作階段，這便是以青年學生生活爲題材的《路》和《三人行》，然而這兩個中篇卻給他的創作道路提供了新的教訓。所有這些成功與失敗的經驗教訓，這些對創作道路的探索，都爲今後的創作鋪平了道路，孕育了《子夜》及其它作品的成功。

幾乎所有的《子夜》譯本，在前面都有一篇對本國讀者介紹茅盾生平和創作道路的文章，這些文章介紹了《子夜》在茅盾整個創作過程中的地位。

朴興炳爲朝文版《子夜》寫的序指出：

> 《子夜》作爲中國現代文學發展道路上的里程碑，其成功絕不是偶然的，茅盾在1929年出版的短篇集序言中曾提到他創作過程中感到的苦悶，他說，「一個已經發表過若干作品的作家的困難問題也就是怎樣使自己不至於粘滯在自己鑄成的既定的模型中。」他從發表《幻滅》、《動搖》、《追求》三部曲開始，經過短篇小說集《野薔薇》、長篇《虹》、短篇集《宿莽》、中篇《路》、《三人行》一直到《子

〔註45〕《茅盾短篇小說集・序》，人民文學出版社，1980年版。
〔註46〕茅盾：《野薔薇・寫在〈野薔薇〉的前面》。

夜》的發表，前後歷時 5 年，這是作家在創作中摸索的時期，也是思想上提高的時期。〔註 47〕

弗・魯德曼於 1955 年爲新的俄譯本《子夜》寫了序言，這個序言被保加利亞、匈牙利譯本原文轉譯了過去。序言指出：

茅盾在他早期的作品裡運用了批判現實主義的創作方法。這種現實主義同俄國革命民主主義的現實主義有相似之處，它描寫處於資產階級革命前夜的廣泛的人民群眾的思想世界，其矛頭是指向封建殘餘，以及資本主義當時存在的一切形式。

在《蝕》三部曲和《野薔薇》短篇小說集裡，作者描寫了那個病態的畸形社會，但是他並沒有指出鬥爭和發展的道路，因爲他本人也沒有從那個充滿社會矛盾的看來毫無希望的死胡同裡找到出路。在《虹》這部作品裡第一次響起了樂觀主義的聲音。

……

《子夜》這部作品的出現在中國革命散文史上是一樁嶄新的著名事件。這時，茅盾已經以一個具有革命知識分子觀點的進步藝術家的面貌出現在文壇上。

在國民黨中國黎明前午夜的黑暗中，清晰地響起了即將來臨的革命的沉重的腳步聲。我們在罷工女工痛苦的呼喊聲中聽到這種聲音，在從岳州長沙直到上海都能聽到的中國紅軍的炮轟聲中聽到的這種聲音。〔註 48〕

這樣就爲本國讀者勾勒和描繪了作家茅盾一生的業績，他的失敗與成功、曲折坎坷的創作歷程。我們自己的文學史對茅盾也是列有專章講述的，這是爲茅盾在文學史上的地位所決定的。縱觀作家的整個創作歷程從而研究其中的某一部作品，將有助於更好地總結文學史的經驗和文藝運動的發展規律。

關於吳蓀甫形象的典型性

典型人物的塑造是藝術創造的中心問題。傑出的現實主義作品，必然塑造出成功的典型環境中的典型人物。作家通過他塑造的典型人物，表明自己

〔註 47〕《茅盾研究在國外・朝文版〈子夜〉前言》，湖南人民出版社，1984 年版。
〔註 48〕《茅盾研究在國外・俄文版〈子夜〉序》，湖南人民出版社，1984 年版。

對現實社會的態度以及自己的美學理想。這樣的典型人物是作家從紛紜複雜的社會現象、生活事件以及人們的相互關係中，攫取了那些最具有普遍意義的東西，綜合、歸納成既有共性又有個性的人物形象，這些形象不是游離於他賴以生存的環境之外的，而是與他周圍的人物、事件、活動緊密相聯，並能揭示他們之間的相互作用、發展規律和趨向。

吳蓀甫這一形象不僅是茅盾文學創作中一個極成功的典型，也是中國現代文學人物畫廊中一個不可多得的不朽的形象之一。文學史家在評價這段文學史時總是說，吳蓀甫及其周圍一些形象的塑造，是茅盾對我們的文學的貢獻，而這個貢獻是別人所不曾提供的。

非常遺憾，在我們接觸到的諸多的國外評論中，卻很少有對吳蓀甫及其周圍人物形象作出準確而深刻分析的文章。這個問題在理論上似乎並不困難，也許由於中國民族資產階級的特殊性，它的地位、命運、特點以及與國內外各種勢力在政治、經濟方面的聯繫，國外的研究者對這方面並不熟悉，因此往往出現一些籠而統之、大而化之的分析。

尾坂德司在日譯《子夜》後記中說：「只要一讀《子夜》，便能發現其中所描寫的一個個男女，就是『你』或是『我』，也或許是『他』。」〔註 49〕這自然是說出了《子夜》人物典型化的高度，但對吳蓀甫這個主人公缺乏具體分析。朴興炳爲朝譯本《子夜》寫的序說，「處在這樣複雜而深刻的社會矛盾中的吳蓀甫形象，在中國現代文學中是一個成功的民族資產階級的典型。」〔註 50〕吳蓀甫何以是一個成功的典型？這個典型有哪些特徵？這樣的典型塑造在文學創作上有什麼意義？對這些問題都沒有作出回答。

對吳蓀甫的形象在某一方面分析得比較深入的，要算普實克了。他爲捷譯本《子夜》寫的序指出：

> 茅盾對資產階級、舊的地主階級的緊密聯繫這一分析，是對中國社會進行解析的重要材料。拿吳蓀甫來說，他已經是一個現代工業家，但他卻在自己的家鄉雙橋鎮資助當舖和錢莊，這就是最原始的資金積累的辦法。吳蓀甫的親戚如老曾，就是腐朽的老牌封建地主典型。從新的資產階級同老的地主階級之間的這種緊密聯繫來看，在一定程度上可以解釋，爲什麼中國資產階級本身不能在中國

〔註 49〕《茅盾研究在國外・日文版〈子夜〉譯後記》，湖南人民出版社，1984 年版。
〔註 50〕《茅盾研究在國外・朝文版〈子夜〉前言》，湖南人民出版社，1984 年版。

消滅封建主義制度；而另一方面封建主義又為什麼成了現代企業的最大障礙。類似資本主義同封建主義的共棲現象，我們還可以在日本以及遠東的一些國家裡找到。〔註51〕

普實克這裡著重分析了中國民族資產階級與封建勢力的千絲萬縷的聯繫，他使用了一個形象化的語匯：共棲現象。民族資產階級是在帝國主義經濟入侵和本國封建主義解體中發展起來的，這就決定它既和帝國主義、封建勢力有矛盾，又和它們有聯繫，經濟上、政治上都非常軟弱，具有兩面性。從這點入手，不僅能把握吳蓀甫這個典型形象的準確度，而且能進一步對他的命運和出路找到解釋——不是買辦化就是向封建勢力妥協。

典型形象的成功與否，不是取決於作家的藝術技巧，主要還在於作家認識生活的深度。茅盾塑造了吳蓀甫，乃是概括了千千萬萬個吳蓀甫式的民族資本家，揭示了作為一個階級代表的吳蓀甫的悲劇命運。評論家評論作家的創作，首先要深刻理解產生這部作品的時代歷史及社會環境，否則人物的分析就被駕空，在藝術的美學感受上造成鏡中看花的隔離感。

《子夜》與中外文學的淵源關係

「五四」時代的茅盾，是以一個翻譯家、理論家的姿態走上文壇的。從青年時代起，他就廣泛涉獵歐洲文化和中國的古典文獻、寓言及史書，尤其是對俄國文學、東歐北歐被壓迫民族的文學投以極大的注意力，他翻譯過尼采、莫泊桑、梅德林克、契訶夫、高爾基的作品，他吸收了許多外國文學的精華，咀嚼來形成自己的養料。他也有極深厚的古文根底，當他跨進商務印書館的時候，已經熟諳十三經注疏、先秦諸子、四史、《漢魏六朝百三家集》、《昭明文選》、《資治通鑒》等。中外文學的營養日積月累，潛移默化地形成了作家獨特的藝術感受和藝術風格。茅盾和魯迅一樣，屬於我國一代學識淵博的學者化的偉大作家。

談到《子夜》與中外文學的淵源關係，這是一個相當大的題目。這裡僅就我所接觸到的一些國外評論看，大致包括這樣三個方面：

在十月革命的影響下，茅盾接受了蘇聯文學的影響，不僅明確了創作的方向，而且自覺地運用社會主義現實主義的創作方法。正如魯德曼所說，「他在馬

〔註51〕《茅盾研究在國外・捷文版〈子夜〉序》，湖南人民出版社，1984年版。

克思主義經典作家的著作和蘇聯文學中找到了生活和革命藝術的眞理。」〔註 52〕關於這點，茅盾在《答國際文學社問》中已經闡述得十分清楚，他說「對於布爾喬亞的文學理論，我曾經有過相當的研究，可是我知道這些舊理論不能指導我的工作，我竭力想從『十月革命』及其文學收穫中學習；我困苦地然而堅決地要脫下我的舊外套。我這工作精神以及工作方向，是『十月革命』及其文學收穫給我的！」說這話是在《子夜》成書一年以後了。

其次，關於《子夜》與外國文學的關係。普實克在捷譯《腐蝕》後記中說：

> 由於茅盾受家鄉環境的影響，受歐洲現代科學的強烈影響，從而使他得以有了良好的條件，同產生出優秀的歐洲文學的那些先進的理論進行卓有成效的聯繫。我們是否可以這樣說，這就是那茅盾特有的藝術審美的敏銳感受，科學的、理性的，甚至是一種分析解剖式的態度去觀察生活和社會的一些根源。〔註 53〕

《子夜》的風格正是這種科學的、理性的，分析解剖式的。在這裡沒有具體談《子夜》受哪些外國文學影響，如左拉、托爾斯泰等等。普實克在捷譯《子夜》序中提到小說受自然主義影響，「甚至可以指出他同左拉的小說《金錢》的內在聯繫」〔註 54〕，但他在文章中並沒有指出這種聯繫。認爲《子夜》受了《金錢》的影響，這可能來源於瞿秋白的論斷，但茅盾自己否認他讀過《金錢》，倒是承認深受托翁《戰爭與和平》的影響。我們認爲，談影響、談淵源，除了創作方法、創作目的、社會效果的比較，也應包括藝術技巧、細節描寫等等。

再次是《子夜》與中國古典文學的關係。茅盾不僅有深厚的中國古典文學修養，而且具有史家的深邃眼光。這個問題也很大，限於篇幅，這裡只談一點。

大概由於茅盾在《子夜》後記中說過，「我的原訂計劃比現在寫成的還要大許多。例如農村的經濟情形，小市鎮居民的意識形態，以及 1930 年的《新儒林外史》——我本來都打算連鎖到現在這本書的總結構之內」，普實克便據此得出結論：

> 我們發現他的作品同偉大的中國古典小說有著緊密的聯繫。在

〔註 52〕《茅盾研究在國外・俄文版〈子夜〉序》，湖南人民出版社，1984 年版。
〔註 53〕《茅盾研究在國外・捷文版〈腐蝕〉後記》，湖南人民出版社，1984 年版。
〔註 54〕《茅盾研究在國外・捷文版〈子夜〉序》，湖南人民出版社，1984 年版。

> 這些古典小說裡，中國說書人那種豐富的想像力簡直令人叫絕。讓我們直接把茅盾的作品同傑出的中國古典諷刺小說派的光輝代表吳敬梓於18世紀上半葉寫的《儒林外史》聯繫起來作一簡單的分析比較。這一派重又活躍於19世紀末和20世紀初交替時的一些作家作品裡，如李寶嘉和吳沃堯。茅盾的《子夜》當然屬另一模子，其思想性、藝術性當然是他們所不能比的，是李的《官場現形記》和吳的《二十年目睹之怪現狀》的繼續。……茅盾的作品成了在口說語言的基礎上長期發展起來的中國通俗小說的高峰。

普實克的結論未免片面化。茅盾在《子夜》後記中說的「1930 年的《新儒林外史》」，意指 30 年代中國社會的形形色色面面觀，並非單指儒林群醜。《子夜》也不是一部諷刺喜劇。《子夜》繼承了中國古典文學的現實主義傳統是無疑的，但絕不僅僅是吳敬梓一派。當然，吳敬梓站在民主思想的高度，以對現實的清醒態度，刻畫了一群封建社會末期熱衷功名、昏聵迂腐的知識份子，揭露了八股科舉的罪惡，揭示了產生儒林群醜的社會根源。從這個意義上說，《儒林外史》的現實主義是深刻的。李伯元的《官場現形記》猛烈抨擊了封建社會末期極端腐朽的官僚制度，吳研人的《二十年目睹之怪現狀》通過對官場、商場、洋場、宗教及家庭的解剖，勾畫了一幅半封建半殖民地中國的黑暗圖景。這些在晚清小說的繁榮局面中做出貢獻的現實主義作家無疑對茅盾都是有影響的。而茅盾又大大地超過了他們。

繼承古典文學的優良傳統，就是在批判封建性糟粕的同時，吸收其民主性的精華。茅盾是最反對那些封建文藝的表現方法的，往往從人物的容貌、風采、服飾、排場寫起，爲儀仗而儀仗，爲宴會而宴會，和人物的性格發展毫不相干。《子夜》的寫作處處是對這種封建文藝的否定。《子夜》所運用的現實主義原則，如典型人物的塑造、細節描寫、題材中各項節目的連鎖性等等都是對我國優秀的古典文學現實主義傳統的繼承，雖然我們很難說清是對哪一部作品的繼承，但絕不僅僅是對吳敬梓派的繼承。

研究《子夜》的其它角度

日本學術界對《子夜》的研究文章是比較多的，研究角度和層次也不盡相同。

是永駿在《〈子夜〉、〈小巫〉解說》〔註 55〕中從《子夜》所體現的小說意識入手，提出了四方面的問題：性和肉感、幻化和夢及笑、動作的心理描寫、與當前時代的接觸點。後兩個問題並不是什麼新的角度，前兩個問題，則是其它研究文章中接觸較少的方面。是永駿指出：

> 《子夜》的肉感描寫，首先是和《太上感應篇》對照著來描寫的。《太上感應篇》是宋代寫的道教的經典，後來成了中國人道德觀念的規範。……在《子夜》第一章裡，以吳蓀甫的父親吳老太爺信奉此書作爲開端，在第 18 章裡，這書雖給了四妹蕙芳一時的安慰，但最後被雨浸泡了而不成其形。如果說考慮到中國社會「百分之九十九或者比那更多的人實際上全部信奉道教」（桔樸《通俗道教的經典——太上感應篇》）這個問題，那麼，可以說在《子夜》裡對《太上感應篇》這樣的描寫是一個激烈的社會諷刺……茅盾徹底地粉碎了作爲民間信仰核心的、從精神方面支持著封建體制的《感應篇》的虛偽面目，而且還應該注意到這是用性的煩悶和性的追求相對照著來批判的。〔註 56〕

這就點明了吳老太爺的死不僅隱喻封建制度的崩潰和解體，而作爲封建社會基礎的意識形態也已失去維繫人心的力量，人與人間的關係必須從半封建半殖民地社會的性質去考察。

在「幻化和夢及笑」中，是永駿指出，《子夜》使用了幻化手段，這一手段「同作品的構成與主題有密切關係。《子夜》如果是描寫吳蓀甫擴張企業的野心和它的挫折的話，那麼它的野心會產生各式各樣的幻想，可以說這是當然的事情。而其中尤其是趙伯韜的幻覺、幻象使吳蓀甫煩惱。這個幻化的手法，有效地表現了吳的不安定的意識狀態。」〔註 57〕這種藝術手段在以前的散文和小說中都是使用過的。

從美學的角度探討並指出《子夜》的缺陷和不足的是山田富夫，他在《關於〈子夜〉》一文中說：

> 把這部茅盾文學的頂峰作品作爲用文學創作開拓革命文學道路的，在 20 世紀前半期的中國有獨創性的近代小說來研究，試圖把握

〔註 55〕《茅盾研究在國外・日文版〈子夜〉解說》，湖南人民出版社，1984 年版。
〔註 56〕同前註。
〔註 57〕同前註。

> 茅盾文學的要點。除此之外，還有一個更重要的目的。中國文學革命以後的小說，大多使人感到不完美，缺乏近代小說的特點。而作爲中國小說淵源的章回小說具有「即物性」。這兩者之間究竟有著怎樣的一種關係？我想通過對《子夜》的分析尋找解開這個疑團的線索。〔註58〕

這便是山田富夫研究《子夜》的角度。他在肯定了《子夜》是茅盾創作的第一個高峰，是社會主義現實主義的一個里程碑之後，從三個方面指出了《子夜》的不足：

從結構看，《子夜》是一種金字塔式的結構，以吳蓀甫爲塔頂，以吳宅的人物、益中信托公司的人物、交易所的人物、絲廠中的人物、雙橋鎮的人物爲塔底。問題是，塔頂和塔底的聯繫不緊密，顯得零碎，這點和中國章回小說把獨立的幾部分勉強構成一部長篇的做法有相通之處。

從情節看，作品缺乏含蓄和彈性，平面式的描寫使小說的意思很容易明白，缺之近代性和眞實性。

從人物看，形象概念化，缺乏深度。「既然作者寫《子夜》是爲了描寫中國社會，那麼在寫之前，作者頭腦中已有了對時代的固定解釋。作者自然要根據這種解釋，爭取最佳藝術效果創造出作品中的社會。其中的人物是按照作者頭腦中形成的對各社會階層的普遍概念而塑造的。」〔註59〕比如吳蓀甫，「沒有挖掘吳作爲人的弱點，始終只是羅列民族資本家的弱點。」「茅盾和小說中的人物之間，始終存在著令人不解的透明空間」，「《子夜》近乎『情節劇』，人物形象不深刻、不生動，其原因有一半在於作者運用了『觀察、分析、判斷、綜合』的方法，按這四個步驟去剖析對象，便會產生一種『機械性』。」〔註60〕即缺乏「即物性」，作者和讀者之間、作者和自己筆下的人物之間，讀者和書中的人物之間都有相當的間距。

《子夜》作爲中國現代文學史上一部重要的作品，受到各國文化界、評論界的重視，這是我們文學的驕傲。但各國對它的評價有正確的地方，也有不正確的地方，這是我們應該弄清楚的。我們可以從中取得借鑒，以促進我們自己的科學研究向前發展。

〔註58〕山田富夫：《關於〈子夜〉》，京都大學《中國文學報》第九冊，1958年10月，引文爲勁松譯。

〔註59〕同前註。

〔註60〕同前註。

第三節　蘇、日、美對《蝕》的研究

《蝕》是茅盾的處女作。大革命失敗後，茅盾開始了他的創作生涯，走上了職業寫作者的路。他經歷了從「五卅」到大革命時期一段極其動蕩的生活，「我是眞實地去生活，經驗了動亂中國的最複雜的人生的一幕」〔註61〕之後開始創作的。《蝕》三部曲就是這段生活的記錄和作家在這一時期思想的反映。《蝕》雖是一部瑕瑜互見的作品，但它已經顯露了作家組織概括多方面社會題材、塑造各種人物形象的巨大才能。《蝕》的出現，頗爲震動了當時的中國文壇。三部曲結集成書於 1930 年 5 月，5 年後，辛君將其中的《動搖》譯成俄文介紹給蘇聯的讀者，成爲茅盾的中長篇小說中第一本介紹給外國讀者的書。之後，日、法譯本問世，國外評論也不少，歸納起來，集中在以下三個問題上。

對《蝕》在中國現代文學史上的地位予以充分注意和肯定。

蘇聯的鮑里斯・瓦西里耶夫爲俄譯本《動搖》寫的序言指出：

> 茅盾的這部早期的長篇小說，在當代中國的文學史上，還是一個珍貴的文獻，因爲它用藝術的形象，敘述了中國不久前的過去當中我們很少知道的生活的一角。〔註62〕

美國的霍華德・戈爾登布萊特在他的《中國近代小說》一書的論文部分談到：

> 由於尚無一個中國小說家像茅盾那樣尖銳、客觀地及早考察當時的歷史現狀，他的作品作爲那時代的記實小說，因了歷史、政治和社會的意義而得到的讚賞並不亞於對其文學特性的好評。如同巴爾扎克的小說在廣闊的社會背景上再現了法國十九世紀的圖畫，茅盾以自己的方式，不僅成爲一個強有力的社會批評家，而且是一個他那時代的不倦的記錄者。〔註63〕

以上是指小說的思想價值而言。也有的評論是指小說的藝術價值或是對中國新文學的貢獻而言。

美籍華裔學者夏志清認爲：

> 該書涉及範圍極廣而寫作態度認眞，比較起來，那些早期由王

〔註61〕茅盾：《從牯嶺到東京》。

〔註62〕《茅盾研究在國外・俄文版〈動搖〉序》，湖南人民出版社，1984 年版。

〔註63〕《茅盾研究在國外・〈中國近代小說〉》湖南人民出版社，1984 年版。

> 統照、張資平和蔣光慈所寫作品，便黯然失色了。1928年下半年，正在日本渡假的茅盾，已在本國被公認爲中國當代最傑出的長篇小說家了。〔註64〕

夏志清是把茅盾放在與王統照、張資平、蔣光慈的比較中來確認他的地位的。而日本的佐藤一郎是把茅盾放在中國近代文學的現實主義潮流中考察其地位的，他說：

> 考察中國近代現實主義文學性質時，很難將茅盾的成就排除在外。之所以這樣說，是因爲茅盾文學所能達到世界高度和作爲一個有代表性的長篇小說作家而具有的重量感；較之另外與他一起爲近代現實主義確立作出貢獻的其他作家，在文學方法上所進行的模索與反省更加突出，因而被認爲處於現實主義潮流的中心。〔註65〕

這裡特地提出了「茅盾文學所能達到世界高度」和「長篇小說作家而具有的重量感」，這就無疑把《蝕》納入了世界文學的範疇。佐藤曾說，「我想按照作品發展順序，盡可能公正地描繪茅盾的世界。」〔註66〕看來，茅盾的世界應當屬於世界文庫的一部分，這是宏觀地看問題得出的結論。微觀地看，《蝕》在中國新文學中的地位如何呢？佐藤指出：

> 他的長篇小說，第一要求反映一定的歷史時代，第二要求革命性。而這些又必須具有銳利的觀察，冷靜的分析，綿密的結構等所謂藝術的保證。茅盾在開始從事創作時業已明確地認識到自己小說的理想形式，後來的實際創作也始終沒有離開這條路線。……茅盾的最初作品《蝕》三部曲構成這種小說理論的原型。……茅盾的小說理想高遠而且堅定，指明了當時中國尚未確立的近代現實主義大道，結合作品及其評論來看愈加明朗。〔註67〕

佐藤的結論是：《蝕》是中國近代長篇小說的起點。這話是有道理的。「五四」文學革命後第一個十年，新文學在短篇創作方面，成績是顯著的，魯迅的《彷徨》、《吶喊》以其思想內容的深刻和藝術技巧的圓熟顯示了新文學的實績。文學研究會和創造社的作家們也以自己各種形式的短篇豐富了文學革

〔註64〕夏志清：《中國現代小說史》，友聯出版社有限公司出版，1979年版。
〔註65〕《茅盾研究在國外．中國近代長篇小說的起點》，湖南人民出版社，1984年版。
〔註66〕同前註。
〔註67〕同前註。

命的成果。這些作品雖然代表了「五四」的精神，「但是沒有都市，沒有都市中青年們的心的跳動」，〔註 68〕有用現代青年生活作主題的，如郁達夫的《沉倫》、許欽文的《趙先生的煩惱》、王統照的《春雨之夜》，張資平的《苔利》，「但是這些作品所反映的人生還是極狹小的，局部的；我們不能從這些作品裡看出『五四』以後的青年心靈的震幅。」〔註 69〕中長篇小說也有，如蔣光慈的《少年漂泊者》、老舍的《老張的哲學》、王統照的《一葉》等，但在讀者中影響都不大。這說明「五四」以來的作家們生活上尚缺乏更多的積累，藝術上尚缺乏更充分的準備。《蝕》三部曲的出現說明新文學中長篇小說的錘煉和趨向成熟，因此儘管《蝕》在思想上和藝術上還有這樣那樣的缺點，但是，它的地位和意義是不容忽視的。

《蝕》的現實主義的特色是什麼，也是各國評論界討論的問題。

俄譯本《蝕》的序言指出：

> 他的創作的突出特點，就在於力求創造出由詳細研究過的形象所構成的社會關係的廣闊的全景和生活的巨大的畫面——而這一任務，據他自己所承認，他還沒有力量能做到。但是隨著他的每一部新的作品的出現，他愈來愈加接近了這個目標，創造出高度藝術性的社會史詩。〔註 70〕

佐藤一郎指出：

> 革命與青春浪漫的結合，當然就會帶來各自富有個性的行動和希望、幻滅的交叉。他一面壓抑著直接表現出爲批判而批判的態度，一面努力捕捉這些活動著的年青人和社會的眞實姿態。即茅盾力圖表現客觀眞實的本來面目。……沒有對中國近代的切實認識也就不可能前進這一步，這種認識構成了茅盾現實主義的特質。〔註 71〕

應當指出，對茅盾的現實主義特質的理解是存在著分歧的。比如《動搖》中方羅蘭的形象是不是眞實的？蘇美評論界意見並不一致。

俄譯本序認爲：

> 茅盾——是位現實主義的作家，茅盾按照不加粉飾的生活的眞

〔註 68〕茅盾：《讀〈倪煥之〉》。
〔註 69〕同前註。
〔註 70〕《茅盾研究在國外・俄文版〈動搖〉序》，湖南人民出版社，1984 年版。
〔註 71〕《茅盾研究在國外・中國近代長篇小說的起點》，湖南人民出版社，1984 年版。

面目，爲我們描繪出了一系列的典型人物，而這一系列的人物，就是最好的控訴指責的資料。

你看那個方羅蘭，就是一個典型的國民黨的「革命者」，一個意志薄弱，膽怯畏縮和內心空虛的政客。……

《動搖》——這就是書中所寫出的所有左派國民黨的糟糕的革命者們的基本動機。

精神上和道德上的軟弱無能，對被革命所喚起的群眾的恐怖，在抬起頭來的反革命前面慌張失措，政治上的盲目無知，對革命採取玩弄的手法——其結果就是必然的破產。〔註72〕

夏志清與俄譯本序言作者瓦希里耶夫對文學眞實性的理解是完全不同的。夏志清承認「在中國現代的小說中，能眞正反映出當代歷史，洞察社會實況的，《蝕》可算是第一部」。〔註 73〕他很欣賞《動搖》中方羅蘭反對革命專政的一段話，認爲這種話「說得既坦白，又富同情心，就爲這個原因，《動搖》這本小說，對今日生活在大陸的中國人說來，應比當年初出版時更見政治上的重要性。儘管茅盾筆下把方羅蘭貶成弱者，可是，通過他對這個主角內心矛盾和痛苦的描寫，卻使我們體會到暴政可惡這個不容置辯的眞理。……在《幻滅》和《動搖》裡，那班年輕大學生（尤以後者爲甚），他們的失意消沉和空虛不單說明了舊社會的罪惡，同時亦說明了如果不是以仁愛和智慧做基礎，那麼一切極端的政治行動是無濟於事的。這種看法正好和共產主義的基本信條互相抵觸，因此三部曲一出版後就受到共黨文學批評家的攻擊。不過，茅盾雖身爲共黨同路人，但寫本書時卻站在小說家的立場，說了小說家應說的話。」〔註 74〕夏志清在這裡肯定的不是小說的整個傾向，而是方羅蘭及方羅蘭對現實的觀點，他把方羅蘭的觀點作爲《蝕》三部曲的觀點，從而肯定小說的作者「說了小說家應說的話」，他過分強調《蝕》的消極面，把消極因素當作文學的眞實性加以讚揚，達到影射大陸「暴政」的目的。這一切，顯然出於夏氏的反共立場。

茅盾對方羅蘭一類人物是否定的、批判的，把這個形象作爲國民黨政府兩條路線鬥爭中站在汪精衛一邊的假左派的代表來寫的。方羅蘭反對共產黨

〔註72〕《茅盾研究在國外・俄文版〈動搖〉序》，湖南人民出版社，1984 年版。
〔註73〕夏志清：《中國現代小說史》，友聯出版社有限公司出版，1979 年版。
〔註74〕同前註。

反帝反封建的政治路線，害怕工農力量，遠離工農武裝，《動搖》是他爲新軍閥服務的可恥道路的起點。這個人物的塑造是成功的、眞實的。但並非夏志清所說的眞實。這個形象的眞實在於作家寫出了這一類人物的本質。我們說《蝕》三部曲反映了相當的歷史眞實，就因爲整部作品反映了大革命前後光明與黑暗劇烈鬥爭的社會現實，反映了工農力量的崛起、反革命營壘的分化、青年知識份子的苦悶，對揭露舊制度、舊勢力的黑暗，揭示小資產階級悲劇的社會原因，都有不可抹煞的積極意義。

第三方面，即《蝕》的缺陷，是各種譯本一致指出的。它的基調是消沉的、悲觀的，對作品中人物的軟弱、動搖、消極、頹唐沒有站在更高的水平上予以批判，沒有給讀者以鼓舞，更沒有指出一條出路。

俄譯本序在五十年前就已深刻指出：

> 假如他是描寫這些階層的事情的一個巨匠，那麼他暫時還沒有能力把農民和工人階級「從內部把握住」。他們對於他，還只不過是一個從遠處遙望的背景。〔註75〕

作家對小資產階級知識份子把握的比較準，而對工農群眾則還停留在「從遠處遙望」的階段，還沒有從本質上去描寫他們。「在這部長篇小說裡，茅盾還沒有完全消除掉自己的小資產階級的幻想，他沒有注意到，作爲對國民黨動搖的對立面的未知數，就是共產黨的堅韌不拔。」〔註76〕同樣指出了作家當時的思想局限的是佐藤一郎：

> 在其思想根底上有一種使鬱悶的心理壓迫昇華爲文學的熱情，從而生存下去的態度。這種心理壓迫是中國革命遭到挫折的結果。在小說題材的選擇方法上，也可以看出對社會否定面的執拗追求，不能認爲這與那種心理狀態沒有關係。〔註77〕

這就道出了茅盾當年的矛盾情緒，這些分析今天看來都是正確的。

第四節　日、美、法對《虹》的研究

小說《虹》最早於1940年作爲《現代中國文學全集》中的一冊由東成社發行介紹給日本的讀者，譯者武田泰淳。這個譯本問題較多，除了我們在本

〔註75〕《茅盾研究在國外．俄文版〈動搖〉序》，湖南人民出版社，1984年版。
〔註76〕同前註。
〔註77〕《茅盾研究在國外．中國近代長篇小說的起點》，湖南人民出版社，1984年版。

章第一節中談到的誤譯問題外，還有不恰當的刪節，個別地方以空缺表示刪去對性的描寫，第八章以後則完全刪去，實際是一個不完整的節譯本。1956年，《虹》由Ｂ．黎希岑和Ｂ．穆特洛夫譯成俄文，莫斯科國家文藝出版社出版。1981年，《虹》由柏那戴特．露依和雅克．塔夫迪夫譯成法文，法國衛城出版社出版，第一任法中友協主席米歇爾．魯阿夫人爲法文版《虹》寫了熱情洋溢的序言，這是第一個介紹給西歐讀者的全譯本。此外，華裔美籍學者夏志清在他的《中國現代小說史》裡對《虹》的評價給予了相當的份量。比較以上諸譯本及日、美、法等國對《虹》的研究，可以看出，在三個方面他們具有相同的觀點。

首先，各國學者對《虹》的小說地位給予了高度評價。

米歇爾．魯阿夫人指出：

> 《虹》是茅盾的最初幾部大型小說之一，它標誌著一個偉大作家的誕生。〔註78〕

夏志清儘管出於他的政治偏見，竭力貶低茅盾後期的創作，但對《虹》還是肯定的。他說：

> 《虹》是茅盾的第二部長篇小說，而從好多方面來說，這也是他作品中最精彩的一本。……《虹》實在是一個近代中國知識份子的寓言故事。〔註79〕

1981年4月24日，法國《世界報》以通欄標題《茅盾——希望與幻滅的描繪者》報導《虹》法譯本出版。文章指出：

> 茅盾無疑是一位非常偉大的作家，也許是中國當代最偉大的作家。他的作品中橫溢的創作才華，精湛的文風，抒情的氣息，只有魯迅才能媲美。他的小說《虹》今天以極其完美的譯作介紹給了法國廣大的讀者，這就是一個新的證明。〔註80〕

《虹》的問世，標誌著茅盾世界觀和文藝觀的重大發展。他一掃寫《蝕》時的頹唐悲觀情緒，力圖在無產階級世界觀指導下用革命現實主義的創作方法反映「五四」到「五卅」這一歷史時期的無產階級革命力量，指明青年人只有在實際鬥爭中才能找到正確的歸宿。作品的格調是樂觀的、昂揚的，小

〔註78〕《茅盾研究在國外．法文版〈虹〉序》，湖南人民出版社，1984年版。

〔註79〕夏志清《中國現代小說史．茅盾》，香港友聯出版有限公司，1984年版。

〔註80〕《茅盾研究在國外．茅盾——希望與幻滅的描繪者》，湖南人民出版社，1984年版。

說不僅塑造了有鮮明個性的典型人物，還預示了歷史發展的趨勢，從這個意義上說，「它標誌著一個偉大作家的誕生」，米歇爾・魯阿的話是對的，它使人們看到一個成型的偉大作家的出現，也正因如此，法國《世界報》對法譯本《虹》的出版給予如此顯著地位的報導。

其次，各國學者一致肯定梅行素的形象是成功的。

武田泰淳在日譯本開頭的題解中指出：

> 只有梅女士才是新支那的娜拉，是包法利夫人。茅盾的內心深處隱藏著深厚的感情，卻像冷靜的螞蟻一樣追尋著女性的生活，在茅盾的世界裡，特別是流入他內心的，不是花，不是鳥，而只是像灰色流沙般的無表情的「持續」。他不是用那飛躍的詩的精神，而是靠那不屈的散文精神對梅女士進行刻畫。〔註 81〕

夏志清認爲，自 1928 年以後，茅盾的「共產思想漸趨正統，對中國社會的種種評論，更奉正統的馬克思主義爲圭臬」，儘管如此，梅的形象仍是吸引人的，他說：

> 《虹》裡面的女主角梅女士的性格頗爲錯綜複雜，和《幻滅》中的靜女士大異其趣。梅女士實在是作者所有小說裡寫得最用心，同時也是最引人入勝的女主角。在本質上，她雖然是個舊式的女子，但比起靜來，她不輕易向現實低頭。對新經驗常覺好奇，對人生眞諦的追求，比靜嚴肅得多。這篇小說就是記載介乎「五四」（1919）和「五卅」（1925）這兩個意義重大的日子之間，梅女士追求人生意義的過程。〔註 82〕

米歇爾・魯阿指出：

> 早在《野薔薇》中人們就已經看出茅盾是一位繪製婦女肖像的能手。而刻劃入微的梅的肖像更加突出地顯示了茅盾的藝術與匠心。……50 年過去了，加上我們與中國之間在地域、文化和其它種種方面的差別，梅居然在飽嘗艱辛，苦於掙扎的處境中仍然在爲自己也爲所有的婦女提出著許多緊迫的問題……〔註 83〕

〔註 81〕松井博光《黎明的文學・長篇小說〈虹〉》，高鵬譯，浙江人民出版社，1982 年版。

〔註 82〕夏志清：《中國現代小說史・茅盾》，香港友聯出版有限公司，1984 年版。

〔註 83〕《茅盾研究在國外・法文版〈虹〉序》，湖南人民出版社，1984 年版。

以上幾段評論，都說出了梅這個形象的時代內涵和典型性。看來，「虹一樣的人物」梅行素的形象得到各國評論界一致肯定。這個形象的確塑造得生動、眞實，體現了「五四」時期的中國青年思想發展的歷程，尤其是女青年，如何接受「五四」新思潮的影響，首先是在戀愛自由、婚姻自主的問題上衝破封建家庭的樊籠而走向社會，從要求個性解放到投身社會解放，從迷惘彷徨找不到出路到參加社會鬥爭的集體直至獻身革命。梅的道路是有代表性的，通過她的生活經歷，反映了從「五四」到「五卅」這一歷史階段中國社會的某些本質方面及青年一代的精神面貌。

《虹》和《蝕》比起來，梅行素的形象比章靜、章秋柳她們的確不同了。《蝕》中的女性雖然也是接受「五四」的影響，可以說她們從同一個起跑線出發，但終點是不同的，《蝕》中的女性有的動搖、有的幻滅、有的消沉墮落，而梅則成了一個革命者，代表了「五四」以後覺醒的而又找到方向的一代青年。從思想意義來說，梅的形象容納了更多的歷史的、時代的內容；從藝術價值來說，顯示了茅盾不「使自己粘滯在自己所鑄成的既定模型中」〔註 84〕的一種突破。

第三，對於小說的結尾，一致認爲收束倉促，前後格調不一致，對梅行素的形象是一種損傷。

日本漢學家松井博光指出：

> 梅被一位活動家所征服，而驚惶失措，這也是不得已的。但茅盾並沒有忘記在女性的關係上給這位活動家投以陰影。雖然在上海街頭，梅和群眾一起遭到水龍噴射而弄得全身稀濕，梁剛夫也沒有忘掉打她的主意，這就是梁的形象。……我仍然認爲可以把前半部和後半部分別構思寫成兩部作品，或者寫成上下兩部更好一些。〔註 85〕

夏志清認爲：

> 這小說的第二部分是梅處身在這特殊的頹廢時期的實錄，雖然比不上第一部分那樣引人入勝，但仍然保持作者原有的風格，以及那種追求自己心目中理想的赤誠。相形之下，描述中國接受馬克思主義洗禮前夕的第三部分，就遜色多了。梅拋棄了封建傳統和個人

〔註 84〕茅盾：《〈宿莽〉弁言》，上海大江書舖，1931 年版。

〔註 85〕松井博光：《黎明的文學・長篇小說〈虹〉》，高鵬譯，浙江人民出版社，1982 年版。

主義而去接受共產思想，正是當時中國一班青年中頗有代表性的一種選擇。論理梅終於聽信了馬克思主義那種頗富煽動性的言論，這種信仰上的轉變，和他以前那種思想上的糾紛一樣，不難成爲同樣動人的題材。可惜的是，作者在這一部分裡加強了宣傳的調子，使小說的眞實性削弱了許多。……所有中國革命小說都幾乎千篇一律地出現這樣一個英雄人物：他具有鐵一般的意志，絕不濫用感情，不受美色所誘，不爲敵人的威嚇所屈。他帶著神秘的色彩，獨往獨來，對社會不滿。這種風格，在文學上，與拜倫筆下的那種英雄角色是一脈相承的。這種人在所謂共產主義浪漫文學中佔了很吃重的角色。因此，《虹》結尾的失敗並非是由於茅盾鼓吹共產主義思想，而是他無法像在這小說的前半部中用眞實的和細膩的心理手法去爲這種思想辯護。在最後的一部分裡，無論在思想上或情緒上的描述，已不復見先前那種眞誠的語調了。〔註86〕

夏志清與松井博光看問題的角度是不同的。松井博光是從人物形象的塑造上，也就是作品風格的完整性、統一性上提出問題的，而夏志清則是站在他的特定立場上惋惜小說的眞實性的削弱乃在於「加強了宣傳的調子」，認爲這是重蹈中國所有革命小說的覆轍。這裡夏志清出現了一個理論上的矛盾，一方面認爲梅聽信了馬克思主義宣傳後信仰轉變「不難成爲同樣動人的題材」，另一方面認爲《虹》在結尾的失敗是因爲共產主義思想無法「用寫實的和細膩的心理手法去爲這種思想辯護」。歸根結底，夏志清對於文學眞實性的理解和我們的立腳點是不一樣的。我們認爲，《虹》的結尾顯得倉促、粗糙，有概念化的地方，不如前半部生動感人，但問題的癥結不在梅行素接受了共產主義思想和這種思想不能用寫實的、細膩的手法加以表現，而在於作家不恰當地渲染了愛情情節，使得梅行素和梁剛夫的性格塑造出現了缺陷，削弱了這兩個形象的典型意義，這和作家當時思想上的矛盾狀況沒有完全消除有很大的關係。

第五節　關於日、捷、越譯本《腐蝕》

《腐蝕》於 50 年代中期至 60 年代初期被譯成日、俄、捷、越等文字，

〔註86〕夏志清：《中國現代小說史・茅盾》，香港友聯出版有限公司，1984 年版。

除俄譯本改題爲《一個迷誤的女人的日記》，在《涅瓦》雜誌連載時，茅盾有一篇自序，介紹《腐蝕》的時代背景並祝中蘇文化交流及中蘇友誼日益鞏固發展外，日、捷、越譯本均無作者自序，只有譯者序跋和解說，從這些序跋及講解的文字可以看出，日、捷、越三種譯本及這些國家的文學界對《腐蝕》的研究各有特色和側重面。

日本的翻譯界一向是很活躍的，抗日戰爭時期對於中國文藝界反映抗戰的作品尤爲敏感，翻譯之迅速每每令人有緊張之感，一部作品譯到日本，往往不僅引起文藝界甚至政界、軍界和企業家們的關注也是常事，他們以此作爲研究中國的途徑之一。日譯本《腐蝕》，譯者小野君，1954 年築摩書房發行。日譯本的特點是很注意小說的時代背景，小野君在日譯本的「解說」中指出：

> 《腐蝕》是以 1940 年德意日三國同盟作爲轉機、國民黨所採取的一系列的反動措施作爲歷史背景的。因此，《腐蝕》裡的日記年月日不僅是主人公獨白的一個手段，也是那個歷史背景的標誌。日記的日期是從 1940 年 9 月 15 日到第二年 2 月 5 日爲止。在那期間，國共兩黨兩次大規模地武裝衝突。……這些事件都破壞了以抗日爲共同目標的統一戰線，是倒行逆施的一次暴露。……
>
> 另一方面，力圖阻止這種倒行逆施，消除統一戰線分裂危機的努力也正在進行。例如：1941 年春，在香港成立的民主政團同盟（民主同盟的前身）以「調停國共關係，促進民主和團結」爲目的而結合在一起。登載《腐蝕》的上述的《大眾生活》是 1941 年 5 月創刊的時事評論雜誌（嚴格地說，原來是 1935 年末在北京「一二・九」學生運動發生時創刊，以後休刊，這時又復刊的雜誌），茅盾也參加了編輯工作。這個雜誌的發行人也和民主政團同盟大體上站在同一立場。其《復刊辭》中可以看到下面的內容：現在擺在全國人民面前的緊要問題是如何從根本上消滅分裂的危機，鞏固團結統一，建立民主政治，把抗戰堅持到底，以取得最後的勝利。……
>
> 《腐蝕》是在這樣的歷史環境中產生出來的作品，爲了更好理解這個作品，我認爲也有必要知道這一點。〔註 87〕

《腐蝕》反映了抗日戰爭進入相持階段的初期和中期的重要歷史特點，揭露了「皖南事變」前後蔣介石集團消極抗戰，積極反共、反人民的罪行，

〔註 87〕《茅盾研究在國外・日文版〈腐蝕〉解說》，湖南人民出版社，1984 年版。

密切配合了中國共產黨領導下的抗日統一戰線的工作和鬥爭。日譯者透徹地理解了小說的背景，看到了小說所描寫的女主人公的活動與日本軍國主義、與中國人民的抗日鬥爭、與蔣介石特務組織——實際是日本特務的「蔣記派出所」的種種關係，深刻地指出，茅盾雖然運用的是日記體，但不是以描寫人物內心世界爲目的，而是通過趙惠明的「厭惡和憤怒、不安和焦躁，並且企圖從那裡逃脫出來的她的掙扎來反映這個『腐蝕』了的世界」，以「暴露社會現實」爲「最大目的」。〔註88〕日譯者甚至注意到，《腐蝕》在《大眾生活》雜誌連載，這個雜誌本是「一二・九」學生運動時期創刊的，他在日譯本「解說」中特地點出「一二・九」運動不是沒有緣由的。「一二・九」運動是在日本帝國主義佔領東北進而要求「華北政權特殊化」的情況下，北平學生爆發的一次大規模的愛國運動。這次運動大大促進了抗日民族統一戰線的形成。這一點和小說的背景及小說的內容都是緊密相關的。

正義的、友好的日本人民是歡迎《腐蝕》被譯介到日本的。中島健臧說過，《腐蝕》「是在戰後翻譯出版被廣泛閱讀的。」〔註89〕小野君也說：「戰敗後的第二個春天，從上海回國的武田泰淳氏有這本書的原著，我借來閱讀了。當然，我接觸這部小說不是第一次。在戰爭中我在雜誌上讀到了前一部分。但那時對這部小說深刻的意義還不太了解，這不僅是因爲只讀了其中一部分的緣故，在戰爭中我們被當作局外人與世隔絕了，這一事實也不是沒有聯繫的。不管怎麼說，我在戰後讀了那個單行本很受感動，同好之士在八年戰爭之後讀到茅盾的新作也都瞠目相視，認爲非常有翻譯的價值。……後來知道了這部作品的翻譯由菊池租先生（現任福岡縣立圖書館長）在日本戰敗後寓居上海時完成了……在日本戰敗後的上海，處境困難的日本人能完成這個翻譯的原因之一可以認爲是，這部小說對日本人也具有強烈的感染力的緣故。作爲另一個例證，我想舉出：也是在戰敗後的上海讀了這部小說的堀田善衛先生，把這部小說的構思採納在他的作品《齒車》裡。」〔註90〕抗日戰爭，關係到中日兩國人民的命運和前途，正確地認識這一戰爭的性質，認識日本帝國主義的罪惡和侵略行徑，願中日人民世世代代友好下去，通過文學作品交流兩國人民的心聲，《腐蝕》的譯介工作起了很好的橋樑作用。

〔註88〕《茅盾研究在國外・日文版〈腐蝕〉解說》，湖南人民出版社，1984年版。
〔註89〕《中國現代文學在日本》，《世界文學》1959年第九期。
〔註90〕《茅盾研究在國外・日文版〈腐蝕〉解說》，湖南人民出版社，1984年版。

越文版《腐蝕》，黎春雨譯，越南文學院文化出版社 1963 年出版。越文版的特點是，強調小說的思想意義。譯者在越文版序中說：「我們向讀者推薦這部小說，就是作家在這個時期創作的代表作，也是在當時國民黨統治區中國革命文學中突出的重要成就之一。」〔註 91〕歸納起來，越譯本認爲《腐蝕》有三方面意義：一、「《腐蝕》是對國民黨統治區令人作嘔和令人怒火塡膺的黑暗與罪惡社會的眞實寫照」，「是一部充滿血和淚的控訴書」。二、「《腐蝕》具有重大的政治意義。它宛如一把尖刀剜割著國民黨的五臟六腑。它揭露了所謂『曲線救國』的方針，而那實質上是國民黨陰謀反共賣國」。三、「《腐蝕》提出並解決了當時中國人民的、時代的一個重大問題：『向何處去』？作者用爲了祖國、爲了人民，爲了革命的全部熱情提出和解決這個重大問題的，作者以高度水平洞察了社會的基本矛盾並融會到自己的人物之中。」〔註 92〕

60 年代初，越南對中國現代文學的介紹多是強調作品的社會性和思想價值，有關作品在文學史上的地位、中越文學的比較及淵源關係等很少涉及，對於正在從事第一個五年計劃建設並進行抗美救國戰爭的越南人民來說，介紹作品的思想意義當是最迫切的任務。

捷文版《腐蝕》，雅羅米爾·沃哈拉譯，改名《在虎穴裡》，布拉格「我們的軍隊」出版社 1959 年出版。著名漢學家雅·普實克爲捷譯本寫了長篇後記，以熱烈抒情的筆調向捷克人民介紹了茅盾的生平、創作道路及文藝思想。捷譯本的特點是，深入透闢地分析了《腐蝕》的藝術特色。普實克從茅盾的文藝思想既接受歐洲文學影響又接受中國古典文學熏陶兩方面入手的，他指出：

> 由於茅盾受家鄉環境的影響，受歐洲現代科學的強烈影響，從而使他得以有了良好的條件，同產生出優秀的歐洲文學的那些先進的理論進行卓有成效的聯繫。我們是否可以這樣說，這就是茅盾那特有的藝術審美的敏銳感受，科學的、理性的、甚至是一種分析解剖式的態度去觀察生活和社會的一些根源。另一方面，茅盾亦是中國古典文學的一個偉大的讀者，廣泛地涉獵中國古代文籍，大量閱讀綺麗多彩的中國古典小說的集錦。從他童年起，文學就使他的生活充滿了意義。〔註 93〕

〔註 91〕《茅盾研究在國外·越文版〈腐蝕〉序》，湖南人民出版社，1984 年版。
〔註 92〕同前註。
〔註 93〕《茅盾研究在國外·捷文版〈腐蝕〉後記》，湖南人民出版社，1984 年版。

但是中國古典文學在人物心理刻劃上有不足之處，因而茅盾轉而向歐洲文學尋求借鑒。

> 中國古典文學的藝術手法的主要特徵是用一種極好的抒情方式來抓住思想情緒，美妙極緻地敘述一些激動人心的故事，十分注重故事情節曲折生動，藝術高超地再現各個人物間生動的對話，然而當要描寫各種各樣複雜的事情，或人物的心理活動，或他們思想深處發生的問題時就顯得不靈了，不善於細膩刻劃，展示一種人物性格和一種複雜內心體驗，這方面得向歐洲文學尋求借鑒，主要是學習如何藝術地滲透到人物心靈深處去的描寫手法。〔註 94〕

這一手法在《腐蝕》中有了進一步發展，運用內心獨白的描寫手段揭示女主人公內心世界的感情，在藝術上表現爲兩個特色：

> 力求逼眞地再現現實，使讀者自己直接觀察和體驗到所提供的客觀畫面的話，那作者還得盡量地避免自己像個敘述者的嫌疑；任何地方都不得留有這種痕跡，好像有某個人在給我們敘述那小說或短篇的故事情節；或者我們是在聽某人的講述。茅盾總是力求讓我們看到、感覺到或直接經歷著他所描述的一切，力求在事件和我們之間不存在有任何一種中間媒介。在這點上大概又是最大地偏離於中國文學傳統的敘述手法了。
>
> 人物性格的塑造和人物內心世界的展示相關聯。比如在小說《腐蝕》中，是以小說女主人公爲線索，將其表現主人公思想有關的事件、經歷與心理活動串聯起來去表現情節。茅盾在這裡並未著意去描寫眾所周知的國民黨森嚴的特務組織、特務制度的反動性與殘酷性，直述他們種種血腥罪行，不是由這些事件本身組成小說的情節，而是通過這些事件在人物生活中激起的一系列變化組成的。茅盾在書中詳盡地描述了人物的心理狀態，運用心理分析、行動描寫及情景感染等各種手法塑造人物的。〔註 95〕

普實克對中國的古典文學也是很有研究的，對《腐蝕》的藝術特色的概括建築在對全部中國文學研究的基礎上，這說明捷克斯洛伐克的文藝界和學術界對東方文學尤其是中國文學的重視。

〔註 94〕《茅盾研究在國外・捷文版〈腐蝕〉後記》，湖南人民出版社，1984 年版。
〔註 95〕同前註。

第六節　日、蘇對《霜葉紅似二月花》的比較研究

日譯本《霜葉紅似二月花》，譯者竹內實，1961 年東京勁草書房出版，曾被輯入東京大學研究室編的《中國的名著》。二十年後，有岩波書店出版的另一日譯本，譯者立間祥介。蘇聯的翻譯界雖然沒有將《霜葉紅似二月花》全部譯介過去，但在許多漢學家如費德林、魯德曼等的文章中都對這部小說有所評介，其中以索羅金在他所著《茅盾的創作道路》一書中對此作品的評價最有代表性。竹內實和索羅金的文章同是在 60 年代初期寫的，對《霜葉紅似二月花》進行了多方面的比較研究。

竹內實認爲：「這部小說不僅是一部社會小說，而且還具有一種魅力，像日本的能面一樣很有趣味。」〔註 96〕這種魅力表現爲小說具有一種場景美，如黃和光和妻子婉卿夜深人靜時竊竊私語，一座空廓落落的大宅子，一個貌似溫暖實則淒涼的家，妻子好比花明柳媚的三月艷陽天，丈夫就像秋末蜷伏在牆角的老蚯蚓，一個對未來還作著甜美的夢，一個已失去了爲丈夫的能力和爲人父的快樂，深刻的無法擺脫的矛盾卻蘊含在一種靜謐的毫無矛盾環境中。從這類情節看，竹內實認爲茅盾的思想很接近英國的勞倫斯。他說：

> 勞倫斯認爲，人們相信眞正的愛情是有生命的，人們眞誠地信奉它，認爲愛情是一團溫暖人心的火焰。茅盾把這種溫暖人心的愛情當作人生內在的中心問題來描寫，(這裡的「人生」不單是那兩個民國初年的青年夫婦的「人生」) 創造出一種場景美。勞倫斯最初看到的只是男女之間的矛盾，試圖說明男性想要支配女性。但在晚年，他又開始描寫男女之間愛情的火焰。勞倫斯思想的變化同茅盾前後期思想的變化是一樣的。〔註 97〕

竹內實這裡有可能指的是勞倫斯的《恰特萊夫人的情人》一書。恰特萊參加歐戰回來已成殘廢，失去子嗣的希望，似乎與黃和光地位差不多，他的妻子康妮忍受不了毫無生氣的生活，決定拋棄自己男爵夫人的地位和一個雇工結爲伴侶，表現了反抗流俗的勇敢舉動，這則與賢妻良母式的婉卿大不一

〔註 96〕《茅盾研究在國外・日文版〈霜葉紅似二月花〉介紹》，湖南人民出版社，1984 年版。

〔註 97〕同前註。

樣了。不管怎樣，兩部小說同是點明了人類意識中難以言傳的種種幽微，這大概是相通的。

> 茅盾不是勞倫斯。例如勞倫斯把性作爲偶像崇拜，茅盾不是這樣。儘管如此，茅盾的《霜葉紅似二月花》總使人感到小說的世界裡隱藏著什麼。打個比方說，茅盾的作品像朵花——這一點已經無可否認了。不過我覺得這花兒的深處藏著一條蜥蜴——D·H勞倫斯這條蜥蜴。〔註98〕

茅盾和勞倫斯是不同的。不僅因爲勞倫斯把性作爲偶像崇拜，更重要的是，他自始至終不了解無產階級革命是通向人類自由解放的必由之路，他雖嚮往一個社會和諧、兩性關係靈肉一致的新時代，但他的嚮往是模糊、空洞的，連自己都不知道怎麼去實現。茅盾寫《霜葉紅似二月花》則是「打算寫從『五四』到1927這一時期的政治、社會和思想的大變動，想在總的方面指出這時期革命雖遭挫折，反革命雖暫時佔了上風，但革命必然取得最後勝利。」〔註99〕他也寫性愛，但其中蘊含著深刻的、理智的思索，正像竹內實所說，《霜葉紅似二月花》中「每個家庭都是一個小小的世界，都隱藏著自己的秘密」，〔註100〕通過這一個個小小的世界，寫出了從辛亥到「五四」這一歷史階段的社會風貌和一些青年知識份子「霜葉紅似二月花」的特質。

索羅金則把茅盾與巴金相比較，把《霜葉紅似二月花》與「激流三部曲」相比較。

> 巴金、茅盾作品的類似，首先在於其中所描寫的環境和思想氛圍。舊方式的生活已注定滅亡，新的思想滲入國家每一個偏僻的角落，無論莊園的高牆還是老朽的查禁，都不能阻擋。多年的根基緩慢地動搖了，但不是每個人都有足夠的勇氣與之決裂。除了自古以來封建「禮教」使其犧牲者注定了的那種悲劇外，由此又增加了新的苦難，新的悲劇。
>
> 巴金在三部曲中，詳盡地考察了封建家庭衰落的過程。茅盾小

〔註98〕《茅盾研究在國外·日文版〈霜葉紅似二月花〉介紹》，湖南人民出版社，1984年版。

〔註99〕《茅盾文集》第六卷《霜葉紅似二月花》新版後記，人民文學出版社，1963年版。

〔註100〕《茅盾研究在國外·日文版〈霜葉紅似二月花〉介紹》，湖南人民出版社，1984年版。

> 說寫成的部分裡，這個過程還只是開始。但封建家族的滅亡是不可避免的——這很明顯：還不只是由於「家庭革命」的思想深入到小城鎮。舊事物的滅亡也免不了，這還因爲，許多人只是在痛苦中飲泣，在封建禮教壓迫下還未找到出路。〔註101〕

《霜葉紅似二月花》中的張恂如、黃和光、錢良材、女性形象恂少奶、張婉卿、許靜英都是從封建營壘中來的人物，他們中有的有改良現實的願望，有的未老先衰，失去了生活的勇氣；圍繞在他們周圍的形形色色的人物及其錯綜複雜的關係構成了從辛亥到「五四」前夜動蕩不安的社會氛圍。人人感到生活的不安寧，一種新的東西滲透進大家庭裡來，他們只感覺到而又說不清是什麼影響了他們的生活和思想，社會的變動，新興資本主義勢力抬頭將帶來社會的巨大變化和人們思想意識裡的鬥爭。

> 同巴金的區別在於，巴金的三部曲是從內部，主要是從心理方面揭示封建家庭衰落的主題的，茅盾則是使主人公獨特命運的表現，服從於國家社會——經濟生活中普遍發生的悲慘過程。〔註102〕

巴金的《家》通過一個大家庭中封建人物的腐朽生活的描述和青年一代的痛苦掙扎，揭露了封建制度和封建禮教的重大罪惡，它的確是從一個封建大家庭中幾代人思想意識的衝突去進行描寫的，當然，這些人的思想衝突也都離不開社會的鬥爭。《霜葉紅似二月花》中以王伯申爲代表的新興資產階級和以趙守義爲代表的地主豪紳的鬥爭則是決定書中人物命運的主線，沒有一個人的命運不是和中國社會裡新的經濟因素相關聯的，地主與農民的鬥爭、地主與新興民族資本勢力、地主與地主間的矛盾也都圍繞這條線索展開，可以看出，作家的立意不在寫出某個封建大家庭的崩潰，而在寫出中國社會某一特定歷史階段的社會風貌。

第七節　國外對茅盾短篇小說的研究

茅盾的作品譯本最多的是他的長篇小說《子夜》和短篇小說集，而國外研究論文比較多、意見又比較分歧的則集中在短篇小說方面。不同傾向、不同流派的理論家們各自按照自己對社會現實和文藝現象的理解去解釋他

〔註101〕《茅盾研究在國外・論〈霜葉紅似二月花〉》，湖南人民出版社，1984年版。
〔註102〕同前註。

的作品，呈現出一幅國際間百家爭鳴的局面，了解這些研究成果，包括其中和我們完全不同的觀點和研究方法，可以使我們開闊眼界，思考許多問題。

短篇小說的譯介情況

各國的翻譯家把茅盾的短篇小說介紹給本國的讀者，大致集中在三個時期：30 年代、50 年代、70 年代。每二十年一次。這個情況和茅盾本人在他的文學生涯中是否在這三個時期比較多產並無關係。

最早譯成外文的是短篇小說《喜劇》。《喜劇》寫於 1931 年，次年由喬治．肯尼迪（George.A.kennedy）譯成英文，載於 1932 年 6 月 18 日出版的《中國論壇》上。《中國論壇》是在史沫特萊的提議和協助下，伊羅生創辦的英文期刊。它 1931 年 1 月創刊，2 月便刊登了左聯五烈士遇難的消息，主編伊羅生是比較注意中國革命文學及左翼文壇的。

《喜劇》於 1933 年又在美國的《今日中國》重新登載。稍後，《春蠶》被譯成英文在伊羅生主編的另一刊物《當代》（*Contemporary*）上發表，接著，《秋收》、《船上》、《小巫》、《趙先生想不通》、《林家舖子》等被陸續介紹給英美讀者。1934 年，伊羅生選編過一本中國作家短篇小說集《草鞋腳》，其中選了茅盾的《春蠶》，遺憾的是，《草鞋腳》一書當時未能出版，直到四十年後尼克松總統訪問中國，美國出現「中國熱」之後才得以出版。

1935 年，《泥濘》、《自殺》被譯成英文，譯者就是美國著名作家、記者埃德加．斯諾。他和他當時的妻子海倫．福斯特編譯了《活的中國——現代中國短篇小說選》一書，在倫敦．C．哈拉普公司出版。斯諾在序言中預言道：「這個國家對內對外的鬥爭迫使它在創造一個新的文化來代替。」〔註 103〕作爲新文化的標誌，斯諾認爲，是魯迅的作品、茅盾的作品，是一切革命作家的作品。他稱茅盾是「中國最知名的長篇小說家」，海倫．福斯特化名尼姆．威爾士在書的附錄《現代中國文學運動》中稱茅盾爲「中國最好的小說家」。當書編訖的時候，斯諾充滿欣喜地宣布：

> 通過閱讀這些故事，即使欣賞不到原作的文采，至少也可以了解到這個居住著五分之一人類的幅員遼闊而奇妙的國家，經過幾千

〔註 103〕《活的中國．編者序言》，文潔諾譯，湖南人民出版社，1983 年版。

年漫長的歷史進程而達到一個嶄新的文化時期的人們，具有怎樣簇新而眞實的思想感情。這裡，猶如以巨眼俯瞰它的平原河流，峻嶺幽谷，可以看到活的中國的心臟和頭腦，偶爾甚至能夠窺見它的靈魂。〔註 104〕

魯迅、茅盾等人的作品使斯諾認識了舊中國的現實和新中國的前景。從此，斯諾成了中國人民的友人，中國革命的同情者和贊助者。宋慶齡高度評價斯諾編譯的這本書，她說：「他在那一階段的作品，包括他翻譯的當代短篇小說，生動地反映了中國人民的生活，使被人冷酷地稱為『神秘莫測』的中國人能為外界所了解」。〔註 105〕斯諾在中國和世界讀者間架起了一座精神橋樑，「太平洋兩岸的子孫將受斯諾之惠，因為他留下的遺產將有助於他們研究中國的歷史。」〔註 106〕

新中國成立後，茅盾的作品被日益增多地譯介成各國文字。第一個承認新中國的蘇聯有很多譯本。法捷耶夫在中蘇友協總會成立大會上的講話指出：

我們蘇聯人民是很愛好中國的新文學的。我們國內前進的人們以極大的興趣讀過茅盾的作品：《動搖》和《子夜》，至於在我們雜誌上所登載的他的短篇小說和論文，我們的喜愛更不必說了。〔註 107〕

1954 年，俄文版《茅盾短篇小說選》由莫斯科國家文藝出版社出版，其中選譯了《第一個半天的工作》、《夏夜一點鐘》、《喜劇》、《林家舖子》、《趙先生想不通》、《春蠶》、《兒子開會去了》等作品，柳・烏里茨卡婭為小說選寫了序言，她指出：

作為一位現實主義作家的茅盾，在他自己的短篇小說裡鮮明生動並令人信服地描寫出中國的現實。他描繪了一系列中國社會多階層的典型代表人物、揭示了他們的性格和思想。茅盾在解放前創作的短篇小說描寫多種題材。讓我們知道社會多階層的代表人物，它始終貫穿著一個重大主題，即在國民黨統治下中國人民艱苦的暗無天日的生活。〔註 108〕

〔註 104〕《活的中國・編者序言》，文潔諾譯，湖南人民出版社，1983 年版。
〔註 105〕宋慶齡：《紀念埃德加・斯諾》，英文版《中國建設》，1972 年 6 月號。
〔註 106〕同前註。
〔註 107〕《文藝報》一卷二期，1949 年 10 月 10 日出版。
〔註 108〕《茅盾研究在國外・俄文版〈茅盾短篇小說選〉序》，湖南人民出版社，1984 年版。

與此同時，L・巴甫洛夫在《紅星》上發表書評《偉大中國人民的聲音》，B・彼德羅夫在《眞理報》上發表《生活的眞實》，介紹茅盾的作品。不久，俄譯三卷本《茅盾選集》問世，第三卷全是短篇小說。之後，匈牙利、保加利亞、阿爾巴尼亞等國都根據俄文版《茅盾短篇小說選》轉譯成本國文字，書前的序言仍採用烏里茨卡婭的文章。在此前後，德文版《茅盾短篇小說選》，約瑟夫・卡爾邁譯，由柏林世界和人民出版社於 1953 年出版。芬蘭的大出版公司之一的達米（Tammi）出版公司於 1958 年出版了芬蘭文的《中國小說選》，其中選譯了茅盾的《秋收》。〔註 109〕捷克的普實克於 1959 年爲我們的《世界文學》雜誌撰文說，「我們也很重視對茅盾的著作的研究」，〔註 110〕他在文章中提到普羅哈斯卡和馬・高利克都以茅盾小說爲研究專題，短篇小說《春蠶》已收入赫德利奇卡夫婦合譯的小說集《荷花灣》裡。

在亞洲，日本和越南對茅盾的作品包括短篇小說是比較重視的。中島健藏在一篇文章中談到戰後日本積極開展對中國現代文學的翻譯工作時說：「日本文學從誕生的那一天開始，就是在它的母乳中國文學的哺育下成長起來的……我們認爲，必須從新的角度重新發掘和評價日本文學傳統中的優秀成分，同時以新的眼光看待和學習中國文學」。〔註 111〕他列舉了魯迅和茅盾的作品，指出日本文學和中國文學的密切關係。根據石川梅次郎監修的《中國文學研究文獻要覽》戰後編所載，日本 50 年代對茅盾著作的研究達二十二種，比 60 年代多一倍。在越南，也很重視譯介中國現代文學作品，遠在八月革命之前，儘管法帝國主義對書報檢查十分嚴酷，但魯迅、茅盾的作品，尤其是短篇，仍在昆倉島、山夢、牢保那樣黑暗的集中營的政治犯手中秘密流傳，「通過這些作品使他們進一步了解到中國社會動態和中國人民爲爭取民族解放所進行的艱苦鬥爭。」〔註 112〕

50 年代後期，極左思潮愈演愈烈，我們的對外文化交流工作受到干擾，我們翻譯別國的作品顯著減少，別的國家對我國文化或文學作品的介紹也大大減少。我們的思想界、學術界、文化界在閉關鎖國政策下「兩耳不聞國外事」，別國的翻譯界、評論界怎樣評價我們的文學史及作家作品，我們不甚了了。六

〔註 109〕《世界文學》，1959 年 9 月號「國外書訊」。

〔註 110〕《新中國文學在捷克斯洛伐克》，《世界文學》1959 年 9 月號。

〔註 111〕《中國現代文學在日本》，李芒譯，《世界文學》1959 年 9 月號。

〔註 112〕念慈：《越南人民熱愛中國文學作品》，《世界文學》1959 年 9 月號。

十年代初，以捷克漢學家普實克為一方，以華裔美籍學者夏志清為另一方，在長達兩年之久的時間裡，開展了一場關於中國現代文學的論爭，〔註 113〕這場論爭在西方中國學界引起很大反響，而我們竟全然不知其內容。他們論辯的焦點即集中在對魯迅、茅盾等的作品評價上，涉及了一些帶根本性的問題。普實克批評夏志清帶有嚴重的政治偏見和教條偏狹，在對茅盾的評價上亦如對其它革命作家一樣是不公允的；而夏志清則堅持認為茅盾後期的作品是失敗之作，《子夜》如此，《春蠶》也不過是「表現可愛的好農民」，不如他早期的作品肯於表現「自找麻煩的誠實」。由於在這場論辯的當年我們不知道情況，因而沒有做出應有的反應。直到二十年後，這些材料才被介紹過來。遺憾的是，這時的夏志清已帶著他的政治偏見訪問過北京，而普實克早已與世長辭了。

粉碎「四人幫」後，我國的對外文化交流工作空前活躍。這個時期的特點是，茅盾的作品翻譯數量不見得比過去多，但國外研究論文和專著卻日漸增多，研究日益廣泛和深入，研究隊伍則已進入第二代或第三代。以日本為例，根據石川梅次郎監修的《中國文學研究文獻要覽》戰後編統計，70 年代的研究論文達二十六種之多，而且出版了系統研究茅盾的專著即松井博光的《黎明的文學——中國現實主義作家茅盾》。松井博光比之增田涉、小野忍、竹內好等，那是後起之秀了。在歐美，捷克的高利克，作為普實克的學生，比較多的注意力放在對茅盾短篇小說和文藝理論的研究方面；法國的米歇爾·魯阿夫人，曾任法中友協主席，親自為法文版《茅盾短篇小說選》作序，熱情洋溢地讚揚了這些短篇的豐富性；美國的那米塔·巴達恰爾亞和約翰·柏寧豪森都是 70 年代湧現的專攻茅盾短篇小說的學者；德國和奧地利也都有人致力於這方面的工作。有的國家如泰國，過去很少介紹中國現代文學作品，1980 年，竹林出版社出版了茅盾的《殘冬》(包括《春蠶》、《秋收》、《殘冬》和《林家舖子》四個短篇)，《沙炎叻評論週刊》為此特別發表評論指出：「這四部作品反映了在帝國主義和封建主義壓榨下的中國農村經濟崩潰的景象。」〔註 114〕

隨著中國國際地位的日益提高，我國的文化藝術越來越受到國際上的重視，對茅盾作品感興趣的中國學學者越來越多。茅盾的長篇、中篇和短篇，已經跨越國界和時間的界限，給人類留下永恆的魅力。

〔註 113〕《茅盾研究在國外·西方關於中國現代文學的一場重要論爭》，湖南人民出版社，1984 年版。

〔註 114〕《茅盾研究在國外·關於小說〈殘冬〉》，湖南人民出版社，1984 年。

短篇小說研究的幾個方面

國外對茅盾短篇小說的研究，大致包括以下幾方面的內容——

作爲傑出的現實主義作家，茅盾的短篇創作的現實主義特色也如其長篇名著一樣，乃是茅盾式的「這一個」。這一特點表現爲同現實的緊密聯繫，通過這種聯繫鮮明生動地反映中國的社會現實和中國人民的生活，從而揭示生活的某些本質方面。普實克說：

> 茅盾在文學作品中捕捉現實和傳達現實的特點，是集中具有時事性的現實。在全世界偉大作家的作品中，很少有人像茅盾那樣緊密地、經常地、直接聯繫著當代重要的政治經濟事件。茅盾的作品大多取材於不久前剛發生的事件，在這些事件尚未從當代人的印象中消退時，便將它熔鑄成自己的藝術作品。〔註115〕

如果把茅盾的短篇創作粗略地分爲幾個時期，這個特點便看得更爲明顯。20年代末到30年代初，這時期的短篇小說以《野薔薇》爲代表，取材自大革命失敗後小資產階級青年的生活，眞實地反映她們的苦悶、消沉的精神面貌，也反映了她們打破傳統思想束縛接受新思潮衝激的一面，時代的氣息是濃鬱的。30年代前期，是《林家舖子》、農村三部曲問世的階段，通過農村的農民、市鎮的商人這些普通人的生活和命運，通過巨大的藝術概括表現了30年代階級矛盾和民族矛盾都異常嚴重的中國社會的一些基本問題，深刻地反映了當時的時代特徵，不愧「是1919～1937年間中國新文學第一階段裡最重要的文獻之一」，〔註116〕是「現代中國一部小型《人間喜劇》。」〔註117〕到了30年代後期直到全面抗戰爆發以前，茅盾的短篇創作面日益開闊，有反映城市貧民生活的，有表現農村經濟破產的，有反映各種類型的知識份子思想面貌的，有反映中國官場的腐朽、庸俗的，也有反映人民的抗日救亡運動的。在第二次國內革命戰爭的十年間，茅盾的短篇從不同角度反映了人民的苦難與覺醒。40年代的創作更是與現實緊密聯繫在一起，反帝反蔣的旗幟愈加鮮明，同時又熱情歌頌革命人民的英勇鬥爭及其偉大勝利。我們把茅盾在四個不同的歷史階段的短篇，與之各個歷史階段的大事對照起來考察，就會發現：

〔註115〕《茅盾研究在國外·論茅盾》，湖南人民出版社，1984年版。

〔註116〕《茅盾研究在國外·捷文版〈茅盾短篇小說選〉後記》，湖南人民出版社，1984年版。

〔註117〕《茅盾研究在國外·斯洛伐克文版〈林家舖子〉前言》，湖南人民出版社，1984年版。

「茅盾的寫作目的，最重要的，是報導直接的經驗，是在經驗還非常新鮮、毫不模糊的時候便把它們記錄下來。在現實尚未成爲歷史時，就立即極爲準確地抓住它，這就是茅盾藝術的基本原則。」〔註118〕

這種與現實緊密聯繫的特色，與新聞記者追捕「熱消息」不同，它不是純客觀的新聞報導，也不是對某一政策的宣傳，而是經過作家縝密的觀察，對現實事件經過消化與反饋，凝結著作家對生活的深沉思考，是與嚴密的理性分析結合在一起的，體現著作家對於現實生活的態度和愛憎之情。正是這樣，他的短篇小說被譽爲「中國整個動蕩不安和中國各階層人物的思想情緒的起伏轉折以及中國人民爲爭取正義、爲更加人性的生活而鬥爭的無與倫比的生活圖畫。」〔註119〕「戰前中國敘事散文的高峰」、「中國新文學日趨成熟的最好見證，也是作者偉大的天才、高超藝術的印證。」〔註120〕

第二，茅盾的短篇塑造了許多栩栩如生的、令人難忘的典型形象。這些形象不是通過生活中偶然的、不平常的事件堆砌起來的，而是通過一些普通人的命運，一些人們可以天天看到、聽到、碰到的事情塑造的。正如日本的竹內好所指出：

> 中國的革命文學退潮後，起而代之，成爲文壇主流的是茅盾的《春蠶》所指出的農民文學的方向。在茅盾以前當然有農民文學，如魯迅的《阿Q正傳》、丁玲的《水》、魏金枝《白旗手》等，都是有代表性的農民文學，但這些作品「都是通過特殊的事件或形式來表現農村，卻沒有把最普通的農民階層的最普通的日常生活做爲藝術創作的對象來看待」，可是《春蠶》是「細緻地描寫貧窮的小農民普通常見的日常生活，形象地表現出農村破產的普遍過程，是一篇劃時代的作品。」〔註121〕

茅盾的短篇正是把這些普通的、常見的人物和事件加以集中和概括，以反映中國人民最普遍的生活。比如老通寶，這是江浙農村中最常見、最普通

〔註118〕《茅盾研究在國外・論茅盾》，湖南人民出版社，1984年版。

〔註119〕《茅盾研究在國外・斯洛伐克文版〈林家鋪子〉前言》，湖南人民出版社，1984年版。

〔註120〕《茅盾研究在國外・捷文版〈茅盾短篇小說選〉後記》，湖南人民出版社，1984年版。

〔註121〕《茅盾研究在國外・日本研究茅盾文學的概況》，湖南人民出版社，1984年版。

的農民形象，但是經過作家的藝術概括，卻成爲個性鮮明、具有普遍意義的藝術典型。捷克的馬・高利克對這一形象的評價是極高的：

茅盾塑造的典型人物屬於中國現代文學史上的典型形象，佔有卓著的地位。比如老通寶就可同中國新文學的奠基人——魯迅的阿Q這個人物相比，老通寶這個人物可說是中國新文學裡所塑造的一些最優秀的人物形象之一，他之所以如此，乃是由於作者在他身上描繪了一個人的特徵，那裡飽含有中國人生動而眞實的特徵，而且茅盾善於概括多種類似的生活素材，從而塑造出有鮮明個性又有普遍意義的藝術典型，他描寫的藝術形象比生活現象更有概括性。老通寶這個形象就是革命前的中國農民的典型形象。〔註 122〕

許多外文譯本的短篇小說集都以茅盾筆下的典型人物作封面，這些生動的藝術形象和創造他們的作家的名字一樣深深印在世界讀者的心中，早已躋入世界文學的人物畫廊。

第三，許多國外評論一致指出，茅盾的短篇創作早已脫離批判現實主義的窠臼，應當屬於社會主義現實主義或稱之爲革命現實主義的範疇。

茅盾的短篇小說決不是自然的描摹或現實的翻版，它寫了中國人民的許多苦難，卻不是爲了讓人們墜入苦難不能自拔，相反，這些作品蘊含著希望，使人們認識到推翻舊制度的可能與實現自由解放的道路。

德譯本《茅盾短篇小說選》〔註 123〕書前有這樣一段介紹：

在這個充滿痛苦、屈辱和迷信的昏天黑地的歲月中，忽然出現了新時代的報信者。青年農民們奔向食利者的倉庫，沒收了他們屯積起來的稻穀。

這樣，在中國著名作家茅盾的這些小說裡，不只表現了人民在蔣介石獨裁統治下所忍受的各種程度的痛苦，而且也預告了一個新的中國的誕生。

捷譯本《茅盾短篇小說選》後記指出：

在這些短篇裡，茅盾已向社會主義現實主義邁進，他既抓住了具體的革命形勢，同時又表現出爲社會主義未來而鬥爭的力量，作

〔註 122〕《茅盾研究在國外・斯洛伐克文版〈林家鋪子〉前言》，湖南人民出版社，1984年版。

〔註 123〕德譯本《茅盾短篇小說選》，約瑟夫・卡爾邁譯，柏林世界和人民出版社，1953年，引文爲郭志剛譯。

者把自己的理想注入到作品的具體內容中去了。〔註124〕

以上兩段話都是對其短篇小說的創作方法的分析。一個傑出的現實主義作家不僅能眞實地、準確地反映現實——過去的和現在的現實，而且也要能表現未來的現實。不埋頭於黑暗，而望眼未來，這正是革命現實主義與批判現實主義以及自然主義的區別。

應當承認，茅盾早年的短篇小說，思想是從民主主義出發的，創作方法也還有自然主義的痕跡，但30年代以後的創作已進入成熟期，與批判現實主義、自然主義分道揚鑣了。茅盾早年的文藝思想雖受過左拉的影響，但他的短篇小說卻明確表示了對現實的態度，筆下的人物也都是作爲一個社會的人進行思想行動的，這就明顯看出他的創作和左拉的理論不同的地方。普實克說：

> 在農村三部曲裡，茅盾描寫了一個保守的農民老通寶的感情。這是典型的當人被自己所不理解的，或至少是解釋不清的力量所壓軋時的悲劇感。這看起來和自然主義者的觀點非常相近。自然主義者也相信人生往往是悲劇性地注定的，相信人的命運是被高於自己的願望的力量所決定的，但他們認爲這種力量在於生物性、在於遺傳。因此，他們把注意力集中在個別情況，在個人或一個家族。〔註125〕

持有同樣看法的是法國的米歇爾·魯阿夫人，她爲法譯本《茅盾短篇小說選》寫的序言指出：

> 西方人不妨認爲茅盾筆下那些苦自掙扎的被剝削被愚弄的人們，很像是希臘悲劇中那些面對「不可知」與「不可免」的角色。不過，這只是看到了事情的一個方面：與希臘悲劇不同，與《土地》中那種不可救藥的獸性不同，農村三部曲則是蘊含著希望，一種從一開始就注定是漫長的鬥爭中新近醞釀出來的希望，一種與小說的結尾同樣不完善的希望。〔註126〕

第四，許多評論探討了茅盾的短篇小說與中外古典文學的淵源關係。除蘇聯、保加利亞、匈牙利等國的評論指出茅盾從俄羅斯古典文學汲取營養而

〔註124〕《茅盾研究在國外·捷文版〈茅盾短篇小說選〉後記》，湖南人民出版社，1984年版。

〔註125〕《茅盾研究在國外·論茅盾》，湖南人民出版社，1984年版。

〔註126〕《茅盾研究在國外·法文版〈茅盾短篇小說選〉序》，湖南人民出版社，1984年版。

外，捷克的評論較多地分析了茅盾的短篇與中國古典文學的繼承性。馬・高利克說：

> 我們在研究茅盾的一些小說或短篇時，就不難發現那裡有著中國最光輝的諷刺作家吳敬梓的印跡；有些批評家還在茅盾的作品裡發現了受中國古代最爲傑出的小說家曹雪芹——偉大的小說《紅樓夢》的作者的影響。〔註 127〕

在好幾篇文章裡，捷克的學者都提到茅盾繼承了吳敬梓一派的傳統，其實，茅盾汲取中國古典文學的營養是多方面的，不僅有現實主義小說，甚至包括寓言、神話、詩歌等等的優秀傳統，而又大大超過了他的前人。

對歐洲古典文學的修養也是多方面的，他熟諳從荷馬史詩到 19 世紀批判現實主義的幾乎所有名著。範圍兼及浪漫主義、自然主義、象徵主義等，他學習借鑒外國作家的藝術經驗，承認自己「開始寫小說時的憑藉還是以前讀過的一些外國小說」。〔註 128〕但他接受外來的先進思想和文化修養，不是爲了拜倒在洋人腳下，而是爲了豐富並發展自己。「對於西方文學的研究顯然不是出於認爲外國的花香，而是從愛國主義思想出發，從理論或美學的角度去欣賞這朵外來的香花。他像他的許多同輩人那樣，他們出自強烈的渴望幫助自己苦難的民族，把它的文化從日益枯竭瀕臨死亡中解救出來，使它得以新生。」〔註 129〕有的評論以茅盾受過左拉的影響爲例說明這種借鑒和汲取的目的。有人認爲，茅盾的《水藻行》和左拉的《黛萊絲・拉甘》「淵源於同一主題」，〔註 130〕但「茅盾在解決衝突和描繪性格的手法方面是完全不同的。」。〔註 131〕在我看來這兩篇作品很難說出於同一主題，只是情節上有某些相似之處罷了。《水藻行》反映的是舊中國農民貧病交加的悲慘生活，《黛萊絲・拉甘》則寫了一個情殺的故事，左拉稱這篇小說是「對生理學一種病況的有趣的研究」，法國社會則稱這篇小說爲「腐爛的文學」，左拉總是從遺傳和生理學的角度來研究作爲社會的人的，而茅盾則是把自己筆下的農民放在 30 年代中國半封建半殖民地社會裡加

〔註 127〕《茅盾研究在國外・斯洛伐克文版〈林家舖子〉前言》，湖南人民出版社，1984 年版。

〔註 128〕茅盾：《談我的研究》。

〔註 129〕《茅盾研究在國外・捷文版〈腐蝕〉後記》，湖南人民出版社，1984 版。

〔註 130〕《茅盾研究在國外・捷文版〈茅盾短篇小說選〉後記》，湖南人民出版社，1984 年版。

〔註 131〕《茅盾研究在國外・捷文版〈茅盾短篇小說選〉後記》，湖南人民出版社，1984 年版。

以描述的。由此可以看出，茅盾汲取中外文化營養，絕不是良莠並呑、兼收並蓄，而是消化了其中的精華，化爲自身的血肉。

國外評論中一個獨特的現象

在用英語寫作的國家中，對茅盾的短篇小說是比較感興趣的。這些評論家的身份不同，對中國歷史及中國文學了解的程度不同，研究的方法不同，但他們卻不約而同地表現了共同的出發點和類似的思辨過程。1977 年，哈佛大學出版社出版了麥爾克・戈爾德曼編的《五四時代的中國現代文學》，其中有關茅盾的幾篇文章和發表在倫敦《中國季刊》上的幾篇文章，就屬於這種情況。

這些文章把茅盾分割成政治家的茅盾和文學家的茅盾來看待，認爲這是研究問題的出發點。約翰・柏寧豪森說：「我們比較容易發覺茅盾執著的獨立精神和正直的品格，他致力於描繪現實主義的眞實生活圖畫，雖然這圖畫是令人沮喪的，但是作爲作家的茅盾決不肯去描寫作爲革命者的茅盾心中期望的那種生活圖景。」〔註 132〕陳幼石認爲，「作者向我們透露了一種從未被人注意的，他觀察世界的特殊角度。正是從這個角度出發，茅盾創作了自己的早期作品。站在這個角度觀察世界的，不再是從前那個敏銳公正的觀察家，而是一個受束縛的中共黨員。」〔註 133〕文森特Ｙ・Ｃ・史說：他「既要闡述和捍衛政府的路線，又要按照標準的趣味來評價一般的文學成就和作品」，「茅盾有時甚至能對本來沉悶的東西產生興趣，偶爾也有天性的火花在四處閃爍，使人想起古代的風格，令人讀起來愉快，但是只要仔細觀察就不難發現，在它的背後潛伏著一個秘而不宣的意圖。」〔註 134〕夏志清認爲茅盾「爲了符合黨的宣傳需要，糟塌了自己在寫作上的豐富想像力。」〔註 135〕

從以上評論可以看出，他們認爲，作爲政治家的茅盾，他是一個革命者、一個受約束的中共黨員、一個政府路線的捍衛者，他的作品「向外界提出自己對革命運動的『全面理解』和『深刻分析』」，滲透著一種秘而不宣的政治

〔註 132〕《茅盾研究在國外・茅盾早期小說中的中心矛盾》，湖南人民出版社，1984 年版。

〔註 133〕《茅盾研究在國外・〈牯嶺之秋〉與茅盾小說中政治隱喻的運用》，湖南人民出版社，1984 年版。

〔註 134〕《批評家茅盾・教條主義》，《中國季刊》，倫敦，1964 年，19 期。

〔註 135〕夏志清：《中國現代小說史・第六章茅盾》，香港友聯出版社，1976 年版。

意圖；作爲文學家的茅盾，他「具有獨立精神與正直品格」，是個「敏銳公正的觀察家」，他的作品閃爍著「天性的火花」和「豐富的想像力」，表現了「自找麻煩的誠實」等等，二者是對立的、分離的。

偉大的藝術家和偉大的思想家是統一的，先進的思想會幫助藝術家更深刻地觀察生活。但這並不等於說，作爲偉大思想家的藝術家，他的世界觀中不存在矛盾，矛盾是存在的。古今中外的作家，其世界觀以及世界觀對創作過程的影響是一個複雜的現象，應當把它們看做是一個整體，一個既統一又有差異的頭腦，互相矛盾著的成分彼此對立、鬥爭、制約著。經典作家們在分析這類現象時總是教導我們，應從作家生活的時代和社會生活中去尋找並解釋他們的作品、觀點和學說中的矛盾。我們只有從中國現代革命史的性質、從 20 世紀上半期中國社會生活所處的矛盾狀況出發，去研究茅盾世界觀中的矛盾及其創作，才能作出正確的評價，而不能簡單地進行二元化的討論。

英美的評論文章認爲，由於茅盾的矛盾，茅盾的早期小說存在著一個中心矛盾：「分析茅盾 1927 至 1931 年間小說及其主人公的關鍵，在於認識這些人物生活中所包含的基本矛盾。這個矛盾的一方面，是他們對於革命的幻滅和同時產生的不斷的革命『熱情』，雖然他們對革命的認識是那麼模糊和幼稚；矛盾的又一方面，是每一個主人公對於游離於整個民族或階級的命運之外的某種個人完善或解放的追求。」「一方面爲了從不斷下降的經濟和社會地位、異化以及中國傳統文化的束縛中拯救自我，爭取個性解放；另一方面，爲了挽救民族，建立一個更合理的社會，而積極投身於革命鬥爭，這兩者就構成了茅盾早期作品的中心主題。」〔註 136〕

從茅盾的創作實踐考察，所謂「拯救自我」與「挽救民族」、「個性解放」與「投身革命」、「個體的人」與「社會的人」之間的矛盾，正是第二次國內革命戰爭時期許多小資產階級青年嚮往革命而又找不到出路的一種苦悶的表現，《野薔薇》中的五篇集中反映了這個問題。作家筆下的人物正因爲沒有投身整個民族或階級的鬥爭，沒有很好地解決個人與社會、個人與集體的關係，因而個性解放也好、個人完善也好，只不過是一句空話。柏寧豪森提出了這些作品中的矛盾是什麼，而且也感到茅盾在這些作品中「存在著支持革命力

〔註 136〕《茅盾研究在國外・茅盾早期小說中的中心矛盾》，湖南人民出版社，1984 年版。

量的微妙暗示」，〔註 137〕但他沒有指出作家恰恰是站在力圖解決這些問題的立場上，不僅僅是表白自己的苦悶而已。

以華裔美籍學者陳幼石的文章爲代表，認爲茅盾的短篇小說有一種政治隱喻的性質和象徵的手法。陳幼石認爲：

> 對於眞實性的追求，在茅盾的文學觀念中佔有極爲重要的地位。……
>
> 究竟怎樣反映現實？這是現實主義作家茅盾一直在苦苦思索的問題。……他鄙棄一切不以實際觀察爲基礎的創作方法。而茅盾自己則從政治活動、社會現實以及文學領域本身，深切感受到了生活的複雜性；在這種感情驅使下，他一直試圖從新的角度來反映現實世界。

如果說，茅盾的創作有他反映現實的特殊角度，那麼，一些華裔美籍學者也表現了他們研究茅盾的特殊角度。由於他們熟悉中國的文化歷史，有第一手資料研究中國文學，只是看他們從怎樣一個角度提出問題和解決問題。陳幼石是有深厚的中國文學修養和現代史的知識的，她和中國共產黨的某些高級領導人有過接觸，和茅盾本人也有過交往，這種特殊身份使她的文章讓人感到有一種可信，而且她自己對自己的論點也充滿十足的信心，但是，即使這樣，我們仍感到她文章中的觀點有值得商榷的地方。

傑出的現實主義作家總是以自己銳敏的眼光觀察現實，眞實而深刻地反映現實。這種反映和描寫不排斥作品對現實具有隱喻性，現實主義和作品的隱喻性不是對立的。但陳幼石卻說「要想充分理解茅盾的早期小說，僅僅把它們當作一般的現實主義文學作品來對待是不夠的」，「他在這些著作中所使用的文學技巧遠不是純現實主義的，而是具有廣義的隱喻性質。」這就把現實主義和現實主義作品可以具有的隱喻性對立了起來，至少隱喻性不包括在一般現實主義作品內。

與此同時，她把藝術的眞實性和文學作品可以具有的隱喻性等同起來，認爲茅盾「對於文學作品眞實性的追求」反映了「一個受束縛的共產主義者」「觀察世界的特殊角度」，「他知道黨內制定政策的過程，他將從其特殊的地位出發，向外界提出自己對革命運動的『全面理解』和『深刻分析』」。爲了

〔註 137〕《茅盾研究在國外・茅盾早期小說中的中心矛盾》，湖南人民出版社，1984年版。

表達這種理解和分析，他的作品不可避免地具有一種政治隱喻的性質。例如《牯嶺之冬》，它隱喻了當時的政治事件，因而「這篇小說是蓋著一層薄紗的當時歷史事件的實錄。」這樣，便把歷史事件、文學的眞實性以及作家對素材的提煉都劃上了等號。

以《牯嶺之秋》爲例，她說：

漢口、九江、牯嶺，這是小說中的三個現實場景。……實際上，這些地點是與具有歷史意義的馬回嶺事件聯在一起的，作爲一種象徵性的「符號」，它們完全等同於正在那時發生的這一中國共產主義運動史上的重要軍事事件。

襄陽丸的啓航表示共產主義的退卻，留下猙獰的日本軍艦，象徵著武漢國民政府已經同帝國主義勢力妥協，並背叛了早先的國民革命事業。

對小說中的人物，她劃上這樣的等號：

除此而外，還出現了老立和他的同伴，以及說話時廣東口音很重的年輕人及其它類型的人物。顯然，老立是指李立三，他第一次提出了南昌起義的想法。有著廣東口音的年輕人很容易使人想起了集結在南昌附近的中共部隊，在這支來自第四軍的起義主力中，有許多廣東老鄉。

雲少爺並沒有什麼特別的意義。小說裡關於這個人物隱喻性的唯一暗示，就是他對廬山極有興趣。（雲的這種境遇無形中起到了諷諭中共在這一帶的活動全然無效的作用。——原文注文）

陳幼石在對《野薔薇》的研究中，表現了同樣的研究方法：

然而環小姐的自殺心理可以這麼解釋，即茅盾要人們從 1927 年末和 1928 年初的左傾盲動傾向中吸取教訓。那時的盲動主義使黨的基層組織遭到很大破壞，並使茅盾失去了許多昔日的老同志。茅盾的意圖是使人了解環小姐和左傾盲動主義鼓吹者都錯誤地把自取滅亡作爲擺脫危機的辦法。同理，瓊華的「自我中心主義」也可看作是政治上自我中心的李立三路線嚴重後果的另一教訓。立三路線一意孤行，企圖奪取大城市來挽回失敗，而無視當時的實際情況，即 1927 年失敗後，共產黨的軍事力量不可能進行大規模的戰役。從

> 這方面去理解是自然的，尤其是當我們想知道爲什麼茅盾在小說中著力寫自然和病死這類題材的原因時。〔註 138〕

《創造》是茅盾的第一篇短篇小說。在考證了《創造》中的男主人公君實這個名字與史學家司馬光的字相同後，陳幼石指出：

> 茅盾用這個名字是有目的的。司馬光和《創造》中的君實，兩人的創作和他們的政治作用之間有一個明顯的象徵性聯繫。《創造》前半部對君實的知識及其政治歷史的大量描寫，應理解他創造的嫻嫻是從十九世紀二十年代中國共產主義運動誕生這段歷史的象徵。〔註 139〕

在列舉了大量的引文之後，我們想指出的是，藝術的眞實並不等同於歷史的眞實。因爲作爲文學家的茅盾同時也是最早的共產黨人之一，因而認定《自殺》中的環小姐就隱喻了左傾盲動主義者的自取滅亡、《一個女性》中的瓊華隱喻了李立三路線的教訓、《牯嶺之秋》中的老立就是李立三等等，這就把茅盾的短篇小說看成是「歷史事件的實錄」了。我們所說的藝術的眞實性在於能夠揭示和描寫現實生活的眞實狀況，作品的藝術形象能夠符合客觀實際，而不等於藝術就是生活本身，如果文學作品成了「歷史事件的實錄」，並不說明作品的眞實性就高，就深刻可信。新聞記事可以是生活事件的複寫和記錄，但它不是文學作品。文學家和史學家的區別在於，後者將歷史事件串連起來以探求歷史的某種規律；而前者則是根據歷史事件描繪時代，通過栩栩如生的藝術形象揭示歷史的眞實與底蘊，表達作者對生活的思考。人們所熟悉的柏拉圖的名言「藝術最嚴重的毛病是說謊」，〔註 140〕意在批評藝術不眞實的缺陷；巴爾扎克也有句名言：「小說是莊嚴的說謊」，〔註 141〕小說既使不是生活的複製，只要是符合生活實際的從許多事實中提煉出來的精華，也是具有眞實性的。兩句名言講的是一個道理，用來解釋茅盾的短篇小說與歷史事件的聯繫，都是適用的。

〔註 138〕《茅盾研究在國外・茅盾與〈野薔薇〉：革命責任的心理研究》，湖南人民出版社，1984 年版。

〔註 139〕同前註。

〔註 140〕《柏拉圖文藝對話集》第 20 頁，人民文學出版社，1959 年版。

〔註 141〕《西方文論選・〈人間喜劇〉前言》第 173 頁，上海譯文出版社，1979 年版。

第二章　茅盾比較研究

第一節　兩大財閥集團的鬥爭
——《子夜》與左拉的《金錢》

第一個把《子夜》與《金錢》作比較研究的是瞿秋白。他在《〈子夜〉與國貨年》中說：

> 這是中國第一部寫實主義的成功的長篇小說。帶著很明顯的左拉的影響（左拉的「Largent」——《金錢》）。自然，它還有很多缺點，甚至於錯誤。然而應用眞正的社會科學，在文藝上表現中國的社會關係和階級關係，在《子夜》不能不說是很大的成績。茅盾不是左拉，他至少已經沒有左拉那種蒲魯東主義的蠢話。

這段話很明確地指出《子夜》的寫作受了《金錢》的影響，但茅盾遠遠超過了左拉。茅盾本人對瞿秋白的論斷是持不同意見的，他在回憶錄《我走過的道路·〈子夜〉寫作的前前後後》中說：

> 我雖然喜歡左拉，卻沒有讀完他的《盧貢·馬卡爾家族》全部二十卷，那時我只讀過五、六卷，其中沒有《金錢》。

《子夜》與《金錢》的確有很多相似的地方，也有很多不同的地方。作家自己否認《子夜》受到《金錢》的影響，這就給我們作影響研究帶來了困難。

這是兩部傑出的、成就不同的現實主義小說。這裡不打算從繼承、影響的角度研究兩部作品，而是平行地比較兩部作品的異同。

一

情感美學的共同點和不同點。

左拉早年在著名的評論《我的恨・序》中說：

> 憎恨是神聖的。它是堅強有力的心靈的憤怒，它是那些對平庸和愚蠢不能容忍的人們的戰鬥性蔑視態度。恨，就是愛。恨，就是對他的熱烈而勇敢的靈魂的感覺，就是對可恥而愚蠢的事物加以蔑視的廣闊生活……每當我反抗我們這時代的庸俗以後，我就感到我更年輕，更勇敢……如果我今天有一點價值的話，那是因爲我是孤獨的，並且我在憎恨。〔註1〕

左拉帶著對現實中的庸俗、愚蠢、虛僞、偏見、無恥種種現象的蔑視和憎恨的感情開始他在文學沙龍中的首次論戰。這種美學情感決定他敢於將社會的一切骯髒、不合理的現象描寫出來，敢於把資產階級上流社會的自私自利、貪鄙無恥暴露無遺，並在日後成爲他的自然主義理論的出發點和組成部分。

左拉生活的法蘭西第二帝國時代，統治階級一向自詡爲高尚道德的代表，用一塊純潔的紗幕遮蓋住自己的腐朽和無恥，對文學藝術的現實主義表現則作爲道德敗壞而加以定罪。當時的銀行家、波拿巴主義者、帝國政府的部長富勒德曾發表過這樣的言論：「如果藝術拋棄了美的純潔的領域，放棄偉大匠師的傳統道路而信從現實主義的新派理論，那麼，藝術就臨近它的滅亡了。」〔註2〕左拉竭力戳穿這種純美的謊言，以最堅決的態度嘲笑那些時髦藝術的商人製造出來的溫柔和甜麵包做的男人、香草奶油做的女人。他要求藝術作眞實的表現，「在被閹割了的人們中間尋找眞正的人」。〔註3〕說這話兩年後著手寫《盧貢・馬卡爾家族的命運》第一部時正是遵循這樣的美學原則。另一方面我們必須看到，左拉的美學觀中滲透著生理學的決定論，是主觀唯心主義的東西。他過分強調生理氣質，他說：「我不要那種和生活、氣質、現實毫無關係的東西！一件藝術品的定義不可能是別的什麼，它只能是：一件藝術作品是通過一種氣質而見到的創造的一角。」〔註4〕這樣便把藝術與社會

〔註1〕轉引自《左拉》，讓・弗萊維勒著，王道乾譯，平明出版社，1955年，第19頁。

〔註2〕同前註，第24頁。

〔註3〕同前註，第29頁。

〔註4〕轉引自《左拉》，讓・弗萊維勒著，王道乾譯，平明出版社，1955年，第25頁。

分割開來，藝術家的創作和藝術家筆下的人物都不受社會制約。寫作《金錢》的時候，這種情感美學的基點仍然如此。

憎惡虛僞和醜惡，張揚美和眞實，要求藝術作現實的反映，茅盾也是這樣主張的。作爲新文學的倡導人之一，茅盾在早年就提出「『美』『好』是眞實（reality），眞實的價值不因時代而改變」，〔註5〕美和眞實是聯繫在一起的，反對所謂純美的藝術，「反對那些全然脫離人生的而且濫調的中國式的唯美的文學作品」，〔註6〕認爲文學有激勵人心、喚醒民眾的重大責任。隨著新文學運動的日趨深入，茅盾的美學思想也日臻成熟，到了寫《子夜》的時候，他已具備歷史唯物主義的美學觀。和唯心主義美學觀相對立，不是像左拉那樣從生理上研究人的氣質，而是從社會、階級的屬性上研究人與人的關係、人的性格和衝突中本質的東西，進行人與人的各種社會關係的眞實描寫，表達被描寫的現象的實質。通過這些描寫，或讚美現實中美好的事物，表明一種人對物質世界各部分在相互關係上和諧完美日臻至善的評價；或針砭社會弊端，揭示社會矛盾的深度，從而完成重要的社會教育職能，培養人們高度的審美趣味和美學理想。茅盾說：

> 我寫這部小說，就是想用形象的表現來回答托派和資產階級學者：中國沒有走向資本主義發展的道路，中國在帝國主義、封建勢力和官僚買辦階級的壓迫下，是更加半封建半殖民地化了。中國的民族資產階級中雖有些如法國資產階級性格的人，但在一九三〇年半殖民地半封建的中國不同於十八世紀的法國，中國民族資產階級的前途是非常暗淡的。它們軟弱而且動搖。當時，它們的出路只有兩條：投降帝國主義，走向買辦化，或者與封建勢力妥協。〔註7〕

從情感美學的角度看，茅盾和左拉有共同的出發點，這使他們的現實主義在眞實地揭示社會矛盾描寫現實生活上有共同的地方，但茅盾超過了左拉反對僞善、謊言的提法，深入到社會的內髓，用辨證唯物主義和歷史唯物主義觀點縝密地觀察分析社會，反映在藝術表現上對眞善美的要求大大地向前跨進了一步。

〔註5〕茅盾：《小說新潮欄宣言》。

〔註6〕茅盾：《大轉變時期何時來呢？》。

〔註7〕茅盾：《我走過的道路·〈子夜〉寫作的前前後後》，人民文學出版社，1984年版。

二

理論思想的相同點和不同點。

左拉的全部作品可以歸納進兩個因果律中，生理的和歷史的，個人的和社會的。當他屈服於生理的、個人的從屬性時，他的作品便失去了光彩；當他納入歷史的、社會的從屬性時，他的作品便具有了現實主義的偉大意義。左拉的一生都處在這種思想和理論的深刻矛盾中，但他後期的作品往往是歷史的、社會的屬性戰勝了生理的、個人的屬性。

左拉在 1868 年發表了兩部長篇小說：《苔萊絲・拉甘》和《馬德萊娜・費拉》。這兩部小說從不同角度，通過不同的故事情節，企圖證明在特定環境影響下人的生理氣質對人的行動的支配作用，《苔萊絲・拉甘》寫一個女人和她的情人串通起來把自己的丈夫淹死，之後兩人由懊悔而仇恨、而瘋狂、而自殺。左拉在小說的序言中說：

> 在《苔萊絲・拉甘》裡面，我想研究的是人的氣質，而不是性格……我所選擇的人物，他們整個地被他們的神經和血液御住了，他們的自主判斷能力被剝奪了，他們生命中每一個行動都被他們的肉體所注定了的，……希望人們仔細閱讀這本小說，人們會看到每一章都是對生理學一種病況的有趣的研究。〔註 8〕

如果說，《苔萊絲・拉甘》是一部肉慾的、懊悔的臨床分析的代表作，那麼，《馬德萊娜・費拉》則是對隔代遺傳問題的研究。左拉把創作下降到人類生理的底層，研究人的愛情、慾望、衝動、謀殺等行爲怎樣受到神經系統、血液循環、內臟、細胞甚至病菌感染的影響，並把它們赤裸裸、血淋淋地放在讀者面前。兩部小說出版後，法國報界以《恥辱》爲題連續發表評論，說這是「潰爛的文學」，竟至引起檢查官的干涉。左拉無視這些批評，堅持自己的觀點，當《苔萊絲・拉甘》再版時，他再次宣稱這部小說「只不過是像外科醫生分析屍體一樣，對兩個活的人體進行科學分析罷了。」他把泰納的名句「犯罪和道德是與硫酸和糖一樣的產品」印在書角上，首次宣稱自己列入「自然主義作家這一派。」

左拉自稱自然主義派作家絕不是偶然的。十九世紀下半葉，自然科學有許多重大發明，使科學技術發生了根本性變革。左拉受到時代潮流的影響，力圖使自己的理論帶上科學的色彩。他閱讀了許多科學、技術、醫學方面的書，研

〔註 8〕 轉引自《左拉》，讓・弗萊維勒著，王道乾譯，平明出版社，1955 年，第 35 頁。

究了克洛德・貝納爾的《實驗醫學導論》、魯加的的遺傳學理論和達爾文的《物種起源》，又接受了泰納的文學觀點，於是，決定論、自然選擇、遺傳法則都被左拉引用到他的著作裡，給他帶來了從未出現過的美學原素，從而奠定了左拉文學個性的基礎。但是，左拉並不眞懂這些自然科學，他自己以爲找到了一條新的創作道路，實際上，這種似是而非的運用給他的創作帶來了危機。

左拉認爲，人的性格、行爲受到兩方面影響，一是內在的遺傳規律，二是外在的有機環境。人的所做所爲是遺傳決定的，和社會沒有關係，作家在描寫人物的時候，只需觀察研究遺傳給予這個人物的影響就可以了，不必去探究人物的社會本質。所謂「有機環境」也只是泰納的「種族、環境、時代」中的「化學的和物理的」環境，不是指社會的某些本質方面。這樣做的結果，把人從社會中孤立出來，人的行爲不受社會制約，作家的創作也不存在典型化的過程，只需像科學家在實驗室做實驗那樣，根據假設，通過觀察和實驗便可塑造人物、結構故事，這便是左拉的「實驗小說」。

《金錢》是實驗小說的一種，屬於《盧貢・馬卡爾家族》第十八部。左拉以盧貢・馬卡爾家族世系爲脈絡，描寫了這個家族幾代成員的血緣關係和遺傳後果，稱之爲「第二帝國時代一個家族的自然史和社會史」。他在給出版商的信中闡明了他想通過這部作品所進行的生理學和社會學方面的研究：

> 第一，研究一個家族的血統和環境的問題。逐步地探討一個父親所生的，由於不同的特殊的生活遭遇和生活方式，幾個孩子的情毒和性格形成的內在過程。總之，在形成偉大德行和巨大罪惡的生活深處，去發掘人類的活生生的戲劇，以生理學新的發現爲線波，用一種科學方法，到那裡面去發掘。
>
> 第二，研究整個的第二帝國時代。自「政變」起，到今天爲止。通過典型人物，體現這個現代社會，英雄和罪人。通過各種事實和情稿，並且在千萬種風俗和發生的事件的細節中，來描寫這個社會時期。
>
> ……我所要敘述它的歷史的這個家族，代表著我們這個時代的廣泛的民主高漲；這個家族本來是來自人民，上升爲受教育的階級，上升到國家的統治地位，有的轉向墮落，有的卻向才能方向發展。這些被上一世紀稱爲毫無價值的人，因此一躍而成爲社會的上層，這是我們這個時相巨大變化之一。這部作品就是在這方面提供了對現代資產階級的研究。

> 我的研究僅僅是對客觀世界照原樣加以分析的一角。我純然只是在證實罷了。這只是對一個放在某一種環境裡的人的研究，毫無說教。倘若我的小說應該是有某一種效果的話，那就是這種效果：說出人類的眞理，揭穿我們的機器內幕，以遺傳規律說明那些秘密的環節，讓人看看環境的作用。法學家們和道德家們是否願意採納我的作品，從中提出一些教訓，設法把我所揭露出來的瘡口加以包紮，悉聽尊便。〔註9〕

從這封信中，我們可以清晰地看出左拉創作中兩個因果律的矛盾。一方面，他是搜集事實的觀察家，一個從事實驗的醫生或科學家，他根據生理學或社會學的現象爲自己的實驗提供假設，而他筆下的故事的結構和發展，就是對這個假設的證明。左拉把作家的創作和科學家的實驗等同起來，這必然導致一種庸俗的定命論。一個人物的性格、命運，做什麼和怎樣做，他與社會的關係，不是從社會歷史發展的角度去解釋，而是前世遺傳所決定，一個人的德行或罪行變成與社會無關，而取決於個人的生理因素，一個英雄建功立業是因爲他的前世具有世代相傳的優秀品質，一個犯人行凶酗酒是因爲上輩子是搶劫犯或酗酒狂，一個資本家剝削工人是因爲世代相傳的社會地位注定如此。這樣一來，個人的行爲無需社會負責，而社會的矛盾和弊病也無需從制度去考慮，只需鏟除幾個壞人就可以了。

另一方面，左拉在實際創作中突破了自己的理論局限，實踐了「研究整個第二帝國時代」的諾言，出色地表現了自己時代的特徵。拉法格說：「當左拉達到他的才華最高峰時，他有了勇氣接觸到社會上一些巨大的現象和現代生活中的大事件；他試圖描寫那些經濟機體對於社會所起的作用」，「在描寫和分析現代巨人般的經濟機體，以及它們對人類性格和命運的影響時，給小說開闢了一條新的道路，這是一種大膽的事業；作了這樣的嘗試，已經足夠使左拉成爲一個革新者，並且使他在當代文學中獲得優選的位置和與眾不同的地位。」〔註10〕對於法蘭西第二帝國在政治、經濟、文化、風俗各方面的變化，對於這個帝國的腐朽、驕淫與無恥，對於這個時代的熱情、痛苦和希望，左拉都如實地反映

〔註9〕轉引自《左拉》，讓・弗萊維勒著，王道乾譯，平明出版社，1955年，第46～47頁。

〔註10〕《拉法格文學論文選・左拉的〈金錢〉》，羅大岡譯，人民文學出版社，1962年版。

在自己的作品裡，他沒有掩飾矛盾和罪惡，沒有粉飾太平，而是爲當代和後代描繪了一幅第二帝國政治、經濟、社會生活的巨大壁畫，因此我們有理由說，左拉不愧是法國批判現實主義文學最優秀的繼承人。

正是在這個意義上，拉法格稱《金錢》是「使他的一切優點和缺點都暴露於光天化日之下」的「最有意義的一部小說。」〔註11〕

茅盾早年推崇過左拉，提倡過自然主義。但他提倡自然主義有幾個特點：

茅盾認爲「文學上的自然主義與寫實主義實爲一物」，〔註12〕二者是作爲同義語使用的。左拉稱巴爾扎克是「自然主義小說之父」，茅盾稱巴爾扎克是自然主義的「先驅」，稱左拉和莫泊桑是「寫實主義的重鎮」，〔註13〕並說可以把福樓拜、左拉、契訶夫等「拉在一起，請他們住在『自然主義』——或是稱它是寫實主義也可以，但只能有一，不能同時有二——的大廳裡。」〔註14〕可見，茅盾沒有把自然主義與現實主義對立起來，而是融爲一體，相提並用的。但茅盾的自然主義絕非像左拉那樣把自然科學帶進文學的領域，把創作視爲科學實驗那樣，而是注重自然主義眞實地反映現實和縝密的觀察態度，在這兩點上和現實主義統一起來了。

茅盾提倡自然主義是有針對性的。他認爲中國舊派小說有三層錯誤：連篇累牘記帳式的描寫、向壁虛造滿紙造作、遊戲消遣的金錢主義觀念。「若要從根本上鏟除這股黑暗勢力，必先排去這三層錯誤觀念，而要排去這三層錯誤觀念，我以爲須得提倡文學上的自然主義。」〔註15〕

茅盾沒有生吞活剝照搬自然主義派的理論，而是有評價、有分析、有吸收、有揚棄，對左拉及其自然主義理論的優點、缺點及錯誤有清醒的認識，表現了歷史唯物主義的批判繼承精神，在回答自然主義何以能擔當發展新小說的重任這個問題時，茅盾認爲「左拉這種描寫法，最大的好處是眞實與細緻」，〔註16〕其次，自然主義不排斥文學的典型化原則，自然主義派視「文學的作用，一方要表現全體人生的眞的普遍性，一方也要表現各個人生的眞的

〔註11〕《拉法格文學論文選・左拉的〈金錢〉》，羅大岡譯，人民文學出版社，1962年版。

〔註12〕茅盾：《「曹拉主義」的危險性》。

〔註13〕茅盾：《文學上的古典主義浪漫主義和寫實主義》。

〔註14〕茅盾：《「曹拉主義」的危險性》。

〔註15〕茅盾：《自然主義與中國現代小說》。

〔註16〕同前註。

特殊性」，〔註 17〕把共性和個性結合起來，這與現實主義典型化的要求是一致的。再次，自然主義派有兩件「法寶」：「實地觀察」與「客觀描寫」。他們的描寫法「是科學的描寫法。見什麼寫什麼，不想在醜惡的東西上面加套子，這是他們共通的精神。我覺得這一點毫無可厭，而且有恆久的價值；不論將來藝術界裡要有多少新說出來。這一點終該被敬視的」，「是經過近代科學洗禮的」。〔註 18〕這些地方，都是新文學應當汲取的長處。

具體到對《盧貢・馬卡爾家族》一書，茅盾稱之爲「自然主義的重鎮」，他認爲「在 19 世紀後半葉的歐洲文壇上，沒有第二部書更惹起廣大的注意和嘈雜的批評」，「即使是反對自然主義的批評家也不能不承認《盧貢・馬卡爾》這二十卷巨著是文學史上空前的傑作，直到現在還沒有可與並論的作品問世」，是「左拉這巨人所堆的金字塔！」〔註 19〕

至於自然主義的缺點，茅盾指出「人生不僅是物質的，也是精神的，而且科學的實驗方法，未見得能直接適用於人生」，「左拉的巨著《盧貢・馬卡爾》就是描寫盧貢・馬卡爾一定的遺傳，是以進化論爲目的。」〔註 20〕自然派小說「只看見人間的獸性」、「迷信定命論」、「充滿了絕望悲哀」，〔註 21〕這都是不好的。

茅盾揚棄了左拉自然主義理論中的不合理成份，逐漸建立自己的現實主義理論體系，他說：「寫《子夜》時確已有意識地向革命現實主義邁進，有意識地與自然主義絕決。」〔註 22〕從《子夜》的創作看，確也如此。在醞釀與寫作《子夜》的同時，他寫了一篇《中國蘇維埃革命與普羅文學之建設》，這篇文章集中代表了《子夜》寫作前後茅盾的理論思想。他說：

> 我這篇文章實在只是一份大聲疾呼的宣言。不過，這篇文章與《子夜》的創作有一定的關係。《子夜》的醞釀、構思始於 1930 年秋，中間幾經變動和耽擱，到 1931 年 10 月已經「瓜熟蒂落」，我正準備擺脫一切雜務來寫《子夜》。這篇文章中提出的一些問題，就是我在構思《子夜》時反覆想到的；而且我也企圖通過《子夜》的創

〔註 17〕茅盾：《自然主義與中國現代小說》。
〔註 18〕茅盾：《「曹拉主義」的危險性》。
〔註 19〕茅盾：《西洋文化通論・第八章自然主義》，世界書局，1930 年版。
〔註 20〕茅盾：《自然主義與中國現代小說》。
〔註 21〕同前註。
〔註 22〕茅盾致曾廣爛的一封信，見《中國現代文學叢刊》1981 年第三期。

> 作實踐來檢驗我在文章中提出的「理論」，即使只是其中的一部分。〔註 23〕

在這篇文章裡，茅盾提出作家必須具有實際革命鬥爭經驗，具有唯物辨證法的修養，從工廠、農村的鬥爭中透過表面觀察社會本質，此外，

> 我們還必須從統治階層崩潰的拆裂聲中，從統治階層內部各派不斷的利害衝突以及各派背後的各帝國主義的衝突，從統治階層的瘋狂的白色恐怖以及末日將至的荒淫無度，從統治階層最後掙扎的猙獰面目中透露出來的絕望的恐怖，從小資產階級的動搖，總之，從統治階層的崩潰聲中，從革命巨人威武的前進聲中，互全社會地建立我們作品的題材。時代供給了我們偉大的題材，我們必須無負於這樣的題材。而在鬥爭的實踐中，必然會產生這樣的作家作品。這是全世界人民所渴望的中國普羅文學。〔註 24〕

《子夜》便是這一理論思想的最好實踐。從這些方面看，茅盾從推崇左拉到接受自然主義理論，最後遠遠超過了左拉。《子夜》標誌著新文學現實主義理論在長篇小說方面的收穫和發展。

三

《金錢》與《子夜》的歷史背景。

《金錢》的故事發生在 1864 至 1868 年，正是法蘭西第二帝國從繁榮鼎盛走向覆滅、從自由資本主義轉向初期帝國主義的時期。三年後震撼世界的巴黎公社便誕生了。19 世紀前半期，巨大的資本集中這一現象作爲時代的特徵之一，在法國還剛剛開始，商店小，工廠小，沒有金融組織，人們的生存鬥爭往往表現爲勇氣、毅力、智慧的個人奮鬥，但是，到了 19 世紀後半期，資本主義充分發展，「交易所投機、金融詐騙、股份公司冒險行徑盛極一時，而所有這些通過對中等階級的剝奪，導致資本的迅速集中。資本主義制度的內在趨勢獲得了充分發展的機會，於是資本主義制度的全部卑鄙齷齪就無阻攔地泛濫起來。這同時也是窮奢極欲、粉飾太平的鬧宴，是『上等階級』的一切下流慾望的鬼魅世界，政府權力的這種最後形式同時也是他的最淫賤的形式，是一幫冒險分子對國家資源的無恥掠奪，是造成大宗國債的溫床，是

〔註 23〕茅盾：《我走過的道路．左聯前後》，人民文學出版社，1984 年。

〔註 24〕同前註。

對變節賣身的讚美，是一種虛飾矯作的荒淫生活。這一從頭到腳披著華美外衣的政府權力已陷入污泥。」〔註 25〕拿破侖三世對外不斷發動戰爭，開鑿蘇伊士運河，開闢西亞西非殖民地，最後挑起普法戰爭。隨著巨大的經濟機體的崛起和對外掠奪、資本輸出、擴張行徑的加劇，人們的「生存鬥爭獲得了另一種性質，與資本主義文明的發展相合拍，這種性質越顯得狠辣和尖銳。個人之間的鬥爭被經濟機體（銀行、工廠、礦山、巨大的百貨公司）的鬥爭所代替，」「舊式的生存鬥爭的性質改變了，與此同時，人的本性也改變了，變得更卑劣，更猥瑣了。」〔註 26〕《金錢》即以十九世紀六十年代的巴黎股票交易所爲背景，通過兩大金融集團的代表薩加爾和甘德曼的鬥爭，展示了法國這一時期的社會現實的畫面，揭露了法蘭西第二帝國從政府到各階層社會生活的驕淫與無恥。

《子夜》的故事發生在 1930 年 5 月至 7 月兩個月的時間裡。這是中國 20 世紀 30 年代初社會矛盾異常尖銳複雜的時期，蔣介石雖然建立了新軍閥的統治，但新舊軍閥各派系之間的矛盾並沒有消清，而是軍閥混戰，民不聊生，蔣介石與馮玉祥、閻錫山、李宗仁在津浦線上大戰方酣，規模之大，戰爭之激烈，爲近代史上所少有，軍閥混戰實質是各帝國主義爭奪中國的市場的矛盾尖銳化的反映，而此時的上海，正受到世界經濟恐慌的影響，各帝國主義國家爲了轉嫁本身的危機，加緊對中國的侵略，造成中國民族工商業的蕭條和破產，中國的民族資本家，在外資壓迫、農村動亂以及世界經濟恐慌的威脅下正面臨絕境。爲轉嫁本身危機，便加緊對工人階級的剝削，從而激化了勞資矛盾。工人運動高漲、南北大戰、農村經濟破產又加深了民族工業的困境。《子夜》以 20 世紀 30 年代的上海爲背景，通過民族工業資本家吳蓀甫與金融資本家趙伯韜之間的激烈鬥爭，描繪了一幅中國 30 年代半封建半殖民地社會的歷史畫面，形象地回答了民族資產階級的出路和命運的問題。

《金錢》與《子夜》的故事所以會出現相似的情節，和歷史背景中某些相似的因素有關：一、金融組織的出現及其代表人物，《金錢》中的薩加爾和甘德曼分別是兩大金融集團的代表，《子夜》中的趙伯韜是以帝國主義爲靠山

〔註 25〕馬克思：《法蘭西內戰》，《馬克思恩格斯選集》第二卷第 437 頁，人民出版社，1972 年版。

〔註 26〕《拉法格文學論文選・左拉的〈金錢〉》，羅大岡譯，人民文學出版社，1962 年版。

的金融資本家的典型；法國社會出現了金融巨頭，中國社會由於帝國主義入侵帶來了半封建半殖民地的新經濟結構；出現了公債市場、股票公司，而民族資產階級吳蓀甫無論如何是鬥不過有帝國主義作後台的趙伯韜之流的。二、金融寡頭和大的工業資本家都是與國家政府中的勢力聯在一起的，寫的是經濟鬥爭，實際反映的是整個歷史、政治、社會的根本矛盾，小說情節勢必同國家的上層活動或上流社會聯結在一起。三、小說的背景都與戰爭有關，雖然拿破侖第三進行的是對外擴張的殖民地戰爭，《子夜》中寫的是軍閥混戰，但從故事情節可以看出，經濟、政治與軍事的密切關係，軍事的進展與成敗又反轉來影響了一個國家的政治經濟。

四

《金錢》與《子夜》都不具有作家自傳的性質，兩位作家都不是從事小說中某一行業的，他們積累素材的途徑都是通過觀察、體驗、報紙、談話等方法，而小說中的人物和事件在當時的社會中都能找到生活原型。

拉法格說：

> 左拉的小說是從眞實的事件中獲得靈感的，他對這些事件作了詩意安排。這是彭都和弗代所領導的一個金融公司「總聯社」的故事，這公司在法國、奧國、塞爾維亞和羅馬尼亞開辦銀行、礦產公司、鐵路和工廠等，從而在這些國家大肆掠奪。在某一個時期，「總聯社」是一個受到教皇的庇護的奇蹟一般的儲蓄機關；它付給那些善良的天主教徒的息金，即使對於最貪婪的放高利貸的猶太人來說，也是神話般的高價的；它正要變爲教皇和全體天主教徒的銀行；接著它就垮台了，這個空前巨大的破產事件震動了金融界，使極不相同的各個社會方面都遭受損失。〔註27〕

看來，薩加爾的破產即取自「總聯社」的故事，在書中，左拉是把薩加爾作爲天主教的金融家的。

甘德曼的原型則是猶太人洛特希爾德。拉法格說：「在本世紀的後半期，洛特希爾德商號和那些向他宣戰、攻擊它獨霸天下的那些銀行之間，時常發生激烈的戰鬥。在拿破侖當政的頭幾年，由於公債存放致富的洛特希爾德，

〔註27〕《拉法格文學論文選・左拉的〈金錢〉》，羅大岡譯，人民文學出版社，1962年版。

滿足於老式的投機方法，他只從事那些可靠的經營，支配的完全是他自己的或者他的銀行可以負責的幾百萬資金。」〔註 28〕這個猶太老頭具有穩操勝券的信心，擊敗了那些金融冒險中的投機家。

以上兩個人物及故事構成《金錢》的主要情節，連他們的身份、地位、嗜好、宗教信仰都無太大變動。

《子夜》的主要人物也是有生活依據的。1930 年秋，茅盾回憶說：「我就常到盧表叔公館去，跟一些同鄉故舊晤談。他們是盧公館的常客，他們中有開工廠的，有銀行家，有公務員，有商人，也有正在交易所中投機的，從他們那裡我聽到了很多，對於當時的社會現象也看得更清楚了。」〔註 29〕這個盧表叔，是上海交通銀行董事長，又是浙江實業銀行大股東，南京政府有任命他爲上海造幣廠廠長之說。而盧表叔後來就成爲吳蓀甫的生活原型。「吳的果斷，有魄力，有時十分冷靜，有時暴跳如雷，對手下人的要求十分嚴格，部分取之於我對盧表叔的觀察，部分取之於別的同鄉之從事於工業者」。〔註 30〕茅盾對這些熟悉的人進行綜合分析，然後塑造出典型環境中的典型人物。用同樣典型化的原則，塑造了買辦、政客、大地主、軍人、報館老板、礦商、惡霸、流氓、左翼作家和青年等形象。

盧公館，顯然成爲《子夜》中吳公館這個典型環境的依據。盧公館中有金融家，也有南京政府的要人，政局的消息在這裡是很靈通的。就在盧公館，「我曾聽說，做公債投機的人曾以 30 萬元買通馮玉祥部隊在津浦線上北退 30 里（這成爲後來我寫《子夜》的材料之一）」。〔註 31〕在盧公館同親戚故舊的談話中，使茅盾知道了僅 1930 年，上海絲廠由原來的 100 家變爲 70 家，無錫絲廠由原來的 70 家變爲 40 家，其它蘇州、杭州、鎮江等地各絲廠十之八九倒閉，這都是日本絲在國際市場競爭的結果。「這堅定了我以絲廠作爲《子夜》中的主要工廠的信心」。對於火柴行業的了解，「堅定了我以內銷爲主的火柴廠作爲中國民族工業受日本和瑞典的同行競爭而在國內不能立足的原訂

〔註 28〕《拉法格文學論文選・左拉的〈金錢〉》，羅大岡譯，人民文學出版社，1962 年版。

〔註 29〕茅盾：《我走過的道路・〈子夜〉寫作的前前後後》，人民文學出版社，1984 年版。

〔註 30〕同前註。

〔註 31〕茅盾：《我走過的道路・左聯前後》，人民文學出版社，1984 年。

計劃，這便是我用力描寫周仲偉及其工廠之最後悲劇的原因。」〔註 32〕

交易所是吳蓀甫、趙伯韜活動的主要場所，茅盾在回憶錄中曾敘述他參觀上海華商證券交易所的經過。證券交易所門禁甚嚴，按規定，買賣公債都得通過經紀人。茅盾通過商務印書館大罷工時虹口分店的章郁庵這個經紀人把他帶進交易所，懂得了交易所中買賣的規律及空頭多頭的意義，這些都寫進了《子夜》裡。

五

兩大集團驚心動魄的鬥爭。

《金錢》寫的是薩加爾和甘德曼兩大集團的鬥爭。薩加爾，一個落魄的地產投機商，藉著他的哥哥——第二帝國大臣盧貢的力量，創辦了一個世界銀行，一方面把銀行股票拿到交易所做投機買賣，一方面利用工程師哈麥冷開發東方的計劃去賺取巨額利潤。薩加爾碰上了對手甘德曼，為了打倒甘德曼，他投入自己全部資金並抬高股票行情，在三年的時間裡，世界銀行的股票由五百法郎一股上漲到 3000 法郎。但甘德曼實力雄厚，致使世界銀行股票下跌至 30 法郎，薩加爾徹底破產，被捕入獄。

《子夜》寫的是吳蓀甫和趙伯韜兩大集團的鬥爭。吳蓀甫，一個具有發展民族工業的野心和狂想的資本家，一方面組織益中公司發展企業，一方面插足公債投機市場，他認為民族工業興旺發達的遠景正向他昭示的時候，以美國金融資本做後台的趙伯韜卻緊緊扼住了吳蓀甫的咽喉。吳的合作者紛紛倒戈，軍閥混戰造成工商業受阻，農村破產帶來銷路停滯，吳蓀甫被迫出走，陷入四面楚歌的悲劇。

《金錢》中的薩加爾是一個暴發戶，一個新式資本家的典型。他的生活道路是窮光蛋——百萬富翁——窮光蛋。他搞了十年巨額土地買賣，破了產，兩手空空、饑腸轆轆地來到巴黎這個冒險家的樂園。薩加爾是一個冒險家、投機家、野心家。他「一如已經流血的牛，還被人牽上鬥牛場。」〔註 33〕要冒險就必須卑鄙、殘忍、貪婪，充滿瘋狂的佔有和征服，「一切他都嘗到，但一切他都沒有吃夠」，「他得了一種狂熱病，想重新征服一切，再站在他從來沒有佔據過

〔註 32〕茅盾：《我走過的道路．〈子夜〉寫作的前前後後》，人民文學出版社，1984 年版。

〔註 33〕以下凡《金錢》中的引文均見金滿城譯本，人民文學出版社，1984 年版。

的高位上，用腳踏住那被征服的城市。」他的野心是很大的，他說：

投機，賭，是中心的轉輪，在我們那樣巨大的事業中，也可以說就是心臟。是的！它需要血來養它，它從細小的渠道把血吸進來，積在一起，然後像河流一樣把它分送到各方面去，建成一條巨大的金錢的川流，這就是偉大事業的生命。……企圖僥倖成功，希望隨心所欲，想做國王，想做上帝……這都是人類的夢，世界上再沒有比這夢更頑強更熱烈的了！……

用我們的世界銀行，用我們進步的鋤頭和淘金者的夢想，我們難道開闢不出一個更廣闊的境界來麼？不能把東方古老的寶庫打開麼？不能展開一個無限大的田園麼？的確，再也沒有比這更野心勃勃。……

賭博就是我所夢想的這部大機器的靈魂、鍋爐和火焰！……這一筆小得可憐的二萬五千萬資本，那不過是放在機器鍋爐下的一捆最簡單的發火柴！我還希望它能夠加一倍，變成四倍，變成五倍……自然，我不能擔保這樣的事沒有危險，但是，如果不把過路人的腳壓碎，我們是不可能震動全世界的。

爲了實現他的野心和慾望，薩加爾構想了一幅征服世界的宏偉藍圖：

首先要從地中海動手，要以聯合輪船總公司去控制它。他列舉他們要在那裡設立車站的沿海岸各國的港口。……當保證了這一條通東方的寬大道路以後，就可以從敘利亞入手，先進行迦密山銀礦公司那一個小小的事業，順便賺它幾百萬。……那裡還有煤礦，那些煤像岩石一般高大，當這地方布滿了工廠的時候，這些煤便有黃金般的價值。至於作爲插曲使用的其它零零碎碎的企業那更不必說了；成立一些銀行，成立爲繁榮工業的財團，開發黎巴嫩的遼闊森林……最後，該說到大的一樁，那就是東方鐵路公司。這時他就發起夢囈，因爲這些鐵路線，正像一個魚網一樣，從中亞細亞的這端到那一端，這對他說來便是一件投機事業，是金錢的生命線。一下把這個古老的世界抓住，一如抓住一個新的俘獲物一樣，而這俘獲物還完整無缺，蘊藏著無以數計的財富；這些財富由於若干世紀以來的無知與貧困，所以始終還埋藏著。他已嗅覺到這些寶藏，他像一匹戰馬一樣，聞著戰場的氣味就嘶叫起來。

但是，薩加爾卻遇上了勁敵甘德曼。甘德曼拒絕加入薩加爾的銀行財團，也就是拒絕把自己的巨額財富納入薩加爾的管轄之下，這下子激怒了薩加爾，他由怨恨產生了瘋狂報復的心理。他想「用牙齒一下咬破他，像一條狗咬啐一塊骨頭一樣」，他也知道「吃掉他這塊東西是太可怕而且也太巨大了」。薩加爾一貧如洗，靠積攢別人的錢搞投機，而甘德曼是擁有十億法郎的大亨，不肯低頭，薩加爾決心「把他的十億財富撕成破片，隨後再吃掉他。」一場你死我活、驚心動魄的鬥爭從此開始了。

幾翻周折，果然不出甘德曼所料，在短短兩年的時間裡，薩加爾由勝利而敗北。在兩大集團的鬥爭中，左拉揭示了法國處在帝國主義初期的金融活動中最富時代特色的新變化。薩加爾作為世界銀行的經理，屬於一種新興的金融貴族，支配著世界銀行的全部資本，控制著大量的生產資料。股票的每一次上漲，都為世界銀行注入了大批金錢，可見銀行在加速資本集中過程中起著十分重要的作用。當世界銀行股票上漲到3000法郎時，薩加爾和甘德曼都鬥紅了眼。薩加爾狂叫「我還要買，除非到死為止！」交易所的競爭「每一點鐘都可以致人於死命，每一個地方都設置了陷阱，在這種無聲的、卑劣的金錢戰鬥中，弱者便會無聲無息地破腹而亡，在這種戰場上沒有伙伴，沒有親屬，沒有朋友，這是強有力者的殘酷法律，吃掉別人就是為了不被人吃掉。」競爭的激烈、變化的迅猛、手段的卑鄙，讀後令人瞠目，令人顫慄，左拉的現實主義的筆眞實地反映了這一富有時代特徵的側面。

左拉雖然寫出了某些時代的特徵，但他的思想局限使他在塑造薩加爾這一形象時不可避免地帶來某些缺欠。在本文的第二個問題裡，我們曾談到作家企圖寫出盧貢·馬卡爾家族的歷史，他曾把這個家族列出一個樹形世系表，薩加爾是盧貢家族的後代。小說一方面寫出了薩加爾醜惡的靈魂，他的貪慾、卑鄙，正像他的兒子馬克辛姆說的：「他之所以到處要使金錢像泉水一般噴出，不管以任何方式去吸取它，其目的就是想看見這些錢像山洪一般狂流，他又能在這狂流之中取得他的一切享受：奢侈、逸樂和權力。你有什麼辦法？他的血液中已經充滿了這些。你，我，乃至任何人，如果我們可以上市的話，他都會把我們拿去出賣的。」他和他的兒子平分一個女人，他出賣自己的兒子，出賣他的女人，出賣他手下能支配的一切人，甚至出賣自己，他佔有嘉樂林夫人，又以加倍的價錢把皇帝花十萬法郎睡一晚的熱夢夫人弄到手，與帝國檢查官德甘卜爾共享一個情婦，小說把這個企業家、金融新貴、銀行經理的冠冕堂皇的外衣剝去，淋漓盡致地寫出了這個流氓、詐騙犯、投機家的嘴臉。另一方面，小說卻把他靈魂的骯髒醜惡歸咎於種族的遺傳。在不到一個世紀的時間裡，盧貢家族，它的嫡系和私生子系中，受著遺傳的毒害，決定了他傾向於罪惡、盜竊、賣淫、瘋狂、白痴、歇斯迭里，終於導致了這個家族的滅亡。薩加爾的席加爾多事件造成了他的私生子維克多的犯罪，維克多與歐拉里媽那種下流惡爛的生活以及最後偷了錢、強姦了少女又逃跑，消失在茫茫的巴黎人海中，人們斷言總有一天會在斷頭台上找到他。左拉把這些罪惡的根源追溯到盧貢家族第一代，這樣就抽去了人物階級的社會的本質，而單單成為一個生物學的人，從而削減了人物的份量和價值。

甘德曼則是一個老式的資本家，銀行大王，交易所和上流社會的主人。他不像薩加爾拿著別人的財富搞投機，他的萬貫家財是在資本主義原始積累的漫長過程中一點一點攢起來的。不到一百年，「若干條黃金的河流趨向他這一海洋，別人的千百萬無影無蹤地混在他的千百萬財富之中了；換句話說，那就是大眾的財富淪陷於一個人的財富的深淵裡；因此他個人的財富是一天一天地在長大。甘德曼是金融界的眞正的主宰，全能的王，巴黎和全世界的人都怕他，聽他的命令。」他有政府的支持，他在世界各國的朝廷中有他個人的公使，各省有他的督都，各城市有他的代理機構，各個海上有他的船隻，他不是投機家，也不是冒險家，他穩坐交易所，「任意操縱證券漲跌，像上帝操縱雷擊一樣。」他聰明、謹愼、陰險，不屈不撓，擁有一支決定勝負的隊伍，始終萬無一失地獲得勝利。

薩加爾對甘德曼仇恨、厭惡，又不理解。甘德曼「以極大的疲勞來毀滅自己，過著一種連窮鬼都不願過的艱苦生活，記憶中堆滿了數字，頭腦裡充滿了全世界的事務而破裂⋯⋯處在可怕的貪慾中的薩加爾，對於金錢，固然也有一種無個人目的的愛好，只愛好金錢給他的權勢；但他看見擺在面前的這一副面孔，他自己也覺得被一種神聖的恐怖所佔據了；因為這張面孔不是通常那種專以存錢為目的的一般慳吝人的面孔，而是一種在這種工作上非常熟練的工人的面孔；在他衰老的苦痛之中他沒有肉體上的需求，他的身體幾乎變成一個沒有實在內容的幽靈，可是他卻要頑固地建築他以千百萬財富堆成的寶塔，唯一的夢想是把這寶塔傳給他的後裔，以便後裔再去擴大它，直到它能夠統治全世界為止。」甘德曼面對薩加爾使世界銀行上漲的股票牌價，以他科學的賭徒的鎮靜，以一種專搞數字的人冷靜的頑固態度，始終居於賣方，而且充當了以壓倒薩加爾爲目的的空頭集團的領袖，準備好三億法郎以造成世界銀行的股票跌價，一舉打倒薩加爾。

《子夜》中的吳蓀甫是一個有著18世紀法蘭西資產階級性格的人，上海裕華絲廠老板，20世紀30年代中國民族工業資本家的典型。他氣度不凡，留學歐美，既有雄厚的資金，又掌握管理企業的本領，在社會上和實業界具有舉足輕重的地位。他攫食般吞併了八個小廠，又和太平洋輪船公司、大興煤礦公司及金融界巨頭組織益中信托公司，力圖實現他宏大的資本主義王國的遠景，這是一個有膽有識有魄力有手腕有野心的民族資本家，不愧是「20世紀機械工業時代的英雄騎士和王子」。但是，20世紀30年代半封建半殖民地的中國，不同於18世紀的法國，資產階級的前途是非常暗淡的。正當吳蓀甫躊躇滿志施展宏圖的時候，他遇上了勁敵趙伯韜這個以美國金融資本爲後台的買辦資本家、公債市場的魔王。在政治上，趙有蔣介石政府支持，他可以參與政府財政部門制定種種計劃，經濟上他充當美國金融資本掮客，可以控制中國民族工業，把微弱的民族經濟吃掉。吳蓀甫幾經掙扎，終於敗北，房產抵押出去，自己離家出走。

關於吳蓀甫和趙伯韜的形象，本章第七節還要分析，這裡不再贅述。總之，《子夜》通過吳蓀甫的故事，描繪了那個特定的時代背景下中國社會各個不同階層的相互關係，通過吳趙以及他們周圍的人物的矛盾鬥爭，大規模地深刻地反映了那個歷史階段的中國社會現實，揭示了錯綜複雜的社會關係和階級關係，用眞正有說服力的藝術形象給予托派和資產階級學者關於中國社會性質的謬論以有力的回擊。

通過以上兩大集團四個人物的分析，可以看出，左拉和茅盾都是把自己筆下的人物置根於他們所生存的時代土壤，通過他們之間錯綜複雜的關係和鬥爭，反映了他們所處時代的某些本質方面。遺憾的是，左拉一方面反映了法蘭西第二帝國時期金融活動的某些特點，一方面卻把薩加爾與甘德曼的鬥爭歸結爲天主教銀行與猶太教銀行的宗教之爭，滲入了種族宿怨的內容，這說明左拉並不眞正理解金融鬥爭的實質。茅盾不然，他用馬克思列寧主義對中國社會進行縝密的觀察，提出並回答了中國民族資產階級的命運和出路問題，其次，左拉從遺傳學角度出發，把薩加爾寫成一個「偉大的下流人」，對他的卑鄙無恥失去了嚴肅批判的力量，和茅盾筆下的吳蓀甫這個歷史悲劇的英雄形象是不同的。

六

《金錢》和《子夜》都有巨大場景的描繪，通過這一描繪引出全書大部分人物。

《金錢》的第一章圍繞上波飯店的環境：擾嚷喧雜，亂糟糟的氣氛，饑餓的顧客、忙碌的茶房、混亂的菜碟，人們都無心吃飯，而是交換著交易所的牌價以及與此有關的政治事件，各人在打著各自的算盤，擬訂著新的投機計劃。出場的人中有巴黎最大的一家商行經紀人馬佐、有對塞爾西礦場股票有驚人之舉的阿馬鳩，有男投機家皮勒羅爾、莫塞、薩爾蒙，有女投機家梅山太太這位「金融屠場上一隻食人肉的雞」，有議員、地產家雨赫，有大學教授讓圖魯，有高等檢查官德甘卜爾，有絲廠老板塞茅爾，有紙店老板郭南先生，有交易所和破產者之間的媒介人物畢式，有《新萊茵報》的編輯西基斯蒙，有席加爾多事件的受害者羅沙麗，有薩加爾的私生子及一些下等賭徒、鐘錶匠的兒子、跑街、小伙計等下層人物。在出場的二十九個人中，鏡頭逐漸集中在薩加爾和甘德曼兩個主人公身上並慢慢鋪衍開來，徐徐展開主人公與其它人物之間的關係及故事。

《子夜》的第二章是在吳公館爲吳老太爺辦喪事，除了吳府的執事手拿白紙帖和靈堂前鼓樂手們的吹打而外，毫無辦喪事的氣氛，這裡在交換軍事情況、公債市場行情、民族資本的處境、趙伯韜的多頭公司、農民暴動的情況等等，出場的人中有軍官雷參謀、黃埔出身的黃奮、太平洋輪船公司總經理孫吉人、火柴廠老板周仲偉、大興煤礦公司總經理王和甫、絲廠老板朱吟秋、綢廠老板陳君宜、政界人物唐雲山、大學生吳芝生和杜學詩、經紀人韓孟翔、詩人范博文、交際花徐曼麗、律師秋隼、大學教授李玉亭、信托公司襄理陸匡時等等。在出場的十九人中，鏡頭逐漸突出了吳蓀甫和趙伯韜，但卻有意把第三個重要人物屠維岳留在了畫面之外，只點名而未出場，然後慢慢展開吳趙之爭以及與其他人的故事。

左拉和茅盾都有描寫巨大場景的才能，組織人物和事件有條不紊，突出中心人物，以他們爲核心結構故事。

七

《金錢》和《子夜》塑造了形形色色的人物群像，構成了一幅時代的風俗畫。

薩加爾不是孤零零地生活在巴黎，而是生活在一個社會、一群人中的。這是一群被描寫的十分生動的側影，他們共同組成 19 世紀 60 年代法國社會的畫面。

畢式是一個專門搜集不值錢的舊證券收買債權者的典型，他專門購買破產公司的股票、無人償付的債票、經紀人否認的支票等，等上若干年好賣一點錢，他爲人殘忍，爲了十個蘇而把人弄死。梅山太太是一個下流而狂熱的女賭徒，她的肥手曾染指各種可疑的事物，在金融屠殺場上，沒有一家公司或一家銀行不發現她帶著大皮手袋前往，她總是希望在死屍的血和泥中滿足自己的吞噬。法猶，收取小額年金的利息券者。羅莎麗，被薩加爾姦污的女子，過著黑暗、悲慘、骯髒的生活。阿爾魏多王妃的慈善事業是以她丈夫在傳奇式的大規模流氓活動中分得的贓物爲基金的。銀行家戈爾以鑄造金條買賣金子爲業，吮吸千百萬人的血汗。經紀人馬佐，以他特有的機靈、嗅覺和悟性成爲交易所第一流人物。議員雨赫偷看電報，泄漏了奧地利皇帝割地給法國的秘密，致使交易所價格暴漲。熱夢夫人，一個同皇帝睡一晚索取十萬法郎的淫婦，被薩加爾以高價弄到手，帶著她參加外交部舞會，使帝國大臣們瞠目結舌。堂堂帝國檢查官德甘卜爾與薩加爾共享的一個情婦桑多爾夫男爵夫人以色相出賣經濟情報。所謂帝國的繁榮就是建立在上等階級形形色色的下流慾望和下層人民的破產、毀滅、血淚之上的。世界銀行倒閉之後，壓碎了千百萬小人物，莫讓特、德若瓦等把自己一輩子的積蓄、年金收入、女兒嫁妝全部用來購買世界銀行股票，這些廉價的炮灰自殺、破產、出走，而窮奢極欲的帝國鬧宴還在繼續排演下去。左拉以他深邃敏銳的眼光寫出了 19 世紀 60 年代法國社會的一切自私貪慾、冷酷狠毒、敲詐勒索和厚顏無恥。

《子夜》同樣描繪了 20 世紀 30 年代中國半封建半殖民地病態社會的一群或一隅。除了吳蓀甫和趙伯韜外，小說著力塑造了屠維岳這個資本家奴僕的形象，他對吳蓀甫的形象是一個補充，他並不具有動輒打罵人的猙獰面目，而是以「小軍師」姿態出現，超然於武裝警察和手無寸鐵的工人之外，把陰謀手段化爲甜膩膩的語言，模糊工人意識，破壞工人團結，瓦解工人鬥爭。通過屠維岳，作家描寫了工人運動的曲折和黃色工會中蔣汪兩派的鬥爭。和吳蓀甫有直接、間接關係的有三個不同性格、不同經歷的地主：吳老太爺，封建僵屍，代表了封建勢力的解體和崩潰；曾滄海，吳蓀甫舅父，惡毒、世故、吝嗇、刻薄的地頭蛇，雙橋鎮的土皇帝；馮雲卿，長線放遠鷂的高利貸盤剝者，爲逃避農民暴動，來到上海當「寓公」，鑽進公債市場，讓自己的親生女兒出賣色相以騙取經濟情報，這個形象，體現了資本主義勢力對封建宗法關係的破壞，也體現了封建勢力在半殖民地社會的轉化過程和適應性。李玉亭、秋隼的形象表現了資本主義的經濟、法律爲資產階級利益服務的實質；至於范博文，是個典型的資產階級叭兒狗詩人；雷參謀，聯繫著軍事和戰爭的一條線；徐曼麗、劉玉英，類似《金錢》裡的桑多爾夫男爵夫人，都是商品化社會的寄生蟲。

《子夜》展示給我們的，不光是民族資產階級的處境與前途的描寫，而且涉及到三十年代初期各階級、階層的面貌以及當時社會的政治、經濟和道德風尚，給我們提供了一幅半封建半殖民地舊中國的歷史畫卷。它不僅再現了國民黨統治下舊中國的腐朽、黑暗，並且通過藝術形象揭示了歷史的發展趨勢，具有重要的認識作用和美學價值。

八

在《金錢》裡，左拉把金錢理想化，給金錢披上一層詩意的輕紗，這就是瞿秋白所指出的「左拉的普魯東主義的蠢話」。

左拉把我們引導到一個金錢的世界中。大大小小各式各樣的資本家、金融家、債權人、高利貸者，他們整個生命、整個思想感情、整個行動的意義和目的就是爲了無窮無盡地攫取金錢。人們追逐它不是爲了求得個人和家庭的生存溫飽，而是爲積累而積累，爲了金錢本身。巴爾扎克曾經塑造過葛朗台這個守財奴的形象，葛朗台對金錢一往情深，愛錢如命，稱呼金幣是「小乖乖」，看到金錢像人一樣熙熙攘攘來來去去、流汗、生產，便由衷地感到溫暖和喜悅。左拉筆下的人物也是如此。薩加爾是一個金錢的執著狂，「沒有金錢，沒有黃金，也就是沒有照耀他生命的燦爛陽光！對他說來，只有在新鑄金錢的耀眼光彩中才感到財富的具體化，這些錢有如春雨透過太陽而下降，有如冰雹落下來鋪滿一地，許多堆的銀子，許多堆的金子，人們用鏟子去鏟它，無非是它的光彩和它的音響可以使人快樂。人們要消滅這種快樂麼？要消滅這種爲之奮鬥和生存的目的物麼？」甘德曼已經是一個毫無情慾的枯骨，每天靠一小杯牛奶度日，女人對他早已失去誘惑力，但他爲了金錢，過著窮鬼都不願過的苦日子。在這個金錢的世界裡，人們的喜怒哀樂、成功失敗、生存消亡，無不和金錢聯繫在一起。

金錢在它的流轉中，反映了資本主義社會的一切過程和一切現象。但是左拉卻把金錢表現爲一種「進步和文明的因素」，這不能不是蠢話。小說寫道：

「薩加爾是對的。直到現在，金錢仍然是一種肥料，在這堆肥料中才可以生長出明天的人類社會。含毒的帶毀滅性的金錢，現在已成爲一切社會發展的酵母，成爲有利於人類生存的偉大工程所必需的沃土。……對於金錢所造成的骯髒與罪過的懲戒，爲什麼要叫金錢來負擔呢？那創造生命的愛情，不是也一樣不純潔嗎？」這就是說，薩加爾開發東方的計劃，迦密山銀礦的開採，土耳其國家銀行的建立，輪船公司，鋪設鐵路，一切文化、教育、福利、慈善事業的興辦，沒有金錢，是都辦不成的，金錢給人類文明帶來福音，成爲人類社會的肥料，成爲推動社會發展的酵母，像創造生命的愛情一樣，給人類帶來明天和未來。一句話，積累金錢的資本家是造福人類的，資本家對財富的掠奪、對人民的剝削成爲推動社會進步的因素，在美化金錢的同時，把積累金錢的資本家也美化了。要知道，在非洲鋪設鐵路，一根枕木的代價就是一具黑人的屍骨，薩加爾也承認，「我們每走一步，就會壓碎成千的生物」，世界銀行的財富是建立在千百個犧牲者的屍骨之上的。左拉對金錢的理想化和美化使他看不清資本集中壟斷給人民帶來的奴役和災難的實質。

普魯東主義的實質就是站在小資產階級立場看待資本主義，認爲在資本主義制度下可以舉辦「人民銀行」，幫助工人成爲獨立的私有者，根除資本主義的禍害，達到社會普遍的幸福。不必進行暴力革命和無產階級專政，工人通過銀行的積累，就能達到和資本家一樣富有。左拉對金錢的歌頌正是形象地宣揚了普魯東主義的這一理論。由此可見，拉法格、瞿秋白等對左拉的批評是正確的。

九

左拉的局限性還表現在小說中兩個正面人物身上，即嘉樂林夫人和西基斯蒙，這兩個人物成爲左拉表述自己對現實和對未來的觀點的代言人。

嘉樂林夫人，一個懂四國語言，學識淵博的知識婦女，穩重、端莊，她曾熱烈希望認識她生存的這個廣大世界，希望通過哲學家的爭論來確定自己的人生主張。她跟隨她的哥哥哈麥冷工程師跑遍了東方的許多國家，是哈麥冷開發計劃的支持者和護衛者。哈麥冷的計劃氣魄宏大，需要一個金融家幫助他實現，於是他們兄妹二人成了薩加爾世界銀行的股東。她幻想通過薩加爾的計劃「洗滌東方的污垢，從愚昧中把它拯救出來，讓它利用各種科學的精密研究，來享受肥沃的土地和美麗的天空。」他們捲入同一事業，卻抱著不同的理想和目的。她生活在一群強盜和騙子中間，但能潔身自好，出污泥而不染。她目睹了世界銀行從興盛到破產的全過程，充當薩加爾賢慧的家庭主婦和頭腦清晰的顧問，表現了充沛的精力和傑出的組織才能。左拉對資本主義的罪惡是看到了的，但對資本主義制度仍抱有幻想，這種矛盾的思想和心理集中反映在嘉樂林夫人這一形象上。嘉樂林夫人對世界銀行金融活動的種種罪惡她是看到並且反對的，對被壓碎的小有產者表示同情，對薩加爾的骯髒歷史深感厭惡，卻又為他的活力和熱情所吸引，從而委身於他，她曾經夢想人類可以肅清金錢所犯下的種種罪惡，卻又接受了薩加爾美化金錢的理論。這是一個矛盾的形象，代表了左拉的矛盾思想和他對現實的看法。

西基斯蒙是左拉筆下馬克思的大弟子，《新萊茵報》的編輯，共產主義的信徒。他讀過《資本論》，熱烈地宣揚社會主義，整天關在小屋裡構想未來社會的藍圖，決心把自己貢獻給社會革新的理想。他生活清貧淡泊，不重物質享受，和藹、純潔，憎惡金錢和剝削。他對薩加爾說：「你們都是一些剝奪者，剝奪了人民大眾的財產；將來當你們塡滿了的時候，便只好輪到我們來剝奪你們了。一切都收集起來，集中起來，就可以達到集體主義。」他宣布要把甘德曼的十億財富買過來，「一切證券，一切年金證券，我們都用一種分期使用的『享受證』去買過來……一切年金收入的間接財源，一切信貸制度，一切放款，一切租金，一切地租通通加以掃蕩。」他主張用新的財產形式控制社會關係，消滅金錢：「在集體主義國家中，金屬的貨幣一定是沒有地位的，它根本沒有存在的理由……一切恐慌，一切無政府狀態，都是從這裡來的……應當消滅，消滅掉金錢！」左拉把這些普魯東主義的理論放在西基斯蒙這個馬克思的弟子嘴裡，而這些理論恰恰是馬克思加以抨擊和批判的。西基斯蒙帶著改造社會的計劃和未來社會的理想死去了。這個形象代表了左拉對未來社會的理想。但左拉根本不懂馬克思主義，不懂科學的共產主義學說，對代表馬克思主義學說的西基斯蒙這一形象的塑造，是缺乏思想基礎的。

第二節　結構的藝術與藝術的結構——《子夜》與列夫・托爾斯泰的《戰爭與和平》結構原則之比較

歐洲的古典文學批評家往往把一部文學作品稱為「一個完整的世界」。凡是成功的文學作品，不論是小說、戲劇、詩歌，不論是長篇還是短篇，它總是通過栩栩如生的藝術形象和激動人心的故事情節反映出生活的某些本質方面，勾畫出一個完整的世界。作家筆下的世界所以完整，除了主題的深刻、人物的豐滿諸因素外，很重要的一環，在於作品的結構是否完整。作品的結構可以是千姿百態、千變萬化的，但它必需適合開掘主題和塑造人物的需要；它對展示作品的思想傾向，必須是具有完整性的。

托爾斯泰曾指出過眞正的藝術品應具有的主要特徵是嚴整性和有機性，他說：「當作品具有這種嚴整性和有機性時，形式上最小一點變動就會損害整個作品的意義。在眞正的藝術作品——詩、戲劇、圖畫、歌曲、交響樂，我們不可能從一個位置上抽出一句詩、一場戲、一個圖形、一小節音樂，把它放在另一個位置上，而不致損害整個作品的意義，正像我們不可能從生物的某一部位取出一個器官來放在另一部位而不致於毀壞該生物的生命一樣。」〔註34〕茅盾對托翁是極爲推崇的，他認爲自己在創作上比接近左拉更接近托爾斯泰，他把托爾斯泰的作品列爲自己「愛讀的書」，並在創作經驗上有意學習，借鑒這位偉大的作家，茅盾說：「我覺得讀托翁的大作至少要做三種功夫：一是研究他如何布局（結構），二是研究他如何寫人物，三是研究他如何寫熱鬧的大場面。」〔註35〕

《子夜》作爲30年代中國社會的歷史畫卷，它的結構是恢宏而嚴謹的，在讀者面前展示了一個完整的世界。茅盾說過，「小說不能信筆揮灑就算了事的，小說必須『做』，有計劃地去『做』！」〔註36〕這個「做」字不應理解爲「矯揉造作」或「無病呻吟」的「做」，而是作家對社會現實經過長期縝密的觀察和思考之後，在題材的選擇、情節的提煉、主題的開掘、人物的塑造以及作品結構的設計諸方面下了深功夫。這個「做」字體現了作家茅盾嚴謹的創作態度和豐富的創作經驗。我們通過對《戰爭與和平》及《子夜》結構藝術的分析，可以看到，茅盾是怎樣做小說的，可以看到茅盾怎樣接受了托爾斯泰《戰爭與和平》的影響，《子夜》的結構藝術在某些方面怎樣借鑒了《戰爭與和平》的結構法則，從而爲我們提供了他在創作實踐中對藝術世界完整性的解釋。

〔註34〕《藝術論》，豐陳寶譯，人民文學出版社，1958年版。
〔註35〕茅盾：《愛讀的書》。
〔註36〕茅盾：《創作與題材》。

一

作家在決定要表現什麼題材之後，不是立即就能夠動筆的；他仍然有一個對生活素材的消化過程，一個深入思考的過程；也就是結構故事的過程。托爾斯泰說：「結構上的聯繫既不在情節，也不在人物間的關係（交往），而在內部的聯繫。」〔註 37〕茅盾把這種「內部聯繫」總結爲「題材中各項節目的連鎖性」。他說「做過全面的觀察分析的功夫，然後能綜合；能綜合而把握到全局動向，然後能深切理解各局部，洞悉各節目——那時候，這個你所知的，已頗具體，這才題材成熟。」〔註 38〕題材醞釀成熟的階段、人物和故事就在作家頭腦中萌發出生命，作家爲他筆下的人物賦予形體，設置時間、空間和場面，作品的結構始呈現雛型。

長篇小說，粗線條的分，一般都分爲開端、發展、結尾三部分。《戰爭與和平》如此，《子夜》也是如此。

開端部分從哪裡下手，的確有很大的學問。小說和戲劇一樣，當序幕拉開的時候，並不是生活剛剛開始，在啓幕以前很久，各種人物和事件就都已在生活的長河中連鎖地、交錯地、互相關聯地發展著、變化著，作者選取的序幕，也就是故事的開端，往往是承前啓後的一個關節，從這裡下手，攝取一個橫斷面，再徐徐展開故事。

托爾斯泰回顧《戰爭與和平》的寫作過程時說：

> 1856 年，我著手寫一部帶有某種傾向的中篇小說，它的主人公當時是一個攜眷回國的十二月黨人。我不由自主地從 1856 年轉到了 1825 年——我的主人公處於迷途與不幸的時代，而把開始寫了的擱置起來了。但就是在 1825 年，我們的主人公也已經是一個成年的有家室的人了。爲了了解他，我需要轉到他的青年時代，而他的青年時代正值俄國的光榮時代 1812 年。我又一次拋棄了我已開始寫了的，開始從 1812 年寫起。1812 年的氣息和音響我們還能親切地感覺到，但它現在離我們畢竟是如此遙遠，我們能夠平心靜氣地對它加以思索了。可是甚至在這第三次我拋棄了已開始了的，但已不是因爲我需要描寫我主人公的青年時代的初期，相反的，在那個偉大時代的半歷史性、半社會性、半虛構的具有偉大性格的人物中間，

〔註 37〕《戰爭與和平》序。董秋斯譯，人民文學出版社，1978 年版。
〔註 38〕茅盾：《談技巧、生活、思想及其它》。

我的主人公這個人物已退於次要地位，而居於首位的卻成了那些使我感到同樣興趣的當時的老老少少男男女女了。我第三次回過頭來了……於是我從 1856 年回溯到 1805 年之後，這時我決意已不是讓一個，而是讓我的許許多多男女人物經歷了 1805、1807、1812、1825 和 1856 年的歷史事件。〔註 39〕

《戰爭與和平》以抵抗拿破侖侵略的衛國戰爭為中心，反映了從 1805 年俄軍在奧斯特里齊一役的潰敗，到 1825 年十二月黨人起義前夕這段歷史時期的俄國生活。這樣一部包括五百多個人物、十多年歷史跨度的巨著從哪裡下手呢？托爾斯泰從 1805 年 7 月的一個茶話會寫起，用茶話會作為彼得堡上流社交界的背景而把書中主要人物一個個引上場，把當時很緊張的歐洲政治關係從茶話會的談笑聲中逗出來，並且把各人對俄羅斯民族利害關係極密切的「戰爭呢還是和平？」這一問題的態度和見解，也透露出來了。

茅盾對《戰爭與和平》的這種寫法很是讚賞，他說：「托翁作品結構之精密，尤可欽佩。以《戰爭與和平》而言，開卷第一章借一個茶會點出了全書主要人物和中心的故事，其後分頭徐徐展開，人物愈來愈多，背景則從彼得堡到莫斯科，到鄉下，到前線，回旋開合，縱橫自如，那樣大的篇幅，那樣多的人物，那樣紛紜的故事，始終無雜冗，無脫節。」〔註 40〕《子夜》正是借鑒了托翁的這一藝術結構法則。

《子夜》這樣一部大規模描寫中國社會的宏篇巨著，它所囊括的生活面是相當廣闊的。茅盾打算通過農村與城市兩者情況對比，反映中國革命的整個面貌。這個題材包括許多重大的節目：世界經濟危機對中國的影響、軍閥混戰、民族工業的命運、金融資本對民族工業的鉗制、工人鬥爭與農民暴動、公債投機市場的活躍、城市的殖民地化，等等。他認為這樣一部長篇小說在結構上應當體現「節目的連鎖性」。那麼，「到底要從什麼地方寫起呢？中國舊小說是從頭寫到尾的，寫一個人物總是從他小時候到中年到老年一直按著他的時間順序寫下去……在技巧上來說，這是很原始的。」〔註 41〕

《子夜》開端部分的寫法否定了這種原始技巧的結構方式。第一章寫吳老太爺從農村到了上海，患腦溢血而死。吳老太爺好像古老的僵屍，一旦接

〔註 39〕《戰爭與和平》序。董秋斯譯，人民文學出版社，1978 年版。
〔註 40〕茅盾：《愛讀的書》。
〔註 41〕茅盾：《關於創作的幾個問題》。

觸陽光空氣便風化了。這當然是暗喻封建經濟的解體和中國殖民地化的加劇，它用非常形象的手法點出了《子夜》的背景。這種結構方式「往往從半腰裡敘述起，而把這以前的事情用經濟的方法在故事發展中略加點逗，使讀者用聯想力來求貫通」。〔註42〕

吳老太爺死去之後，緊接著就是辦喪事。吳蓀甫這樣的資本家辦喪事，場面是很大的，將要出現眾多的人物，牽出紛雜的線索。從第一章到第二章，去世、入殮、出喪，在現實生活中順理成章、發展自然；在小說情節發展上合情合理，連鎖性強。

第二章是熱鬧場面，作者巧妙地藉吳老太爺辦喪事，把《子夜》裡的重要人物一個個都引到了讀者面前。說是辦喪事，哪裡有一點喪事的氣氛？大餐廳、小餐廳、花棚前、遊廊邊全是「標金」、「大條銀」、「花紗」、「幾兩幾錢」的聲浪，這裡可以聽到公債投機的情報、軍閥混戰的消息，可以看到民族工業的窘境以及以帝國主義為靠山的金融資本的猖獗情況。趙伯韜這個公債魔王在這一章露了面。當作家把筆停留在吳蓀甫身上，便同時從他身上引出三條線索，吳蓀甫完全陷入了這三條火線的包圍之中。一是金融買辦勢力，二是工人運動，三是農民暴動，他落在了各種矛盾的交點上。這一章出場人物共十九個，最後一個登場的是絲廠帳房莫乾丞，他來報告工人罷工的消息，言談間點出全書第三號重要人物屠維岳。屠維岳本是第二章可以上場的第二十個人物，作家卻有意把他留在讀者的視線之外，埋下伏筆待到第五章才讓他與讀者見面。這一伏筆當然不是結構上的疏忽，而恰恰是作家的匠心所在——為下面的描寫作有力的鋪墊，因為屠維岳聯繫著工人運動這一重要的節目。

這一章具有居高臨下的氣勢，人物多、線索多、密度大，它連鎖了小說裡的各種人物、事件、背景、矛盾，場面雖然複雜，卻無雜亢、無脫節，回旋開合，縱橫自如，層次線條都極分明，有條不紊。章末寫道：「而那個久在吳蓀甫構思中的『大計劃』，此時就更加明晰地兜住了吳蓀甫的全意識」。吳蓀甫的大計劃便是下一章的主要內容。

第三章全面展示吳蓀甫的野心和抱負。小說描寫他既不同於貪利而多疑的杜竹齋，也不同於又狠又笨的朱吟秋。他有冒險精神，有硬幹的膽力，「他有手段把中材調弄成上駟之選」。在參與趙伯韜的公債投機之後，他又組織實

〔註42〕茅盾：《文藝大眾化問題》。

業界聯合辦銀行，隨時準備吞掉八個小廠。他的野心像漲滿了風的帆，正鼓足全力往前行駛。

這就是小說開頭部分的三章。這三章交代了小說的主要人物，奠定了矛盾發展的基礎，為下一步展開吳蓀甫故事埋下許多連鎖的伏線。

從結構上看，小說第四章到第十六章，是發展和高潮部分。這一部分圍繞吳蓀甫的故事，三大節目即三條線索交互展開，連鎖地發展，經過四起四落，螺旋式推向頂峰。

毋庸置疑，第五章和第三章是緊緊銜接的，繼續讓吳蓀甫在廣闊的舞台上施展他的抱負。中間之所以插進第四章，是因為小說最早設想的結構需要，用第四章雙橋鎮失陷連鎖出農村破產的景況和農村革命鬥爭的發展，後來在寫作過程中這條線省略了，才顯得有些游離。在第五章中，吳蓀甫的性格得到繼續發展，他那陰柔、殘酷、敏捷而老辣的個性得到進一步展示。吳蓀甫組織益中信托公司，幻想著民族工業的發展，「高大的煙囪如林，在吐著黑煙；輪船在乘風破浪，汽車在駛過原野。」為要實現這個偉大的憧憬，必須吞併朱吟秋等小廠，吞併它們是為了壯大自己，也為的「不能便宜洋商」，這正是民族資產階級的特點。正當吳蓀甫躊躇滿志，大刀闊斧要大幹一場的時候，雙橋鎮「陷落了」，把家鄉造成「模範鎮」的理想破滅了，農民運動風起雲湧，這條火線緊緊纏住吳蓀甫，而且連鎖到第六章費小胡子、曾家駒從家鄉逃出來、第七章雙橋鎮的損失等等。工廠罷工風潮掀起了，屠維岳登場。經過幾番微妙的「智鬥」，屠維岳取得了吳蓀甫的信任。在現實生活裡，屠維岳是吳蓀甫的走狗；在小說結構上，吳蓀甫佔據結構的中心地位，屠維岳是結構的一個旁支，遠比農民運動的「節目」更為重要。然而，給予吳蓀甫以致命打擊的，是第三個「節目」：以趙伯韜為代表的金融資本家的勢力。

綜觀全書，五、七、十、十二章處於結構的四個波峰，六、八、九、十一等章處於結構的波谷，四起四伏，一環扣一環，一直把吳蓀甫的奮鬥推向了頂點。到第十二章，杜竹齋退出益中，元大十萬銀子變卦，存戶提款，謠言四起，吳蓀甫尚未消磨盡銳氣，還在整頓八個小廠，開除工人，延長工時……但從十三章以後，形勢急轉直下，吳蓀甫被三條火線扼住脖子，最後背水一戰，益中周轉不濟，收盤的八個小廠也只能開半天工了。從吳老太爺辦喪事到吳蓀甫破產，前後不過兩個月光景。「他的發展企業的一場大夢」！夢快醒了。

小說的十七——十九章是小說的結尾部分。吳蓀甫出走，房產都抵押出去。這是以上各節目連鎖反應的必然結果。

「認清那題材中各項節目的連鎖性」，這個思想正是按照辨證法的觀點，找出事物之間包括生活現象間的有機聯繫，內部聯繫與外部的聯繫，從聯繫中找出生活的規律。文藝要反映生活本身就不能不揭示生活現象間的聯繫。從《子夜》的結構看，茅盾在下筆以前，確對小說要表現的各項節目及其連鎖性有了充分的醞釀、消化和認識，寫成小說後，各情節、各節目自然渾成，不露斧鑿，又很緊湊。如果，小說的結構「並非按照它原來的連續性與一步一步的劇烈化」，那就如同「一部電影中的三張呆片」，所能告訴讀者的「只是『曾有如此這般一回事』而已」，這種不成功的印象式寫法，充其量是「『新聞記事』的小說化」。〔註 43〕這種結構方法是爲《子夜》的藝術實踐所否定的。

二

托爾斯泰稱《戰爭與和平》是「一部關於過去歷史的書」。這樣一部巨大的歷史書，包括眾多的歷史事件和人物。在結構一部藝術品時，事件和人物是什麼關係？人物是當作事件的材料呢還是事件爲人物服務？托爾斯泰寫道：「許多人都這樣說，似乎藝術是一片金鉑，你想貼什麼，就可以把它貼上。藝術是有法則的。如果我是一個藝術家，如果庫圖佐夫被我描繪得很好，那麼這不是因爲我願意這樣（這與我無關），而是因爲這個人物有著藝術的條件，而其餘人沒有。Je defie（如法國人所說的那樣）把拉斯托卜欽或者米洛拉托維奇描畫成一個美妙的人物，而不是一個可笑的人物。儘管拿破侖的愛慕者有許許多多，然而還沒有一個詩人把他作爲作品的人物創造出一個藝術形象，永遠也不會創造的。」〔註 44〕這裡提出了藝術結構與人物塑造及其二者關係中一個十分顯淺但很重要的法則。

文學作品是描寫人物及其性格發展的，典型人物的塑造是藝術創造的中心問題，文學藝術作品能不能塑造出生動的感人的藝術形象，必須處理好事件和人物的關係。托爾斯泰所指某個人物具備「藝術的條件」，就是說某些事件用以塑造某個形象是合適的、得體的，反之，是不適用的，不得體的。作

〔註 43〕茅盾：《「一・二八」的小說》。
〔註 44〕《戰爭與和平》跋，《文藝理論譯叢》一期，人民文學出版社，1957 年版。

家頭腦中必是先有了熟悉的、親切的人物，然後才能根據人物及性格發展的需要、組織事件。

《戰爭與和平》中寫了法國皇帝拿破侖、俄國沙皇亞歷山大以及俄國大將庫圖佐夫等，但他們都不是《戰爭與和平》的主角。「這巨著的主角是彼爾和娜塔莎一類的年輕人。他們在全書開端的時候還是很年輕的人，幾乎可說還是小孩子；他們都是上流階級的兒女，在戰亂的十年中間，在慘痛的經驗中形成了他們的宇宙觀和人生觀。他們的生活互相交錯，成爲書中最動人的部分。他們的生活和那些歷史人物的事業並排在一處並不減色。所以就這一點看來，《戰爭與和平》是 19 世紀初 10 年的一些典型的俄國貴族青年的藝術的傳記，是描寫了整整『一代新人』的生長與發展的。」〔註 45〕前線的戰事、社交界的活動、愛情的糾紛、宴會、打獵、賽馬等等五彩繽紛的生活事件爲塑造人物服務並把他們串連起來。在這點上，茅公和托翁的藝術思路是一致的。

茅盾說：「作家在構思過程中，人物的形象和故事的安排好像是同時成熟的；但事實上，一定是心目中先有了呼之欲出的人物，這才組織起故事來，」〔註 46〕「以故事繫於人物，即人物爲骨而以故事的發展爲肉」，〔註 47〕這是條重要的現實主義創作原則。《子夜》中的人物與故事結構的關係藝術地實踐了這一原則，把《子夜》最原始的設想和成書以後的結構作個比較，可以清楚地看出這一點。

茅盾在《〈子夜〉寫作的前前後後》中回憶道，最初設想這部小說的都市部分分三部，即《棉紗》、《證券》、《標金》，其中容納了如下幾個故事：

一、歐戰時資本主義強國無暇東顧，中國的民族輕工業有了發展的可能。一個雄心勃勃的紗廠主成了暴發戶。

二、農村破產，農民喪失購買力。

三、外資競爭的結果，勞資矛盾加劇，紗廠主不得不投降外國金融資本。

四、鄉間的高利貸者、舊官僚、失敗後的工業家聯合起來開銀行、辦交易所。第一個故事中那個紗廠主的老弟成爲一個銀行家。

五、金融財閥與政府勾結，大發橫財，替外國人擴張經濟勢力，表現了中國資產階級的墮落。

〔註 45〕茅盾：《〈戰爭與和平〉》。

〔註 46〕茅盾：《關於藝術的技巧》。

〔註 47〕茅盾：《關於大眾文藝》。

六、古先生患半肢瘋，久居鄉間，其長子在上海開辦火柴廠。火柴廠老板的表兄即第一個故事中那個紗廠主的老弟，現爲銀行副經理，他勸火柴廠老板抵押廠房做金子生意，最後終將廠房抵押給外國銀行。

還有一些大大小小的故事。可以看出，故事雖多，但貫穿這些故事的一個人，就是第一個故事中的紗廠主，這就是吳蓀甫的雛型。對這一類型的民族工業資本家，作者是非常熟悉的，靜觀默察，爛熟於心，是一個呼之欲出的人物。「把最熟悉的眞人們的性格經過綜合、分析，而後求得最近似的典型性格。這個原則，自然也可適用於創造企業家的典型性格。吳蓀甫的性格就是這樣創造的；吳的果斷，有魄力，有時十分冷靜，有時暴跳如雷，對手下人的要求十分嚴格，部分取之於我對盧表叔的觀察，部分取之於別的同鄉之從事於工業者」。〔註48〕作家頭腦中先有了這樣一個人物，然後才有故事，故事是用人物串起來的。《子夜》落筆的時候，最初設想中的若干故事便都圍繞吳蓀甫作了重新安排，如：患半肢瘋的古先生到上海後患腦溢血而死，這個古先生不再是火柴廠老板的父親而變成吳蓀甫的父親了；火柴廠虧本的情節保留，但廠主已是周仲偉，而且周的性格比原來的要複雜得多；《子夜》中出現了屠維岳這個人物，原設想是沒有的；增加馮雲卿父女的故事等等。有些事件進行了歸類、綜合，最後以吳、趙爲代表的兩大資產階級集團的鬥爭線索就明朗了，工人運動、農民運動以及其它人物間的關係成爲主體結構的枝蔓，鋪展開來。這些結構上的變化都是本著「以故事繫於人物，即人物爲骨而以故事的發展爲肉」的原則進行的。

「以故事繫於人物」，並不是說故事和人物可以截然分割開來，成爲互相游離的兩部分，二者應當是相輔相成、緊密聯繫的。正如茅盾所說，「一篇小說，如果只光是描寫人物的性格，而沒有故事，那也未免太乾燥一點。因此小說家就常常通過故事，來表現人物的性格。所以人物與故事之間，是有機地統一著。」〔註49〕創作上既反對牽事就人，把一些不符合人物性格的事件硬按在人物身上；也反對牽人就事，先有固定的故事框框，再塡上人物，然後又把各種思想、觀念分配在不同的人物身上。這兩種做法都表現爲作品結構不完整、不統一，容易導致概念化。

〔註48〕《我走過的道路·〈子夜〉寫作的前前後後》，人民文學出版社，1984年版。
〔註49〕茅盾：《關於創作的幾個問題》。

作品的結構如何體現人物與故事的有機統一呢？

結構是爲展示人物性格提供場所的，是塑造人物的重要藝術手段。

在《戰爭與和平》中爲了塑造彼爾這個富有博愛、平等、自由思想的貴族子弟形象，托爾斯泰把他放在四種場合中展示其性格。

一是家庭環境。他的父親是卡薩林王朝的名人勃曹霍夫伯爵。老伯爵臨終前將他從國外召回企圖立他爲正式合法嗣子且承受諾大產業成爲全俄第一富人。遺囑藏在老伯爵枕下的皮包裡，爲爭奪這個皮包，伯爵的三個姪女、伯爵夫人的親戚安娜·密哈羅夫娜姑母、華西利親王等展開了一場激烈的爭奪戰。涉世未深的彼爾對這一切全然無知，不知爲什麼把他召回，不知安娜的意圖，不知三個侄女搶什麼，他心裡想的是歐洲的政局、拿破侖的政權以及他百思不得其解的問題——人爲什麼活著？他糊里糊塗地成了全俄第一大富翁，又莫名其妙地和愛倫完了婚，這些地方塑造了他粗樸、爽直、熱情又富於空想的性格。

二是社交界的環境。彼爾參加茶話會、命名日宴會等上流社會的活動。小說描寫他不懂上流社會的禮儀，不是碰歪了椅子茶几，就是踩了貴婦人的裙邊，他率直、莽撞、不隨聲附和、不諳世故，與上流社會的虛僞道德、誹謗、傾軋是針鋒相對的，他在造作庸俗的社交場中，顯然是反對情緒的具體化身。

三是社會組織共濟會的環境。彼爾出於精神上的苦悶，思想上沒有出路又有好奇心，便加入了共濟會，被人蒙著眼睛很神秘地帶到開會地點。他擁護共濟會的三個目的、七項道德，尤其贊同「用全力和世界上最大的罪惡搏鬥」這一條。共濟會的活動促使他擬定了偉大的改革計劃，宣布解放農奴，興辦慈善事業，但這一切都被他的管家用花言巧語欺騙了。這些地方描寫了彼爾的天眞、輕信，對「人爲什麼活著的問題」進行不懈的探索。

四是戰俘營的環境。彼爾被法軍俘虜，囚禁起來，遇見了普拉東·加拉塔耶夫，從他身上感染到一種深奧、圓滿、恆久的精神之力，受到他的思想感化，覺悟到自己和人民休戚相關，體味到祖國的苦難，促進了自身平民化思想的深化，終於恍悟了「人生之大路」，達到精神上的更生。從 1805 年茶話會上出現的彼爾到 1813 年莫斯科大火後的彼爾，終於找到了人生的歸途。作家通過這些環境和場面的描寫，完成了這一人物形象複雜而豐滿的精神世界的塑造。

茅盾說：「我們平常所說的『結構』，就是意味著大環境的安排。『結構』不光是把整個故事的細微情節處理得條理井然就算完事；『結構』還需表現出主人公的性格發展的過程，何以是這樣的發展而不是那樣的發展」。〔註 50〕他進而解釋這種大環境說，「作品的主人公活動的場所（工作、學習、娛樂的場所和家庭等等）是主人公的大環境；這環境影響著主人公的思想和行動，同時，主人公的思想和行動也會對於這大環境裡的事物發生作用」。〔註 51〕在《子夜》中，爲了展示吳蓀甫的性格，作者選擇了三個大環境，即吳公館、交易所和裕華絲廠。吳公館是吳蓀甫的主要活動舞台，聯繫著社會上軍、政、工、商以及大學教授、交際花等形形色色的人物，他參與趙伯韜秘密公債組織、制定發展企業的宏大計劃都是在這個環境裡決定的，他對待家庭成員的態度同樣是他精神生活的一個方面。交易所更是多種矛盾的交點，民族工業資本與金融資本的矛盾，軍閥戰爭與公債投機的關係，民族資本與民族資本的矛盾以及農村高利貸者進入公債投機市場以後的狀況等等，都通過公債市場的熱鬧、投機的狂熱這種病態社會的一角表現出來，吳趙之爭的尖銳化以及吳蓀甫的敗北，都離不開交易所這樣的場面。至於作家爲什麼選擇絲廠作爲展示吳蓀甫性格的主要場所，這是因爲絲廠可以聯繫農村和城市，農村的蠶汛和葉市都受到絲價大跌的影響，而世界經濟危機的波及不僅關係民族工業的前途也關係到農村破產，工人運動和農民暴動就成爲套在吳蓀甫脖子上的兩條繩索。這三大場面構成吳蓀甫活動的典型環境，而吳蓀甫正是這種典型環境中的典型人物。

作品的結構安排必須適應作品的主題和人物活動的需要，在充分揭示主題和刻畫人物的前提下，結構應當盡可能緊湊、明快、新穎、不落俗套。茅盾說，「故事是由人物產生的，人物的事情太多，要得到適宜的故事那就得『剪裁』去一些瑣碎的不重要的部分，偶然的現象的部分。正像採花插進花瓶裡，須先把多餘的花葉剪去，使它能剛剛適合我們的意思。」〔註 52〕現實主義的創作要求，作家選取最典型的事件來塑造典型人物，表現人物的性格特徵，而不能有聞必錄，把一些自然主義的情節搬進作品。茅盾曾經批判過封建文藝描寫人物的辦法，往往從人物的容貌、風采、服飾、排場寫起，費了大量

〔註 50〕茅盾：《關於藝術的技巧》。
〔註 51〕同前註。
〔註 52〕茅盾：《關於創作的幾個問題》。

筆墨，包括貴族的儀仗、宴會的細節，都是主要的描寫對象，但是這種描寫和人物的性格、故事發展毫不相干，純粹是「為儀仗而儀仗」，「為宴會而宴會」，「這種贅疣的描寫在封建文藝中，往往是構成作品的『色彩』的要素，然而也正是使得作品的結構鬆散的原因。」〔註 53〕《子夜》不然，它所反映的事件都是經過嚴格選擇精心剪裁的，如吳老太爺的喪事、雙橋鎮的陷落、交易所的瞬息萬變、裕華絲廠的罷工，包括吳蓀甫最後的黃浦夜遊，這些場面和情節都是緊緊圍繞吳蓀甫而展開的，顯得非常緊湊，沒有多餘的水分。而對吳蓀甫的描寫，也沒有絲毫贅疣的成分，不是採用封建文藝那種鬆散的結構，而是抓住幾件典型事件，把吳蓀甫的剛愎自信、大膽貪婪、心狠手毒而又色厲內荏的本質刻畫得淋漓盡致，一個 30 年代初民族工業資本家的全形畫像躍然紙上。總之，《子夜》的結構安排完全實踐了作者的這一創作思想：「應該把人當人——時代舞台的主角，而不要把他們當做材料。」〔註 54〕

三

托爾斯泰說：「藝術品中最重要的東西，是它應當有一個焦點才成，就是說，應當有這樣一個點：所有的光集中在這一點上，或者從這一點放射出去。」〔註 55〕一切優秀的作家都是這樣做的，他們的藝術品的構架都有一個集中點，托翁稱為的焦點，即茅盾稱為「中心軸」的東西。他說，「所有主要次要各人物的思想意識，主要次要各動作的發展都有機地圍繞於一個中心軸」，〔註 56〕即結構服從主題的原則。

作品結構有機地圍繞於一個中心軸，首先必須突出一條主線，主線是各節目的中心，其它線索是陪襯。這在長篇小說的創作中大抵如此。《子夜》的結構和許多世界名著有異曲同工之處。茅盾在分析《戰爭與和平》時說過，「這麼一部百餘萬言的巨著——人物多至一百以上，場面自血戰、國王的會議、貴族做生日、貴族的喪事、劇場、跳舞會、打獵乃至小兒女的情話、農民的生活，19 世紀初十年俄國的政治事件和社會現象幾乎網羅無遺，然而貫穿這一切的線索就是『對拿破侖的戰爭』。……在全書的結構上，既以對拿破侖的

〔註 53〕茅盾：《舊形式、民間形式與民族形式》。
〔註 54〕茅盾：《八月的感想》。
〔註 55〕高登維奇：《與托爾斯泰的談話》，汝龍譯，平明出版社，1953 年版。
〔註 56〕茅盾：《渴望早日排演》。

戰事始，亦以對拿破侖的戰事終。」〔註 57〕《戰爭與和平》是以這場關係俄羅斯民族利害的戰爭爲主線的，「戰爭呢？還是和平？」對這一問題的態度關係著書中主人公和一切人物的命運。

《子夜》所表現的主題思想，是中國的民族工業在外資壓迫下，在世界經濟恐慌威脅下，在農村動亂經濟破產的影響下，面臨絕境，不是投降帝國主義走向買辦化，就是與封建勢力妥協。「我寫這部小說，就是想用形象的表現來回答托派和資產階級學者：中國沒有走向資本主義發展的道路，中國在帝國主義、封建勢力和官僚買辦階級的壓迫下，是更加半封建半殖民地化了。」〔註 58〕這就是《子夜》中的人物、事件所必須圍繞的中心軸。

小說是通過典型人物吳蓀甫的命運來揭示中國民族工業的前途和出路的，吳蓀甫敗於趙伯韜不是什麼個人的悲劇，而是時代的悲劇，爲了完成這一主題，作者爲《子夜》設計的總結構中吳趙之爭的線索是非常突出的：

一、工業資本家吳蓀甫爲了組織銀團，一面抵抗銀行資本家趙伯韜的壓迫，另一方面謀圖吞併實力薄弱的其它工業資本家。

二、工業資本家的團體在吞併弱小工業資本家方面將獲成功，但工人運動風起雲湧，當他們鎮壓了勞動者的反抗以後，本身卻受銀行資本家團體的劫持而陷於苦鬥。

三、夾雜著政治上的與交易所中的種種陰謀，兩大資產階級集團鬥爭尖銳化。原結構中還有暗殺及假藉政治力量通緝對方等醜劇。

四、兩大資產階級集團的鬥爭壓碎了許多實力薄弱的資本家，他們或投入吳派，或投入趙派，謀倒趙者以交易所爲戰場，謀倒吳者以工廠爲戰場。〔註 59〕

在這條主線之外，還有許多線索，有些雖然很重要，但不是主線。如吳蓀甫和勞動者的關係：絲價大跌，絲廠延長工時，削減工資，屢屢引起工人反抗，吳蓀甫借助軍警鎮壓，收買走狗屠維岳，破壞工人團結，引起大規模工人罷工。在農村，農民佔領雙橋鎮，吳蓀甫申請省政府火速調動保安隊去鎮壓。這些描寫，都暴露了吳蓀甫作爲資本家的凶狠殘暴，但在整個作品中，不是作爲主線處理的。

〔註 57〕茅盾：《〈戰爭與和平〉》。
〔註 58〕《我走過的道路·〈子夜〉寫作的前前後後》，人民文學出版社，1984 年版。
〔註 59〕同前註。

吳蓀甫和其它民族資本家的關係也是一條很重要的線索。吳蓀甫是有魄力有手腕的，他拉攏孫吉人、王和甫，擠垮朱吟秋，排斥周仲偉，一口氣呑併八個日用品廠，他毫不憐憫地把別的企業「拿到他的鐵腕裡來」，通過這些描寫充分揭示了民族資產階級與民族資產階級的矛盾，揭示了「大魚吃小魚」的社會本質。

圍繞在吳蓀甫周圍的一群人極其微妙、變化多端的相互關係也是一條很重要的線索。姐夫杜竹齋貪利而多疑，關鍵時刻退出盆中，扯了吳蓀甫的後腿，給他以沉重打擊；交際花劉玉英失寵於趙伯韜，轉而向吳蓀甫出賣經濟情報；吳蓀甫舅父曾滄海，代表著吳蓀甫的勢力滲入農村，又處處與吳有矛盾；包括吳蓀甫家族和家族以外的一群青年男女的戀愛關係，吳蓀甫和林佩瑤同床異夢的夫妻關係，都烘托出吳蓀甫性格和精神生活的某些方面。

但是，給予吳蓀甫以致命打擊的，還是以美國爲靠山的金融資本家趙伯韜的勢力。這條主線貫串吳蓀甫從施展抱負到破產出走的全過程。趙伯韜的勢力像一副刑具從一開始就套在了吳蓀甫的脖子上，只是起初他自己並不意識這一點，當他呑併別的企業時，趙伯韜的絞繩越拉越緊，當他意識到這一點還想掙扎苦鬥時，已經大勢所趨了。小說僅僅寫了兩個月內的故事，但這條主線十分清晰地告訴讀者：趙伯韜是牽線人，吳蓀甫再有才能，不過是趙手下的玩偶，這就是 30 年代初中國民族資產階級的歷史命運。小說正是圍繞這一個中心軸展開故事的。

小說結構有機地圍繞於一個中心軸，除了突出作品的主線而外，茅盾認爲還「必須善於總攬全局，鳥瞰式的來表現主題」，『大處著眼，小處落墨』差不多就是這個意思，我們筆下所寫的，儘管還是局部，但我們胸中所蘊蓄，眼光所涉及的，卻是愈廣闊愈好，愈深厚愈好。」〔註 60〕

作品的結構安排絕非純技巧的問題，作家的組織能力來自對生活的深刻觀察和理解。看得深，理解得透，才能「居高臨下，眼光四射地組織故事和人物」。〔註 61〕《子夜》的結構宏大嚴謹，使小說以有限的篇幅概括了無限的生活容量。作家不是拘泥於事實，而是從大量的生活現象中提煉出必要的情節，鳥瞰式地結構故事，使 30 年代中國社會的大小事件盡收眼底：世界經濟恐慌對中國的影響、汪精衛在北平籌備召開擴大會議、南北軍閥大戰以及 1930

〔註 60〕茅盾：《關於反映工人生活的作品》。
〔註 61〕茅盾：《關於反映工人生活的作品》。

年秋夏之間關於中國社會性質的論戰等等。作家胸中包蘊的事物異常深廣，思想的觸角不是停留在事物表面而是深入事物內涵，「向來對社會現象，僅看到一個輪廓的我，現在看的更清楚一點了。當時我便打算用這些材料寫一本小說。」〔註62〕小說取的是1930年5月至7月的橫斷面，然而反映的則是社會的全貌，書中的人物也都和當時的政治、軍事大事件密切相聯，人物的活動與事件盤根錯節，交互開展，但都圍繞於一個中心軸，服從作品的主題。

《戰爭與和平》與《子夜》都是不朽的藝術巨著。從它們的結構藝術中，我們可以看到作家博大精深的創作思想，和宏偉縝密的構思。《子夜》出版後，評論文章甚多，有的指出它在社會史、思想史和文學史上的價值，有的指出它的藝術成就，或把茅盾比之辛克萊，或把《子夜》比之好萊塢有聲名片《大飯店》，學衡派吳宓更直截了當地指出「此書乃作者著作中結構最佳之書」。總之，《子夜》這部具有里程碑意義的作品以它深刻的思想和完美的藝術形式贏得了社會輿論的推崇與重視，從而奠定了茅盾在中國現代文學史上的重要地位。《戰爭與和平》是公認的世界文學的傑作，福樓拜稱它爲「一部第一流的作品」，高爾斯華綏稱之爲「自古以來所有寫成的作品中最最偉大的一部」，列寧稱之爲「多了不起的巨著」，〔註63〕這部史詩般的偉大作品無疑是人類藝術寶庫中的珍品，在今天的時代仍然具有它重要的價值和意義。

第三節　一個店舖的倒閉
——《林家舖子》與馬拉默德的《伙計》

美國猶太作家伯納德·馬拉默德（Bernard Malamud）的《伙計》（*THE Assistant*）和我國作家茅盾的《林家舖子》都是優秀的現實主義作品。《伙計》曾獲美國全國文藝學院頒發的羅森塔爾獎。是馬拉默德的代表作。在中國已先後出版兩種中譯本。〔註64〕《林家舖子》〔註65〕是茅盾在短篇小說方面的

〔註62〕天津《大公報》1933年4月10日文學副刊。

〔註63〕轉引自《托爾斯泰評傳》，貝奇柯夫著，吳均燮譯，人民文學出版社，1959年版。

〔註64〕《*THE ASSISTANT*》，一種譯本爲葉封譯，書名《伙計》，根據Penguin Books Ltd.,Harmondsworth Middlesex,England,1977版譯出，上海譯文出版社1980年版。本文中的引文皆引自葉譯。另一譯本爲楊仁敬、劉海平、王希蘇譯，書名《店員》，根據英國Latimer Trend & Co. Ltd.,Whitstable,1965年翻印本譯出，江蘇人民出版社1980年版。

代表作之一，曾被搬上銀幕，在國內被選入多種選本，在國外也有日、英、法、西、阿拉伯、俄、越、捷、泰等十餘種譯本，影響十分深遠。

兩部作品都以 30 年代爲歷史背景。選取了相同的社會題材，結構成大致相同的故事：描寫一個雜貨舖從掙扎到倒閉的過程，人物不多，一個勤勤懇懇、巴巴結結歷盡人生坎坷的店老板，一個終日憂心忡忡的老板娘，他們的天眞無邪的獨生女兒，一個支撐門面忠實能幹的伙計。他們面對社會上種種搶劫、欺騙、壓榨的黑暗勢力，慘淡經營，幾經掙扎，終於破產了。最後，老板的女兒嫁給了伙計。

文學史上不乏這樣的情形：兩個不同國籍、不同時代的作家，創作了同一主題的作品，塑造了同樣命運的主人公，故事的結局也大致相同。《伙計》與《林家舖子》正屬於這種情形。從兩個作家的傳略和創作道路考察，沒有文字材料證明他們之間存在明顯的師承關係和影響關係。因此，本文對兩部作品進行比較研究，不是企圖從影響上說明他們之間的前後關係，而是研究兩個作家創作同一題材的作品所表現的觀察現實的角度和進行藝術概括、藝術處理的異同。

一

《林家舖子》寫於 1932 年，《伙計》寫於 1957 年。兩部作品的寫作雖相差四分之一個世紀，但它們都以一個雜貨舖老板作爲小說的主人公並具有相同的性格特徵、心理素質、處世哲學和悲慘的命運。他們是 30 年代那個特定歷史環境中的典型人物。

《伙計》中的莫里斯姓 Bober，他的姓使人聯想到 bob，一個微小、窮苦的象徵。當俄國人對猶太人進行大屠殺的時候，他應徵入伍。從沙俄軍隊裡逃往美國後，開了一個雜貨舖維持生活。沒有社會地位，經濟困窘，「一旦陷在這個店舖裡，就像是一條魚在大油鍋裡」。從此「他的麻煩就像香蕉那樣結成串」。他善良、勤奮，不停地幹活。每天黎明即起。一天幹十五、六個小時，一星期待在店裡七天，除少數生病的日子，他在舖子裡孤單單度過二十二年。莫里斯是個巴巴結結的小商人，從不投機倒把坑害別人，誠實是他的立身之

〔註 65〕《林家舖子》最初發表於 1932 年 7 月《申報月刊》第一卷第一期，茅盾生前曾將它編入《春蠶》集、《茅盾短篇小說集》、《茅盾文集》第七卷。現經校勘、注釋，編入 1980 年版人民文學出版社出版的《茅盾全集》第八卷。

本，他相信謙卑受賞、野心受罰。「做老實人，覺才睡得安穩。」爲了讓一個波蘭女人早些吃上一個三分錢麵包，他寧願自己受凍挨餓；他明知醉婆娘賒帳不還，但還是把黃油麵包給了他的女孩，甚至把她的欠款在帳上偷偷減少些，免得自己的老婆嘮叨，一個窮苦的意大利太太忘在櫃台上一枚鎳幣，莫里斯冒雪奔過兩條馬路把這枚鎳幣還給她；他饒恕曾搶劫過他的弗蘭克，還給沿街兜售燈泡的小販喝檸檬茶解寒，他揣著四個八開銀幣走遍職業介紹所而一無所獲，但看到小販的可憐兒子還是分給他兩個銀幣，晚年在重病的情況下還爲顧客掃雪。這樣一個善良、老實、勤奮的小商人理應得到較好的生活，但是到頭來，晚景淒涼，窮愁潦倒。獨生女海倫爲生活所迫不能升學，愛子夭折使他朝思暮想，「他對自己，對落空的期望，數不清的挫折，煙消雲散的歲月，都厭倦了」。終於默默地死去。

《林家舖子》中的林老板也是一個巴結認眞的小商人，他和莫里斯一樣，全部生產資料就是一個小雜貨舖，這樣的財產和生產關係決定了他和莫里斯一樣的社會地位，在種種社會矛盾包括人與人的關係中，他也是勤奮、善良、無嗜好，對各種惡勢力唯恐避之不及，往往是委屈求全的。多少年來，他總是「抖擻著精神」，「用了異常溫和的目光迎送」顧客。顧客瞥到什麼貨物，林老板會「異常敏感」地拿出來「請他考較」。有時把女兒叫出來喚聲「伯伯」。有時讓小學徒「送上一杯便茶，外加一枝小聯珠」。在價目上，林老板是「格外讓步」的。遇到顧客硬要除去一角錢尾數，他會不得已地將尾數從算盤上撥去。林老板殷勤待客，「汗透棉袍」，但「心裡卻很愉快」。朱三太來討利息，林老板在僅能維持開伙食的情況下，把賣得的現錢連同腰包裡的「八塊大洋，十角小洋，四十個銅子，一個雙毫」都給了她。滿足了老太婆。自己則更加窘迫了。眼看林家舖子就要破產，「一家三口簡直沒有生計」，本想裁去一二店員，但「壽生是左右手，其餘的兩位也是怪可憐見地」，林老板心軟了，「唯一的辦法是減省開支」，辭退吳媽，女兒的新旗袍也進了當舖。這些細節描寫，塑造了一個心地善良、拘謹、巴結的小商人形象。但是，林老板也沒有得到較好的生活，在帝國主義、封建勢力、官僚資本主義壓榨下，女兒不能升學，妻子怨天尤人，店舖倒閉，林老板只好遠走他鄉。

這兩個人物都體現了典型環境裡的典型性格，作家在細節描寫上也是十分眞實的。但是，當我們讀完這兩部作品，會很明顯地感覺到，書中的兩個主人公生活在完全不同的民族土壤上，他們的遭遇和命運雖然相同，但他們的思想意識產生自完全不同的歷史河床，因而體現了各自不同的特殊的歷史感。作家在塑造這兩個人物的時候，都沒有忘記讓他的主人公和自己的民族歷史環境緊緊聯繫在一起。他們塑造自己筆下的主人公所採用的藝術處理方法是相同的，但相同的藝術處理並不妨礙塑造兩個具有不同歷史感和時代感的藝術形象。

莫里斯是第二次世界大戰前夕從歐洲飄泊到美國的猶太人之一。從 19 世紀 80 年代起，在短短五十年的時間裡，大批俄、奧、波、匈等東歐國家的猶太人去到美國，使美國的猶太人從二十幾萬猛增到四百多萬。這場大遷移不僅對美國社會產生了不小的影響，對猶太人本身也是一場革命，那些曾經席捲東歐猶太村社的各種主義和思潮不斷衝擊著禁慾主義的傳統生活，猶太人開始接受新思想、新文化和新道德的挑戰。猶太文學便是這場革命的產物之一。

猶太文學一方面是猶太人舊生活的總結，描寫他們離開熟悉的故土來到美國，生活上一貧如洗，思想上與美國社會有隔膜，彼此依靠共同的命運互相聯繫在一起；另一方面，又是新生活的記錄，描寫他們投靠了一個新世界，力圖向美國的現代生活靠攏，盡量縮短距離，但接觸不久就體味到這個新世界的許多痼疾，很快對新世界感到厭倦和失望，做猶太人難，不做猶太人也難。猶太文學就是在這二者之間發生、發展起來的。這種文學既不完全是傳統猶太人的，也不完全是現代美國人的，它是跨立在兩者之間的一種文學。戰後猶太文學的共同主題就是反映特定歷史條件下猶太人的現代生活，戰爭、暴行、失業、金錢關係及種種意識形態。不同的作家從時代的喪失感和困惑感中擷取藝術原料，形成自己筆下的人物形象。

猶太作家把眾多的精神孤兒、憂鬱病患者、隱姓埋名或改名換姓的人，剝奪了家族姓氏只剩一個代號的人等等這些肩負著歷史重荷的主人公帶進了文學藝術領域，莫里斯就是這樣的人物畫廊裡的一個。小說的中文譯者葉封在譯後記中指出：「第二次世界大戰結束後，美國文壇上嚴肅的長篇小說作家從戰前對客觀社會現象的自然主義描寫轉而探索人的主觀意識的深層活動，這不是毫無來由的。戰後世界成了罪惡的淵藪，個人的社會責任成了一種不堪負荷的重擔，人的良心和冷酷的現實展開了『拔河賽』，精神世界處於拉鋸中。人對生活產生了既熱愛又壓惡的無奈心情。思索者對一切是非、美醜、善惡的反應可以歸結為『雙重價格』（ambivalence）一個詞。他們經常處於心理矛盾之中，由於宗教信仰、文化背景和生活習慣等多種原因，猶太人在美國社會這一矛盾衝突的漩渦中。更加主宰不了自己的沉浮」。馬拉默德筆下的莫里斯就是一個在不可解決的資本主義社會的矛盾漩渦中爲人類而贖罪的聖者形象。

馬拉默德對人物精神世界的挖掘是細膩的，但對這種精神負荷的社會根源卻不能從歷史唯物主義觀點去探究，而是歸結爲一種道德的因素。小商人莫里斯所體現的那種孤寂的道德優越感，正是作家把他作爲一種道德偶像的結果。體現了作家自己的倫理觀和道德觀，也是作家改造社會的一種方案。這種觀念也同樣體現在他的其它作品中，如小說《湖小姐》（*The Lady of the Lake*）敘述青年享利・萊文由於隱瞞自己的猶太身份而失去了應該得到的愛情。這種一貫的思想被美國評論界稱爲馬拉默德式的「道德現實主義」。《伙計》中的莫里斯從不隱瞞自己的猶太身份，不鄙薄自己，這是其一。其二，既是猶太人，作家就賦予他一顆猶太人的心。善良、妥協、文明、忍耐，以禮貌的敵意代替肉體的攻擊，猶太人是天生的囚徒，「苦難是一塊料子，猶太人能用它裁一件衣服。」莫里斯就是一個肯於忍辱負重爲人類贖罪的「聖者」。其三，猶太人篤信律法，強調聖經的至高精神權威，強調包含在猶太教法典及其注釋中的各種法律和倫理準則的道義權威。正如莫里斯所說：「吃不吃豬肉，我看是無關緊要的……要是我忘了律法，有人就會說我不是猶太人，而且我也會承認的，律法是指做正當的事情，老老實實，心地善良。這些都是指對待別人，我們的生活夠困苦了，有什麼理由去傷害別人？最好的東西不能光給你和我，要給所有的人。我們不是畜牲。這就是我們需要律法的理由。這就是猶太人信仰的理由。」莫里斯是篤信律法的模範，他的形象體現了濃重的猶太民族的歷史感。馬拉默德作品的藝術特點就是「猶太味兒」。作家通過這個形象表達了對猶太下層人民的同情，讚美了他們善良的品質和堅韌的毅力，譴責了沙俄和希特勒對猶太人的迫害，控訴了資本主義的罪惡。腐朽和種族歧視，揭露了資本主義發展的種種內部矛盾。但作家對社會矛盾的解決方案卻只是抒情地寄希望於「人人都當猶太人」。這不能不在某種程度上降低了這兩個形象的典型意義。

《林家舖子》中的林老板則是中國半封建半殖民地這塊土地上江南小鎮的一個小商人。30年代的中國，從「九一八」到「一・二八」，不僅階級矛盾尖銳，民族矛盾也已把中華民族帶到了生死存亡的邊緣，日本軍國主義的鐵踣蹂躪了大半個中國。從大中城市到窮鄉僻壤，抗日救亡運動和抵制日貨運動正蓬勃開展。國民黨反動政權對外屈膝投降，對內鎮壓抗日力量，這種政治經濟形勢不能不影響到林老板生活的小鎮。小說描寫鎮上的人聽說「東洋兵放炸彈燒閘北」。反響強烈。「滿街都在議論上海的戰事了。小伙計們夾在鬧裡罵『東洋烏龜』，竟也有人當街大呼：『再買東洋貨就是忘八！』」「人們奔走相告，驚慌、興奮、焦灼的各種心情彌漫開來，謠諑流布、難民流亡、學生遊行示威，交通受阻、錢莊封閉，戰爭對現實生活的影響像一個巨大的黑影撲面而來。」林老板的命運無可置疑地和這一重大歷史事件聯繫在一起了。

林老板和莫里斯不同，他是土生土長的中國商人，他的生活習慣和心理素質所形成的性格中，不存在著脫離舊傳統的生活方式而向新生活靠攏的問題。他生於斯、長於斯。從父親手裡繼承了小店，世代經商。在他身上，沒有流落異鄉的漂泊感和風塵感，倒有些小商人的鄉土氣。但是，「一．二八」戰爭撞擊了他不靜的生活。作品一開始，是賣國貨還是賣日貨這樣一個尖銳的問題便擺在了作爲商人的林老板面前。至於林小姐的穿著問題、林家舖子的生計問題都圍繞著愛國還是賣國、賠錢還是賺錢這樣富有時代感的線索展開。林老板不像莫里斯是一個爲人類而贖罪的聖者，他從商人的地位和心理出發，連夜把日貨標簽撕掉冒充國貨，表現了追求利潤的商人本性。當上海難民逃到鎮上，「幾十萬人只逃得一個光身子」，林老板開始打這些難民的主意，漏夜趕貼廣告，大書「廉價一元貨」，一天牟利一百多元。林老板奮力掙扎，最後還是破產了。政治的、經濟的、戰爭的、城市及村鎮的網絡將林老板罩住，作家通過林老板的命運展現了中國 20 世紀 30 年代小市鎮的風貌，賦予林老板的形象以鮮明的時代感和歷史感。

文學藝術作品，對選擇怎樣的主人公，具有十分重要的意義。《林家舖子》捷譯本的譯者奧爾德日赫．克拉爾在譯後記中指出：

> 林老板使盡了自己的一切本領，一次一次地嘗試從網裡掙脫出來。然而白費力氣。在這裡我們似乎看到了一個小小的螞蟻，它被那麼不可逾越的障礙所包圍，它總是一次又一次帶著孜孜不倦的努力朝前撲去。它被撞倒了，於是重又回來，朝另一處奔去。它只想帶著自己全部負荷從包圍中衝出去，然而它被蛇一樣的東西緊緊纏住，往哪裡跑去？讀者從一開始便會瞧見或感覺到林家舖子在不斷地朝外傾

> 斜，往下沉沒。稍有一線希望卻又立即被另一種更深沉的悲哀，白費力的陰影所淹沒。茅盾藝術高超地展示了這一殘酷的邏輯：林老板被一步緊一步地逼近了深淵的邊緣。茅盾想描繪出當時中國內地廣大老百姓生活在水深火熱中，遭到經濟、政治和社會的壓迫，在貧困中度日，要描繪出這樣一幅社會生活圖畫來，如果選擇不好主人公是難達此目的的。茅盾天才的藝術本領就在這裡，他選擇了一個林老板這樣的，在當時中國社會生活中最富有生命力、最強有力的代表人質來充當這作品的主角。通過這個小商人的生活歷程，反映出當時中國社會現實中的諸多矛盾和各種複雜的形勢。〔註66〕

林老板是個承上啓下的人物，他深受帝國主義、封建勢力、官僚資本主義剝削壓迫，身受其苦。雖苟安圖存仍不免破產；但他下邊還聯繫著朱三太、陳老七、張寡婦等更爲貧困的城市貧民，他們把雙手勞動所得的積蓄存入林家舖子。舖子一倒閉，他們賴以生存的積蓄便完了，正像張寡婦所說，「十個手指頭做出來的百十塊錢，丟在水裡了，也沒響一聲！」朱三太說，「窮人是一條命，有錢人也是一條命，少了我的錢，我拚老命！」當飢餓而憤怒的人群衝向警察署時，張寡婦發現自己的孩子被踏死了，「待到她跑過那倒閉了的林家舖面時，她已經完全瘋了！」

比較而言林老板的形象具有典型性。他處在許多矛盾的漩渦中，小說充分展示了林老板性格的矛盾性和複雜性。矛盾越來越尖銳，終於在「淒涼的年關」，林老板棄家而逃。小說兩次重複描寫「自有這條街以來，從沒見過這樣蕭索的臘尾歲盡」。「自有這條街以來，從沒見過這樣冷落淒涼的年關！而此時，遠在上海，日本軍的重炮正在發狂地轟毀那邊繁盛的市纏。」林老板的鏡頭遠去了，留給讀者的則是連成一片的一幅深沉的歷史畫卷。奧爾德日赫・克拉爾還說：「這種典型不僅在中國文學中受到注意。而且也受到外國文學的關注。至今這些中國式的商人還分布在整個東亞殖民地國家裡。特別在東南亞。他們那旺盛的生命力和經商的本領是很了不起的。」可以說，林老板的形象已經越過國界，在世界文學畫廊中具有普遍的意義。

〔註66〕斯洛伐克文版《林家舖子》，布拉格作家出版社，1961年版。這篇譯後記由蔣承俊譯成中文，輯入拙編《茅盾研究在國外》一書，湖南人民出版社，1984年版。

二

在藝術結構上，兩部小說具有同工之妙：即作爲主人公的陪襯的有一個輔助形象，這個形象恰恰都是作爲主人公的雜貨舖老板的店員。《伙計》中的弗蘭克和《林家舖子》中的壽生都處於這一形象在藝術構架的同一位置上。

如果說，莫里斯是作家筆下一個正面的「聖者」形象，那麼，作爲小說篇名的伙計弗蘭克·阿爾派恩則是作家筆下一個反面的形象，他從否定的意義上補充了莫里斯的道德份量和美學價值。意大利青年弗蘭克一歲喪母，五歲父親出走，自小在孤兒院長大，後來成了流落街頭的浪蕩漢。地窟度日，廣場過夜。撿狗也不願吃的東西充飢。他從美國西部流浪到東部找不到工作，神情抑鬱，心事重重，在沃德的誘迫下搶了莫里斯。後來發現莫里斯並不富裕，於是良心受到責備。爲了贖罪，他就起早貪黑替莫里斯照顧舖子，使買賣有所回升。他好幾次想把搶劫的事全盤坦訴給莫里斯聽，但又覺得難以說出口便咽回去了。莫里斯夫婦給他很少的工錢，他不計較，讓他睡在地窖裡，他也很知足。這一切都是爲了補償過失。生意日好，弗蘭克惡習重犯，開始偷莫里斯的錢，偷了錢又懊悔。「暗自傷心，彷彿才埋葬掉一個好朋友而那座新墳始終縈繞在他心頭」。他把偷到手的錢又偷偷放回出納機，並在自己的欠帳卡上減去放回的數，力爭有一天全部還清。莫里斯病了，他去找夜間活幹，補充舖子收入，使莫里斯免於破產。小說寫到最後，在莫里斯的葬禮上，弗蘭克看到莫里斯額角上遭搶劫時留下的傷疤，決心痛改前非，終於皈依猶太教，娶了莫里斯的女兒，當了雜貨舖的繼承人。弗蘭克的道路是孤兒——流浪漢——搶劫犯——贖罪者——聖者。達到和莫里斯殊途同歸的結局。他的一切行爲都是在作惡與滌罪的矛盾鬥爭中進行的。達到了從克制中得到淨化、從犧牲中得到再生的境界。老莫里斯死了，一個新的莫里斯誕生了，弗蘭克的形象告訴人們，只要人人都做猶太人，只要人人都補過贖罪，一切社會問題、社會矛盾都能夠得到解決。老莫里斯的去世並不意味著他的人生哲學的終結，相反，老莫里斯的事業後繼有人，他的道德價值和道德力量也將永存。

《林家舖子》中的壽生一出場就是一個正面形象。他是在林老板處於內外交困、上海客人坐等收帳的情況下在戰亂中回到舖子的，從他疲憊不堪、滿身泥濘的形象上，早已使讀者看到他對店主人的一片忠心。林老板不和自己的老婆、也不和其它店員商量舖子的收帳問題，獨自和壽生竊竊私議，也足見林老板對他的信任。壽生提醒林老板謹防倒帳，要提防對門裕昌祥的排擠，這些都為後來的事實不幸而言中，說明壽生的眼光和遠見。隨著圍繞林家舖子的各種矛盾的尖銳化，壽生在林家舖子中的地位也日漸重要。是他想出了「一元貨」的辦法，利用自己的商品優勢使買賣有起死回生之勢。當林老板被縣黨部拘留，是他作主贖出師傅、安慰師母。當林老板走投無路的時候，壽生一個「走」字，充分說明他對林老板遭受壓迫的同情和對反動統治集團已不存在絲毫幻想。這個形象是機智、果斷、富有正義感的。

兩個店員形象，一個從反面、從他自身的曲折道路證明了主人公的藝術力量，在藝術結構上是相反相成的；一個從正面、從他義無反顧的忠誠補充了主人公的藝術力量，在藝術結構上是相輔相成的。不論怎樣，兩個店員的形象在小說的結構坐標上佔據著同一位置。

三

《伙計》和《林家舖子》有著相同的基調和氛圍。冷漠的、利己的、人心惶惶的。人們生活在一片爾虞我詐的土地上，一個大魚吃小魚的傾軋、掙扎的環境。但兩部作品在反映社會生活的深度、處理人物和環境的關係上，即解釋和回答主人公悲劇命運的根源是什麼的問題上，表現了觀察世界的不同角度和結論。

美國評論家馬克・謝克納在分析這類漂泊音調的小說時說：「它的利己主義，內在的進取性。由抑鬱造成的冷漠基調，以及精神孤兒身份的種種暗示。情緒憂鬱，絲毫沒有 30 年代飽滿的樂觀主義；儘管 30 年代處在蕭條期，但那種樂觀主義曾使潦倒不堪的美國作家成為光輝事業未來的代言人。這種憂鬱的情緒是更為強烈的大陸態度，充滿政治幻滅和個人厭倦的氣息。」〔註 67〕

莫里斯生活在自由競爭激烈的美國，他的雜貨舖最終倒閉，不是什麼孤立偶然的現象，它是美國社會內部矛盾日趨尖銳化和種族歧視的結果。作為小商人的莫里斯從未享受過生意興隆、生活安寧的樂趣，他深知喪家之犬的淒零，也不得不賣掉舖子。他臨死前說了一句意味深長的話：「這就是美國！」

> 歲月消逝。他既沒發財，也沒有人同情。他能怪誰呢？命運不捉弄他的時候，他卻捉弄了自己。……生活困頓，世風日下，美國變得太複雜了。一個人的問題算不了什麼，到處是店舖、不景氣、

〔註 67〕《美國當代文學・猶太作家》，丹尼爾・霍夫曼編，中國文藝聯合出版公司。1984 年版。根據哈佛大學出版社 1979 年版翻譯。

煩惱、實在太多了。他投奔到美國來得到了什麼？

「這就是美國！」這就是莫里斯千里迢迢從歐洲來找尋的樂土，這是怎樣的一個弱內強食、生存競爭的環境呵！文學藝術是寫人的，寫人就離不開寫環境，寫人的活動場所，寫人與人發生各種關係的地方。作家必須對自己筆下的人物所生活的社會環境、它的優越性或是腐朽性、它的諸多矛盾及其表現形式，有一個符合客觀實際的深刻的認識，才能正確描寫人物和環境的關係，人物的內心狀態和與之息息相關的外部世界的關係。馬拉默德生動地反映了美國社會的黑暗腐朽。觸及了美國社會的一些主要問題，卻在某種程度上割斷了人物的悲劇命運和那個黑暗社會的必然聯繫。

圍繞在莫里斯周圍的也都是些受苦受難的悲苦無告的小人物：運送糕點的利奧、兜售燈泡的布賴特巴特、破產後出逃的裁縫、欠債的瑞典油漆匠等等。不論是德國人、挪威人、意大利人還是猶太人，「人人都在受罪」，人人都生活在異化和犧牲的邊緣。馬拉默德筆下的一些主人公全都敗在自己手裡，成爲自我異化的犧牲品。莫里斯的悲劇也被處理成自我異化的結果，屬於「作弄了自己」的性格悲劇。巴爾扎克說過，一個作家「應該進一步研究產生這些社會現象的多種原因或一種原因，尋出隱藏在廣大的人物、熱情和事故裡面的意義。」〔註 68〕深刻的現實主義作家在描述人物的命運和性格發展的同時，一定能揭示出人物命運何以是這樣而不是那樣發展的某些社會原因。莫里斯是作家筆下一個爲人類贖罪的聖者的典型。莫里斯死了，但世界並沒有因爲失去一個莫里斯而減少了罪惡。還有許多莫里斯一樣的人在掙扎、死亡。所以莫里斯的悲劇絕不是自我異化的結果，而是資本主義制度所造成的。

莫里斯的故事發生在 30 年代，《伙計》成書於 50 年代。從 30 年代到 50 年代，資本主義競爭更加激烈。麥卡錫主義的陰影籠罩全國，追捕、黑名單、指控「顛覆」、審判間諜、監禁持不同政見者以及思想上的冷戰狀態，種種經濟和政治的空氣嚴重影響了美國知識界包括作家們的思想。馬拉默德在五十年代能寫出《伙計》一書，不能不是對資本主義制度、對美國社會的尖銳批評。表現了一個優秀的現實主義作家正視現實、敢於揭示現實的勇氣。但另一方面，從 50 年代的現實回過頭去反顧 30 年代，許多社會弊病似乎看得更清楚。然而作家的人道主義立場和批判現實主義的創作方法使他不可能對那個社會挖得更深，不可能對美國的階級關係分析得更透闢，因此在文學作品中不可能很好地

〔註 68〕《〈人間喜劇〉前言》，《文藝理論譯叢》1957 年第二期。

解決人物與環境的關係、人物的命運與社會本質的必然聯繫等問題。

《林家舖子》則不然，面對紛紜複雜的社會矛盾，爲了寫出「鄉村小鎮的人生」，〔註 69〕作家讓林老板在人生的許多矛盾中掙扎。從人物賴以生存的社會環境以及人物與這個環境的必然聯繫中，揭示林家舖子倒閉的社會原因。

經濟凋敝、農村破產是林家舖子倒閉的原因之一。小市鎮的商業和農民的購買力有著直接的關係。農民窮困到連糊口的糧食都買不起，哪裡談得到商業的繁榮呢。小說描寫農民們到鎮上買年貨，面對一把九角錢的洋傘猶豫再三。

> 阿大！你昏了，想買傘！一船硬柴，一古腦只賣了三塊多錢，你娘等著量米回去吃，哪有錢來買傘！
>
> ……
>
> 一群一群走過的鄉下人都挽著籃子，是籃子裡空無一物；間或有蘭花的一包兒，看樣子就知道是米：甚至一個多月前鄉下人收穫的晚稻也早已被地主們和高利貸的債主們如數逼光，現在鄉下人不得不一升兩升的量著貴米吃。這一切，林先生都明白，他就覺得自己的一份生意至少是間接的被地主和高利貸者剝奪走了。

新年剛過。鄉下人就忍著冷剝下棉襖送去當舖。連跑江湖生意的攤販都「捫著空的腰包」，「連伙食都開銷不了，白賴在『安商客寓』裡天天和客寓主人吵鬧」，購買力下降到最低水準。林家舖子這樣的小商號主要市場在農村，失去了市場，林家舖子的倒閉是必然的了。

日本帝國主義的軍事侵略是林家舖子倒閉的原因之一。受到「一・二八」戰爭影響，上海罷市，銀行錢莊封閉，匯劃不通。年關迫近，上海客人坐索現款，本想向恆源錢莊商借。但錢莊成「沒腳蟹」，反向林老板要債。林老板兩頭爲難，這才「明白原來遠在上海的打仗也要影響到他的小舖子了。」

國民黨反動勢力的敲榨勒索加速了林家舖子的倒閉。縣黨部利用人民抵制日貨運動對其進行盤剝。林老板不得不花四百元錢賄賂當局。當國民黨調兵到鎮上向商會借餉時，林老板不能不答應攤派的 20 元。更有甚者，卜局長要娶林小姐爲妾，作爲繼承香火的工具。林老板不願，反被誣告而遭拘留，當人放回來時，林家舖子的底貨已被挖空了。

〔註 69〕茅盾：《我的回顧》。

同業間的傾軋排擠，也是造成林家舖子倒閉的原因之一。林家舖子小店大放盤，生意回升，對門裕昌祥妒忌挑撥。「閒立在櫃台邊的店員和掌櫃，嘴角上都帶著譏諷的訕笑，似乎都在說：「看這姓林的傻子呀，當眞虧本放盤哪！看著吧，他的生意越好，就越虧本，倒閉得越快！」這一切，林老板都是有所體察的。表面上「打起精神做生意，臉上笑容不斷，心裡卻像有幾根線牽著」。同業用造謠手段向林老板施加壓力，落井下石，乘林老板被傳訊時挖走了他的「一元貨」。

所有這些事情都是 30 年代一個小市鎮的商人可能遭遇到的。作家把這些事情集中起來，概括起來，把這些鄉村小鎮的人生剪片統統放在林老板身上，構成這個典型人物的典型環境，讓林老板在其中奮力掙扎。在林老板，並「不知道坑害他到這地步的，究竟是誰」。在作家茅盾，則用自己的筆在作品裡揭示了林老板悲劇命運的社會根源。林老板和莫里斯不同，作家不是把他作爲自我異化的產物來處理的，而是作爲半殖民地的犧牲品來描述的。一個「淒涼的年關」，「鎮上的舖子倒閉了二十八家。內中有一家『信用素著』的綢莊。欠了林先生三百元貨帳的聚隆與和源也畢竟倒了。」倒閉的不只林家舖子一戶，「素來硬朗的舖子今年都打飢荒」。通過林家舖子的倒閉，讀者可以看到 30 年代中國社會的一隅。正如吳蓀甫的悲劇一樣，吳蓀甫再能幹，也只能敗在趙伯韜手下。林老板做生意再巴結認眞，最後也只能出走了事。這不是什麼個人的力量較量，而是由於社會的、歷史的原因。要想振興民族工商業，必須徹底改變舊中國的面貌，推翻三座大山的壓迫，完成民主革命的任務。這個道理在《林家舖子》裡不是通過理論的說教而是通過故事情節和人物性格的邏輯發展揭示的。蘇聯作家卡達耶夫曾經指出：「《林家舖子》這篇小說以純粹的巴爾扎克般的技巧描繪出以林家爲代表的階級的破產和滅亡的圖畫。」〔註 70〕捷克漢學家奧爾德日赫・克拉爾也指出：「茅盾就是選了這麼一個小地方，這麼一個小商人的生活歷程來展示中國社會生活的各種矛盾，這是當時中國現實的縮影。茅盾善於藉助一些小事件，推波助瀾，步步深化，層層剖剝。把中國當時社會的矛盾，生動地呈現在讀者面前，使我們清楚地看到或感覺到，那諸多的矛盾像個蜘蛛網樣的，突然一下子網住了那可憐的

〔註 70〕《1954 年下半年卡達耶夫在〈眞理報〉上發表的評論》、《作家通訊》第 12 期，1955 年 4 月。

小蟲——那輾轉不安的林老板。」〔註 71〕小說《林家舖子》通過林老板的命運以及他與周圍環境、人物、事件的矛盾關係，不只寫出林老板一個人、一個家庭，而是寫出了以林老板爲代表的一個階級、一個階層的命運和出路。

馬拉默德的《伙計》與茅盾的《林家舖子》雖然都是優秀的現實主義作品，但前者是從人道主義出發的批判現實主義作品。後者則是用辯證唯物史觀觀察社會的革命現實主義作品。在藝術構思人物塑造上，兩部作品有異曲同工之妙。在反映現實的深廣方面兩個作家表現了觀察世界的不同角度和對社會問題的不同解釋。

第四節　農民解放的道路在哪裡
——「農村三部曲」與巴爾·布克的《大地》

茅盾的「農村三部曲」由《春蠶》、《秋收》、《殘冬》三個短篇組成，分別寫於 1932 年 10 月、1933 年 4 月和 6 月。巴爾·布克的《大地》於 1928 年動筆，1931 年 3 月在紐約出版。這兩部作品都是以中國農村爲背景，描寫了中國農民的悲慘命運，表述了作者對農民獲得解放的出路和前途的關切。

從「四·一二」到「一·二八」，可以囊括這兩部作品產生的時代背景。在短短的五年裡，中國社會發生了巨大的變化。「四·一二」反革命政變帶來了國內階級力量的重新組合，蔣介石政權作爲帝國主義、封建勢力、買辦資產階級的新工具，在全國範圍內建立了新軍閥的統治，戰爭、饑荒、城鄉經濟凋蔽，人民所受的剝削和壓迫比以往任何時候都更加厲害。據國民黨政府的官方統計，1928 年全國災區達二十一省，共一千零九十三個縣，災區的人數五千六百多萬人。1931 年天災更加嚴重，全國死於災荒者三百七十萬人。巴爾·布克當時生活的安徽宿縣，爲小說《大地》提供了一幅人民背井離鄉賣兒鬻女去逃荒的悲慘圖景。1932 年，江浙地區蠶糧豐收，但由於帝國主義經濟勢力滲透和封建勢力盤剝，卻造成了「豐收成災」的畸形社會現象，人民仍然在死亡線上掙扎，於是，農民運動便暴風驟雨般席捲廣大農村，浙江、安徽也如同湖南、湖北一樣，農民們組織起來，先是吃大戶、分米糧，繼而

〔註 71〕斯洛伐克文版《林家舖子》，布拉格作家出版社，1961 年版。這篇譯後記由蔣承俊譯成中文，輯入拙編《茅盾研究在國外》一書，湖南人民出版社，1984 年版。

掃蕩土豪劣紳在鄉村中的統治權，減租抗租的鬥爭此起彼伏，這一切顯露了中國革命進入新階段的鮮明特徵。茅盾的故鄉浙江一帶的農民鬥爭，爲「農村三部曲」尤其是後兩部即《秋收》和《殘冬》的內容提供了豐富的素材。

「農村三部曲」在茅盾的短篇創作中佔著重要的地位，代表了他成熟期的現實主義特色，曾分別收入 1933 年開明書店版《春蠶》、1934 年開明書店版《茅盾短篇小說集》、1955 年人民文學出版社版《茅盾短篇小說選集》、1959 年人民文學出版社版《茅盾文集》第七卷、1980 年人民文學出版社版《茅盾短篇小說集》及 1984 年人民文學出版社版《茅盾全集》第九卷。《大地》是繼巴爾・布克的《東風西風》之後，一部「轟動歐美文壇」，「使她在美國文學界有了確定的聲譽，並且發了大財的作品」，〔註 72〕書一出版，便被美國出版界所組織的每月新書推選會選爲傑作，並獲得 1931 年普利澤文學獎金，這一獎金在美國是享有非常的信譽的。《大地》的中譯本自 1933 年 9 月初版以來，至 1941 年 3 月連出七版。「農村三部曲」和《大地》分別是兩位作家的代表作，他們描寫了幾乎是同一時期的同一題材，提出了同樣的社會問題，現在我們把它們放在一起進行比較研究。

在對兩部作品進行比較時，涉及的問題很多，這裡只是通過兩部作品探討文學藝術的典型化原則。

典型化是現實主義藝術重要的藝術原則。它要求現實主義藝術作品在反映現實中個別的、偶然的、單獨的某些現象時能揭示現實的具有一般性的、規律性的東西，不是把這些個別的、偶然的事件從生活的總體中分離出來，而是從現象與現象、事件與事件的總體聯繫中去探討它們之間的相互關係和作用以及它們的發展規律和趨向；它要求現實主義藝術作品能塑造典型環境中的典型性格，描寫的雖是一個人，但他代表著一群人、一類人，成爲某一階級或階層的代表；它要求現實主義藝術作品不僅忠實地描寫現實，並能從現實生活眞實的反映中體現出社會發展的趨勢和由於社會發展而產生的種種社會要求。同是現實主義藝術作品，同是反映同一題材的現實主義藝術作品，在對典型化這一藝術原則的運用上可以看出作家觀察現實的不同角度和對同一生活現象的不同評價。

〔註 72〕胡仲持：《大地》中譯本序，開明書店，1933 年版。

一

現實主義藝術的典型化原則要求現實主義藝術必須反映生活的某些本質方面。生活現象本身是紛紜複雜的，作家進行創作時對這樣或那樣的生活現象進行藝術概括、加工改造，或生發開去，或提煉凝縮，透過生活現象的表層寫出生活的某些本質方面，而這些本質方面一定是與描寫的眞實性不可分割地聯繫著的，換句話說，現實主義藝術的典型化原則與藝術描寫的眞實性是統一在一起的，描寫的越眞實，反映生活的本質則越深刻。

《大地》和「農村三部曲」同是寫了江南農村包括祖孫三代的一戶農民的生活和命運。王龍爹、王龍、王龍的三個兒子（這三個兒子長大成人，分別代表中國的紳士、商人和軍閥，成爲巴爾・布克另一小說《兒子們》（*Sons*）的三個主人公）是《大地》中的三代人；老通寶、阿四和阿多、小寶（小寶的性格沒有展開）是「農村三部曲」中的三代人。嚴格說，進入故事情節的是兩代人，多災多難的兩代人。《大地》中的王龍由一個上無片瓦、下無立錐之地的貧苦農民演變成擁有良田阡陌的富豪地主，「農村三部曲」中的老通寶則由一個有三十畝稻田和桑地的富裕自耕農破產爲抵押了土地還欠了債的貧苦農民。一戶由窮變富，一戶由富變窮，這兩種現象在 20 年代末到 30 年代初的中國農村都是存在的，問題是，王龍的命運還是老通寶的命運對於中國農民來說更具有普遍性和代表性，哪一種藝術概括更具有眞實性、更能反映生活的本質呢？

農民與地主的矛盾是半封建半殖民地中國社會的基本矛盾之一。描寫農民的作品，不論從什麼角度去寫，不論寫什麼，都不可迴避這個矛盾，也只有從這個基本矛盾入手觀察中國農村和中國農民，才能反映 20 世紀 20 至 30 年代中國現實社會的本質。地主和農民的關係，是剝削與被剝削、壓迫與被壓迫的關係，地主的產業興旺發達時如此，破產敗落時也如此，沒有農民的勞役和租稅，地主將無以生存，這就是階級社會人人都能碰到的普通而又普通的現象。

「農村三部曲」的前兩部沒有正面揭露地主和農民的矛盾，更多的寫了帝國主義經濟勢力侵入對農村和農民生活的影響，以地主爲代表的封建勢力和帝國主義勢力勾結在一起，成爲套在農民脖子上的連環索。《殘冬》則正面展開描寫地主與農民的尖銳矛盾。一個蕭索的殘冬，「全個村莊，一望只是死樣的灰白」，唯獨張財主的墳園蔥蘢翠綠，松柏又多又大。作家沒有停留在一般地描寫地主收租逼債上，而是寫張剝皮的松樹又少了一棵，造成全村惶惶不安的緊張氣氛，可想而知，在這之後，當是更殘酷的剝削和敲榨。有人主張快給張財主報信，以求得他的寬恕，有人主張去客籍人的茅草棚裡捉人起贓以免自己遭殃，在大家的議論中，作家深刻地揭露了張剝皮串通販私鹽的、販鴉片的、偷牛的，充當窩主坐地分贓，勾結官府和強盜欺壓百姓的罪惡。農民李老虎跟他講理，他就叫警察把李老虎捉去坐牢，可見地主氣焰之盛，農民地位之低下。由於現實的教育，農民們逐漸認清了張財主、局長、保安團、三甲聯合隊是沆瀣一氣的東西，有他們存在，農民就沒有一天好日子過。地主的盤剝愈甚，就愈促進農民的覺醒。作家把這種壓迫與反壓迫、剝削與反剝削的現象概括起來，集中起來加以描寫，深刻揭示了農村破產的眞實原因。

巴爾・布克在《大地》中也始終沒有離開地主與農民的關係這條線索。小說從王龍的結婚日開始，地主黃家把丫頭阿蘭嫁給了王龍，從此王龍有了老婆、有了兒子、有了一個家。第二年，由於黃家的奢侈和浪費，家道中衰，決定賣田，王龍買了黃家的田，收穫了比以往多兩倍的糧食，生活富裕起來。王龍用暴動中搶來的珠寶連續又買了黃家的田地，生活越來越好，於是雇了佃工來種地，自己成了地主，過上吃喝玩樂、花天酒地的生活。黃家和王龍的關係不是剝削與被剝削、壓迫與被壓迫的關係，而是提供土地和買地致富的關係。地主破落賣地爲生，農民日積月累買地致富，生活中不排斥存在過這種現象，即使在巴爾・布克生活過的極其貧困的安徽農村也有可能出現過。但把這一現象加以藝術概括寫成文學作品，則不是典型化的。我們只能說，作家攫取了現實生活中的某一個現象，而把這種個別現象當作具有普遍意義的現象加以藝術處理了。我們不否認這種現象的存在，卻不能承認這裡能從個別反映一般、從特殊反映普遍的規律。

農民日益貧困化的地位和他們對改變這種地位的企求是農村現實中存在的矛盾。即使這種企求是非常低微的，但誰也不甘於永世過著似人非人的生活。貧窮、災荒、盜匪兵燹，處處皆是。怎樣改變這種貧困的地位，通過什麼途徑能夠由貧窮變成富裕？

茅盾把老通寶一家的命運放在「一・二八」前後從初春到殘冬的農村全景上。原先較爲富裕的農民老通寶經過地主、債主、徵稅、雜捐一層一層剝削，已經賠了地負了債，連衣服都進了當舖。唯一指望春蠶豐收，但春蠶過後，蠶廠關門，繭價大跌，反作成老通寶一場大病，素來硬朗的老通寶「高撐著兩根顴骨，一個瘦削的鼻尖，兩隻大廓落落的眼睛，而又滿頭亂髮，一部灰黃的絡腮鬍子，喉結就像小拳頭似的突出來；——這簡直七分像鬼呢！」「倔強的他近年來第一次淌眼淚。」一世的勞動教給他只崇拜兩樣東西：一是菩薩（財神），一是健康，現在這兩樣東西都不能賜福給他了。是老通寶一家不勤勞節儉嗎？不是的。勤勞節儉一向是中國農民傳統的美德。當全家餓得皮包骨天天南瓜當飯的時候，老通寶還嫌鍋裡放水少了，抱怨兒媳太不知節省，無論如何「兩個南瓜就得對上一鍋子的水，全家連大帶小湯漉漉地多喝幾碗也是一個飽」。春蠶熟帶給老通寶一場病，而秋收的慘痛教訓則斷送他一條老命。是老通寶一家沒有志氣嗎？不是的。他們爲了春蠶獲得豐收，與天鬥，與地鬥，但豐收並沒有給他帶來好運。農民們沒有飯吃，連種糧都沒有了，老通寶還恪守著「人窮了要有志氣」的信條，但有什麼用處呢？「『志氣』不能當飯吃，比南瓜還不如！」老通寶是一個小康的自耕農後來破產的典型。吃苦耐勞、勤儉度日的老通寶一家即使在豐收的年成也沒能改變自己貧困的地位。「農村三部曲」以活生生的藝術形象啓發人們去認識舊社會帝國主義、封建勢力、官僚資本主義的壓迫是農村破產、農民日益貧困化的根源，半封建、半殖民地的社會制度不能提供農民改變生活地位的任何可能性。

巴爾·布克把王龍由窮變富的發家史放在安徽農村遭受兩次水災、一次旱災、一次蝗災、一次兵匪的背景上來完成的。王龍本是窮苦的農民，就在結婚的喜日裡也沒有多餘的銅板，他找剃頭匠給自己理理髮挖挖耳朵，挖兩隻耳朵要四個銅板，但王龍只能挖一個，因爲他只有兩個銅板，竟至窮到如此地步。王龍家像老通寶家一樣勤勞節儉，就是冬閒時節也從不串門、喝茶、閒逛、賭錢，王龍爹認爲喝水放十幾顆茶葉就像吃銀子般浪費。王龍也像老通寶一樣反對去搶去奪，主張憑力氣幹活，但他仍然沒有發財。眞正使王龍從一個貧苦農民變成富豪地主的轉機，不是別的，是災荒，是一次偶然的貧民暴動。災荒使王龍一家流入城市淪爲城市貧民，一次暴動中得到一些金銀珠寶，於是買了麥、穀、玉米、豆種和菜種，買了牛，又買了地。從此造了新屋，雇了佃工，討了小老婆，完全改變了自己的階級地位。如果說，豐收給老通寶一家帶來無窮的災難，那麼，災荒則成爲王龍致富的直接原因。半封建半殖民地的舊中國，災荒年代裡千里無人煙餓殍遍山野的現實在巴爾·布克筆下一轉而成爲農民的福音。正如《大地》中譯者胡仲持在中譯本序中說：「《大地》的結構以農人的生活爲經，而以水旱兵匪的災禍爲緯」，主人公

「其前半生涯代表著顛沛流離的饑餓的貧民，後半則代表著生活優裕的富農。作者擺脫了『勤儉致富』這一種因襲的道德觀念，偏以都市的貧民暴動作爲王龍一生的轉折點。」災荒和貧民的暴動爲農民改變自己的社會地位提供了完全的可能性。可以看出，這樣的描寫不是從中國社會實際出發的，這樣的藝術概括與藝術的眞實性是背道而馳的。

魯迅先生說：「中國的事情，總是中國人做來，才可以見眞相，即如布克夫人，上海曾大歡迎，她也自謂視中國如祖國，然而看她的作品，畢竟是一位生長中國的美國女教士的立場而已，所以她之稱許『寄廬』，也無足怪，因爲她所覺得的，只不過一點浮面的情形。只有我們做起來，方能留下一個眞相。」〔註 73〕巴爾·布克筆下描寫了中國農村一些並非本質的而是個別的現象，「不過一點浮面的情形」；而茅盾筆下的中國農村和農民，則透過一些普通的現象反映了 30 年代初期中國社會的某些本質方面，是「留下一個眞相」的。

二

藝術的典型化原則要求現實主義藝術必須塑造出典型環境中的典型人物，必須充分表現人物的社會本質。「主要人物是一定的階級和傾向的代表，因而也是他們時代的一定思想的代表，他們的動機不是從瑣碎的個人慾望中，而正是從他們所處的歷史潮流中得來的。」〔註 74〕只有把人物放在那個時代潮流中才能顯示其性格的特徵，反之，時代的種種矛盾、現實生活的種種問題以及作家對這些矛盾和問題的態度也只能通過人物塑造表現出來。主要人物的各種動機不應當看作純粹的、零亂的個人慾望，而應當看作是一種時代潮流的反映。

王龍和老通寶作爲巴爾·布克和茅盾筆下的主要人物，當然都是作爲一定階級和傾向的代表出現的，他們的思想、願望、行動都應當是有代表性的，是和他們所處的時代潮流分不開的。考察他們的性格特徵及其發展，也只能從時代的矛盾入手，看作家是否正確地反映了時代的矛盾以及作家對這些矛盾的態度。

農民對土地的感情以及農民對土地的要求，是任何一部以農民爲主人公

〔註 73〕魯迅致姚克信，1933 年 11 月 15 日。

〔註 74〕恩格斯致斐·拉薩爾的信：《馬克思恩格斯選集》第四卷第 434 頁，人民出版社，1973 年版。

的小說都要遇到的問題。在舊中國，土地歸地主所有，農民給地主種地，向地主交納地租，這就是農民和土地的關係。農民渴望得到土地，成爲土地的主人，這是農民整個階層處在那個社會地位所可能產生的強烈慾望和要求。王龍當然也不例外。貫穿小說《大地》的經線恰恰就是貧苦農民王龍爲得到土地作出的種種努力及得到土地後的生活。

巴爾・布克觀察到中國農村多設有土地廟，內有被她稱爲「土地神和他的太太」的兩個泥人。王龍和阿蘭先拜土地爺，然後回去成親。土地神是農民的精神寄託和希望的象徵。他們下地幹活。耕耘那些「形成了他們的家，養了他們的身體，造了他們的神的土地」，「他從這土地得了自己的生命；他用了一滴滴的汗從這土地絞出了糧食，再從糧食絞出了洋錢。」土地給他提供了金錢，提供了賴以生存的食物和其它物質。因此，當王龍決它要買地主黃家的地時，他對妻子說：「田地就是一家的血，一家的肉喲。」當他把田買到手的時候，小說寫道：

> 在新年二月裡的一個陰天，他出去看田。誰也還沒有知道這田是歸他所有了，他獨自走到那裡，便見這田滿是黑沉沉的泥土，成著長方形，展布在繞城的濠邊。他仔細踱過田邊去，是直三百步，橫一百二十步。田的邊角上還露著四塊界石，刻著黃宅字樣。他心裡想，該將那塊界石換過才好吧。他日後說不定要拔起那界石，將放著自己名字的插在那裡——現在呢，還不動，因爲他不預備教人們知道他是富足到買得起「大家」的田了，可是待到日後更富足的時候，他換界石便無妨了。

王龍從此成了土地所有者，再不是租地種的窮人，表明他從貧農向地主的靠攏和過渡。

旱災，空前的災荒。全村看不見牲口和家禽，可以吃的都吃完了，可以賣的都賣光了。王龍卻發了橫財買了地，階級地位發生了完全的變化，成了富裕的地主，水旱兵燹都不怕的地主。

晚年的王龍一直到生命的盡頭還在爲買地、保地而掙扎著。巴爾・布克略帶哀傷地寫道：

> 春年年到來，他隱約地覺得春的到來，愈老愈隱約地。然而他卻還有一種情緒留著，這就是他對於田地的愛。他離開那田地了。他已經在城裡立起他的家來，他富有了。然而他的根卻是在他的田地裡。雖然接連有許多月他忘記田地了，可是每年春一到來，他必

須走到那田地上去的。現在呢，雖然他不復能夠抓住犁兒，或者做什麼，只能夠看看別人拖了犁兒耕過泥土去，他還是一定要去。有的時候，他帶了一個僕人連同他的床去，重複睡在泥築的老屋的那張舊床上，他是在那邊有了孩子們，阿蘭也是在那邊死的。他天亮醒來就走出去，他伸了他那發顫的兩手，摘了一片新抽的柳葉和一朵桃花，便整日捏在他手裡。

農民通過什麼途徑得到土地，像王龍這樣變成了地主的農民是否就是找到了自身求解放的道路？巴爾・布克以肯定的筆觸描述了王龍從無地到有地、從貧窮到富有的道路，她把這種靠偶然暴動發橫財從而致富的道路當作中國農民發家致富的普遍道路來看待，這裡出現了一個歷史性的誤會。這個誤會使作品沒有反映出作爲農民的王龍的社會本質。王龍祈求獲得土地的慾望沒有被作家納入他所處的歷史潮流中去，20 世紀 20 至 30 年代的中國現實社會不可能爲廣大農民獲得土地提供可能性，城市貧民暴動沒有解決也不可能解決農民成爲土地的主人這一民主革命的中心問題。

解決土地問題的前提是消滅封建制度。這個問題在作家茅盾的筆下被尖銳地提了出來。「農村三部曲」中的老通寶並非一貧如洗的窮苦農民，他「十年中間掙得了二十畝的稻田和十多畝桑地，還有三開間兩進的一間平屋」，是個「被人人所妒羨」「家運日日興隆」的小康自耕農，「在鎮上是數一數二的大戶人家」，但是，十年過去了，老通寶不僅沒有買進新田地，反而越來越窮了。老通寶的命運是舊中國農民命運的眞實寫照。一個老通寶的形象概括了無數個老通寶式的農民的生活和命運。

農民求得自身解放的出路只有在推翻封建制度之後才能實現，而這個問題是民主革命一個長期的艱鉅的任務，不是一朝一夕就能完成的。農民對這場革命的認識也是一步步深入的，往往是從解決最基本的吃飯問題開始，吃飽了肚子才能幹活，有了收穫才能還清舊債，不是一開始就想到從地主手裡買進良田阡陌以改變自己的階級地位。「農村三部曲」寫出了這場革命的長期性和農民對這個問題的認識過程。

當老通寶聽說兒子阿多參加「吃大戶，搶米囤」去了，「立刻像頭頂上碰到什麼似的又軟癱在地下，嘴唇簌簌地抖了」，「心裡亂扎扎」。「搶」的行爲，老通寶無論如何是不能容的，他做了一輩子老實人，只知幹活吃飯，不能搶米吃飯，幹出犯「王法」的事。這就是老通寶式的舊式農民的典型性格。沒有想到，阿多竟帶頭搶到自己家裡來了，「正當在這裡咬牙切齒恨著阿多頭的時候，那邊楊家橋的二三十戶農民正在阿多頭和陸福慶的領導下，在黎明的濃霧中，向這裡老通寶的村坊進發！而且這裡全村坊的農民也在興奮的期待中做了一夜熱鬧的夢，而此時夢回神清，正也打算起身來迎接楊家橋來的一伙人了！」稻場上人聲鼎沸，烏黑黑一簇簇，阿多敲著鑼，高興地喊道：「殺頭是一個死，沒有飯吃也是一個死，去罷！阿四呢？沒有阿嫂？一伙兒全去！」不能坐等餓死，這就是農民對參加鬥爭的最初認識。他們用自己的正義行動批判了阿四「磕頭求饒去賒米」的軟弱行爲，把「吃了你的，回頭大家還是幫你要回來」的道理講給他聽，「天坍壓大家」，千百萬飢餓的農民被同一個思想組織起來了！

> 不知道從哪裡弄來的兩口大鍋子，已經擺在稻場上了。東村坊的人和楊家橋的人合在一伙，忙著淘米燒粥，清早的濃霧已散，金黃的太陽光斜射在稻場上，曬得那些菜色的人臉兒都有點紅噴噴了。在那小河的東端，水深而且河面闊的地點，人們擺開五六條赤膊船，船上人興高采烈地唱著山歌，就是這些船要載兩個村莊的人向鎮上去的！
>
> 當天晚上全村坊的人都安然回來，而且每人帶了五升米。這使得老通寶十分驚奇。他覺得鎮上的老爺們不像「老爺」了；怎麼看見三個村坊一百多鄉下人鬧到鎮裡來，就怕得什麼似的趕快「講好」，派給每人半斗米？而且因爲他們「老爺」太乏，竟連他老通寶的一把年紀也活到狗身上去！當眞這世界變了，變到他想來想去想不通，而多多頭他們耀武揚威！

通過老通寶的回憶，把農民運動的歷史根源和歷史要求聯繫了起來。中國廣大農民推翻封建勢力的長期鬥爭早已具備光榮的傳統，這傳統正在發揚光大。老通寶想：「天哪，多多頭的行徑活像個『長毛』呢！而且，而且老通寶猛又記起四五年前鬧著什麼『打倒土豪劣紳』的時候，那多多頭不是常把家裡藏著的那把『長毛刀』拿出來玩麼？『長毛刀』！這是老通寶的祖父從『長毛營盤』逃走的時候帶出來的；而且也就是用這把刀殺那巡路的『小長毛』！可是現在，那阿多頭和這刀就像夙世有緣似的！」從長毛的時代，到四、五年前打土豪的時代，到現在，這是一條歷史線索上的三個時期，農民運動從弱小到壯大，不斷加深著歷史內容，體現著時代的精神，對這一生活現象的社會根源、階級根源、歷史根源的挖掘，有助於作品提煉出它的社會思想意義。

農民的鬥爭從幾個人、幾十人發展到上千人，周圍二百里內十多個鄉鎮聯合起來；從在附近搶米發展到「遠征軍」，向市鎮開拔；從只顧自己的小家庭吃飯發展到為了大家吃飽可以捨棄小家的利益；從思想不統一發展到統一化；從偶然的一次鬥爭發展到踏踏實實持久的鬥爭；從只有青年男人參加發展到男女老少都參加；男人搖船，「老太婆女人打頭」；從漫無組織發展到有組織、有領袖的隊伍；從相信宿命論觀點到不相信「眞命天子」；從封建意識到階級意識；從赤手空拳到武裝衝突；從自發到自覺；從經濟要求到「抗租非武力所能壓制」〔註 75〕的政治要求……這一切在「農村三部曲」裡循序漸進地、合乎生活邏輯地又是栩栩如生地浮雕在讀者眼前。

「農村三部曲」通過老通寶和多多頭的形象，反映了舊中國新舊兩代農民的本質特徵，探索了農民翻身求解放的途徑，反映了農民的革命要求和農村的鬥爭形勢，反映了農民運動在民主革命中的一段路程，和中國現代史上土地革命戰爭時期整個江南農村的鬥爭形勢是相吻合的。農民們先是自發後是自覺的革命要求不是從瑣碎的個人慾望裡而是從他們所處的歷史潮流中得來的。這樣的描寫不僅反映了歷史的眞實性，而且預示了階級鬥爭的規律和社會發展的趨向。

三

當作家描寫他筆下的人物，不僅寫他做什麼，而且寫他怎樣做的時候，不可避免地把作家對於生活的思考、立場、態度表露了出來，何以讓他的人物這樣做，而不那樣做，何以是這樣的命運而不是那樣的命運，字裡行間滲透著作家的愛憎和對生活的評價。

巴爾．布克夫人，即賽珍珠，字文襄，從小隨父母來到中國，被美國人公認為「中國通」。她的父親是基督教長老宗的牧師，曾傳教於我國清江、鎮江等處，著有不少宗教書，晚年任南京金陵大學神學教授。她的母親是傳教士。她本人成年後也是傳教士，在金陵大學、東南大學執教期間，常給美國《大西洋月刊》、《國民》、《亞細亞》等大雜誌撰稿，介紹中國社會狀況，當然是一個傳教士眼中的中國社會。她把自己看到和從保姆口中聽到的中國的

〔註 75〕茅盾：《我走過的道路．〈春蠶〉、〈林家舖子〉及農村題材的作品》，人民文學出版社，1984 年版。

風俗習慣、中國人民尤其是婦女的痛苦生活以及饑荒、盜匪的故事編織成小說故事，《大地》便是其中的一本。她把她眼中的農民的遭遇概括成王龍一家的故事，她對王龍一家的遭遇，與其說是同情，不如說是憐憫。中譯者胡仲持在《大地》中譯本序中有這樣一段話：

> 《大地》這小説多少轉變了歐美人對於我國的觀感，那實際的影響是值得注意的。1931 年秋，正是《大地》在美國風行的時候，我們發生了嚴重的大水災，在政府所收到的從國外匯來的帳款中，美國人所募捐的佔著大部分。那原因，據美國紅十字會會長寫給作者的信中所說，就由於王龍一家人遭遇旱災的故事，深切地感動了美國人這緣故。

這段話雖是從正面談《大地》一書的影響的，但小說所以「轉變了歐美人對於我國的觀感」，乃在於引起了歐美人士對中國人民的惻隱之心，怵迫哀憐油然而生，捐款大增，至於作者本人，也終因小說的問世使她「在全世界不景氣的時代一躍而成爲富人」。〔註 76〕

巴爾・布克是從上面，從一個外國傳教士的眼中來看待中國現實的，她對於中國社會的各種矛盾，對於中國農民悲慘命運的根源的探究是和她觀察現實的立場、角度不可分的。《大地》出版後三年，她翻譯了中國古典名著《水滸》，取名《*All Men are Brothers*》（1934 年紐約，戴 Jhon Day 公司出版）也正說明她對中國社會的一貫看法。魯迅先生說：「近布克夫人譯《水滸》，聞頗好，但其書名，取『皆兄弟也』之意，便不確，因爲山泊中人，是並不將一切人們都作兄弟看的。」〔註 77〕她把中國社會中人與人的關係都看成兄弟關係，因此，貧與富及貧富的轉換都不以階級爲前提，而是命運的偶然性爲前提，因而她筆下的人物做什麼、怎樣做都說明了她對中國社會現實的態度。

茅盾則不然，他寫「農村三部曲」的時候，無論思想還是創作都已經是一個很成熟的作家。長期以來，他目睹帝國主義的侵略造成了農村破產，封建剝削迫使農民生活日益貧困化，農村的各種矛盾都在「一・二八」淞滬戰爭期間日趨尖銳化了。1932 年，茅盾曾兩度回鄉，和農村的接觸尤其是和蠶農的交往，使他深感戰後江南農村的動蕩、蠶農命運的悲慘，作家的藝術良心迫使他迅速將筆鋒轉向農村題材，「不是爲了創作而去創作，而是爲了人

〔註 76〕胡仲持：《大地》中譯本序，開明書店，1933 年版。

〔註 77〕魯迅致姚克信，1934 年 3 月 24 日。

生，爲了社會，爲了大眾；生活是創作的源泉，要忠實於生活，但對生活的素材要多咀嚼，要消化了它，切忌粗製濫造；要使作品能正確地反映現實、指導現實」〔註 78〕，在這個思想指導下他寫了《春蠶》，通過一戶普普通通的蠶農老通寶的遭遇寫出了農村的各種矛盾，老通寶的命運不像王龍那樣在偶然性的際遇裡伸延，他不僅沒有遇到天災，相反，卻是在「豐收成災」的年月裡受到帝國主義、封建勢力和官僚資本主義的壓榨而破了產，但老通寶的命運是有代表性的，代表了那個時代的農民的普遍命運，因此老通寶的形象是高度典型化的。《春蠶》發表後，各方面反映都很強烈，作家受到鼓舞，繼而寫了《秋收》和《殘冬》，並使三部小說的人物、事件聯貫起來，構成了「農村三部曲」。後兩部有意寫了農村的反抗鬥爭，用藝術的力量說明農村要求得自身解放必須組織起來進行鬥爭，帝國主義和地主老財是不會發善心的，靠施捨和恩賜是不行的，靠拼命勞作也是不行的，靠忍耐更是不行的，只有鬥爭，有組織、有目標、持久的鬥爭，《秋收》《殘冬》中的人物何以不按老通寶的模式去生活，就因爲農民在現實中逐漸認識到自身求解放的道路。小說中人物性格的發展和事件的發展都說明了作家對中國現實的深刻認識，說明茅盾對「站在時代陣頭的作家應該負荷起時代所放在他們肩頭的使命」〔註 79〕的認識。這是和巴爾．布克大相徑庭的。

第五節　兩個地主改革家
——《霜葉紅似二月花》與列夫．托爾斯泰的《一個地主的早晨》

19 世紀中葉的俄國，社會生產力有了急劇增長，社會經濟中的資本主義因素和資本主義關係也在不斷擴大和發展。但在全國範圍內，封建農奴制仍然佔著統治地位，嚴重地束縛和阻礙著生產力的發展。封建土地所有制下的農奴受著地主殘暴的封建剝削，全國各地農奴們的反封建鬥爭此起彼伏，導致了農奴制日益深刻的危機，波瀾壯闊的人民運動強烈震撼著封建專制國家的基礎，農奴制度的廢除被尖銳地提到日程上。這樣的社會矛盾反映在思想

〔註 78〕茅盾：《我走過的道路·〈春蠶〉、〈林家鋪子〉及農村題材的作品》，人民文學出版社，1984 年版。

〔註 79〕茅盾：《我們所必須創造的文藝作品》。

領域裡則是民主主義者與自由主義派的鬥爭。自由派主張保存地主的土地所有制和君主政體，革命民主主義者則主張用革命的手段推翻封建專制制度，徹底消滅農奴制。托爾斯泰寫於 1857 年的《一個地主的早晨》〔註 80〕反映了在急劇變革的前夜的地主與農民的關係及一系列社會問題。

鴉片戰爭以後的中國，資本主義的侵入使封建社會內部發生了重大變化，直至 1894 年中日戰爭之後，中國由獨立的封建社會，逐步變成半封建半殖民地社會了。中國經濟發展和社會進步的主要障礙來自兩個方面：帝國主義的侵略和封建主義的統治。在廣大農村中，封建時代自給自足的自然經濟雖然遭到破壞，但封建的土地關係和剝削關係，仍然是根深蒂固的，農民忍受著繁重的封建剝削。資本主義的侵入造成了農村經濟凋蔽和農民破產，造成中國封建經濟解體，也帶來了中國民族資本主義的發展，首先是航業和船塢的建立，此外還有開礦、鐵路、紡紗等等。這一時期，帝國主義和中華民族的矛盾、封建主義和人民大眾的矛盾，成爲半封建半殖民地近代中國的主要社會矛盾。矛盾的尖銳化，不能不逐漸形成日益發展的人民革命運動。近代史上的太平天國農民革命、義和團反帝運動都曾經發動廣大農民爲推翻封建土地制度和抵抗外國侵略者而鬥爭，辛亥革命揭起了民主主義的戰鬥旗幟，但終因沒能明確提出反對帝國主義以實現民族獨立的綱領和徹底反封建的土地革命綱領而流產了，但民主共和的思想卻促進了中國人民民主主義的覺醒。茅盾的《霜葉紅似二月花》反映了舊民主主義革命末期的民族資產階級和封建勢力的矛盾、地主與農民的矛盾及一系列社會問題。

儘管農奴制的俄國和半封建半殖民地的中國在社會關係的諸多方面存在著差異，但封建勢力的根深蒂固、社會矛盾的某些表現形式以及新興社會因素的增長方面卻有很多相似之處：地主的土地佔有制及對農民的嚴酷剝削，資本主義的萌芽及發展，人民中民主主義思想的覺醒和人民革命運動的興起等等。《霜葉紅似二月花》及《一個地主的早晨》用現實主義的筆觸塑造了兩個同樣得不到農民信任的青年地主改革家的形象，反映了某些帶共同性的社會問題。

〔註 80〕《一個地主的早晨》，海戈譯，新文藝出版社，1957 年。文中引文皆引自該譯本。

一

《一個地主的早晨》的主人公聶赫留道夫，決定放棄大學的學業，回到自己的領地去當一個好地主。他給自己的姑媽寫信說：

> 我已經打定了主意，因此將會影響到我一生的命運。我要離開大學到鄉下去生活……主要的不幸在於農民的情況是挺可憐而又挺貧困，這是一種只有用工作和耐心才能補救的不幸……這麼高尚、出色的、直接的責任就在眼前，我幹嗎還要在旁的地方去尋找機會成爲一個有用的人和做好事呢？我覺得自己能做一個好主人；這個字照我的理解，它應該是這樣的，既不需要大學文憑，也不需要官銜，……我已經選擇了一條十分特別的道路，我感覺到它會給我帶來幸福的。

姑媽反對他的這樁傻事，回信勸說道：

> 你說你對農村生活感到一種天職，你希望使自己的農民們幸福，做一個好主人。首先我得告訴你，只有在我們做了一件錯事的時候，我們才會感覺到自己的天職；其次使自己幸福比使旁人幸福容易得多；第三，要做一個好主人，一定要成爲一個冷酷而嚴厲的人才行，儘管你竭力裝做那樣，你卻很難做到。

不管怎樣說服，也沒能阻上聶赫留道夫「荒誕可笑，然而卻是高貴而豁達的計劃」，他終於退了學，躊躇滿志地回到他的領地去了。

在一個晴朗的早晨，聶赫留道夫按照自己的計劃，「接待求見的人、家僕和農奴，查看貧困農民的農務，並且取得村公社的同意給他們幫助。」他帶上記事簿和一扎鈔票，心裡充滿「溫厚的自負」，去視察四戶請求幫助的農民。

第一戶是伊凡・楚里斯，請求一根蓋房的支柱，他那潮濕霉爛的房子快要倒塌了。事實證明，一根支柱遠遠不能改變伊凡的住房，於是，聶赫留道夫建議他搬到新蓋的磚房去住，並許願說：「不論你什麼時候去住，我都可以按修造價讓給你，等你有錢的時候再還我好了。」他「一想到自己施的恩惠就忍不住浮上了一個沾沾自喜的微笑。」誰想到，事與願違，好心不得好報，伊凡堅決不願搬進磚造的「偉大的房子」，請求老爺「別把我們趕出我們的老窩吧」，「如果您把我們搬到那兒去，我們永遠也不會成爲農民了。」聶赫留道夫對於伊凡處在貧困中的平靜和自我滿足，簡直不能理解，他感到難以忍受的沉重和抑鬱，「好像想起某種沒贖過的罪過而感到難過一樣。」他從口袋裡掏出一卷揉皺了的鈔票，吩咐伊凡去買頭牛，「下個禮拜天你這兒就要有頭牛。我要來看的。」然而伊凡沒有接錢，聶赫留道夫體驗到「一種類似羞恥或懺悔的感覺。」

第二戶是尤赫萬卡，他想賣掉一匹馬。當證實尤赫萬卡在撒謊，賣馬是爲了換取口糧時，聶赫留道夫「氣得眼淚汪汪的說不出話來」，「感覺到一種對農民個性憎恨的感情」，他「用孩子般溫和的聲調」規勸尤赫萬卡做一個好莊稼人，要去掉壞習慣，不再撒謊，不再酗酒，不再偷竊，然而尤赫萬卡卻報以嘲謔的微笑。

第三戶是達維德卡，請求穀子和木柱。這是一個眞正的懶漢，粗壯如同磨坊的煙囪，卻終日睡覺不幹活，雞在他背上來回走都沒把他擾醒。聶赫留道夫發現嚴重的問題是教育農民，於是他開導他、教育他，並答應爲他續娶一個老婆，「我不能眼看著他們過這種日子，可是我又怎樣把他們拖出火坑呢？」他決定把達維德卡帶到自己家裡，親自監督他，「用溫情和勸告來感化他，給他選定個職業，讓他養成幹活的習慣，改造他。」

第四戶是富農杜特洛夫。聶赫留道夫希望他去租自己的地，經營個農場，再買下一片林木。但他都拒絕了，毫無依靠老爺恩惠的意思。他經營趕腳運輸，興辦規模很大的養蜂場和磨坊，租佃土地耕種，這些都代表了成長中的農村資產階級經營方式，這個形象是資本主義關係侵入農奴制農村的一個證明。

年青的地主改革家聶赫留道夫把自己全部事業的綱領建立在幫助農民解除貧困上，使農民受教育，糾正惡習，鏟除愚昧，發揚道德。他把自己全部的熱情和愛都傾注在改革事業上，相信自己能當好農民的先知和天使，達到自我精神的滿足，但是到頭來，他沒有做成一件事，沒能解決農民的任何一個具體問題。

《霜葉紅似二月花》中的錢良材，也是一個地主改革家的形象。當地主階級的利益與新興資產階級利益發生矛盾衝突的時候，他企圖通過他的改革方案維護本階級的利益。和聶赫留道夫一樣，他打出的旗號也是拯救農民，充當農民的代言人和保護人。

錢良材的性格特徵中具有一種和聶赫留道夫同樣的責任感，眞心誠意地願做一個賜福於農民的好地主。當代表新興資本主義勢力的王伯申的輪船每每破壞農田，侵犯了農民的利益時，錢良材以天下爲己任，代表農民上縣城去辦交涉，「臨行時向滿村的眼巴巴望著自己的農民誇下了大口，說是等自己回來就一定有辦法。這一責任感，刺痛了他的心，又攪亂了他的思索。」但交涉沒辦成，「他就覺得沒有面目再回村去，再像往日一般站在那些熟識的樸質的人們面前，坦然接受他們的尊敬和熱望的眼光。」他認為只有他錢良材是凌駕於農民之上能夠施恩於農民的人，他有能力有辦法這樣做，「他家在這一帶鄉村的地位，在這一帶鄉村的利害關係，都要他當仁不讓立刻有個辦法！」「良材愈想愈興奮，彷彿已經不在船裡，而在自己家那大院子裡，前後左右不是那些做了幾代鄉鄰的富農和自耕農便是他家的佃戶，眾口嘈雜，都在訴說各人所受的損害和威脅，百多條眼光並成一線，都望著良材的臉，等候他說話……」錢良材全身心浸透了這種拯救農民的救世主的責任感。

錢良材的改革方案和聶赫留道夫的改革方案有一個共同之處，即表面看起來是大公無私的，實際上處處維護自身利益。聶赫留道夫對農民伊凡說：「我到鄉下來住是要把我的一生都貢獻給你們，我準備剝奪我自己的一切來使你們滿足和幸福，我在上帝面前發了誓要遵守自己的諾言。」他反對打罵農民，而主張曉之以理、動之以情的感化和教化，必要時給他們鈔票和既得利益，但不能給土地，他是反對把土地分給農民的。錢良材也是如此。地主階級為了對付新興資本主義勢力，出現了兩種辦法。一是地主曹志誠的辦法，為了阻擋王伯申的輪船，曹志誠指使農民在橋上用石塊圍打，不但沒能阻止輪船航行，反而喪了人命。二是錢良材的辦法，組織農民圍築堤堰，確保良田，他主張「被犧牲了的田，應當由全村農民共同賠償損失，用公平的攤派方法。」五十名人伕、二十名長短工連夜築堤，錢良材下令宰豬備菜，兩葷兩素，「讓他們吃了再做」，借用農民的竹簍，記帳照賠，表現了十分仁厚的心腸。當堤堰涉及到錢府的一塊桑地時，錢良材毅然決定犧牲這塊桑地，批評管家把桑地圈進來的做法，他說：「怎麼你們自出主意就拿它圈進來了？這裡有我的一塊桑地，我就把堤堰彎曲一下，我要是只想保住了自己的東西，我怎麼能夠使喚大家，叫大家心服？我要是只想保住了自己的東西，又何必這樣大動人馬，自己賠了精神又賠錢呢？」他認為，他有所犧牲，農民便有所得，這是他作為有錢有勢的大戶人家的少爺說得出做得到的。錢良材的辦法比曹志誠的辦法蠱惑人心，具有更大的煽動性。在消耗了巨大的人力物力之後，輪船仍然開足馬力橫衝直撞，「從河裡爬起來的水，像個大舌頭，一轉眼就舐去了大片的稻田，啵嗤嗤嗤地，得意地咂著嘴唇皮」，而農民則一無所得。

不難看出，聶赫留道夫和錢良材這兩個改革家的思想基礎都是以地主哲學爲核心的，他們一切行動的基本動機是妄自尊大，自以爲可以施恩於民。他們具有共同的基本社會情操，對資本主義的憎恨和對農民的恩惠。作爲被眾多農民依附的地主，他們喜歡封建的土地所有制，這個制度由於資本主義因素的出現和增長而分化瓦解了，他們當然憎恨資本主義關係。他們充當農民利益的保護者和改革家，不管他們打出怎樣的善和愛的旗幟，但是，他們的每一個措施都是從維護封建制度出發的，每一個恩賜的舉動不過是爲農民準備下的新型的賣身契。對這兩個形象，我們必須從反對新興資本主義、反對地主喪失土地的角度去理解和評價。

當聶赫留道夫和錢良材拯救農民的偉大計劃落空以後，兩部小說同樣描述了他們的改革夢的幻滅，他們疲乏、悔恨、悲哀、無助、挹鬱的複雜心情。其初，他們懷著飽滿的熱情去施展自己的抱負，想把一個手捧的光華燦爛的前途親自交給農民，但事與願違，他們都失敗了。聶赫留道夫眼眶充滿淚水，捫心自問道：「莫非我對我的生活的責任和目的底夢想都成了荒誕無稽的了麼？」「我白白糟蹋了一生中最好的光陰」。他繼而憤怒，而且朝著反抗力最少的方面發泄出去，他把這一切歸咎於農民的愚昧和落後。錢良材在完成了領導農民築堤修堰抵制新興資本主義勢力的大業之後，一切興奮倏然而逝，接著是說不出的懊惱、不安和煩躁，「像一個鉛球壓在他心上」，「好比一只時鐘的某一個齒輪被裝反了」，「好像舊式婚姻的新嫁娘，當外面爆竹、鼓樂、人聲鬧成一片的時候，她會忽然感得惶恐與迷惑，不願給人看見。」他感到沉悶、鬱熱、寒心，不禁感慨道：「我覺得我要眞正做個好人，有時還嫌太壞！」對兩個年青地主的心理描寫從本質上刻畫了他們的性格特徵，他們拯救農民的改革事業的必然失敗，對生活的殘酷性作了極其尖銳的批評。

《一個地主的早晨》和《霜葉紅似二月花》兩部小說深刻而正確地表達了農民對事物的看法，刻畫了農民性格中的兩個特色：對地主的不信任和對自己力量的確信。

兩部小說塑造了一系列農民的典型，貧窮的、富裕的、勤儉的、懶惰的、溫順的、蠻橫的，儘管他們有許多不同的地方，但他們有一個共同的地方，即對地主的懷疑、不信任。這是千百年來封建制度下的農民的階級地位所決定的。他們表面上見著地主老爺時都恭恭敬敬、服服貼貼，但骨子裡是不相信的，生活教給他們的是窮人的哲學。聶赫留道夫勸伊凡搬進新磚房，伊凡認爲搬進磚房將不再是農民了。這是一個爲農民所深信卻爲地主所不理解的淺顯的道理。就是富裕的杜特洛夫，也沒有依靠老爺的意思，雖然聶赫留道夫把他視爲農民的樣板，希望所有的農民都像杜特洛夫般富有、和氣、溫存而愉快，但杜特洛夫始終恪守著「在地主面前必須隱瞞銀錢」的信條，因爲他不相信地主眞爲農民好。《一個地主的早晨》描述了宗法制下農民的全部恐懼和疑慮。正是在這個意義上，高爾基稱這部小說是一篇最悲慘的素描，「它非常美妙地敘述出奴隸們怎樣不相信善良的自由主義的主人」。〔註 81〕

《霜葉紅似二月花》則更進一步寫出農民不但沒有得到好處，反而損失了自身的利益。錢良材繼承父業，維護著父親手創的「佃戶福利會」，顧名思義，可以給佃戶們帶來福利，但「他們父子二人只得到了紳縉地主們的仇視，而貧困的鄉下人則一無所得」。最典型的是農民老駝福，他對錢良材的築堰工程一直是懷疑的：

> 「這都不要了麼？」眼光移到被攔到堰外的大片田野，老駝福又輕聲說，神情之嚴肅，好比對面當眞站著一個人似的。「哦，都不要了。」他又自己回答。「罪過！錢少爺，你這是造孽。多麼好的莊稼，都是血汗喂大的，這樣平白地就不要了，罪過！太可惜！」他興奮得掉眼淚了，而且他那慣於白日見鬼的病態的神經當眞把那戴著破箬笠的竹竿認作錢良材了。他對著這迎風旋動的箬笠央求道：「少爺，……都不要了麼？太可惜呀！……您給了老駝福吧。老駝福苦惱，只有一間破屋，七分菜地呢！您這裡丟掉了的，夠老駝福吃一世了呀！少爺……」

年輕的地主以爲自己給予農民的是富裕和幸福，而農民則認爲地主從自己手裡奪走的是財富。「賜予」這個概念在兩個對立的階級的意識中正好是相反的。

聶赫留道夫和錢良材失敗的原因在於，他們都不願意觸動和改變舊有的社會秩序，地主階級維護的是封建制度，是封建主義的土地佔有制，僅僅靠著救濟、行善、施捨是不能解決農民的土地問題的。聶赫留道夫用贖買的方式答應給農民房屋、林木、農場，卻堅決反對把土地交給農民。屠格涅夫曾評論過聶赫留道夫計劃失敗的原因：「讀這篇小說所得到的一個主要的道德上

〔註 81〕轉引自《一個地主的早晨》中譯本譯後記。

的印象就是：只要農奴制狀況存在一天，雙方就不可能接近和彼此理解，儘管具有最無私最誠懇的接近的決心也沒有用。」〔註 82〕錢良材領導農民修堤築堰，並不是爲農民造福，而是保護自己的土地，當看到地主階級和新興資產階級利益不可調和時，就犧牲農民利益，雙方媾和。慈善事業無論如何解決不了地主與農民的矛盾、人民大眾與帝國主義、封建勢力的矛盾。兩部傑出的現實主義作品共同寫出了農民的民主主義情緒，他們那種強烈的、激憤的對於土地的要求和對地主階級的抗議，他們積累了幾個世紀的對於封建制度的劫掠、僞善、欺騙的仇恨，兩部作品表達了特定歷史時期的農民的心理和對土地私有制的批判的意義。

二

現實中某些尖銳而迫切的問題引起作家的強烈不安和反覆思考，逐漸集中成作家筆下的人物形象和故事。兩部作品都是從現實的感觸出發，表達了作家對於社會現實的看法，對於某一歷史時期的政治、社會和思想變動的觀點，蘊含著歷史的教訓和生活的綱領。

19 世紀 50 年代，沙皇政權在克里米亞戰爭中的失敗暴露了農奴專制體制的沒落腐朽，引起了全國範圍內的農民運動。用什麼途徑解放農民讓農民獲得自由的問題成爲時代的中心問題。托爾斯泰，作爲一個地主，作爲一個「基督徒的財產」的所有者，對取消農奴制的問題深感和自己關係密切並具有刻不容緩的迫切性，他強烈關注著這個問題的發展並力圖用藝術形象表達自己的觀點。

農奴及農奴制問題，使俄國的社會思想運動產生了空前嚴重的大分裂，革命民主主義者和自由主義派在這次大分裂中表現了尖銳對立的觀點。自由主義派代表貴族地主的利益，反對改革，維護沙皇政權的專制。以車爾尼雪夫斯基、杜勃羅留勃夫爲首的革命民主主義者不斷揭露自由派分子用「自由」欺騙人民，阿諛奉迎沙皇這個俄國最大的地主，揭露他們用種種方法滿足土地所有者的利益，他們贊成並支持農民革命，認爲只有革命才能使人民擺脫壓迫，得到土地和自由。

這場社會鬥爭不能不影響托爾斯泰的思想及其創作。托爾斯泰此時的世

〔註 82〕轉引自《托爾斯泰評傳》，貝奇柯夫著，吳均燮譯，人民文學出版社，1959 年，第 65 頁。

界觀，他的倫理學說及文藝觀點，和自由主義分子是比較接近的。自由主義派反對文學藝術暴露社會罪惡，一味號召文學藝術讚美生活中的「善」，勿需記取生活中的「惡」。托爾斯泰則在生活中尋找「一切好的善的東西」，他認為「不但在俄國，就是在吃人生番們中間也有著很多很多的東西可以去愛」。〔註83〕他在日記中寫道：「眞的，獲得生活中眞正幸福的最好辦法就是：不受任何陳規的約束，像蜘蛛似的從自己身上向四面八方散出善於攀纏的愛的蛛網，把一切碰到的東西——老太婆也好，小娃娃也好，警察局長也好，都一視同仁地網絡進去。」〔註84〕自由主義派主張「純藝術」的觀點，要求文學藝術平淡地記錄生活中各種現象，而不是去裁判他們，更不能肯定民主的理想。托爾斯泰則在日記中寫道：「福音上說的，不要在藝術中作深刻、正確的判斷：敘述、描寫，可是不要判斷。」〔註85〕這一切跟革命民主主義者要求文學藝術熱烈地關心生活、保衛人民群眾的利益、爲人民的理想進行鬥爭的唯物主義美學是背道而馳的。而這一切思想又無疑地反映在《一個地主的早晨》這部小說裡，聶赫留道夫正是執行托爾斯泰善的號召的一個地主，他對一切受他剝削的農民行善，卻不肯把土地分給農民。

應當看到，托爾斯泰世界觀中還有和自由主義分子存在分歧的一面。他看到沙皇政權的專制腐朽，反對社會的撒謊和虛僞，他力圖揭露政府的暴虐、財富的增加和人民群眾日益貧困的矛盾，他總希望在不改變土地所有制的前提下改善農民的處境，他想通過社會改革制止「俄國統治當局的邪惡」。爲此，他構思一部「有益而善良的書」，書中含有教訓、生活綱領和解決各種重要社會問題的途徑，這本書就是《一個地主的早晨》。他在1853年末的日記裡宣布，小說的草案已經「明確地顯示」，在1855年8月的日記裡又說：「小說的主要思想應當是：在我們這個時代裡，一個有教養的地主是無法在奴隸制度下過正直的生活的。書中應當充分顯示出他的無能爲力並且指出改正這種情況的方法。」〔註86〕看來，這部小說從構思到寫成，在他頭腦裡醞釀了好多年。

爲了寫這部小說，也爲了探求解決社會矛盾的途徑。托爾斯泰曾會見貴族地主方面的各種政治團體的代表，和他們共同討論解放農民的問題；他也

〔註83〕轉引自《托爾斯泰評傳》，貝奇柯夫著，吳均燮譯，人民文學出版社，1959年，第51頁。

〔註84〕同前註，第52頁。

〔註85〕同前註，第56頁。

〔註86〕同前註，第58頁。

曾去了解農奴制度下的農民的看法，到農民集會上去聽取農民意見，通過和農民談話觀察他們對自由派方案的反應。他回到自己的領地，宣布對農民施行恩惠，用代役租代替勞役租，用贖買方式部分轉移土地，並試圖和農民簽訂合同。可是他發現，農民對他的改革方案十分冷淡，他們不相信地主老爺的恩賜，而是希望土地歸自己所有。托爾斯泰站在貴族地主立場上感到激怒和惶恐，他的一腔熱情換來的是農民的頑固和不信任，他說，「由於地主的專橫，結果就產生了農民的專橫；當他們在集會上對我說，要我把全部土地都交給他們，而我說，那樣我就會窮得連一件襯衣也不剩了的時候，他們只是笑笑，但這也決不能怪他們，事情本來就必然弄成這樣。」〔註 87〕在自己的領地上解決農民問題的失敗，直接影響到《一個地主的早晨》的構思，小說無疑具有反農奴制的性質，但托爾斯泰的思想局限使他不可能在小說中指出改變社會現狀的途徑。至於托爾斯泰對土地問題的根本觀點轉變，那是許多年後的事了。

《霜葉紅似二月花》雖不像《一個地主的早晨》那樣緊緊圍繞現實社會急待解決的問題，但也是經過作家對現實的反覆思考，作爲一部反映整整一個時代的長篇鉅製的一部分出現的。茅盾在 1941 年底寫《談技巧、生活、思想及其它》中說：

> 我寫這篇文章有感於當時國內政治的日趨反動，爭取民主自由和解除民生痛苦已成爲民族存亡所繫之大事，然而作家們卻還沒有努力去反映，或者反映了，卻不見深刻……文藝作家以表現時代爲其任務，要而言之，就是要表現時代的特徵，表現從今天到明天這一戰鬥的過程中所有最典型的狂瀾伏流、方生方滅以及必興必廢。

《霜葉紅似二月花》是大時代的狂瀾伏流的一隅、一個支流、一個斷面。在《霜葉紅似二月花》之前，作家寫了《腐蝕》，暴露國民黨特務組織的凶狠、奸險和殘忍，揭露蔣介石勾結日汪製造「千古奇冤」的眞相。該書被譽爲「當前政治有力的諍言」，「是一部用血寫成的特務反動分子罪行的記錄」。〔註 88〕這本書緊扣現實，是對國民黨特務政治的一紙血淚控訴。書出後，政治影響很大，遭到國民黨的密令查禁。在國民黨圖書檢查十分嚴酷、人身自由又無

〔註 87〕轉引自《托爾斯泰評傳》，貝奇柯夫著，吳均燮譯，人民文學出版社，1959 年，第 60 頁。

〔註 88〕茅盾：《戰鬥的 1941 年》，《新文學史料》1985 年第 3 期。

保障的桂林，作家感到「既然許多當前的現實生活不能寫，1927 年大革命或許因其已成歷史，反倒引不起國民黨圖書檢查官的注意。」〔註 89〕於是轉而把思想伸向歷史的縱深，放眼更遠的過去，「我計劃寫五四運動前到大革命失敗後這一時期的政治、社會、思想的大變動。想在總的方面指出這時期革命雖遭挫折，反革命雖暫時佔了上風，但革命必然取得勝利；書中的一些主要人物如出身於地主階級和小資產階級的青年知識份子，最初都是很『左』的，宛然像是眞的革命黨人，可是考驗結果，他們或者消極了，或者投向反動陣營了。如果拿霜葉作比，這些假左派，雖然比眞的紅花還要紅些，究竟是冒充的，『似而已』，非眞也。」〔註 90〕所以，《霜葉紅似二月花》是在特殊的政治歷史條件下，爲了避開國民黨的圖書檢查，通過對歷史的反思探討現實問題的小說。

《霜葉紅似二月花》是茅盾一系列反映時代特徵的創作計劃中的一部。第一部當然是《蝕》三部曲，「1927～28 年間，我寫過反映 1927 年大革命的三部曲《幻滅》、《動搖》、《追求》，對於這幾部作品，我並不滿意。」〔註 91〕第二部長篇未能問世，「抗戰前夕，我曾打算寫一部從辛亥革命到『五四』運動前後的長篇小說，也因抗戰爆發而未能實現。」〔註 92〕第三部是在寫《霜葉紅似二月花》的同時，「悄悄地爲我將來要寫的一部反映抗戰全貌的規模宏大的長篇作素材積累的準備……雖則現在只能寫『五四』時期的題材，但反映全面抗戰的題材將來非寫不可……於是我寫起了札記，隨時記下自己親眼目睹的，朋友們閒談中講到的、報紙上刊登的各種官場醜聞、小百姓的故事、金融動態、根據地消息、統計數字以及零星然而有用的材料。」〔註 93〕看來這一部比《霜葉紅似二月花》規模還大的長篇也未能問世。《霜葉紅似二月花》雖然寫出來了，但沒有寫完，其中內容估計與幾部未完成的長篇有交錯的反映。這些完成的或未完成的長篇其共同特點是從現實的感觸及冷峻思考出發，由歷史上的人物和事件寫起，由遠及近，反映一個或幾個歷史時期的時代風貌，表述作家對中國近現代社會歷史、文化、思想變遷的觀點，包含著歷史的教訓和生活的綱領及對未來的展望。

〔註 89〕茅盾：《戰鬥的 1941 年》，《新文學史料》1985 年第 3 期。
〔註 90〕《霜葉紅似二月花》新版後記。
〔註 91〕茅盾：《戰鬥的 1941 年》，《新文學史料》1985 年第 3 期。
〔註 92〕同前註。
〔註 93〕同前註。

三

《一個地主的早晨》無疑帶有作家自傳的性質。高爾基在《俄國文學史》中說過：

> 托爾斯泰的文藝創作的基本主題，是這樣一個問題：如何在混亂的俄羅斯生活中替這個良善的俄羅斯貴族少爺聶赫留道夫找到一個合適的地位？換句話說，托爾斯泰伯爵要在生活中替托爾斯泰伯爵找個地位。因爲聶赫留道夫、列文、伊爾琴耶夫、奧烈寧——所有這些人物都是作者自己的肖像，所有這些人物都是他精神發展上的幾個階段罷了。

又說：

> 差不多所有托爾斯泰的文藝作品，都歸結到一個主題：替聶赫留道夫在人間找個地位，一個好的地位，從這個地位去看，他會覺得世界上的一切生活盡是一片和諧，而他本人就是世界上最美麗最偉大的人物。〔註 94〕

《一個地主的早晨》中的聶赫留道夫是托爾斯泰思想發展中的第一個階段。他對土地問題和農奴制的看法恰如其份地代表了托爾斯泰在那個時期的觀點。托爾斯泰扮演著社會改革者的角色，在 1855 年 8 月 2 日的日記裡，他寫道：「今天，在跟斯托雷平談論俄國的奴隸生活問題時，我原先那個打算把俄國地主歷史中四個時期描寫出來的念頭就比以前更加清晰地湧現了出來，而且決定就以自己來作書中那位住在哈巴羅夫克的主人公。」〔註 95〕在奴隸制時代，托爾斯泰是鄉紳和農奴主，農奴制廢除以後，他是農民依附的地主。他歡迎維護農奴主和地主利益的舊制度，憎恨資本主義，憐憫農民，他站在地主的立場上進行自我解剖，想找一條途徑，消彌農民對地主的仇恨，揚善抑惡，進行道德自我完善。雖然農民的苦難問題在托爾斯泰伯爵的內心世界裡佔有很大成份，但他的身份和地位決定他離農民的眞理較遠，離民主主義較遠，而離貴族性因素較近。高爾基曾比較過三位描寫農民的作家：屠格涅夫主要寫的是家奴，這些家奴愛好自然和詩歌，溫和、忍辱、柔順，一點也不反抗奴隸制度；果戈里筆下的人民，食湯糰、飲白酒、求愛、熱情，不幹

〔註 94〕《俄國文學史》，繆靈珠譯，新文藝出版社，1958 年，第 02、487 頁。

〔註 95〕轉引自《托爾斯泰評傳》，貝奇柯夫著，吳均燮譯，人民文學出版社，1959 年，第 58 頁。

活，往往出現在節日之夜；托爾斯泰筆下的農民如《一個地主的早晨》中的人物，狡猾、撒謊、因循守舊。不論三位作家筆下的人物怎麼不同，但有一點是相同的，「他們對農民的心理特性的描寫都有吻合之點，都一致地清楚地強調農民的溫和及忍耐能力，他們對農民的起義傾向都絕不提及。」〔註 96〕他們都努力塑造不反對剝削、安於現狀、樂於接受地主土地佔有制的農民形象。作家托爾斯泰完全和《一個地主的早晨》中的聶赫留道夫站在一個水平線上，托爾斯泰用聶赫留道夫的眼睛觀察農奴制下的農村及農民，用聶赫留道夫的耳朵聽取農民的反映，用聶赫留道夫的嘴宣說教義，聶赫留道夫是托爾斯泰早期創作中的自畫像。

《霜葉紅似二月花》不帶有作家自傳的性質，錢良材也不是作家自己的肖像。茅盾站在 20 世紀 40 年代的時代高度去回顧「五四」前後江南城鄉新舊勢力錯綜複雜的鬥爭，作家頭腦中有對中國半封建半殖民地社會性質及歷史的明晰認識和分析，準確、客觀地反映了帝國主義入侵、資本主義勢力興起和農村破產的景況。錢良材作爲小說的主人公，屬於出身剝削階級家庭的知識青年，具有革故鼎新的志向，卻認不清方向。他的故事雖剛剛展開，但顯然屬於「霜葉」而不是「紅花」的一類。

錢良材充滿改革的熱情和理想主義，他代表著閉塞的地主經濟和自由的理想主義者與剛抬頭的民族資本主義、頑固的封建勢力進行鬥爭。使他感到空虛和憤怒的是農民的愚昧，農民對他改革什麼、反對什麼都不理解，一無所知，農民只知道錢良材領導的改革沒有給他們帶來任何好處，一無所得，王伯申的輪船照例破壞著農民的水田和稻穀。與錢良材的改革辦法對照著寫的，是地主曹志誠，唆使農民在橋上向輪船扔石頭，當農民把大大小小的石頭都搬到橋上轟然落水蓋倒了汽笛聲，農民祝大扛起一條三四百斤的石頭扔下去砸壞了輪船的舵房時，船上的警察舉起了槍，祝大的兒子小老虎被慌亂的人群踩死了，滿身是血，這就是農民爲地主利益付出的代價。人死了，曹志誠又慫恿祝大告狀，對他說：「祝大，你是苦主，明天得上縣裡去，——哦，可是，你得連夜找好替工，我那田裡，也許還要車水……。」在這人命關天有冤無處訴的時候，曹志誠還沒有忘記要祝大爲他車好田裡的水。作家茅盾不是站在錢良材和曹志誠的立場上，而是站在農民一方，爲農民的利益、願望、思想、感情說話，作家清醒地看到「五四」前後中國社會封建勢力和人

〔註 96〕《俄國文學史》，繆靈珠譯，新文藝出版社，1958 年，第 324 頁。

民大眾的矛盾、帝國主義和中華民族的矛盾、新興資本主義和封建主義的矛盾錯綜複雜，各種矛盾激化的結果是資產階級與封建勢力妥協，中國半封建半殖民地性質的深化。錢良材譴責「曹志誠不是好東西，王伯申也不該一意孤行，弄幾桿槍來保護，以至出了人命。我不打算偏袒誰，我本想做個調人，將上次朱行健所擬的辦法當作和解的條件，那麼，小老虎一條小命換得地方上一樁公益，倒也是值得的一件事。」農民賠上人命，兩個地主無損於絲毫。「王伯申出來相見，客氣的了不得，可是我們一提到這件事，他就連說多謝關心，早已大事化爲小事，小事化爲無事；又說這幾天河水也退了些，以後行輪，保可各不相擾。」一樁人命案就這樣結束了。農民失去了土地，失去了莊稼，失去了生命，唯一沒有失去甚至沒有減少的是勞役和地租。王伯申沒有捐錢，趙守義也未交出公款，錢良材和曹志誠相安無事，誰也不吃虧，新興資本主義勢力和頑固的封建勢力便這樣講和了。作家茅盾不是把自己放在錢良材的地位上，而是精密洞悉中國社會各種矛盾的複雜性和尖銳性，用生動的藝術形象描繪了中國半封建半殖民地社會的性質及狀況。

第六節　精神反叛的終結與起點
——《創造》與易卜生的《玩偶之家》、魯迅的《傷逝》

三份人權宣言

恩格斯在致挪威評論家、劇作家保・恩斯特的一封信中指出：「易卜生的戲劇不管有怎樣的缺點，它們卻反映了一個即使是中小資產階級的但是比起德國的來卻有天淵之別的世界；在這個世界裡，人們還有自己的性格以及首創的和獨立的精神，即使在外國人看來往往有些奇怪。」〔註97〕

《玩偶之家》中的娜拉就是一個有自己的性格和獨立精神的人。她出身中等家庭，受過良好教育，天眞、熱情、漂亮、任性，出嫁以前是父親的玩偶，父親叫她做什麼，她就做什麼；出嫁以後是丈夫的玩偶，丈夫有穩固的地位，豐富的收入，生活舒適雅致，她甘心做丈夫的「小松鼠」、「小鳥兒」，

〔註97〕《馬克思恩格斯選集》第四卷《恩格斯致恩斯特的信》，人民出版社，1972年版。

在家裡裝飾房間、縫製新衣、舉辦舞會、生兒育女，過著寧靜而自以爲幸福的生活。娜拉是資產階級合乎理想的女性。突然有一天，被她的丈夫解雇的職員柯洛克斯泰宣布要揭露娜拉曾冒父親之名借債一事，這突如其來的打擊使她對生活中本來天經地義的事如愛情、家庭、諾言、信任、捨己助人等產生了動搖和懷疑，「我要弄清楚，究竟是社會正確還是我正確」，娜拉頭腦裡「人的價值」觀念復甦了，她開始醒悟到自己在家裡只是一個玩偶，從沒有過爲人的尊嚴和獨立地位。

娜拉的丈夫海爾茂是個被稱爲「社會支柱」的「堂堂男子漢」，不過是個資產階級虛僞道德的集中代表。表面看來他很愛娜拉，稱呼她「我的小鴿子」、「我的小松鼠」、「小冒失鬼」、「不懂事的孩子」，他曾對娜拉很親熱地說：「娜拉，你知道不知道，我常常盼望有樁危險事情威脅你，好讓我拼著命，犧牲一切去救你。」可是不久，他發現娜拉曾僞造簽字，他不顧這樣做是爲了他借錢去養病，只想到影響自己的名聲和前途，馬上變了臉說：「結婚以來我疼了你這些年，想不到你這麼報答我。」他一反常態，稱娜拉「壞東西」、「僞君子」、「下賤女人」，他吼叫道：「你父親的壞德性你全都沾上了」，「你父親不是個完全沒有缺點的人，我可沒有缺點，並且希望永遠不會有。」「你把我一生幸福全都葬送了！」娜拉想解釋，想以死來挽救丈夫的名聲，可是海爾茂說，「就是你死了，我有什麼好處？」娜拉期待著，海爾茂能挺身而出，承擔事情的責任，然而她不僅沒有等到，反被丈夫一腳踢下去。娜拉看清了，八年來她認爲是幸福的家庭原來集中了資產階級全部的虛僞和自私自利。當柯洛克斯泰退還了借據時，海爾茂又說：「受驚的小鳥兒，別害怕，定定神，把心靜下來。你放心，一切事情都有我，我的翅膀寬，可以保護你。」這一切都導致了娜拉「精神的反叛」。娜拉要走了，海爾茂威脅道：「你不能走，你最神聖的責任是你對丈夫和兒女的責任。」娜拉終於出走了，樓下砰的一聲傳來關大門的聲音。

「首先我是一個人」，這是娜拉的人權宣言，她是高舉著這個宣言的旗幟，決心從物化了的資產階級社會索回人的價值、人的尊嚴、人格的獨立和完整，從玩偶之家中出走的。恩格斯說：「挪威的小資產者是自由農民之子，在這種情況下，他們比起墮落的德國小市民來是眞正的人。同時，挪威的小資產階級婦女比起德國的小市民婦女來，也簡直是相隔天壤。」〔註 98〕針對

〔註 98〕《馬克思恩格斯選集》第四卷《恩格斯致恩斯特的信》，人民出版社，1972 年版。

德國小市民的膽怯、狹隘、退化、束手無策、毫無首創能力的畸形發展的特殊性格，那麼，在這個意義上，娜拉是一個「眞正的人」。

《玩偶之家》1789 年發表，震動了資產階級社會。劇本出版兩週後就在丹麥首都哥本哈根演出，1880 年在挪威首都克立斯替阿尼遏和德國的慕尼黑演出，1889 年在英國演出，1890 年在美國演出，1894 年在法國演出，娜拉的形象躍出了易卜生的祖國，在全世界站立起來了。

易卜生的戲劇傳入中國是在「五四」時期。「五四」新文化運動給我國帶來了科學和民主，也帶來了各式各樣的新思潮。「五四」時代的知識份子迫不急待地吸取一切外來的新知識，馬克思主義、無政府主義、人道主義、個人主義，還有易卜生主義同樣吸引著人們。易卜生的戲劇在各大城市、各學校上演，知識青年們熱烈歡迎易卜生，欣賞著、咀嚼著娜拉的名言「首先我是一個人」，「個性解放」、「人格獨立」的思想曾給反對封建壓迫、爭取自由的人們以極大的鼓舞力量。

從比較文學的角度看，易卜生的戲劇「給其它各國的文學打上了他們的印記」，〔註 99〕如此深入人心，就在於與當時中國社會革命的需要相合拍，即勃蘭克斯所說的「感受性」，〔註 100〕關於這點，普列漢諾夫說的更透徹：

> 一般的説起來，爲得要某一國家的藝術家或者文學家能夠對於別國的人民的思想發生影響，就必須要這個文學家或者藝術家的情緒是適合於讀他的作品的外國人的情緒的。因此，如果易卜生的影響傳布到了離他的祖國很遠的地方，那麼，可見得他的作品裡面一定有一些特點，的確是適合於現代文明世界讀者群眾的情緒的。〔註 101〕

中國新文學的奠基人魯迅、茅盾都曾推崇、宣傳過易卜生。早在 1907 年，魯迅在《摩羅詩力說》裡就讚揚易卜生「憤世俗之昏迷、悲眞理之匿耀」，又在《文化偏至論》中說：

> 其後有顯理伊勃生見於文界，瓌才卓識，以契開迦爾之詮釋者

〔註 99〕《馬克思恩格斯選集》第四卷《恩格斯致恩斯特的信》，人民出版社，1972 年版。

〔註 100〕《勃蘭克斯文集》第一卷《易卜生及其在德國的學派》，明興版，1902 年，轉引自普列漢諾夫：《論西歐文學・亨利克・易卜生》，人民文學出版社，1959 年版。

〔註 101〕普列漢諾夫：《論西歐文學・亨利克・易卜生》，呂熒譯，人民文學出版社，1959 年版。

稱。其所著書，往往反社會民主之傾向，精力旁注，則無間習慣信仰道德，苟有拘於虛而偏至者，無不加之抵排。更睹近世人生，每託平等之名，實乃愈趨於惡濁，庸凡涼薄，日益以深，頑愚之道行，僞詐之勢逞，而氣宇品性，卓爾不群之士，乃反窮於草莽，辱於泥塗，個性之尊嚴，人類之價值，將咸歸於無有，則常爲慷慨激昂而不能自已也。

魯迅一方面讚揚易卜生的瑰才卓識及民主思想，另一方面當《玩偶之家》在中國上演後，他立即提出了「娜拉走後怎樣」的問題。從問題的提出看，魯迅的社會思想和婦女解放思想遠遠超出了易卜生，易卜生僅僅寫了娜拉的出走，而沒有回答走後怎樣的問題。「人生最苦痛的是夢醒了無路可以走」、「娜拉既然醒了，是很不容易回到夢境的，因此只得走；可是走了以後，有時卻也免不掉墮落或回來。」他說：

因爲如果是一匹小鳥，則籠子裡固然不自由，而一出籠門，外面便有鷹，有貓，以及別的什麼東西之類；倘使已經關得麻痺了翅子，忘卻了飛翔，也誠然是無路可以走。還有一條，就是餓死了，但餓死已經離開了生活，更無所謂問題，所以也不是什麼路。

……

所以爲娜拉計，錢，——高雅的說罷，就是經濟，是最緊要的了。自由固不是錢所能買到的，但能夠爲錢而賣掉。人類有一個大缺點，就是常常要飢餓。爲補救這缺點起見，爲準備不做傀儡起見，在目下的社會裡，經濟權就見得最要緊了。第一，在家應該先靠得男女平均的分配：第二，在社會應該獲得男女相等的勢力。可惜我不知道這權柄如何取得，單知道仍然要戰鬥，或者也許比要求參政權更要用劇烈的戰鬥。〔註 102〕

1925 年，魯逝寫了《傷逝》，用藝術的形象回答了「娜拉走後怎樣」的問題。《傷逝》中的子君和涓生都是「五四」時代的知識青年，他們勇敢地衝破了封建禮教和家庭的束縛，接受了新思想，自由相愛而結合在一起。「破屋裡便漸漸充滿了我的語聲，談家庭專制，談打破舊習慣，談男女平等，談伊索生，談泰戈爾，談雪萊……她總是微笑點頭，兩眼裡彌漫著稚氣的好奇的光

〔註 102〕魯迅：《娜拉走後怎樣》。

澤。」「五四」時代的女性接受個性解放、人格獨立這些新思想往往從自由戀愛、婚姻自主做起。子君不顧父親和胞叔的反對，不顧社會上「探索、譏笑、猥褻和輕蔑的眼光」，「分明地，堅決地、沉靜地」宣布：「我是我自己的，他們誰也沒有干涉我的權利！」這是子君的人權宣言。頗震動了涓生的靈魂，使他「有說不出的狂喜，知道中國女性，並不如厭世家所說那樣無法可施，在不遠的將來，便要看見輝煌的曙色的。」他們以爲只要有熱烈純眞的愛，便能生存下去，結果，預期的打擊來了，涓生被辭退，失去了生活來源，彼此變得冰冷、憂疑、難堪，這才悟到「大半年來，只爲了愛——盲目的愛——而將特別的人生的要義全盤疏忽了。第一，便是生活。人必生活著，愛才有所附麗。」他們力圖重溫舊課來恢復生活的勇氣：回憶往事，談娜拉，稱揚娜拉的果決，但都無濟於事。子君終於被父親叫回去了，此後「所有的只是她父親——兒女的債主——的烈日一般的嚴威和旁人的賽過冰霜的冷眼。此外便是虛空。負著虛空的重擔，在嚴威和冷眼中走著所謂人生的路，這是怎麼可怕的事呵！而況這路的盡頭，又不過是——連墓碑也沒有的墳墓。」子君在無愛的人間死去了。

子君的人權宣言比娜拉的前進了一步，她是經過鬥爭和涓生結合的。娜拉走後怎樣呢？子君的結局便是回答。社會問題不解決，社會制度不改變，婦女解放是談不到的，個性主義、人格獨立都是空話。涓生和子君對封建制度和封建壓迫雖有深切痛恨，力圖用愛的結合擺脫這種壓迫，用個性解放作思想武器，用個人奮鬥來實現自身的獨立，這都不是改造社會的正確途徑。子君擺脫封建家庭時那麼無畏，最後還是回到了封建家庭，在旁人的冷眼中走完人生的路。解放了社會，才能解放自己。

從「五四」時起，茅盾寫了不少介紹易卜生的文章。自 1921 年《小說月報》開闢「海外文壇消息」欄以來，茅盾寫了《〈現代的斯堪底那維亞文學〉的按語、注、再誌》、《幾本斯堪底那維亞的英譯》、《從來沒有英譯本的易卜生的三篇戲曲》、《腦威現代文學精神》、《斯堪底那維亞文壇雜訊》，1925 年寫了《談談〈傀儡之家〉》，1930 年在《西洋文化通論》一書中更進一步指出：

> 自古代的希臘悲劇以來，戲曲這個東西總是描寫著人類和其他不可抗的力的鬥爭。這不可抗力在古希臘的悲劇裡是「運命」，在古典派以至浪漫派的戲曲裡，便是個人性格中固有的缺點，而在易卜生的戲曲中，這不可抗的力卻是「社會」。所有易卜生的戲曲，便都

> 是描寫個人與社會的衝突。在《傀儡家庭》這戲曲中，那位曾是歌唱的小鳥兒，快活的小松鼠，被玩弄的洋囡囡的娜拉終於改正了自己，堅決地說：「我一定得看一看究竟是哪一方面不錯：社會呢，還是我自己！」這個美麗而溫柔的娜拉竟敢讓自己站在一面，和全社會站在一面敵對。在這一點意味上，易卜生不是純粹的自然主義作家。〔註 103〕

茅盾和魯迅都看到易卜生的戲劇對「五四」時期中國社會的影響，尤其是娜拉的形象，在「五四」運動的文化革命中發揮過相當大的作用，對反對舊文學、提倡新文學，反對舊道德、提倡新道德，為建立民族的、科學的、大眾的新民主主義文化汲取外來文化的營養，發揮過應有的歷史作用。中國的知識份子也正是吸取了這些外來的新思潮包括尼采、克魯泡特金、托爾斯泰、易卜生的學說和思想投身到反帝反封建的資產階級民主革命中去的，直到後來，先進的知識份子才逐漸認識到馬克思主義是解放人類的唯一眞理。但無論如何，外來進步思潮包括易卜生的影響都是不能抹煞的。

在魯迅把子君的形象呈現給讀者之後十年，茅盾塑造了《創造》中的嫻嫻。茅盾說：「我覺得『五四』以來的思想解放運動，喚醒了許多向來不知『人生為什麼』的青年，但是被喚醒了的青年們此後所走的道路卻又各自不同。像嫻嫻那樣的性格剛強的女性，比較屬於少數；而和嫻嫻相反，性格軟弱的女子，卻比較地屬於多數。」〔註 104〕嫻嫻是「五四」時期的小資產階級女性，屬於被中國各教所束縛的無數女子中的一個。她聰明豪爽，溫和而精細，從父親學通了中文，從母親學會了管理家務。君實是個「進步分子」，遍尋理想夫人不得，決心創造一個，要求是「一個混沌未鑿的女子，只要是生長在不新不舊的家庭中，即使不曾讀過書，但得天資聰明，總該可以造就的，即使有些傳統的習性，也該容易轉化的罷。」於是看中了嫻嫻這塊璞玉，決心「親手雕琢而成器」，將嫻嫻創造成一個有中國民族性做背景、有中國五千年文化做遺傳、行動解放而不輕浮、心胸闊大而不騖外的「全新的，但是不偏不激，不帶危險性」的妻子。

嫻嫻被創造的過程經過了三部曲：第一步，造就政治頭腦。君實認為：「不懂政治的女子便不是理想的完全無缺的女子」，他要嫻嫻留心國際大事，批評

〔註 103〕茅盾：《西洋文化通論‧第八章自然主義》，世界書局，1930 年版。
〔註 104〕茅盾：《我走過的道路，亡命生活》，人民文學出版社，1984 年。

國內時事，熟讀各家政治理論，從柏拉圖至浩布士、羅素、克魯泡特金、馬克思、列寧等等，果然把嫻嫻引上了政治的路。第二步，掃除達觀思想。君實誘導嫻嫻看進化論，看尼采，看唯物派各大家的理論，「爲的要醫治嫻嫻的唯心的虛無主義的病，他竟不顧一切的投了唯物論的猛劑了」。這一度改造又奏了凱旋。第三步，改造其舊式女子的嬌羞和靦腆。終於在短短的兩年內，嫻嫻讀完了君實所指定的有關自然科學、歷史、文學、哲學、現代思潮的書，成了一個舉止優雅、談吐文明、知識廣闊、頭腦清晰、性情活潑的「卓絕的創造品」。

本來，君實作爲「創造者」，在思想上是嫻嫻的帶路人。但是，嫻嫻卻超越了君實創造的範圍，向前躍進了。君實的思想核心是「中正健全」，「他最愛的是以他的思想爲思想以他的行動爲行動的夫人」，在他看來，嫻嫻的思想已經「給社會以騷動」「給個人以苦悶」了，夫妻間產生了隔離感，嫻嫻終於離家出走。臨走時叫佣人轉告君實：「她先走了一步了，請少爺趕上去吧——少奶奶還說，倘使少爺不趕上去，她也不等候了。」嫻嫻不安於以君實的思想爲思想，以君實的模式爲規範，而是追求更廣闊的天地去了。嫻嫻走了，走得十分昂揚、樂觀，雖然作家沒有回答嫻嫻到哪裡去了，但是讀者不可能也不會提出「嫻嫻走後怎樣」的問題，不擔心她會墮落或者回來。嫻嫻的「先走一步」早已超出了人權宣言的意義，不僅是爲了擺脫丈夫的精神束縛和不甘於做丈夫的玩偶，也不僅僅爲了個性解放糊里糊塗出走，走到哪裡也不明確，而是帶著政治熱情投身到變革現實的鬥爭中去了。正如茅盾所說「嫻嫻是熱愛人生的」，「《創造》描寫的主點是想說明受過新思潮衝擊的嫻嫻不能再被拉回來徘徊於中庸之道」，「只要環境改變，這樣的女子是能夠革命的」。〔註 105〕

娜拉、子君、嫻嫻是生活在 1879～1928 年間的三個小資產階級女性，她們都有一個似乎幸福的家，都感到丈夫的愛，但最後她們都非常堅決地離家出走了。易卜生把娜拉的出走作爲問題的結束，而魯迅則把問題的終點當作起點，提出了「娜拉走後怎樣」的問題，並用子君的形象回答了這個問題，說明婦女沒有獲得經濟權之前是談不到自身的解放的，既使只獲得了經濟權，也無濟於事，「因爲在現在的社會裡，不但女人常作男人的傀儡，就是男人和男人，女人和女人，也相互地作傀儡，男人也常作女人的傀儡，這決不

〔註 105〕茅盾：《寫在〈野薔薇〉的前面》。

是幾個女人取得經濟權所能救的。」〔註 106〕根本的問題在於社會的解放、社會制度的根本改變。娜拉、子君、嫻嫻都是從家庭跨出了一步，但這一步跨得何等艱難，而嫻嫻的一步確實跨得更遠些，她已經不僅僅是爲了擺脫玩偶的地位，或是爲了取得經濟權，而是爲了擺脫君實的夫權思想統治，自身有了較爲充分的思想準備，帶著更多的變革現實的願望跨了出去。她的跨出這一步，說明「五四」新思潮對青年的巨大影響，是婦女解放的一個新起點。當然，作家塑造嫻嫻的形象，本意也並非停留在反映婚姻、戀愛、婦女解放問題，而是有更深的寓意，這點下面還要談到。

「人的精神反叛」的三個典型

易卜生生活的時代，挪威是歐洲一個比較落後的國家。1848 年，《共產黨宣言》發表，「一個幽靈，共產主義的幽靈，在歐洲徘徊。」歐洲各國紛紛爆發民族解放運動，挪威的社會生活也開始活躍起來，文學藝術愈來愈繁榮。易卜生曾在這段時間內熱烈慶賀法蘭西第二共和國的建立，也曾強烈憎恨普魯士、丹麥戰爭的爆發，這些大事促使他的民主政治思想趨於成熟，創作也日益旺盛。恩格斯在 1890 年說：「挪威在最近二十年中所出現的文學繁榮，在這一時期，除了俄國以外沒有一個國家能與之媲美。」〔註 107〕「最近二十年」，正是易卜生創作旺盛的 20 年，許多重要的劇作誕生在這 20 年間。

易卜生的民主思想表現爲對國家的道德、法律、教育、婦女解放等社會問題的關注，他鄙視資產階級「自由、平等、博愛」的虛僞口號，深感生活理想與社會結構、資產階級道德標準間無法調和的矛盾，從而提出了「人的精神反叛」的問題。

娜拉是「人的精神反叛」的典型。首先是對資產階級道德的反叛。蕭伯納在《論易卜生主義的精華》中說過這樣的話：

> 人們認爲易卜生的許多劇作裡，都有一種不道德的傾向。這句話就以下的意義講是眞實的：不道德並不包含有害的行爲。它的行爲，不問有害或無害，都是和流行的一些觀念不相適應的。因爲易卜生幾乎專心致力於去證明人的精神或意志，永遠比人的理想成長

〔註 106〕魯迅：《娜拉走後怎樣》。
〔註 107〕《馬克思恩格斯選集》第四卷《恩格斯致恩斯特的信》，人民出版社，1972 年版。

> 的快，而適應這種精神或意志往往產生悲劇的結果，正像那些因違反依然還有效的理想而產生的悲劇一樣，必須永遠做不道德的事。……我們的許多理想，都像是古代的神靈一樣，永遠是需要人類犧牲的。所以易卜生說：「不要勉強一個人去證明這些犧牲是必須的，有價值的。可以允許每一個人在他對於那種理想的眞實性已失去信仰的時候，拒絕自己和別人的犧牲」。〔註 108〕

其次是對小資產階級庸俗生活的反叛。1878 年，易卜生在筆記本上記下了這樣一段話：「有兩種精神法律，兩種良心，一種存在於男人身上，而完全不同的另外一種，存在於女人身上。男女互相並不了解，但女人實際上是按照男人的法律受到制裁的。」同年在羅馬城斯堪的那維亞人學社，他也說過：「我所害怕的是問題瑣碎，思想貧乏，生小病吃零藥的男人。」〔註 109〕這就是易卜生對當時男權中心社會的看法和對庸俗小市民生活的厭惡。娜拉在家裡過的實際是非常庸俗的小市民生活：吃甜杏仁餅乾、採購食物、縫製舞衣，看她醒悟到自己是丈夫的玩偶時，這一切現象的庸俗內容才開始顯露出來。娜拉的丈夫海爾茂是一個追逐名利的僞君子，他辭退柯洛克斯泰的原因說來很滑稽，因爲柯在公眾場合叫他的小名，他正是那種問題瑣碎思想貧乏的男人。所以，《玩偶之家》的主題的孕育，是由於「易卜生反對小資產階級的——私人的和社會的——生活的庸俗的反感，逼迫他去尋找一個他的眞誠的和完整的心靈可以稍稍休息一下的領域。」〔註 110〕

但是，問題在於，易卜生從直覺上對庸俗生活感到反感，提出了「人的精神反叛」的名言，但他並不明確反叛什麼。普列漢諾夫指出：

> 「人的精神反叛」的宣傳帶給易卜生的創作以偉大的和吸引人的因素。但是當他宣傳這種「反叛」的時候，他自己也不大知道應該反叛的是什麼。因此他，——在類似的情形裡始終是如此，——爲了「反叛」而尊重「反叛」。可是當一個人爲了「反叛」而尊重「反叛」，當他自己並不清楚應該反叛什麼的時候，他的宣傳就必然要成爲模糊的。並且，假如他是用形象思維的，假如他是藝術家，那麼

〔註 108〕轉引自吳雪：《〈娜拉〉演出所想到的》，《文藝報》1956 年第十六期。
〔註 109〕同前註。
〔註 110〕普列漢諾夫：《論西歐文學・亨利克・易卜生》，呂熒譯，人民文學出版社，1959 年版。

> 他的宣傳的模糊性就一定會使得他的形象缺乏明確性。抽象性和圖式化的因素就要侵入藝術的作品。〔註111〕

易卜生只提出了問題，卻沒有指示問題如何解決；他指出不應該做什麼，卻沒有解決應該做什麼。他的幾乎所有的問題劇都表現了一種對道德的憂慮，但幾乎所有的問題劇都沒有指出應樹立什麼樣的道德準則。也許《玩偶之家》中林丹太太的形象是他理想中的人物，林丹是一個具有獨立人格的女性，她憑著自己的勞動養活生病的母親和年幼的弟弟，由於她的感召和信任，柯洛克斯泰歸還了娜拉的僞造簽字，表示不再威脅娜拉的家庭，在她身上，我們看到了一種「人的價值」，而在她的影響下，柯洛克斯泰有了「人性復歸」的覺醒。但是，靠著幾個林丹式的女性是解決不了社會問題的。普列漢諾夫嘲笑易卜生對於道德問題的探討好像擠公山羊的奶或是用篩子接奶一樣，「在抽象的荒野裡作沒有出路的流浪」，「他也不知道哪裡是極樂的土地」，「易卜生不僅抱著觀念論的方法來解決社會問題，而且在他的思想裡這些問題總是受到過分狹窄的圖式化的解說，不適合現代資本主義的社會裡社會生活的廣闊的範圍。而這就最後消失了找到正確的解決一切的可能性。」〔註112〕

子君也是一種「人的精神反叛」的典型。但「五四」時代的中國畢竟不同於19世紀的挪威，中國的知識份子在反帝反封建的民主革命中是首先覺悟的成份。他們對於人性解放、人格獨立的要求已經不是對「人的價值」的抽象的思考，而是有一種歷史使命感：怎樣使自己的祖國從帝國主義和封建勢力的桎梏中解放出來變得強大，自己在這場大變革中能做什麼？因而往往和探求救國救民的道路結合在一起，對「人的價值」的爭取賦予更多的時代內涵和實踐性。

子君表現了對封建傳統和封建禮教的反叛，半封建半殖民地舊中國的女性，深受封建宗法思想和制度的束縛與禁錮。這種軟刀子對人的戕害是極殘酷的。女性的反抗往往從對不合理的婚姻制度的抗議開始，子君不顧一切地和父親、胞叔鬧開，勇敢地接受涓生的愛，在經濟十分拮据的情況下，毅然賣掉自己唯一的金戒指和耳環，在那些「寧靜而幸福的夜」裡，她深感「愛情必須時時更新，生長，創造。」子君是無畏的、勇敢的，她對封建禮教的反叛是勝利的。

〔註111〕普列漢諾夫：《論西歐文學・亨利克・易卜生》，呂熒譯，人民文學出版社，1959年版。

〔註112〕同前註。

子君也表現了對小市民庸俗觀念的反叛。小說描寫每當涓生送子君出門，「照例是那鮎魚鬚的老東西的臉又緊貼在髒的窗玻璃了，連鼻尖都擠成一個小平面；到外院，照例又是明晃晃的玻璃窗裡的那小東西的臉，加厚的雪花膏」，面對這些，子君「目不邪視地驕傲地去了。」面對路上「探索、譏笑、猥褻和輕蔑的眼光」，「她卻是大無畏的，對於這些全不關心，只是鎮靜地緩緩前行，坦然加入無人之境。」子君雖顯得孤立，但對整個社會的庸俗觀念，不是畏縮退卻的，而是堅決地按照自己的意志前行。

子君的反叛精神是可貴的，在反叛什麼的問題上，她比娜拉明確，但遺憾的是，她並沒有把這種精神和變革現實的要求結合起來，她還沒有認識婦女的解放只是社會解放的一部分這個道理，她以爲，有了愛，便有了一切，因此她的精神反叛自建立小家庭後便戛然而止，此後的日子淒苦、無聊、頹唐。魯迅寫《傷逝》，意在說明子君比娜拉前進了一步，娜拉不是墮落便是回來，但子君再也不前進了，獨自負著虛空的重擔，消失在威嚴和冷眼裡，也只能是悲劇的結局。「人的精神反叛」僅僅達到精神上的勝利，那於舊社會、舊制度都無濟於事，必須參加到變革現實的鬥爭中去，「正無需乎震駭一時的犧牲，不如深沉的韌性的戰鬥」，〔註 113〕「精神的反叛」是第一步，「韌性的戰鬥」是第二步，二者必須結合起來。

嫻嫻是「人的精神反叛」的又一典型，她的思想變化過程經過了反叛之反叛的曲折。先是反叛封建名士派家教即賢淑靦腆不問政治的思想和樂天達觀清高出世的虛無主義思想，當她接受了君實的「創造」後，她的關心政治的思想又繼續發展，無疑是對君實要求的不偏不倚、無刺激、無危險的中正健全的處世態度的第二次反叛。茅盾塑造這個形象是有深刻寓意的。他說：

> 我寫《創造》是完全「有意爲之」……轟轟烈烈大革命的失敗使我悲痛消沉，我的確不知道以後革命應走怎樣的路，但我並不認爲中國革命到此就完了。我冷靜地咀嚼了武漢時期的一切，我想，一場大風暴過去了，但引起這場風暴的社會矛盾，一個也沒有解決。中國仍是個帝國主義、封建勢力、軍閥買辦統治的國家，只是換上了新的代理人蔣介石。所以革命是一定還要起來的。……當然，革命起來了也許還會失敗，但最後終歸要勝利的。爲了辯解，也爲了

〔註 113〕魯迅：《娜拉走後怎樣》。

表白我的這種信念，我寫了《創造》。……在《創造》中，我暗示了這樣的思想：革命既經發動，就會一發而不可收，它要一往直前，儘管中間要經過許多挫折，但它的前進是任何力量阻攔不住的。被壓迫者的覺醒也是如此。在《創造》中，沒有悲觀色彩。嫻嫻是「先走一步」了，她希望君實「趕上去」，小說對此沒有作答，留給讀者去思索。〔註114〕

總之，三個女性都具「人的精神反叛」的共同心理特徵和行爲。但是，三個人反叛的內容不同。娜拉的反叛不具有政治內容，爲了反叛而反叛，普列漢諾夫說：「易卜生一般的說來對於政治是冷淡的，而政治家據他自己承認，簡直是憎惡的。他的思想是脫離政治的。」〔註115〕挪威是個小資產階級佔居民主要階層的國家，在這樣的國家裡，沒有尖銳的顯著的階級鬥爭，政治自由比較廉價，人們的行爲包括對社會世俗的反叛行爲，往往不具有政治綱領的性質，「易卜生的思想一部分是道德的，一部分是藝術的，但是他始終是脫離政治的。」「易卜生的弱點在於不能找到從道德到政治的出路。」〔註116〕相傳，在一次婦女界舉辦的答謝宴會上，人們向易卜生致謝，感謝他寫了《玩偶之家》，將婦女的自覺、解放這些事給人以啓發，他卻回答：「我寫那篇並不是這個意思，我不過是做詩。」魯迅說他太不通世故，就像黃鶯一樣，爲了歌唱而歌唱，不是爲社會提出問題並解答問題。〔註117〕易卜生雖擁護婦女解放，但他關心的是解放的心理過程，而不是解放的社會效果，即婦女社會地位的改變。子君和嫻嫻的精神反叛應當看作是「五四」時代的產物，是「五四」精神的一部分，具有反帝反封建的政治內容，尤其是對中國封建制度和封建禮教的抗爭，它的政治色彩是鮮明的。他們雖然都是對過去、對舊我、對舊制度的反叛，但嫻嫻的精神世界裡有一個顯著的特徵：即執著現在，正視現實。嫻嫻雖不是茅盾筆下的大徹大悟者，但她能夠「透視過現實的醜惡而自己去認識人類偉大的將來，從而發生信賴。」〔註118〕子君則缺乏對現實的正確認識，對幸福的預約券想得過於簡單和浮淺。如果娜拉的精神反叛算

〔註114〕茅盾：《我走過的道路·創作生涯的開始》，人民文學出版社，1984年版。

〔註115〕普列漢諾夫《論西歐文學·亨利克·易卜生》，呂熒譯，人民文學出版社，1959年版。

〔註116〕同前註。

〔註117〕魯迅：《娜拉走後怎樣》。

〔註118〕茅盾：《寫在〈野薔薇〉的前面》。

作一個歷史時代的終結，那麼，從子君過渡到娟娟，應當是一個新的時代的起點。

問題劇和問題小說

蕭伯納曾尖銳地指出，易卜生戲劇的技巧因素是劇本的討論部分。他說：

> 易卜生《玩偶之家》裡的討論部分吸住了整個歐洲，並且嚴肅的劇作者現在承認，劇本的討論部分不但是對於他有沒有最高能力的主要考驗，並且是他的劇本興趣的眞正中心。
>
> ……
>
> 以易卜生的《玩偶之家》爲例，從開頭到末一幕的某一段落爲止，只消刪掉幾行，用一個大團圓結尾代替劇中有名的最後一場，我們就可以把這劇本改成一個極平常的法國劇本。……可是正是在末一幕的這一段落，女主人公出乎意料地停止了她的多情表演，說道：「咱們應該坐下把咱們之間的一切事情討論一下。」易卜生採用這個新技巧，像音樂家說的，給戲劇形式增加了這麼一個新樂調，於是《玩偶之家》就吸住了整個歐洲，並且在戲劇藝術上開創了一個新派。〔註 119〕

按照蕭伯納的原則，「一個不包含辯論和事例的劇本現在已經不能再算作嚴肅戲劇」。〔註 120〕而以《玩偶之家》爲代表的易卜生的問題劇是符合這個原則的。一個準備討論的事例構成戲劇的動作，這個事例不是枯燥、陳腐、笨拙、假造的，而是重要、新鮮、有說服力、可以啓動人心的。娜拉的故事就是如此。這個可討論的事例就是娜拉是繼續作海爾茂的玩偶還是擺脫這種生活？「首先我是一個人」的思想是否符合道德觀念？娜拉如果出走了是否沒有盡到爲妻爲母的責任？這些可討論部分總結爲娜拉的一句話「究竟是社會正確還是我正確？」即便是幕終時大門砰的一聲關上了，留給觀眾的可討論部分並沒有消失，觀眾會帶著對問題的長久思考離開劇場，永遠得到生活的啓示。

《傷逝》和《創造》都是小說，但小說和易卜生的問題劇一樣具有討論的技巧因素。《傷逝》正是接著《玩偶之家》的討論部分寫下去的，娜拉出走

〔註 119〕蕭伯納：《易卜生戲劇的新技巧》，潘家洵譯，《文學研究集刊》第三冊，人民文學出版社，1956 年版。

〔註 120〕同前註。

了，出走以後怎樣呢？子君曾經那麼勇敢地逃出家庭的樊籬，而最後又回到了家裡。子君應該怎麼辦呢？從娜拉到子君，人們討論了將近半個世紀，社會革命的實踐不斷給人們在文學藝術領域裡討論的問題以答覆和救正。《創造》中的嫻嫻雖和子君是同時代人，但茅盾塑造嫻嫻的形象時已是大革命過後，作家對小說中的討論因素有了更深的思考。

其次，《玩偶之家》、《傷逝》、《創造》都具有戲劇性。並不是只有戲劇才有戲劇性，小說也同樣可以具有戲劇性，何況《創造》是「用歐洲古典文學戲曲的『三一律』來寫」的。〔註 121〕所謂戲劇性就是把觀眾或讀者自己的事情當作作品的情節，這些事情都是和觀眾讀者的品行密切相關的問題。我們一般理解戲劇性往往指一些驚險的偶然事件，有刺激性，動人心魄，例如犯罪、決鬥、巨額遺產糾紛、戰爭、誤會、車禍、情殺等等，但這些偶然事件只能有故事性，而不是戲劇性。「偶然事件無論寫得怎樣鮮血淋漓，決不能產生眞正戲劇效果，然而夫妻倆在城居鄉居問題上發生爭執倒可能成爲一個可怕的悲劇或是絕妙的喜劇的開端」，蕭伯納稱「這是一個打動人類良心的技巧」，「易卜生使用非常厲害的手法狙擊觀眾，把他們絆在圈套裡，跟他們交手，老是對準他們良心上最難受的地方開槍。」〔註 122〕婚姻家庭問題是社會的普遍問題，是每一個青年男女都要關心遇到的問題，三部作品都不是著眼於激烈的愛情糾葛，情節也不複雜，無非表現了正常世界的人物品質和行動，但卻能引起眞正的戲劇興趣和戲劇效果，揭示了人的價值、婚姻、社會變革等平常世界的本質問題。

再次，三部作品都使用了象徵主義的手法。象徵主義的理論基礎是主觀唯心主義，認爲現實世界是虛幻的、痛苦的，而「另一世界」是眞的、美的、好的，文學藝術就是溝通兩個世界的媒介。一個法國的易卜生崇拜者說：「象徵主義是那樣一種藝術形式，它同時滿足我們的描寫現實的願望和超越現實的界限的願望，它把具體的和抽象的一齊給予我們。」〔註 123〕易卜生並不明確娜拉應當反叛什麼，也不明確自己所宣傳的道德法則的具體內容，因此，他的戲劇的象徵主義傾向可以說是一種社會思想貧困的表現，正如普列漢諾

〔註 121〕茅盾：《我走過的道路・創作生涯的開始》，人民文學出版社，1984 年版。

〔註 122〕蕭伯納：《易卜生戲劇的新技巧》，潘家洵譯，《文學研究集刊》第三冊，人民文學出版社，1956 年版。

〔註 123〕普列漢諾夫：《論西歐文學・亨利克・易卜生》，呂熒譯，人民文學出版社，1959 年版。

夫所說：「當思想用對現實的理解武裝起來的時候，它沒有必要走進象徵主義的荒野。」〔註 124〕

魯迅寫《娜拉走後怎樣》是在 1923 年，寫《傷逝》是在 1925 年，都屬於前期作品。他說，「在社會應該獲得男女相等的勢力。可惜我不知道這權柄如何取得，單知道仍然要戰鬥」，同時他感慨中國太難改變了，不是很大的鞭子打在背上，中國自己是不肯動彈的，然而這鞭子「從那裡來，怎麼地來，我也是不能確切地知道。」〔註 125〕《傷逝》的調子是悒鬱的、沉重的，「新的生路還很多，我必須跨出去，因爲我還活著。但我還不知道怎樣跨出那第一步。」子君的路和涓生的無名的期待都帶著濃厚的象徵主義意味。

茅盾的《創造》寫在大革命失敗後最苦悶的時候，「我的確不知道以後革命應走怎樣的路」，他寫《創造》，有寓意，有暗示，有象徵。茅盾在《寫在〈野薔薇〉的前面》中說：「這裡的五篇小說都穿了『戀愛』的外衣。作者是想在各人的戀愛行動中透露出各人的階級的『意識形態』。這是個難以奏功的企圖。但公允的讀者或者總能夠覺得戀愛描寫的背後是有一些重大的問題罷。」茅盾把人生看作是帶刺的野薔薇，認爲創作的功能在於盡拔刺的作用，爲了保留花的色香。《創造》和同期的短篇都具有這樣的功能，但如何改變現實，在作者卻是模糊的，《創造》的寓意不得不藉助象徵主義手法。

第七節　中國民族資產階級的命運史
——王伯申、吳蓀甫、林永清形象系列比較

每一個作家都有自己熟悉的生活和人物，因此在每個作家的作品中都可尋出某種人物的形象系列，把這些人物的形象排列起來看，可以看出作家對他所熟悉的人物的愛憎、褒貶、同情和指責，對人物的生活、命運、際遇的反映、探索和思考。在茅盾的筆下，前期作品形成「時代女性」形象系列，後期作品則形成民族資產階級的形象系列，尤其是中長篇小說，以作品發表先後爲序，我們可以看到《子夜》中的吳蓀甫、《多角關係》中的唐子嘉、《第一階段的故事》中的何耀先、《霜葉紅似二月花》中的王伯申、《走上崗位》

〔註 124〕普列漢諾夫：《論西歐文學・亨利克・易卜生》，呂熒譯，人民文學出版社，1959 年版。

〔註 125〕魯迅：《娜拉走後怎樣》。

中的阮仲平、《清明前後》（劇本）中的林永清、《鍛煉》中的嚴仲平等。這些人物所走過的道路和他們的遭遇，可以構成一部中國民族資產階級和中國民族工業發展的命運史。現在我們從作品所反映的20年代、30年代、40年代三個不同的歷史時期選出王伯申、吳蓀甫、林永清三個歷史烙印鮮明的代表人物作一比較，可以看到，茅盾爲中國現代文學人物畫廊增添的民族資產階級形象，是他對中國現代文學的一個貢獻，而這個貢獻，是別的作家所不曾提供的。

一

《霜葉紅似二月花》的意圖是「計劃寫『五四』運動前到大革命失敗後這一時期的政治、社會、思想的大變動」。〔註126〕從現在成書的部分只能看到「五四」前後江南城鄉以王伯申爲代表的新興民族資產階級和以趙守義爲代表的封建地主階級間新舊勢力錯綜複雜的鬥爭，而這場鬥爭是緊緊扣住「五四」前後中國社會的基本矛盾的。

自鴉片戰爭以後中國淪爲半封建半殖民地的社會，自給自足的自然經濟開始解體，帝國主義的入侵促進了中國城鄉商品經濟的發展，社會經濟中出現了資本主義的萌芽。但中國民族資本主義眞正有了一個初步的發展則是在中日甲午戰爭之後。當甲午之戰還在進行的時候，恩格斯就預言過：「中日戰爭意味著古老中國的終結，意味著它的整個經濟基礎全盤的但卻是逐漸的革命化，意味著大工業和鐵路等等的發展使農業和農村工業之間的舊有聯繫瓦解」，「舊有的小農經濟制度（在這種制度下，農戶自己也製造自己使用的工業品），以及可以容納比較稠密的人口的整個陳舊的社會制度也都在逐漸瓦解」。〔註127〕從甲午戰爭到辛亥革命直至「五四」前後的社會現實充分證明了恩格斯的預見。

甲午戰敗後，外國資本在中國開設銀行，控制中國的金融和出入口貿易，設立外資工廠，除繅絲、造紙、製藥、製酒等工業外，英美在中國還開有船廠和航業，從事船舶修理、船塢修建等業務。茅盾有意讓自己筆下的人物王伯申以輪船公司經理的面目出現，和當時船業及航運的現實有關。資本主義

〔註126〕茅盾：《桂林春秋》，《新文學史料》1985年第四期。

〔註127〕《馬克思恩格斯全集》卷39《致卡爾·考茨基》、《致弗里德里希·阿道夫·左爾格》，人民出版社，1974年版。

國家在中國不但有沿海航行權，而且擁有內河航行權，如美國的旗昌輪船公司、英國的太古公司、怡和公司壟斷了沿海和長江的航運。中國的船夫在洋船的汽笛聲中失去了生存的依靠，而資本主義國家的輪船則成了中國水面的主人。面對這一現實，民族工業的投資者及其政治代表人物起而呼籲清朝統治者「保護華商」、「厚集商力」，以保護民族工業的自由發展。清政府看到洋務派官督商辦的企業已經聲名狼籍，而要求打破官府壟斷自由發展新式工業挽救民族危機的歷史潮流不可抗拒，不得不表示「提挈工商」，商人集資自辦企業，多多益善。在這種形勢下，商人、地主、手工業主自辦工業者日漸增多。《霜葉紅似二月花》中的王伯申不屬於洋務派中向外商購買輪船軍火的時髦人物，而屬於從地主階級蛻化出來的集資自辦輪船公司的企業家。

中國民族資本主義發生和發展的過程，就是中國資產階級和無產階級發生和發展的過程。一部分地主、商人、官僚是中國資產階級的前身；一部分農民、手工業者就是中國無產階級的前身。在半封建半殖民地社會裡，社會財富大部分掌握在地主、大商人、官僚的手中，他們投資近代工業，從封建剝削者轉化為資本主義剝削者，《霜葉紅似二月花》中的王伯申即屬於這一類轉化者。他們靠土地剝削增加財富，也靠近代工業增加財富，他們和大小官場都有聯繫，通過營私舞弊貪污受賄也積累財富，而和官場的密切關係則成為他們辦企業的有利條件，這是一支 19 世紀末至 20 世紀初活躍於民族經濟舞台的主要力量，屬於民族資本主義經濟中的主要角色。

20 世紀初 10 至 20 年代，中國社會的基本矛盾是帝國主義和中華民族、封建勢力和人民大眾的矛盾，民族資本主義在帝國主義和封建勢力的雙重壓迫下艱難地成長著，它的力量很弱小，沒有成為中國社會經濟的主要形式。《霜葉紅似二月花》反映的主要是以王伯申為代表的民族資產階級和以趙守義為代表的封建勢力的鬥爭，小說寫出了這一歷史階段的民族資產階級的歷史特徵。

《子夜》所反映的是中國社會 1930 年 5 至 7 月兩個月內的社會現實。從「五四」前後到 30 年代，中國社會的基本矛盾沒有改變，民族資本主義雖已有了一、二十年的歷史，但發展仍然十分艱難。

1930 年春，世界經濟恐慌波及上海，工業危機、農業危機、生產危機、金融危機錯綜複雜，破壞性是空前的，拖延的時間也最長久，直接影響了中國的民族工業。中國民族工業中紡織工業是比較發達的，但華商手中的紗錠和布機數日趨減少，走向減產和停工。茅盾在回憶錄中說：「我知道僅 1930

年，上海的絲廠由原來的一百家變成七十家。無錫絲廠由原來的七十家變成四十家。廣東絲廠的困難也差不多。其它，蘇州、鎮江、杭州、嘉興、湖州各絲廠十之八九倒閉。四川絲廠宣告停業的二、三十家。這都是日本絲在國際市場上競爭的結果。這堅定了我以絲廠作爲《子夜》中的主要工廠的信心。」〔註 128〕所以吳蓀甫是作爲絲廠老板而出現在作品中的。帝國主義的侵略和壓迫是阻礙中國民族資本主義發展的根本原因，這在王伯申的時代就已經證實了。資本主義經濟繁榮時，從中國攫取原料、勞動力並獲得市場，造成中國民族工業停滯阻塞；資本主義經濟危機時，大量貨物傾銷中國，又加深了民族工業的窘境。到了 30 年代，民族資產階級和帝國主義的矛盾不但沒有解決，反而更加深化了。以帝國主義爲靠山的買辦金融資本家則成爲中國民族資產階級的強悍對手，從政治、經濟各方面箝制民族資本的發展。

民族資產階級與封建勢力的矛盾仍然是尖銳的，一方面表現爲封建盤剝對民族工業的阻礙，一方面表現爲封建軍閥戰爭連綿不斷，這些戰爭是帝國主義各國爭奪中國殖民地的矛盾和鬥爭的反映，連年戰爭使百姓遭殃，工商業受阻。

民族資產階級，在外資壓迫下，在世界經濟恐慌威脅下，爲要自保，加緊對工人階級剝削，引起工人強烈的反抗，使勞資矛盾進一步激化。中國的工人階級伴隨中國資本主義的發展而成長壯大，在中國共產黨領導下形成一支成熟的、有戰鬥力的隊伍。30 年代的工人運動此起彼伏，不僅有經濟要求，而且在中國的政治舞台上起著重大作用。

30 年代，帝國主義、封建主義、民族資本主義這三種勢力的相互關係並沒有變化，帝國主義的入侵雖然破壞了中國的自然經濟，卻維護了中國的封建生產關係，地主官僚的封建榨取沒有影響外國工業，卻阻撓了民族工業的發展，帝國主義勢力雖刺激了中國民族資本主義發展，卻不是爲了使中國走上資本主義道路，把中國變爲資本主義社會，相反，中國商品經濟發展到資本主義的前途是非常暗淡的，民族資本主義發展成支配全國的主要經濟形態是不可能的，中國更加殖民地化了。民族資產階級雖然與工人階級、與封建勢力有不可調和的矛盾，但與買辦金融資產階級的矛盾則更尖銳，蔣介石的新軍閥統治就是以金融買辦勢力爲中心構成的。《子夜》所描寫的以吳蓀甫爲

〔註 128〕茅盾：《我走過的道路．〈子夜〉寫作的前前後後》，人民文學出版社，1982 年版。

代表的民族資產階級和以趙伯韜爲代表的帝國主義掮客間的鬥爭反映了這一歷史階段民族資產階級的歷史特徵。

40 年代中期，中國社會的基本矛盾仍然是帝國主義和中華民族、封建制度和人民大眾的矛盾，但由於國際、國內的戰爭環境，和前二十年的情況已大大不同了。在《清明前後》中的故事發生的 1945 年即舊金山會議前夕，蘇軍已進逼柏林，「兩三萬尊大炮，五千坦克和五千飛機，正在待機作最後一擊」，〔註 129〕美軍進入希特勒德國的魯爾工業區，德寇防線全部瓦解，歐洲戰場勝利在即。在亞洲，美軍六個師登陸琉球群島，「參加作戰船艦一千四百餘艘」，〔註 130〕太平洋上空的血戰將是極艱苦的一役。世界範圍內的反法西斯戰爭即將獲得全面勝利。

在國內，抗日戰爭已到最後階段，日本侵略者在作垂死掙扎，「鄂北、豫南、豫西、贛西都有戰事；老河口一帶，敵人尤爲猖獗，而南陽、襄陽，亦已在巷戰雲。」〔註 131〕國民黨政府施行不抵抗政策，政治上獨裁專制，軍事上節節潰退，經濟上大肆掠奪。蔣宋孔陳四大家族用超經濟的野蠻的掠奪方式，集中了全國大量財富，形成中國封建、買辦、壟斷的官僚資本主義。他們的金融壟斷組織搜刮民脂民膏，吮吸人民血汗，工業壟斷組織在資本、動力、生產方面支持官辦工業而吞併、絞殺民族工業，政府財源枯竭、生產萎縮、物資缺乏、通貨膨脹、黑市流行、物價飛漲，大小奸商囤積居奇、投機倒把，官僚資本迅速壟斷，民族工業由停滯而陷入危機，開工不足，工廠倒閉，僅重慶地區機器工廠停工的就有五十二家。茅盾說：「四五年初國際國內形勢的強烈對比，使我產生了寫一部暴露國民黨黑暗統治的作品的強烈願望。……《清明前後》就是試圖通過這樁黃金舞弊案，揭示官僚資本及其爪牙的卑劣與無恥，民族資本家的掙扎與幻滅，以及安分守己窮愁潦倒的小職員又如何變成了替罪羊，從而向讀者展示出抗戰勝利前夕國民黨戰時首都的一幅社會縮影。」〔註 132〕

從 1937 年到 1945 年，雖然國內基本矛盾沒有變，但由於中日民族矛盾的發展，在政治比重上，國內階級間的矛盾和政治集團間的矛盾降爲次要的

〔註 129〕《清明前後》前言。
〔註 130〕同前註。
〔註 131〕同前註。
〔註 132〕茅盾：《走在民主運動的行列中》，《新文學史料》1986 年第二期。

和服從的地位，後者不是不存在了，而是相應地緩和了。中國和其它帝國主義間的矛盾也是如此，而其它帝國主義和日本帝國主義之間則擴大了矛盾的裂痕。國內階級關係和國際關係在比重上的變化使中國人民面臨著調整這些矛盾使之利於團結抗日、和平統一的目標。

中日矛盾的激化，國內階級關係的變化，使資產階級也遇到了生死存亡的問題，他們也處在改變政治態度的過程中。中國人民面臨著舉國上下一致對外建立抗日民族統一戰線的任務，面臨著本國的抗日民族統一戰線和世界的和平陣線相結合與一切反侵略的國家聯合起來共同抗擊法西斯的任務。抗日民族統一戰線包括工人、農民、城市小資產階級和民族資產階級。民族資產階級在淪陷區受日本帝國主義壓迫，在國統區受大地主、大資產階級限制，他們要爭取自己的政治權力，他們有抗日要求。他們參加抗日民族統一戰線不僅必要，而且可能。《清明前後》中的林永清就是一個有愛國要求和民族自尊心的開辦機器製造業的民族資本家，在他身上，體現了抗日戰爭時期民族資產階級的若干歷史特徵。

從王伯申到吳蓀甫、林永清，我們可以看到民族資產階級在 30 年間所走過的道路。在半封建半殖民地的舊中國，民族資本主義分別和封建勢力、金融買辦勢力、帝國主義勢力較量過，茅盾讓他們三人分別是他們所處的那個時代工業的代表：輪船航運業、絲綢業、機器製造業，事實證明，無論國際國內的階級關係、民族關係發生怎樣的變化，中國的民族資本主義是沒有發展前途的，在帝國主義、封建勢力、官僚資本主義壓榨下，中國只能日益殖民地化。

二

王伯申，惠利輪船公司經理，縣裡數一數二的紳縉。所謂紳縉，即帶資產階級色彩的地主。「十多年前，他家還上不得檯面；論根基，我們比他家好多了，不過王伯申的老子實在能幹。」瑞姑太太對恂如說的這段話正是概括了王伯申一家的發家史。王家原也是地主，他的老子和張恂如家換風水寶地的往事充分說明了他們的刻薄、精明，經過三代的發跡，到 20 世紀初葉，逐漸脫離封建剝削，辦起了輪船公司。王伯申屬於沒有完全脫淨封建地主的胎衣但已從封建階級蛻變出來的新興資產階級，是中國搖籃期的民族資產階級的典型。

中國的民族資產階級，從它誕生時起，一方面受到帝國主義勢力的打擊排擠和封建勢力的摧殘，身受雙重壓迫，另一方面又同帝國主義和封建勢力保持著各式各樣的聯繫，對它們有這樣那樣的依賴，又對抗又依賴的矛盾狀態，就是民族資產階級的生活軌跡。《霜葉紅似二月花》通過輪船公司經理王伯申和封建地主趙守義的矛盾鬥爭，刻意描寫了民族資產階級在 20 年代的特點和命運。

王伯申和趙守義的鬥爭是貫穿全書的一條主線。作爲新興的民族資產階級，王伯申並不滿足於從封建地主蛻變成資產階級的過程，他有著強烈的發展自己的願望。古老的農村已不適應輪船航運的發展，一路河道有數不清的小石橋，低矮的橋身往往擦壞船弦碰歪艄樓，夏秋之交漲水就根本過不去，到了冬天河床太淺又無法行船，治本之道在於開浚河道修築橋樑。但開河修橋需要一筆不小的款項。王伯申想動用村裡的善堂存款，再辦一個貧民習藝所，弄幾部機器，把縣裡的無業遊民招來教給他們手藝，也算是一種慈善事業。可是善堂存款掌握在地主趙守義手裡，趙守義是不肯輕易拿出來的，趙門二將之一的樊雄飛說：「哼！他要看看人家拿這些公款去辦什麼事，養幾十個叫化的，哼！算是什麼公益？輪船公司每天有多少煤渣倒在河裡？河道填塞了，卻又要用公款來挖修，請問輪船公司賺了錢到底是歸私呢還是歸公？哼！」但輪船公司的帳房兼庶務的梁子安卻說：「不是我自拉自唱，本市的市面，到底是靠輪船振興起來的。現在哪一樣新貨不是我們的船給運了來？上海市面上一種新巧的東西出來才一個禮拜，我們縣裡也就有了，要沒有我們公司的船常川開班，怎能有這樣快？」王伯申要發展航運事業，趙守義要維護封建勢力，各不相讓，因此爭奪善堂存款管理權的鬥爭成爲王趙鬥爭的第一個回合。

王趙矛盾逐漸尖銳化，趙守義挑唆眾人揭露王伯申的劣跡：一是私和人命，輪船公司的龍翔小輪曾在某處出事，船上一個茶房失足落水，王伯申只由公司出幾個錢了結，並未經官。二是佔有官地，輪船公司佔用縣學空地堆放煤炭，從未交過半文租金，趙守義串通縣校校長曾百行控告王伯申，王伯申怒不可遏，認爲趙剝皮偏偏挑出這個漏洞是故意搗亂，決心回敬他一杯冷酒，教乖窮人做翻案文章對付地主的辦法未始不可一試，「憑這麼一點小事，想把我王伯申告倒，恐怕不行！」「我們倒要瞧瞧，看是誰輸在誰手裡！」這是王趙鬥爭的第二個回合。

夏秋之交，雨水太多，河水猛漲，輪船對農田的危害直接影響到地主階級的利益，這一現實把王趙矛盾推向更加尖銳化的程度。小說描寫王伯申的輪船在漲水的河裡威脅著人們的財產和生命：

> 這時又聽得啵啵的兩下汽笛叫，一條黑色的輪船威嚴地佔著河中心的航線軋隆軋隆地趕上來了。但是小船還沒攏岸，兩個船夫叫著嚷著，扳的搖的，滿臉緊張，流著汗水。一轉眼間，輪船已在左近，三角的船頭衝著一河的碧波，激起了洶湧的浪花，近船尾處，卻捲起了兩股雪練，豁剌剌地直向兩岸衝擊，像兩條活龍。幸而小船已經及時攏岸，船梢那個攀住了岸邊一棵桑樹的粗枝，卻不防那股浪正在這當兒從後捲將上來，小船的尾梢驟然一翹，險些兒將那船夫摔下水裡。

凡是靠河道的農田，大水淹秧苗，農民祝大曾向地主錢良材叫苦道：「輪船不停，沒法車水，安一架水車的地方也沒有，田埂今天築好，今天就沖塌」，有時連秧苗也吞噬掉，「一轉眼就舐去了大片的稻田，啵嗤嗤嗤地，得意地咂著嘴脣皮」。眼看農民將沒有收成，地主將收不到租子，雙方矛盾發展到非發生衝突不可的地步。於是，村裡紳縉們聯名，要求王伯申的公司少開班船，並自願捐助若干以疏通河道，否則將遞交公呈。為了對付王伯申，地主錢良材採取讓農民修築堤堰的辦法，勞民傷財，無濟於事；地主趙守義、曹志誠採取讓農民對輪船圍追堵打的辦法，先挑起農民仇恨，再唆使農民往船上扔石頭，當農民祝大扛起一條三四百斤的石頭砸壞了輪船的半邊舵房時，船上的警察開槍了，打死了祝大的兒子小老虎。至此，一樁人命案結束了王趙之爭的第三個回合。

民族資本主義作為新的生產關係，與封建生產關係和封建統治秩序是相對立的，但這種新的生產關係和舊有的封建生產關係有著千絲萬縷的聯繫，這種聯繫比和帝國主義的聯繫還多。王伯申這樣的地主投資新式企業，成了新的社會階級，但他是從舊有的封建階級分化出來的，在政治、經濟、思想各方面帶著濃厚的封建主義痕跡，他需要藉助舊的生產關係、舊的統治秩序來維持自身的生存和發展，因此，他和封建政權是難捨難分的。尤其是經濟上，民族企業在資金周轉中還表現為，由封建剝削積累的資金轉為工業資本，又把資本主義剝削所得利潤轉而進行封建剝削，封建剝削與資本主義剝削是結合在一起的，民族資產階級反對封建主義的立場極為模糊是有深刻的經濟根源的。王伯申、趙守義的鬥爭如此尖銳激烈，但最後以兩不吃虧握手言歡而告終，構成他們矛盾的事件一件件化為烏有，王伯申答應趙守義不再清算善堂公款，「以後行輪，保可各不相擾；」趙守義也不再聯名鄉里紳縉控告王伯申；正如錢良材所說：「他們暮夜之間，狗苟蠅營，如意算盤打得很好，他們的買賣倒順利，一邊的本錢是小曹莊那些吃虧的鄉下人，再加上一個鄉下小孩子的一條命，另一邊的本錢是善堂的公積，公家的財產，他們的交換條件倒不錯！」以王伯申爲代表的新興資產階級與以趙守義爲代表的封建勢力之間的矛盾是不可調和的，但剛從地主階級蛻變出來的王伯申是極其軟弱的，身上充滿「土氣」，還有依賴封建制度的一面。此後的民族資本主義，如同大石板底下的生命，繼續掙扎和發展著。

吳蓀甫是 30 年代上海一家絲廠的老板，一個有著 18 世紀法國資產階級性格的人，屬於大革命失敗以後至抗日戰爭爆發以前這一歷史時期民族工業資本家的典型。

吳蓀甫和王伯申已經大不一樣，他雖然和封建勢力還保持著這樣那樣的聯繫，但他沒有王伯申那麼多「土氣」，自然已不是什麼「在商言商」的舊人物，他留學歐美，接受過資產階級民主思想的影響，「一隻眼睛望著政治，那另一隻眼睛，卻總是朝著企業上的利害關係」，技術上掌握一套資產階級管理企業的本領，又有過人的智謀和手腕，有雄厚的資本，在實業界中是個動輒大刀闊斧，氣魄非凡的勝利者，在社會上具有舉足輕重的地位，慣於頤指氣使，是個敏捷而老辣的「鐵鑄的人兒」。敢作敢爲的冒險精神，剛愎自信的氣質和狂妄的野心，是以吳蓀甫爲代表的 30 年代民族工業家的精神特質。

這是一個有膽識、有魄力、有手腕的資本家。對於自己，他從不妄自菲薄，「他喜歡和同他一樣的人共事，他看見有些好好的企業放在沒見識、沒手段、沒膽量的庸才手裡，弄成半死不活，他是恨得什麼似的。對於這種半死不活的所謂企業家，吳蓀甫常常打算毫無憐憫地將他們打倒，把企業拿到他的鐵腕裡來。」對於同業，他以「正要攫食的獅子的姿態」，趁他們有困難的時候，用非常狠毒的手段吞併了朱吟秋的絲廠、陳君宜的綢廠，他和太平洋輪船公司總經理孫吉人、大興煤礦公司總經理王和甫、金融界巨頭杜竹齋組織益中信托公司，以五、六萬元的廉價收盤了價值三十萬元的八個小廠，「他們又準備了四十多萬資本在那裡計劃擴充這八個廠，他們將使他們的燈炮、熱水瓶、陽傘、肥皂、橡膠套鞋，走遍全中國的窮鄉僻壤！他們將使那些新從日本移植到上海來的同部門的小工廠都受到一個致命傷……這一切都是經過了艱苦的鬥爭方始取得的，亦必須以同樣艱苦的鬥爭方能維持與擴大，風浪是意料中事，所謂『道高一尺魔高一丈』！他，吳蓀甫以及他的同志孫吉人他們，都是企業界身經百戰的宿將，難道就怕了麼？」他妄圖一步步實現他宏大的資本主義王國的夢幻，憧憬著有一天「高大的煙囪如林，在吐黑煙，輪船在乘風破浪，汽車在馳過原野」，他「渾身充滿了大規模地進行企業的活力和野心」，他就是這個資本主義王國的主宰者，「20 世紀機械工業時代的英雄騎士和王子」。

作家是從時代、從社會生活的土壤中來塑造吳蓀甫的形象並完成其性格發展的。茅盾說：「中國民族資產階級中雖有些如法蘭西資產階級性格的人。但是因爲 1930 年殖民地的中國不同於 18 世紀的法國，因此，中國資產階級的前途是非常暗淡的。」〔註 133〕吳蓀甫這樣一個高瞻遠矚、剛毅頑強、有雄才大略的人物不但沒有實現他的理想，相反，卻敗在那個鄙俗不堪下流無恥的趙伯韜手裡，這不能不是歷史的悲劇、階級的悲劇。

吳蓀甫一出場，就處在三條繩索的包圍之中。第一條，農民運動蓬勃發展的繩索。吳蓀甫雖是個工業家，但他沒有忘記在經營企業之外還要發展家鄉雙橋鎮。他打算以一個發電廠爲基礎，建築一個雙橋王國，逐步完善米廠、油坊、當舖、錢莊、布店，一步步按資本主義方式來改造農村，用封建高利貸方式來剝削農民。吳蓀甫和農村的關係充分反映了中國民族資產階級與中國封建主義的血緣關係。農民不堪剝削壓迫，武裝起義的農民佔領了雙橋鎮，吳蓀甫得到「四鄉農民不穩，鎮上兵力單薄」的消息，於是打電報請省府火速調動保安隊去鎮壓，他說：「我恨極了，那班混帳東西！他們幹什麼的？有一營人呢，兩架機關槍！他們都是不開殺戒的麼？」他恨省防軍保安團無能，而自己又不能親自鎮壓，大有鞭長莫及之慨。

第二條，工人運動的繩索。作爲資本家，爲了獲得利潤，吳蓀甫排擠同業，壓榨工人，延長工時，減低工資，收買工賊，開除工人，激起工人強烈的反抗，他依賴國民黨軍警和牢獄予以鎮壓，他咬牙切齒地要給「那些窮得只剩一張要飯吃的嘴」的工人顏色看看，他說：「這絲廠老板眞難做，米貴了，工人來要米貼，但是絲價賤了，要虧本，卻沒有人給我絲貼！」吳蓀甫和工人間的矛盾是不可調和的。他聽說工人怠工時，「臉色突然變了」，「臉上的紫疱一個一個都冒出熱氣來」，隨後，他「像發瘋的老虎似的咆哮著」，命令屠維岳去鎮壓。工人包圍了他的汽車，回到家裡，還「覺得自己一顆心上牽著五、六條線，都是在那裡往外拉；儘管他用盡精力在往裡收，可是他那顆心

〔註 133〕茅盾：《〈子夜〉是怎樣寫成的》。

兀自搖晃不定，他的臉色也就有時鐵青、有時紅、有時白。」吳蓀甫和工人農民的矛盾充分說明了大革命失敗以後的民族資產階級的特徵，他們跟隨大地主大資產階級反對革命，但他們沒有掌握政權，當民眾力量比較大的時候，這種矛盾就可能激化，資產階級的沮喪、惶遽、色厲內荏的本質便暴露無遺，他們本能地鎮壓革命力量而和帝國主義、封建勢力取得妥協。

第三條，給予吳蓀甫壓力最大的繩索是以趙伯韜為代表的、以美國金融資本為後台的買辦資產階級的勢力。吳蓀甫為了在公債投機市場上牟取暴利，參與了趙伯韜收買西北軍打敗仗的陰謀，結果上了趙伯韜的當，八萬兩銀子「報效了軍餉」。當吳蓀甫準備獨資吞併朱吟秋的絲廠、陳君宜的綢廠、擴大益中公司的時候。趙伯韜的經濟封鎖緊跟著來了，益中所屬八個廠的產品找不到銷售市場，雙橋鎮的資金又因農民暴動而周轉不濟，吳蓀甫像戴上了手銬腳鐐，既無力擴充工廠，又無力推銷產品，儘管他頑強掙扎，還是敗在趙伯韜手裡。當吳趙在夜總會酒吧間密談時，趙伯韜完全擺出了勝利者的姿態，宣稱可以放款給益中信托公司，也就是說要吃掉這個公司，吳蓀甫的心「立刻抖起來」，「彷彿聽見自己心裡梆的一響，似乎他的心拉碎了，再也振作不起來」，完全失去了自信力。在眾叛親離的狀態下，他姦污了女僕王媽，發起了黃浦江夜遊，訪問了秘密艷窟，但是，追求感官享受和新奇的刺激絲毫沒有解脫他在事業上的失敗所帶來的苦悶和煩惱。最後，益中公司的八個廠出盤給了日本和英國商人，吳蓀甫的絲廠、住宅都抵押了出去。

在吳蓀甫這個典型形象的塑造中，作品有力地揭示了中國民族工業資本家的意欲和掙扎，既寫出了他們的民族自尊心，他們對帝國主義金融掮客的蔑視，他們對資產階級民主政治的幻想，他們要求發展民族工業與整個民族的歷史願望相吻合的一面；也寫出了他們的軟弱性反動本質和無法逃脫的歷史悲劇。吳蓀甫本以為發展資本主義的理想是可以實現的，但是他看錯了，他不是處在資本主義上升時期，而是處在資本主義已經發展到帝國主義的時代；他不是處在資本主義國家，而是處在半封建半殖民地的中國。帝國主義時代的歷史條件和半封建半殖民地的社會條件不允許他順利發展資本主義，不是破產就是走買辦化的道路。正如周揚在《典型與個性》中所指出：「《子夜》裡面的吳蓀甫是一個具有剛毅果敢性格的人物，這個人在那以軟弱無能、屈服為共同特色的中國民族資產者群裡，不能不說是特殊的，但在他的性格發展，矛盾和最後的悲劇裡，我們卻讀出了中國民族資產者的共同命運。」

歷史發展到 20 世紀 40 年代，吳蓀甫如果繼續辦工業，那就是林永清的地位和命運。林永清和吳蓀甫一樣，曾留學美國，不僅學到了先進的科學技術，而且掌握了一套管理企業的本領，他選擇了機器廠作爲自己的事業。工廠剛上軌道，抗戰爆發，在敵機轟炸下，更新機器廠開始了顛沛流離的命運，當眾人尚在觀望的時候，林永清毅然決然把設備、原料乃至一部分熟練工人趕先撤往後方。他的夫人趙自芳回憶道：「我不能忘記二十八年的秋天！懷了有五個月的孩子小產了，就爲了要保全這一個！（手指工廠模型）那時我還不能自己安慰：丟了孩子，卻保全了廠了，廠也是我們的孩子！可是，現在——永清，還有什麼？五個月的孩子是白丟的！從上海，從漢口，在大轟炸之下，我們一切的辛苦痛苦，也是沒有代價的……。」工廠由上海而漢口，由漢口而拖過三峽，面對這樣的艱苦歲月，林永清曾親自寫過這樣一條標語：「炸彈可以毀滅物質，不能毀滅精神；萬一今天炸垮了工廠，明天我們就從新恢復！」在國難當頭的時刻表現了百折不撓艱苦卓絕的精神。他們在重慶挨過種種困難，人工不夠，交通工具缺乏，趙自芳作爲總經理夫人爲改善職工生活親自下地種菜，林永清夫婦以過人的決心和魄力使更新機器廠振刷精神恢復生產，談何容易！

1939 至 1940 年，出現過工業的短期繁榮，使更新機器廠有了擴充的機會，除廠房而外，他們計劃建築工人宿舍區、俱樂部、合作社，力圖按西方工業的模式發展下去。但是，繁榮是短暫的，緊接著便是經濟恐慌，林永清毫無動搖地抵住了恐慌帶來的工業危機，他是倔強的，自信、自負的，正如唐文君所說：「林總經理這人，比廠裡的特種鋼還要堅硬，還要冷些。林總經理辦起事來，比那頭等的新式車床還要準確，還要快些！」劇本沒有正面描寫他在工廠裡的活動，卻通過他的家庭生活的一隅描述了林永清時時刻刻把工廠放在心上的感情：在他的客廳裡有四個鏡框，裝著二十四吋照片，那是更新廠抗戰爆發後遷徙和恢復的一段奮鬥史料，他的書櫃裡除了洋裝書便是擺著更新廠的產品——一些鋼鑄的小零件，矮桌上擺著廠房模型。可以看出，林永清是愛廠如家的。在民族存亡的生死關頭，他對國民黨政府的投降賣國政策是激憤的，他和那些文恬武嬉飽食終日的官僚買辦不一樣，和那些大發國難財的金融家不一樣，他有抗日要求，有愛國主義的熱情，是一個有民族自尊心和民族榮辱感的企業家，在民族矛盾異常尖銳的情況下，他的這種熱情特別被激發了出來，因而他平日和工人階級的矛盾降居次要地位，在撤退遷廠的時候，勞資雙方被「打敗日本侵略者」的共同目標所吸引，不畏轟炸，不畏勞苦，把一個諾大的機器廠遷到後方安頓下來又從事建設，一心為了把反侵略戰爭進行到底，從林永清身上，「我們看到了一顆伏在深處而熱蓬蓬跳著的心」，〔註 134〕這是 40 年代抗日戰爭時期民族工業家的共同特徵。

國內階級關係的變化，是否為 40 年代的民族工業帶來了發展的前景呢？回答是否定的。國內戰時的經濟動態呈現了一副投機橫行、游資猖狂、通貨膨脹、生產萎縮、土地兼併、赤貧遍野的景象，經濟危機一天天深刻化，民族工業躺在萬丈深淵的邊沿，已經翻不過身來了。林永清的機器廠遷到重慶後，每天都是半停工的狀態，原料飛漲，市場蕭條，統制管制像手銬腳鐐束縛住他們，像壓在背上的千斤重閘使他們動彈不得。好容易盼得政府成立了生產局，似乎工業有了轉機，可是生產局的定貨壓低官價，連成本都不夠，硬是逼著民族工業虧本上當。本來，戰時的工業應當根據戰時的需要加以扶植和發展，尤其是機器工業，更是戰備和軍需所不可缺少的，無奈國民黨政府的獨裁政策是為帝國主義、封建勢力、官僚資本主義的利益服務的，對民族工業只一味施加壓力，箝制民族工業的繩索不僅沒有比 30 年代減少，反而增加了戰爭的不利因素。正如劇中余為民所說：「您一個廠，不，哪怕所有的廠，一古腦兒的生產量，夠打幾點鐘仗？生產局的定單還不是那麼一回事，擺個樣子，總算中國自己也在加油呀！再說，穿的總該自己備辦的了，可是，您當然也知道，正在交涉從印度飛運棉布來呢，飛運棉花來呢，所以兄弟說話不含糊，工業化是堅決主張的，然而，可不是現在的事！」苦苦掙扎十年，靠借比期來轉動機器眞好比飲鳩止渴，這種日子忍受過；借東還西挖肉補瘡的日子也忍受過，最後連機器工業的原料煤、錳都貼上，只能「守株待兔」，誰願意來接受這個關閉了的工廠？林永清說：「統制和管制，抽乾了我們的血，飛漲的物價，高利貸，壓得我們喘不過氣來，哪怕我們絞盡腦汁把效率再提高，勒緊褲帶把成本再減低，難道就能起死回生不是？」七年的心血，一個好端端的機器廠成了一個「爛羊頭」，還背了兩萬萬多的債務！如果說，吳蓀甫在 30 年代發展民族工業是戴著枷鎖跳舞，那麼，林永清在 40 年代，窒息的民族工業已成為他身上的一件濕布衫，欲罷不忍，欲脫不能，林永清終於認識到：「中國的工業家，命運注定了要背十字架！」

〔註 134〕茅盾：《窒息下的呻吟》，上海《文匯報・世紀風》，1945 年 5 月 24 日。

林永清的悲劇就在於，他雖認識到自己作爲工業家的命運，卻又不肯向命運屈服，「一個善良而熱烈，有抱負而又帶著先天的矛盾的一個人，怎樣在苦悶，在掙扎，在呻吟」〔註135〕，他總幻想著有朝一日會出現時來運轉的機會。當八年抗戰快要結束的時候，一樁黃金舞弊案轟動了陪都重慶，捲入這樁骯髒交易的有壓在底層的小職員李維勤，也有民族工業家林永清。而黃金投機的操縱者則是買辦資本家金澹庵。當林永清精疲力盡眼看自己七年心血即將付諸東流，一個購買黃金在二十四小時之內即可翻一翻的際遇擺在了林永清的面前，這使林永清「臉色也豁然開朗，眉目間有了笑意」，在極度苦悶的心情下，兩條道路逼迫他非採取步驟不可：拒絕誘惑而貫徹初衷呢，還是屈伏於誘惑之下？拒絕誘惑，等待他的是機器停轉工廠倒閉；屈伏於誘惑，還可能有一線轉機。茅盾在分析40年代民族資產階級的典型性格時指出：「由於經濟基礎的脆弱，中國民族工業家的典型的性格，其中主要的缺點恐怕還不是剛愎自用而是容易動搖，富於幻想，習於苟安。」〔註136〕30年代的吳蓀甫是剛愎自用的，40年代的林永清則是幻想更多一些，動搖得更厲害一些。林永清終於從工業轉入黃金投機，這眞是一代工業家的悲劇！他哪裡想到，國民黨財政部把黃金提價的密令泄露以後，銀行售出的黃金總數陡增，全國輿論嘩然，爲了搪塞輿論，監察院出面查帳，林永清成了金澹庵的俘虜、余爲民的「到口饅頭」，而金、余不但無損於絲毫，還從中牟利。

吳蓀甫被趙伯韜逼得離家出走，林永清被金澹庵致於死地，其處境可用陳克明的一個夢境來形容，陳說：

> 我還想起了不多幾天前我得的一個夢，從汪洋大海，萬頃碧波中，飛出來了一條龍，對，一條龍，飛到半空，忽然跌下，掉在泥潭裡，不能翻身，蚊子蒼蠅都來嘲笑它，泥鰍也來戲弄它，而它呢，除非一天天變小，變得跟泥鰍一般，就只有犧牲了性命。

由龍而泥鰍的過程就是中國民族資產階級「靜言思之，不能奮飛」的命運，其實，中國的民族資產階級是從來連龍也沒有做成過的。吳蓀甫直到破產出走，也沒有弄明白自己爲什麼失敗，而林永清在殘酷的現實面前終於認

〔註135〕茅盾：《窒息下的呻吟》，上海《文匯報・世紀風》，1945年5月24日。
〔註136〕茅盾：《讀宋霖的小說〈灘〉》，重慶《大公報・文藝副刊》，1945年9月16日。

識到，中國工業發展的障礙不在技術問題，而是金融資本對民族工業的箝制，而在政治的非民主化，所以最後林永清發出了「我也要控訴」的聲音，他說：「我要向社會控訴！我要代表我這一個工業部門向千千萬萬有良心的人民控訴！我沒有做過對不住國家的事。八年前，戰爭剛一開始，我就響應政府的號召，把工廠遷來內地，我不曾觀望，更不曾兩面三刀，滿口愛國愛民，暗中卻和敵人勾勾搭搭，我相信我對於國家民族，對於抗戰，也還盡過一點力，有過一點用處，可是現在怎樣？焦頭爛額的我，走投無路！……工業界不是沒有組織的，然而還不夠堅強，不夠行動化；政治不民主，工業就沒有出路，我們不是沒有認識，我們從痛苦的經驗中早就認識得明明白白了。」必須走建國工業化、政治民主化的道路，劇本通過林永清的形象向人們揭示了這一眞理。

茅盾認爲：「抗戰八年是國民黨把中國民族資產階級徹底推向共產黨的一個過程。」〔註 137〕的確如此，八年抗戰，中國人民付出了巨大的代價，中國的民族資產階級在此期間也是有它的歷史貢獻的。民族資產階級及其代表人物在現實的體驗中終於認識到只有投身中國共產黨領導下的民主運動，只有把自己的命運和人民大眾反帝反封建的鬥爭緊緊聯繫在一起，才有出路和前途。茅盾從本質上挖掘了民族資產階級的階級特質並藝術地表現了這個階級命運發展的趨勢。他爲同一時期反映民族資產階級命運的小說《暗流》作序時指出：「它從側面寫工業的衰落，從主人公的痛感到『生活空虛』的頹唐的心情上暗示了從業者的焦頭爛額，徬徨無措，同時，迂迴而又淡淡地，也暗示了一個『理想』，一個似乎渺茫但只要有決心便是極其現實的『計劃』在主人公的心中逐漸凝結而成型；於是在本書的結束處便也有個弦外之音，使得讀者掩卷而嘆息，但也點頭自語道：結束處正是新的開始。」〔註 138〕《清明前後》同樣表露了這一思想。如果說，《子夜》的結尾作者並沒有給吳蓀甫以重整旗鼓重振家業的勇氣的話，《清明前後》卻讓林永清有了「大反攻」的思想準備，林永清表示：「現在我所採取的方針，就是準備在抗戰結束以後重新恢復！」「我還在養精蓄銳，準備著一年兩年以後的大反攻呢！」至此，茅盾完成了林永清形象的塑造，按主人公生活的年代來說，林永清的形象，是茅盾筆下民主革命時期民族資產階級形象系列的最後一個。

〔註 137〕茅盾：《走在民主運動的行列中》，《新文學史料》1986 年第二期。

〔註 138〕茅盾：《窒息下的呻吟》，上海《文匯報・世紀風》，1945 年 5 月 24 日。

三

作爲王伯申的對立面的是封建地主趙守義。他使用封建剝削手段的巧取豪奪田地、催租逼債、高利貸盤剝等在 30 年間大大發跡，成爲縣裡數得著的大戶人家。馮梅生對王伯申說過：「趙剝皮那個玩意，簡直是天羅地網，幾個鄉下佬，怎麼能夠逃出他的手掌心」，我慣會使用「打悶棍的一手」，在鄉裡，少說七、八十個戶頭，都是被他剝過皮的，貧苦農民被他奪去土地，糊里糊塗又上了高利貸圈套，利滾利還不起，土地又歸了趙剝皮。對於欠租欠息，趙守義是分文不讓的，他讓徐士秀替他去討租，「取出一本厚帳簿翻了半天，才揀出一張紙，向亮處照了照，踱回來」，囑咐道：「要是姜錦生不能夠本利還清，那我就要收他的田！」趙守義是半封建半殖民地中國封建土地關係的一個代表。

趙守義發跡的時候已是「五四」時期了。「五四」運動是反帝反封建的革命運動，是資產階級民主革命發展到一個新階段的標誌。這個時期由於新的社會力量的生長和發展，使反帝反封建的資產階級民主革命出現了一個壯大了的陣營，即工人階級、知識份子和新興的民族資產階級所組成的陣營。民主革命成功的標誌即國外帝國主義勢力和國內封建勢力的被推翻。以趙守義爲代表的封建地主階級屬於資產階級民主革命的對象，是被推翻的階級，從階級本能上他對「五四」運動、對「五四」以來的新思潮、新學說、新的文化道德觀念是仇恨的，他說：「近來有一個叫做什麼陳毒蠍的，專一誹謗聖人，鼓吹邪說，竟比前清末年的康梁還要可恨可怕。咳，考廉公問我，縣裡有沒有那姓陳的黨徒？」陳毒蠍顯然是影射陳獨秀的。趙守義深知，陳的黨徒絕非「偷雞摸狗」之流，而屬「康梁變法」之類，然後者比前者可怕得多，爲了打倒王伯申，他力圖把王伯申歸入「陳的黨徒」之屬。在經濟關係上，趙守義代表了腐朽的封建勢力，在文化道德觀念上，更是代表了「五四」運動所要推翻的舊文化、舊道德，他不僅娶姨太太，還和女佣阿彩私通，他給自己的瘋兒子娶了媳婦後立即將兒子送入瘋人院而企圖霸佔兒媳，這是一個滿口仁義道德滿肚子男盜女娼的封建意識形態的代表。

不可忽視的是，趙守義作爲封建統治秩序的維護者，他和統治勢力的各方面有廣泛的聯繫，他在鄉間的勢力是比較大的。王伯申作爲新興的民族資產階級既不可能獨立地推翻它，也不可能越過它發展自己，民族資產階級對封建勢力是既反對又依賴的。趙守義掌握著善堂積存，雖虧空甚多帳目不清，但管理權在握，王伯申想修橋開渠疏浚河道，趙守義「在銀錢上頭看得認眞，半文必爭」，不僅不出錢，反串聯鄉里紳縉聯合遞公呈誣告王伯申，王伯申對此束手無策。趙守義利用自己和縣校校長曾百行的關係控告王伯申佔用官地侵犯學產，後又串通鄰鄉地主曹志誠唆使農民用武力破壞輪船航行，王伯申最後大事化小、小事化了，達到平起平坐的結局。《霜葉紅似二月花》通過現實生活中眞實生動的事件和栩栩如生的藝術形象說明了 20 世紀 20 年代民族資產階級和農村封建勢力既依存又矛盾的關係。

作爲吳蓀甫的對立面的是金融買辦資本家趙伯韜。

《子夜》寫的是吳蓀甫的故事，但吳蓀甫的全部活動都是在趙伯韜的控制下進行的。趙伯韜是主動的，吳蓀甫是被動的。合作的開始，吳蓀甫和趙伯韜共同組織秘密公司在公債市場上興風作浪，到頭來他又使吳蓀甫在公債投機中失敗。他以美帝國主義作靠山，充當金融掮客，企圖使美國金融資本控制中國工業資本，使吳蓀甫這樣的民族工業家納入他們的管轄之內，他控制益中公司，對其進行經濟封鎖，他說：「中國人辦工業沒有外國人幫助都是虎頭蛇尾。」這是一個爲美帝國主義豢養，死心塌地爲帝國主義利益服務的奴才。在他身上，沒有一絲一毫的民族感情。這個形象，不是作爲一個個別人物出現在小說中，而是代表一種吳蓀甫所無法抗拒的社會勢力。

在某種意義上，趙伯韜對國民黨軍政界有直接的影響，他可以左右政府的財政部，可以買通軍閥打敗仗以造成公債市場優勢，也可以借政治壓力控制市場，勾結其它帝國主義勢力製造軍閥間更大的矛盾，所以他曾經傲慢地對吳蓀甫說：「你們疑心我到處用手段，破壞益中；哈哈，我用過一點手段，只不過一點，並未『到處』用手段」。他是深知自己的靠山勢力的。作爲帝國主義金融掮客的使命就是打擊中國的民族工業，滿足帝國主義經濟劫掠的要求。

作爲帝國主義的高等奴僕，趙伯韜卑鄙、無恥、傲慢、貪婪，他開旅館、進舞廳、逛堂子、看跑狗，「各項公債他都扒進」，「他也扒進各式各樣的女人」，小說往往通過一些側面描寫或穿插性的情節來完成趙伯韜形象塑造。如「吃田地的土蜘蛛」馮雲卿讓自己的親生女兒到趙伯韜那裡出賣色相以換取經濟情報的情節，充分說明了封建地主馮雲卿的腐朽沒落，也揭露了趙伯韜的荒淫下流。

無論是政治上作爲中國人民的死敵，經濟上作爲帝國主義的掮客，道德上的放縱無恥，這個人物都是最令人憎惡的。吳蓀甫遇到的這個對手比起王伯申的對手趙守義，狡猾得多，強悍的多，實力也雄厚得多。

作爲林永清的對立面並致林永清於死地的是金融買辦資本家金澹庵。金澹庵是趙伯韜的延續。趙伯韜是 30 年代的公債魔王，金澹庵則是乘抗戰風雲而騰達的人物，此人「人情練達，世故洞明，兜得轉，擔當得起，能『慷慨』，也能狠毒——是我們這個複雜矛盾的社會產生的而且喂養大的，而且反轉來又能加深社會的複雜矛盾的若干人物中的一位。」作爲半封建半殖民地社會的特殊產物，作爲國際資產階級的附庸，金澹庵和趙伯韜一樣，是依附於帝國主義的，他們始終站在帝國主義一邊，代表著中國最落後最反動的生產關係。在抗戰時期的 30 年代尤其如此。這些人公開背叛民族利益，爲帝國主義效勞，是民族投降主義的代表，他們既害怕戰爭對於自己財產的破壞，又利用抗戰時期國家的經濟困難大發國難財，助長日本帝國主義的氣焰，扼殺中國民族工業的發展，代表了一種使戰爭導致失敗的最惡劣的傾向。

金澹庵聯繫著兩條線索，一條是嚴乾臣、方英才、李維勤；一條是余爲民、林永清。嚴乾臣，「某半官事業駐渝辦事處」主任，一個交遊廣闊、精明強幹的「八面美人」，「他和金澹庵的關係，言人人殊，但總之是超乎一般友誼以上的」，方英才是嚴手下的總務科長，李維勤是方手下的職員。所謂「辦事處」，顧名思義，是個社會性的機構，金澹庵插手其間，說明這個大買辦在政治、社會、公益多方面的聯繫。嚴、方、李都被捲入金澹庵導演的黃金投機，李作爲一個窮愁潦倒的小職員不過想藉機還清債務才聽信了方英才的挑唆挪用公款，但最後嚴、方都擺脫了，唯獨李維勤被捕下獄，成了替罪羊。李對妻子唐文君說：「你看看這世界，貪污的事堂而皇之在做；假公濟私，簡直不算一回事；千千萬萬，到處全是——你看那些寶貝幾時掉了一根毛？我也看穿了，這一個社會，就許壞人得勢，這一個社會不讓人家學好！安分守己，落得死無葬身之地，嘿，偷天換日吧，一天天飛黃騰達！」金澹庵就是李維勤所憤恨的「那些不管別人死活只顧自家升官發財喪盡了天良的人」中的一個，也正如唐文君所說，金澹庵把千千萬萬人的血變成了自己的黃金，把那些替他們圓謊的、替他們洗掉手上血污的傢伙稱爲君子，稱爲聖人、賢人，而把那些老實人送到大獄裡。

余爲民，「矮方巾而兼流氓」，七十二變的「英雄」。一個在畸形社會裡適於生存的人。這條線索說明金澹庵通過種種渠道扼殺民族工業的發展。林永清在資金兜不轉、原料飛漲、工廠即將停工的困難情況下，企圖通過購買黃金獲得些許機動能力，這本是余爲民挑唆的，沒想到落入金澹庵的圈套。余爲民這個金澹庵手下「啃桌子底下的骨頭，舐刀口上的鮮血」的無恥之徒迫使林永清走投無路，只能聽任金澹庵的最後通牒：「一樁事情兩個方式，隨便林經理自己挑選：他要是還想辦廠呢，成，他儘管辦他的，可是我們的合作就不是全面的了，個別問題得隨時看情形辦理。如果他下了決心要改換一下事業的興趣，呵，好，很好，那就簡單了，不說別的，光是永清兄您這麼一表人材，我就願意跟您拉個交情！」正如陳克明和黃夢英所分析，第一個方式是「自由而又不自由」，第二個方式是「不自由而又自由」，無論辦廠還是不辦，都必須納入金澹庵的規範，充分表現了金融資本對民族工業的箝制。

茅盾在劇本的後記中說：

> 清明前的某一天，把一天之內報上的新聞排列一看，不禁既悲且憤！……如果隻手終不能掩盡天下人耳目，如果百年以後人類並不比現在退化，那麼，即使焚盡了一切說眞話的書刊，但教此一日的報紙尚傳留得一份，也就足夠描畫出時代是怎樣的時代，而在戰爭中的我們這個中國又是怎樣一個世界了！我不相信有史以來，有過第二個地方充滿了這樣的矛盾，無恥，卑鄙與罪惡；我們字典上還沒有足夠的詛咒的字彙可以供我們使用。

《清明前後》一方面寫出了民族工業家的軟弱、動搖、矛盾和掙扎，一方面寫出了以金澹庵爲代表的上層人物的無恥與罪惡；它既指出了民族工業的眞正出路，又是一部戰時中國醜惡社會的罪行錄。劇本通過金澹庵的形象揭露這些民族敗類破壞抗戰的罪惡行徑，嚴峻而尖銳地控訴那個不合理社會中人吃人的黑暗勢力，它向人們指出，要想走建國工業化的道路，必先實現政治民主化，要想建立一個獨立、自主、富強的新中國，必須推翻帝國主義、封建主義和官僚資本主義勢力。

第八節　「豐收成災」同題創作比較論——《春蠶》與葉紫的《豐收》、葉紹鈞的《多收了三五斗》

「農村三部曲」中的《春蠶》在茅盾的短篇創作中佔著十分重要的地位，在 30 年代反映「豐收成災」的同題創作中也表現了獨特的藝術風格。我們試從縱的方面（茅盾的創作歷程）和橫的方面（同時期的同題創作）入手對《春蠶》作一比較分析。

一

縱觀茅盾的創作歷程，按照寫作時間的先後、主題題材的分類和反映現實的深度與廣度，其短篇創作大致可以分爲四個時期。1958 年版的《茅盾文集》和 1979 年版的《茅盾短篇小說集》也大體是這麼分的。

20 年代末至 30 年代初（1928～1930）。這個時期的短篇創作分爲兩類，一類以《野薔薇》爲代表，反映大革命失敗後小資產階級的精神面貌的；一類是取材於歷史故事的短篇小說。

《野薔薇》是茅盾的第一個短篇小說集，收文五篇，1929 年出版。從寫作到結集出版，與《蝕》的時間差不多。《蝕》的寫作情緒是消沉苦悶的，作家目睹了大革命的失敗，「經驗了動亂中國最複雜的人生的一幕，終於感得了幻滅的悲哀，人生的矛盾」，〔註 139〕而後執筆寫作的。我們通常總認爲《野薔薇》的格調與《蝕》相仿，但茅盾自己不同意這個意見，他認爲「《創造》是繼《幻滅》、《動搖》、《追求》以後我寫的第一個短篇小說，在題材和風格上既和《幻滅》等不同，也和我以後所寫的短篇小說不同。至於思想上，已經不像《幻滅》等三篇那樣消沉悲觀了」，又說，「我自己卻以爲《創造》才是我寫了《幻滅》等三篇以後第一次思想上的變化。」〔註 140〕

《野薔薇》作爲茅盾早期的短篇小說，其積極意義在於，眞實地反映了那個時代知識青年的苦悶與追求，寄寓了這樣的思想：「革命既經發動，就會一發而不可收，它要一往直前，儘管中間要經過許多挫折，但它的前進是任何力量阻攔不住的。」〔註 141〕其中的五個短篇塑造了三種類型的知識份子：

〔註 139〕茅盾：《從牯嶺到東京》。

〔註 140〕《茅盾短篇小說集・序》，人民文學出版社，1980 年版。

〔註 141〕茅盾：《我走過的道路・創作生涯的開始》，人民文學出版社，1984 年版。

打破了傳統思想束縛、接受了新思潮衝擊的嫺嫺和桂奶奶，逃避現實的軟弱的環小姐與張女士，自我主義的瓊華。這些人物身世不同、結局不同，但有一點是相同的，即都沒有找到正確的出路，她們「中間沒有一個是值得崇拜的勇者，或是大徹大悟者」。〔註 142〕

如何表現現實生活中的「勇者」、「大徹大悟者」呢？這便是歷史題材的短篇小說的由來。茅盾說：「大約是 1930 年夏，由於深深厭惡自己的初期作品（即 1928～1929）的內容和形式，而又苦於沒有新的題材（這是生活經驗不夠之故），於是我有了一個企圖：寫一篇歷史小說，寫中國歷史上第一次農民起義。」〔註 143〕於是產生了《石碣》、《豹子頭林沖》、《大澤鄉》等短篇。從著眼小資產階級女性的苦悶、彷徨、自殺到描寫歷史上農民起義的英雄，這不能不是作家思想的一個進步。但這樣的小說並不多，原因是「這樣的歷史小說，即使寫得很好，畢竟還是脫離群眾、脫離現實的。」〔註 144〕幾個短篇寫的也不很成功，概念化的東西多一些，似乎太多的內容融進了太小的形式，生動的、形象的東西顯得單薄，作家自己也承認，《大澤鄉》不過是一部歷史小說的大綱而已。

在《野薔薇》和歷史題材的短篇之間，有一篇過渡性的作品，通常不爲人們所注意，這就是寫於 1929 年的《泥濘》。人民文學出版社的《茅盾文集》和《茅盾短篇小說集》都沒收這篇作品，只有 1934 年開明版的《茅盾短篇小說集》收入了。大概作家自己不甚喜歡這篇。但在茅盾的短篇小說中，這篇是最早被譯成外文的，譯者就是美國著名作家、記者埃德加・斯諾，並被斯諾編入《活的中國》一書介紹給歐美讀者。當然，這篇小說並不是成功之作，黃老爹的形象也不鮮明。但它反映了作家不斷探索的精神和對現實的敏感洞察，茅盾力圖通過自己的筆端反映下層人民的不幸與鬥爭，寫出時代的動亂與眞實，這些都爲他下一階段寫出《春蠶》、《林家舖子》等優秀作品打下堅實的基礎。

30 年代前期（1931～1934）。1930 年，中國左翼作家聯盟成立。作爲左聯時期無產階級革命文學重大收穫的著名長篇《子夜》即寫於這個時期。茅盾在《子夜》後記中說：「我的原定計劃比現在寫成的還要大許多。例如農村的經濟情形，小市鎭居民的意識形態，以及 1930 年的《新儒林外史》——我

〔註 142〕茅盾：《寫在〈野薔薇〉的前面》，大江書舖，1929 年版。
〔註 143〕《茅盾文集》第七卷後記，人民文學出版社，1958 年版。
〔註 144〕同前註。

本來都打算連鎖到現在這本書的總結構之內」，後來由於種種原因而割棄了。這當然是十分遺憾的事情。不過，這時期寫的《春蠶》、《林家舖子》等短篇恰恰反映了當時「農村的經濟情形」、「小市鎮居民的意識形態」，是茅盾「大規模描寫中國社會現象」的一部分。如果說，《子夜》是舊中國的一幅鳥瞰圖，那麼，《春蠶》等則充分展示了黎明前舊中國的橫斷面，它們共同構成 30 年代中國社會的歷史畫卷。

茅盾在 1932 年開始轉向農村題材的寫作，是有多方面原因的。

長期以來，目睹帝國主義經濟侵略和國內政治動亂造成了農村的破產、農民生活的日益貧困化，對農民命運的密切關注和深厚同情，使作家的注意力開始轉向農村題材。作家在童年經常看到祖母養蠶，對養蠶有較豐富的感性知識，母親的外祖父家是絲商，親戚世交中又有不少人是蠶季「葉市」的要角，也有人是幹繭行的，耳聞目睹「一年一度因桑葉、繭子價格的漲落而造成的緊張悲樂」，〔註 145〕從感情上關心同情蠶農的命運。茅盾說，常到家裡來的農村親戚和幾代「丫姑爺」，「他們倒不把我當作外人，我能傾聽他們坦白直率地訴說自身的痛苦，甚至還能聽到對他們對我所抱的理想的質疑和反應，一句話，我能看到他們的內心，並從他們口裡知道了農村中一般農民的所思所感與所痛。」〔註 146〕這些感性認識積累起來，慢慢便孕育了農村題材的作品主題。當他寫這些作品的時候，是從下面，站在被壓迫人民的角度來反映他們的疾苦、願望和要求的。

1932 年 1 月 28 日，上海爆發淞滬戰爭。「如果說『九・一八』對太湖沿岸的普通老百姓震動還不大，『一・二八』戰爭卻像一顆炸彈，驟然驚醒了被壓抑的、沉默的人心，抗日的空氣迅速彌漫於江南的城市村鎮。帝國主義的經濟侵略，尤其是日本貨向農村的傾銷所引起的農村中各種矛盾的尖銳化所造成的農村經濟危機，這些積壓起來的矛盾，現在都趁著『一・二八』戰爭這股抗日浪潮，迸發了出來。於是，農村的題村又有了新的有意義的內容。」〔註 147〕就在這一年，茅盾曾兩次回鄉，「耳聞目睹了『一・二八』戰爭後家鄉

〔註 145〕茅盾：《我走過的道路・〈春蠶〉、〈林家舖子〉及農村題材的作品》，人民文學出版社，1984 年版。

〔註 146〕茅盾：《我怎樣寫〈春蠶〉》，《文萃》八期，1945 年 11 月 27 日。

〔註 147〕茅盾：《我走過的道路・〈春蠶〉、〈林家舖子〉及農村題材的作品》，人民文學出版社，1984 年版。

一帶的人情世態的變化」，〔註 148〕便很想把這些變化寫下來。加之寫《子夜》時，茅盾曾研究過中國蠶絲業受日本絲壓迫而瀕於破產的過程，以及以養蠶爲主要生產的農民貧困的特殊原因，即絲廠主和繭商爲要苟延殘喘，便操縱葉價和繭行，加倍剝削蠶農，結果是春蠶愈熟，蠶農卻愈困頓——這就是 1932 年中國農村的怪現象：豐收成災。「這個農村動亂、破產的題材很吸引人，但在《子夜》中，由於決定只寫都市，卻寫不進去。」〔註 149〕現在轉向農村題材，這些內容便都可以用上。於是，5、6 月間寫了《故鄉雜記》、6 月下旬寫了《林家舖子》、11 月寫了《春蠶》。

「一・二八」上海抗戰震動了全國，各地紛紛舉行遊行示威，人民的抗日愛國情緒高漲。上海文藝界在抗日的旗幟下，以左聯爲核心聯合起來了。作家們把筆鋒轉向了抗日題材，揭露國民黨的投降賣國、人民的困苦生活和抗日鬥爭等等。但是，在反映上海戰爭的小說中，也存在另一種傾向，即鴛鴦蝴蝶派的作品反映小市民對戰爭的焦灼、不安、彷徨苦悶的心理，消極影響比較大，這類封建式的麻醉藝術品「消極的解除了民眾的革命精神，和緩了反帝國主義的高潮」。〔註 150〕針對這種現狀，茅盾寫了《我們所必須創造的文藝作品》，指出：「最低限度，必須藝術地表現出一般民眾反帝國主義鬥爭的勇猛，」「喚起民眾間更深一層的反帝國主義的民族革命運動。」茅盾力圖通過農村題材的作品反映中國民眾的反帝反封建鬥爭。從 1932 到 1933 年，茅盾寫了「農村三部曲」、《當舖前》、《老鄉紳》、《香市》、《鄉村雜景》、《陌生人》、《賽會》等，他自己說：「這兩年是我寫農村題材的豐收年。」〔註 151〕

30 年代後期（1935～1937）。在全國抗戰爆發之前，茅盾的短篇創作面比較寬，觸及到城市、農村的各個領域。有反映城市下層人民貧困生活的，如《擬〈浪花〉》中的車夫阿二在物價飛漲的現實面前束手無策；有反映廣大農民在政治壓迫、經濟盤剝下貧病交加的悲慘生活的，如《水藻行》；有反映各種類型的知識份子不同的精神面貌的，如《有志者》、《尚未成功》、《無題》這一組中那個日夜夢想當作家的「他」；《第一個半天的工作》和《夏夜一點

〔註 148〕茅盾：《我走過的道路・〈春蠶〉、〈林家舖子〉及農村題材的作品》，人民文學出版社，1984 年版。

〔註 149〕同前註。

〔註 150〕茅盾：《故鄉雜記》。

〔註 151〕茅盾：《我走過的道路・〈春蠶〉、〈林家舖子〉及農村題材的作品》，人民文學出版社，1984 年版。

鐘》中女職員的生活及舊中國官場的腐朽、庸俗；還有反映抗日救亡運動的，如《手的故事》、《兒子開會去了》、《大鼻子的故事》等。這些作品反映了日本帝國主義入侵以後，在國民黨的黑暗統治下，城鄉經濟凋敝，勞動人民掙扎在死亡線上以及人民大眾的反帝反蔣鬥爭。

40 年代（1942～1948）。這一時期的創作是上一階段的繼續，反帝反蔣的旗幟更加鮮明。

「《耶穌之死》和《參孫的復活》都取材於《舊約》，是對當時國民黨法西斯統治的詛咒並預言其沒落；因爲只有用這樣的借喻，方能逃過國民黨那時的文字檢查。蔣介石自己是基督教徒，他的爪牙萬萬想不到人家會用《聖經》來罵蔣的。」〔註 152〕小說用《舊約》的故事影射現實，直接指斥蔣介石的僭威作威、爲非作歹，揭露國民黨政權的罪惡。

《虛驚》和《過封鎖線》記錄了「東江遊擊隊奉黨中央命令，組織力量，布置工作，幫助這一二千人陸續由香港進入內地」的「搶救文化人的人事」，〔註 153〕讚揚了黨領導下的遊擊隊的勇敢機智、吃苦耐勞的精神，讚揚了黨中央對轉移這批文化人的措施的英明正確，預言了解放戰爭的偉大勝利。

從茅盾短篇小說創作的發展看，最初他是從民主主義思想出發，創作多表現小資產階級青年的苦悶、悲觀和個人反抗，創作方法也是客觀的，甚至有自然主義的痕跡；從第二階段開始，擺脫了消極的情緒，創作上呈現了更多的革命現實主義特色，生活視野和作品題材都不斷擴大，從單純著眼小資產階級到反映廣闊的社會生活，尤其是對於中國農村和小市鎮的描寫，揭示現實生活中尖銳複雜的社會矛盾與鬥爭，刻畫的人物包括農民、工人、職員等下層勞動者；後期作品緊密配合現實鬥爭，表現了高昂的政治熱情和圓熟的藝術技巧。《春蠶》屬於第二階段的作品，標誌著茅盾的短篇創作產生質的變化，從此進入了成熟期。

二

文學是社會生活的反映。反映一定歷史階段的某些共同的社會現象，因此文學史上往往出現題材相同、主題相同的幾部作品。30 年代初期，繼茅盾的《春蠶》、《秋收》之後，葉紫的《豐收》、葉紹鈞的《多收了三五斗》相繼

〔註 152〕《茅盾短篇小說集・序》，人民文學出版社，1980 年版。
〔註 153〕《茅盾文集》八卷後記，人民文學出版社，1958 年版。

問世。這些小說共同反映了「豐收成災」的畸形社會現象，透過這一現象揭示了帝國主義入侵、資本主義經濟滲透的結果，中國更加殖民地化了。

1929 年，資本主義國家爆發了世界性的經濟危機，影響到工業、農業、生產、商業、金融各方面，使資本主義國家狀況極端惡化。這次危機拖延的時間相當長，波及面也相當廣。半封建半殖民地的舊中國，受到這次經濟危機的嚴重影響。各資本主義國家爲轉嫁危機，將大批過剩物資傾銷中國，致使中國民族工業癱瘓，農村經濟破產。

當歐美等國由於經濟危機而忙於內部事務時，日本帝國主義看中了中國這塊軍事薄弱而市場廣大的土地，企圖用武力佔領中國，使中國淪爲它的殖民地。1931 年「九・一八」事變發生，蔣介石的不抵抗政策致使日軍在兩三個月內佔領了東北全境。1932 年「一・二八」事變發生，日本侵略軍想把上海變爲繼東北之後殖民地化中國的第二基地，上海軍民奮起反抗，和日寇進行英勇戰鬥，十九路軍在上海人民支持下，頑強地抗擊日本侵略者，嚴重地打擊了侵略者的氣焰。《春蠶》等幾個同題短篇，都是以「一・二八」戰爭爲背景的，戰爭的結果是社會更加動亂，經濟蕭條，民不聊生。

日本帝國主義企圖把中國淪爲殖民地的行動，加劇了統治階級內部的分裂。本來，自蔣介石反革命政變以後，反動統治內部新舊軍閥間的矛盾就從未平息過，軍閥混戰連年發生，內戰帶給人民的是苛捐雜稅、高利貸盤剝、貧困和死亡。

「豐收成災」是一種畸形社會現象。豐收，是指風調雨順的自然條件加上勞動人民的勤勞勇敢、吃苦耐勞，所本應換取的結果；但事與願違，豐收了反而成災，災難則是政治、經濟、戰爭等多方面社會原因造成的。敏感的作家抓住這一生活現象，透過表象反映了帝國主義、封建勢力、官僚資本主義壓迫下中國農民的痛苦生活，從而表現了重大的社會主題。

這一類同題創作有如下幾個共同特點：

一、揭示了廣大農民的悲慘生活和苦難命運。《春蠶》、《豐收》、《多收了三五斗》塑造了老通寶、雲普叔、舊氈帽朋友等老一代農民的悲劇形象，通過這些形象，既寫出了農民的善良、正直、勤儉、吃大苦、耐大勞的優秀品質，也寫出了他們在帝國主義、封建勢力、官僚資本主義重重剝削壓迫下麻木了的靈魂，受欺不敢反抗，豐收感謝天意。

中國廣大農民世世代代都是吃苦的，但到 30 年代，他們的生活確實已到了難以維持的境地。農民對現實不滿，感到世道變了，越變越不像樣了。像《豐收》中的雲普叔一家，「吃呆飯的人一個也沒有，誰不說雲普叔會發財呢？」「雲普叔原是應該發財的人，就因為運氣太不好了，連年的兵災水旱，才把他壓得抬不起頭來。」甲子年吃野菜拌山芋，丙寅年吃樹根，去年吃觀音粉，一年不如一年。然而「飢餓燃燒著每個人的內心，像一片狂闊的火焰」，全家人三天沒吃飯了，在實在沒辦法的情況下，決定把十歲的英英賣掉：

> 鏡清禿子帶了一個滿面鬍鬚的走進屋來，雲普叔的心中，就像有千萬把利刀在那裡穿鑽。手腳不住地發抖，眼淚一串一串地滾下來。
>
> 雲普嬸從裡面踱出來，腳有一千斤重，手中拿著一身補好了的小衣褲，戰慄得失掉了主持。

一歲兩塊錢，英英十歲賣二十塊錢，給人販子一塊錢，實得十九塊，一條人命兩擔穀的價錢，哪裡還有農民的活路呢？

農民希望能改善這種生活，他們的生活理想並不高。雲普叔想「吃一餐飽飯，養養精神」，「做幾件衣服穿穿，孩子們穿得那樣不像一個人形」。老通寶想豐收後先將夾衣、夏衣從當舖贖出來，過端陽節時可以吃一條黃魚。這就是他們對生活的要求了。然而就連這樣的要求都沒能達到，反而欠了更多的債。老通寶、雲普叔、舊氈帽朋友的苦難命運正是舊中國農民悲慘命運的寫照。

二、揭示了「豐收成災」農民貧困化的社會原因。這些作品都不是單純強調豐收是大自然的賜予，更重要的是農民的勤勞，與自然災害搏鬥，用汗水換來了豐收的成果。《豐收》中雲普叔一家戰勝了大水、乾旱、澇災，日夜憂心忡忡，用拚命的勞作才換來了豐收的景象：

> 從立秋回來的第二天起，穀子一擔一擔地由田中挑回來，壯壯的，黃黃的，眞像金子。
>
> 這壟上，沒有一個人不歡喜的。今年的收成比往年至少要好上三倍，幾次驚恐，幾次疲勞，空著肚皮掙扎出來的代價，能有這樣豐滿，誰個不喜笑顏開呢？

《多收了三五斗》同樣描述了一派豐收的景象：

> 萬盛米行的河埠頭，橫七豎八停泊著鄉村裡出來的敞口船。船裡裝載的是新米，把船身壓得很低。

農民們滿載著豐收的糧米，也滿載著希望，想要換取好一點的生活。

《春蠶》揭示的則是「蠶花愈熟，蠶農愈困頓」的現實：在經過大緊張、大決心、大奮鬥之後，換來了「生青滾壯」的寶寶，接著是一片雪白的好蠶花，「那是四大娘有生以來從沒見過的『好蠶花』呀！老通寶全家立刻充滿了歡笑。」但是，結果如何呢？「因為春蠶熟，老通寶一村的人都增加了債！老通寶家為了養五張布子的蠶，又採了十多分的好繭子，就此白賠上十五擔葉的桑地和三十塊錢的債！一個月光景的忍餓熬夜還不算！」

為什麼會造成豐收成災穀賤傷農的現象？這些作品共同反映了洋貨大量傾銷的現實，洋布、洋紗、洋火、洋油、洋肥皂、洋銅鼓，包括化肥、抽水機都是洋貨，甚至養蠶也時興養洋種。這就是帝國主義經濟侵略的後果，洋貨多了，物價貴了，捐稅多了。戰爭，「上海東洋人打仗，好多廠關了門」（《多收了三五斗》），「一所灰白的樓房蹲在『塘路』邊，那是繭廠。十多天前駐紮過軍隊，現在那邊田裡留著幾條短短的戰壕。那時都說東洋兵要打進來，鎮上有錢人都逃光了；現在兵隊又開走了，那座繭廠依舊空關在那裡。」（《春蠶》）糧食豐收了，蠶花成熟了，但是都賣不出去，往年熱鬧的收購行市因為戰爭而停頓了。高利貸盤剝，《豐收》中雲普叔一家為奪取豐收的整個奮鬥過程都是在租、稅、餉的嚴重剝削下進行的，房子賣給了何八爺，全家搬進祠堂；下種前用三塊六角錢借了一小包蠶豆，這就是一家老小的飯。農民們窮得沒有一家人有種穀，地主何八爺又以十一塊錢一擔外加四分利的高利貸賣給農民，當農民拼出性命獲得豐收的時候，還要擺「打租筵」，請地主們赴宴，他們在酒酣飯飽之後是不肯減一分租的，而堤費、團防捐、剿共捐、糧餉、租帳接踵而來，種田人食不果腹，養蠶人衣不蔽體，只有死路一條。作品深刻揭示了把勞動人民推向災難深淵的社會原因。

三、通過兩代人的思想衝突，寫出了新一代農民的覺醒。《豐收》中的雲普叔與立秋、《春蠶》中的老通寶和多多頭、《多收了三五斗》中「舊氈帽朋友」的不同意見代表了新舊農民對現實的不同看法。所謂處世哲學，往往是現實生活對人的利害加上傳統的思想影響所致。兩代人完全是兩種處世態度。老通寶、雲普叔固執、保守、相信天命，對地主老爺有幻想。他們相信憑力氣吃飯，世世代代是這麼過來的。老天爺有眼，只要肯賣力氣就會有好的收成，就會有好的生活。豐收了，首先要感謝東家，聊表佃戶的忠心，也妄圖博得東家的憐憫，但他們不懂得，地主吃了打租筵是不會減租的。他們看不慣兒子一代，罵他們「懶精」、「忤逆不孝」，但在現實的教育下，對年青一代搶米囤的行動終於從不理解到逐漸理解了。

多多頭與立秋是青年農民的代表，在他們身上，絕少保守思想，健康、敏感、充滿活力，敢於對現有世界的秩序提出懷疑，他們易於接受新事物。「舊氈帽朋友」中也有人提出「我們年年種田，到底替誰種的？」「爲什麼要替田主當差？」的問題。立秋說「拚死了這條性命，也不過是替人家當個奴隸！」這種不願當奴隸的思想正是他們覺醒的開端。立秋說：「天是不會去責罰他們的，要責罰他們這班雜種，還得依靠我們自己來！」開始認識到自己的力量並對這力量充滿信心，這些因素決定了他們以後能夠走上從自發到自覺的鬥爭道路。他們的道路表明，舊中國的農民要改變自己的悲慘地位，靠天命是不行的，僅僅靠拚命地勞作也是不行的，豐收不一定有好生活，只有社會的解放和階級的鬥爭才能給農民帶來出路。

以上是三篇題材相同的作品。《多收了三五斗》雖然結構嚴謹，但作爲小說，缺乏一個貫穿全篇的典型人物，一個有個性的能展開情節的形象。《豐收》較爲完整，但立秋的形象失之類型化，缺乏一個覺悟的過程，不如多多頭眞實。雖然多多頭形象不如老通寶豐滿，但《春蠶》無論是性格的刻畫，還是對農村社會的剖析，都是成功的、深刻的。

三

《春蠶》故事本身，平淡無奇，它以「一・二八」上海戰爭爲背景，通過「蠶花豐收，蠶農愈困頓」這一帶普遍性的現象，寫出了江浙一帶農民的悲劇命運，揭示了怵目驚心的社會現實。

一般的文學作品，往往從自然的永恆與人的心境的動蕩變化這一對矛盾入手來刻畫人物，揭示主題。比如，春夏秋冬的更迭，日月的陰晴圓缺，遵循著一種永恆的規律；而人的心境則不然，每年冬去春來，每天日出日落，這些現象年復一年，日復一日地重複著，但人的思想情緒卻隨著環境、事件的變化而有所不同，對同一個自然現象，不同的人產生不同的心情。這在文學描寫中往往用這樣的手法，在實際生活中也往往如此。

《春蠶》則相反，小說一開始不是寫自然界的永恆，而是寫自然界的一反往常；不是寫人的人境的變化，而是寫老通寶的保守思想一成不變，變與不變襯托出世道已不同往年了。「才得『清明』邊，天就那麼熱！」天暖得早，不同於往常，「大片的桑林，矮矮的，靜穆的，在熱烘烘的太陽光下，似乎那『桑拳』上的嫩綠葉過一秒鐘就會大些。」氣候提前轉暖使蠶農們心裡孕育了比往年更大的希望，老通寶感喟道：「眞是天也變了！」

自然界的變化不同往年，周圍的事物也不同往年了。往年沒有戰爭，而今呢，繭廠關閉，駐紮了軍隊，田裡殘留著戰壕，這就是「一・二八」戰事的痕跡。官河裡，輪船代替了赤膊船，把鄉下人欺侮得不像樣子，輪船一來，赤膊船就得趕快靠岸，「船上人揪住泥岸上的樹根，船和人都好像在那裡打鞦韆。」至於老通寶的家，「十年中間掙得了二十畝的稻田和十多畝的桑地，還有三開間兩進的一座平房」，而現在老通寶已經沒有自己的田地，常常把雜糧當飯吃一天，反欠出三百多塊錢的債。這個家庭在十年間的「發」與「落」正是它從創家立業到破產的過程，作爲中農的老通寶尚且如此，貧下中農的境遇就可想而知了。難怪老通寶說：「這個世界眞是越變越壞！」「我活得厭了！」

老通寶從直覺上感到世界變了，但他固守的生活信條卻一成不變。六十年的生活經驗形成的對世事的看法，成了他的頑固、保守的性格中不可分割的一部分。他認爲，勤儉忠厚、拚命勞作、做規矩人就可以換來好的生活，他記得他的祖父、父親就是這樣做人的，他的兒子、兒媳也是這樣做人的，只有這樣，才能把正捐、雜稅、臨時借貸在春蠶的收成中撥還，才能贖回當舖裡的夾衣和夏衣，日子就會好起來。儘管世道不同了，戰爭來了，繭廠關閉了，這一兩件事絲毫不能動搖他的信念，他想，自己「活了六十歲，反亂年頭也經過好幾個，從沒見過綠油油的桑葉白養在樹上等到成了『枯葉』去喂羊吃！」面對這麼好的蠶花，「他的被窮苦弄麻木了的老心裡勃然又生出新的希望來了。」當這希望一點點漲大，而現實的打擊一點點襲來的時候，老通寶仍然堅信「只要蠶花熟，就好了！」一想到綠油油的桑葉會變成雪白的繭子，又將變成丁丁噹噹響的洋錢，「他們雖然肚子裡餓得咕咕地叫，卻也忍不住要笑。」爲了將希望變成現實，老通寶一家洗團扁、蠶簞，修補蠶台，扎綴頭，連肚子餓都置之腦後，整整一個月連日連夜無休止的大決戰，蠶寶寶個個生青滾壯，老通寶全家瘦了一圈。豐收是不成問題的了，然而希望與現實之間的反差也隨之出現了，葉行情飛漲的結果，老通寶在現實逼迫下開始退步，把他最後的產業——一塊桑地抵押了。錢花光了，精力絞盡了，終於換來了從沒見過的好蠶花。春蠶豐收，帶給老通寶的是什麼呢？「白賠上十五擔葉的桑地和三十塊錢的債，一個月光景的忍餓熬夜還不算！」由此可見，老通寶的破產不是他不愛勞動，不是他不勤儉過日子，而是被一種老通寶還不理解的力量控制了他的命運，被一種老通寶不能掌握的力量所左右，小說深刻地揭示了老通寶悲劇命運的根源。

根源之一是帝國主義入侵。老通寶模糊地感到洋鬼子和他們的洋貨一來，老百姓便沒有好日子了，他從實際感受中痛恨洋鬼子，雖然洋鬼子怎樣騙錢去，他不甚了了，但他看到洋貨一來，「鎮上的東西更加一天一天貴起來，派到鄉下人身上的捐稅也更加多起來」，「父親留下來的一份家產就這麼變小，變做沒有，而且現在負了債。」他不信「新朝代」是打倒新鬼子的，因爲喊「打倒洋鬼子」的人本身就穿著洋服。老通寶日益貧困的階級地位產生了一種自發的反帝意識，這在 30 年代初期的農民是有代表性的，《春蠶》歷史地、藝術地表現了農民的這種反帝思想。

根源之二是封建勢力的盤剝。老通寶深受地主階級剝削而不覺悟。還處處把自己和老陳老爺家聯在一起。小說揭示了老通寶的破產和陳老爺家的敗相是完全不同的性質，一邊是高門大戶，一邊是種田人，陳家的敗是由於抽鴉片，好吃懶做；老通寶的「敗」是由於「地主、債主、正稅、雜捐一層一層地剝削來。」老通寶作爲老一代農民的典型，麻木、不覺悟，和他的兒子阿多是不同的。

根源之三是封建迷信思想。老通寶安於天命，保守固執，封建迷信思想也是他性格的一部分。他認爲老陳老爺的敗落是由於當年逃出毛營盤時殺了一個小長毛——這是一個「結」！他把荷花看作「白虎星」，「惹上她就得敗家」，常常告誡兒子阿多不要和她接近。蠶房收拾好以後，老通寶拿一個大蒜頭塗上泥放在牆腳邊，因爲往年卜得靈驗，「今番老通寶更加虔誠，手也抖了。」每次進蠶房，他都「偷眼看一下那個躺在牆腳邊的大蒜頭」，心裡總不免一跳。這些細膩的描寫活畫出一個安份守己、勤儉忠厚、迷信天命、對自己的命運和前途時時感到惶恐和不安的老農的形象。老通寶迷信上天，但上天並不能幫助老通寶，也不能改變日趨破產的農村現實。

和老通寶不同，《春蠶》也寫出了正在成長中的新一代農民，阿多是這種覺醒的農民的代表。他和他的父親老通寶不同，他生活的時代，自己的家早就衰落了，農村處處是饑餓、貧窮、破產、凋敝，他到自己的父親和鄉親們年年月月辛勤勞動，年年月月不得溫飽，生活已經告訴他「單靠勤儉工作，即使做到背脊骨折也是不能夠翻身的」，因此單靠「一次蠶花好或田裡熟」，就想還清債再有自己的田，根本不可能。他不是不想過好生活，但他並不把這種希望寄託在一次豐收上，他說「今年蠶花一定好，可是想發財卻是命裡不曾來。」阿多的形象比《豐收》中的立秋眞實，更接近生活。立秋似乎是作者爲了塑造一個成長中的青年農民而寫的，對勞動不熱心，一出場就熱衷於和癩大哥等人的聚會，雲普叔總也找不著他；阿多是一個實實在在的生活中存在的人物，讓人感到是可信的，他對現存的秩序由懷疑到覺醒，由意識到行動，是經過一個長過程的，這個形象直到《殘冬》中才完成。

阿多既有父輩熱愛勞動、勤儉忠厚的品質，又有青年一代樂觀、開朗、與人爲善、樂於助人的特點。他「什麼事都肯做，碰到同村的女人們叫他幫忙拿什麼重傢伙，或是下溪去撈什麼，他都肯」，四大娘叫他搬團扁，團扁像死狗一樣重，他竟然頂著五、六隻團扁，還學鎮上女人的樣子走路，他的快活影響著周圍的人們。這和老通寶憂鬱、發愁是不一樣的。他不迷信，肯於讓人，荷花偷蠶，他「不禁渾身的汗毛都豎了起來」「變了臉色」，雖感到「人和人中間有什麼地方是永遠弄不對的」，但還是原諒了他。

阿多既有父輩的善良、樸實，又有青年一代的鬥爭精神。茅盾說過，太湖區域的農民，眼界比較開闊，容易接受新事物，蠶忙、農忙時期，水旱年成，又表現了極高的戰鬥精神和組織力。「1930 年頃，這一帶的農民運動曾經有過一個時期的高潮」，農民們表現了很高的覺悟，「事實早已證明，爲了自己的利益，他們是能夠鬥爭，而且鬥爭得頗爲頑強的。」〔註 154〕這些就是茅盾塑造阿多這個角色性格的依據。阿多走上鬥爭的道路是必然的，在半封建半殖民地社會裡，尤其是貧困的農村，要想活下去，光靠勞動不行，老通寶的形象就說明了這個問題。春蠶熟，帶給老通寶一場大病，秋收又斷送他一條命，所以當他斷氣的時候不得不對阿多承認：「眞想不到你是對的！眞奇怪！」阿多的行動改變了老通寶的眼光，也影響阿四夫婦參加到鬥爭的行列中去。阿多的形象概括了新一代農民的精神面貌，代表著一種希望和理想。

《春蠶》中這些人物形象的塑造是放在與這些形象相適應的典型環境裡進行的。這個典型環境就是 30 年代初期的江浙農村，經濟破產的黑影沉重扣壓下的農村。對這個農村的描繪，不僅呈現出一幅典型的風景畫，而且是一幅風俗畫，不僅有自然景物，而且有世態人情、風俗素描。它是那樣逼眞地浮雕在人們眼前，無論是村人的準備蠶事，還是阿多和六寶調情，無論是荷

〔註 154〕茅盾：《我怎樣寫〈春蠶〉》，《文萃》八期，1945 年 11 月 27 日。

花偷蠶還是老通寶的親家來走親戚，無不充滿濃厚的人情味，而在這人情味裡卻醞釀著一齣豐收成災的悲劇。請看四大娘的「窩種」和他們的收蠶儀式：

> 那布子上密密麻麻的蠶子兒貼著肉，怪癢癢的；四大娘很快活，又有點兒害怕，她第一次懷孕時胎兒在肚子裡動，她也是那樣半驚半喜的！……
>
> 終於「收蠶」的日子到了。四大娘心神不定地淘米燒飯，時時看飯鍋上的熱氣有沒有直衝上來。老通寶拿出預先買了來的香燭點起來，恭恭敬敬放在灶君神位前。阿四和阿多去到田野裡採野花。小小寶幫著把燈蕊草剪成細末子，又把採來的野花揉碎。一切都準備齊全了時，太陽也近午刻了，飯鍋上水蒸汽嘟嘟地直衝，四大娘立刻跳了起來，把「蠶花」和一對鵝毛插在髮髻上，就到「蠶房」裡。老通寶拿著秤桿，阿四拿了那揉碎的野花片兒和燈蕊草碎末。四大娘揭開「布分」，就從阿四手裡拿過那野花碎片和燈蕊草末子撒在「布子」上，又接過老通寶手裡的秤桿來，將「布子」挽在秤桿上，於是拔下髮髻上的鵝毛在布子上輕輕兒拂；野花片，燈蕊草末子，連同「烏娘」，都拂在那「蠶簟」裡了。一張，兩張……都拂過了；最後一張是洋種，那就收在另一個「蠶簟」裡。末了，四大娘又拔下髮髻上那朵「蠶花」，跟鵝毛一塊插在「蠶簟」的邊兒上。
>
> 這是一個隆重的儀式！千百年相傳的儀式！那好比是誓師典禮，以後就要開始了一個月光景和惡劣的天氣和惡運以及和不知什麼的連日連夜無休息的大決戰！

這些風俗素描似乎落筆輕鬆，實際爲後來濃重的不幸作了反襯和鋪墊，農民們越是虔誠，迷信，一絲不苟，深藏在心底的希望越大，後來的悲劇便顯得越不幸。一方面充滿了濃厚的人間味，一方面是作家冷峻的分析，這二者的結合構成了茅盾小說的獨特風格。

茅盾說：「短篇小說主要是抓住一個富有典型意義的生活片斷來說明一個問題或表現比它本身廣闊得多，也複雜得多的社會現象的。」〔註155〕《春蠶》就是攫取了生活的一個片斷，通過豐收成災的社會現象表現了比它本身更爲深廣的社會內容，揭示了農民貧困化的特定歷史原因，寫出了「經濟中心或政治

〔註155〕茅盾：《鼓吹集．試談短篇小說》，作家出版社，1959年版。

中心的大都市以外的人生」。〔註 156〕《春蠶》對這一人生片斷的描寫是極其成功的。日本評論界認爲，《春蠶》代表了中國革命文學退潮後的文壇主流，它指出了農民文學的方向，茅盾以前的描寫農民的作品「都是通過特殊的事件或形式來表現農村，卻沒有把最普通的農民階層的最通常的日常生活作爲藝術創作的對象來看待」，而《春蠶》「細緻地描寫貧窮的小農民普通常見的日常生活，形象地表現出農村破產的普通過程，是一篇劃時代的作品。」〔註 157〕

〔註 156〕茅盾：《故鄉雜記》。

〔註 157〕轉引自《茅盾研究在國外・日本研究茅盾文學概況》，湖南人民出版社，1984 年版。

第三章　茅盾對我國比較文學的貢獻

比較文學在中國，並不是一門新興的學科，在中國近現代史上，有不少思想家、文學家、學者都做過開拓性的工作。梁啓超、王國維、嚴復、魯迅、茅盾都是屬於先驅者之列的。茅盾對我國比較文學的貢獻，不僅豐富了中國的、也豐富了世界比較文學的研究內容，並爲在今天建立比較文學中國學派鋪墊了一塊基石。

東西方文化（包括文學）的比較與爭論，是中國近現代思想史和文學史的一個重要內容。尤其在「五四」時期，大量的新思潮湧進，究竟是西方文化好還是東方文化好，東西方文化要不要交流？成爲當時思想界和文化界爭論的一個大問題。以胡適爲代表的歐美派文人主張「全盤西化」，以「學衡」「甲寅」爲代表的封建衛道者主張「昌明國粹」，而以陳獨秀爲代表的新青年派則表示，爲了擁護「德先生」和「賽先生」，「一切政府的迫壓，社會的攻擊笑罵，就是斷頭流血，都不推辭。」〔註1〕「吾國文學界豪傑之士，有自負爲中國之虞哥左喇桂特郝卜特曼狄鏗士王爾德者乎。有不顧迂儒之毀譽，明目張膽以與十八妖魔宣戰者乎。予願拖四十二生大炮，爲之前驅！」〔註2〕表現了十分鮮明的觀點和堅決的態度。

瞿秋白說：「『西方文化』與『東方文化』居然成了中國新思潮中的問題。」〔註3〕這就是說，形式上是一場東西方文化的比較與爭論，實際上是爲解決中國文化出路和社會出路的一場鬥爭。茅盾，偉大的革命文學家和現代進步文

〔註 1〕陳獨秀：《本誌罪案答辯書》。
〔註 2〕陳獨秀：《文學革命論》。
〔註 3〕瞿秋白：《餓鄉紀程》。

化的先驅者，高舉反帝反封建的大旗，支持新青年派的觀點，爲新文化運動做出了卓越貢獻。

作爲早期比較學者，茅盾在「五四」時期就開始大量介紹世界進步文化，又把中國優秀的文化成果推薦給各國讀者，他以寬闊的胸襟、開放的眼光對中國比較文學做出了多方面的貢獻：對比較研究方法的倡導、對近代文學體系的界說和比較研究、對世界文學名著的比較研究、對東西方神話的比較研究、對社會背景、環境、哲學、宗教、戰爭等因素對文學的影響研究等，都表述了十分精闢的意見。

第一節　傑出的翻譯家和文化交流的使者

比較文學的任務是研究用文學藝術作爲表現的國際性的精神聯繫。這種聯繫需要語言的媒介和溝通。因此，比較文學對文學接受理論包括翻譯工作是十分重視的。

文學接受理論的概念在中國古典文論中是早已有之的，但作爲一種理論提出來，則是在60年代末由德國的接受美學衍變而來。研究文學現象時不僅研究作家作品，也重視研究作品的接受者，強調接受者即讀者對作品的理解和接受的意義。所以，對文學接受理論的研究，和類同研究、影響研究具有同等重要的地位。

文學接受理論把翻譯作爲比較文學優先的研究對象。在本世紀初，雖然沒有接受理論的提法，但翻譯理論已經很具體了。清朝末年，嚴復翻譯哲學、社會科學方面的著作，提出過信、達、雅的要求。信即忠於原文，達即讓接受者看得懂，雅即譯文要有文采。茅盾對信、達、雅加以闡發說：

> 大文豪的著作差不多篇篇都帶著他的個性，一篇一篇反映著他生活史中各時期的境遇的。沒有深知道這文豪的生平和他著作的特色便翻譯他的著作，是極危險的事。因爲欲翻譯一篇文學作品，必先了解這篇作品的意義，理會得這篇作品的特色，然後你的譯本能不失這篇作品的眞精神，所以翻譯家不能全然沒有批評文學的知識，不能全然不了解文學。只是看得懂西洋文的本子不配來翻譯。古卜林的《生命之河》表示隨逐在生命之流之中的人不是不能奮鬥的新理想，契訶夫的《櫻桃園》表示對於未來的希望，這都不是可

> 以從文字上直覺得來的。翻譯的本子若失了這隱伏著的眞精神，還成個什麼譯本呢？〔註4〕

翻譯出眞精神，便是對「信」的解釋，要求譯者忠實於原著，不能任意發揮篡改。

> 文學作品雖然不同純藝術品，然而藝術的要素一定是很具備的。介紹時一定不能只顧著這作品内所含的思想而把藝術的要素不顧，這是當然的。文學作品最重要的藝術特色就是該作品的神韻。灰色的文學我們不能把它譯成紅色，神秘而帶頽廢氣的文學我們不能把它譯成光明而矯健的文學，泰戈爾歌中以音爲主的歌，如《迷途的鳥》中的幾篇，我們不能把它譯成以色爲主的歌，譯蘇德曼的《憂愁夫人》時必不可失卻他陰鬱晦暗的神氣，譯般生的《愛與生活》時，必不可失卻他光明爽利的精神，必不可失卻他短峭雋美的句調，譯梅德林的《一個家庭》與《侵入者》時，必不可失卻他靜寂的神氣：這些，都要於可能的範圍内力求不失的……不朽的譯本一定是具備這些條件的，也惟是這種樣的譯本有文學的價值。〔註5〕

準確地譯出藝術的要素，便是對「達」和「雅」的解釋，在看懂的基礎上要使讀者也能體會和欣賞原著的文采。茅盾在這裡雖然沒有使用文學接受理論這個概念，但在實際上對讀者即接受者的理解和接受的重要意義是非常重視的。

茅盾不僅有翻譯的理論，而且有眾多的翻譯作品。「五四」時期，他是以翻譯家和理論家的姿態步入文壇的。從 1916 年「叩」文學之門起就致力於外國文學的譯介與研究，力求博取異域的營養來建造中國現代文學的大廈。他的第一本譯作是美國卡本脫著的科普讀物《衣・食・住》，於 1916 年出版，之後又翻譯了洛賽爾・彭特的《兩月中之建築譚》、克羅斯萊・肖物爾的《履人傳》、喬治・裘安斯的《縫工傳》等。「五四」以前的翻譯尚缺乏明確的文學性和系統性，「五四」以後就不然了，爲了介紹外國的新學說、新思想，茅盾有意識地譯介俄國文學和東歐、北歐被壓迫民族的作品，反映這些國家和民族的歷史、風土人情及其求自由、求民主、爭取民族解放的鬥爭。他從被壓迫民族的文學中發現了人類靈魂的砂礫裡含有眞金，發現傳統思想與制度

〔註 4〕茅盾：《新文學研究者的責任和努力》。
〔註 5〕同前註。

的背面有光明，他充滿對弱小民族及被壓迫被損害者的同情，他對革命民主主義文學的推崇，對被損害者要求正義要求人道的呼聲，對於那種不帶強者色彩的人性，對被奴役被戕害的靈魂的熱愛，對蘇聯文學的讚揚，都浸透了茅盾青年時代的愛與憎，體現了他革命民主主義的政治觀與美學理想，爲他後來提出的現實主義文學主張及東西方比較文學研究奠定了基礎。

在短篇小說方面，據 1981 年茅盾生前自己選定的譯文選集〔註 6〕的篇目，共翻譯過二十三個國家四十個作家作品，其中，印度的泰戈爾、土耳其的奈西克・哈里德、阿爾及利亞的呂海司、猶太的裴萊茲、賓斯其、肖洛姆・阿萊漢姆、亞美尼亞的阿哈洛寧、波蘭的什羅姆斯基、特德馬耶、捷克斯洛伐克的尼魯達、捷赫、匈牙利的約卡伊・莫爾、米克沙特、莫爾奈、拉茲古、羅馬尼亞的薩多維亞努、南斯拉夫的桑陀・約爾斯基、奧格列曹維奇、克爾尼克、淑芙卡・克伐特爾、保加利亞的伐佐夫、埃林・彼林、俄國的謝德林、勃留梭夫、希臘的藹夫達利哇諦斯、帕拉馬斯、德羅西尼斯、西班牙的柴瑪薩斯、荷蘭的包地・巴克爾、丹麥的維特、挪威的包以爾、瑞典的斯特林堡、拉格洛孚、蘇特爾褒格、美國的愛倫・坡、尼加拉瓜的達里奧、秘魯的阿布耶爾、阿根廷的梅爾頓思、巴西的阿澤維多等等。他編選的外國文學集子《桃園》、《雪人》被人們公認爲當時最好的選本。在劇本方面，他翻譯過十個國家十二個作家的戲劇，有猶太的斯賓奇、阿胥、愛爾蘭的格萊葛瑞夫人、葉芝、奧地利的施尼茨勒、比利時的梅特林克、荷蘭的斯賓霍夫、西班牙的貝納文特、挪威的比昂遜、智利的巴里奧斯等。在雜記、書簡、回憶錄方面，他翻譯過八個國家的作品，既有名作家如易卜生、顯克微支、梅特林克的作品，也有黎巴嫩、羅馬的不知名作家的作品。

茅盾寫過許多介紹外國文學概況、文學史、文學流派、文學雜誌的文章，出版了《小說研究 ABC》、《歐洲大戰與文學》、《騎士文學 ABC》、《近代文學面面觀》、《現代文藝雜論》、《六個歐洲文學家》、《西洋文學》、《希臘文學 ABC》等專著，範圍之廣，覆蓋面之寬，爲同時代作家、翻譯家所少有。其中有介紹愛爾蘭文學、比利時文壇、荷蘭詩壇、意大利文壇、澳洲現代詩人、瑞士文壇、近代法國文學、19 世紀後的匈牙利文學、新猶太文學、塞爾維亞情歌、現代捷克文學、未來派文學的現勢、20 年來的波蘭文學、騎士風的中世紀文學、烏茲別克文學、蘇聯的文藝陣線、日本的普羅作家聯盟、國際反法西斯

〔註 6〕即《茅盾譯文選集》，上海譯文出版社，1981 年版。

文學、歐美主要文學雜誌介紹、德國流亡作家的文學雜誌等。茅盾接編《小說月報》後，這方面更有所加強，他回憶道：

> 1921 年，我接編並全部革新了《小説月報》，兩年後鄭振鐸接編，直至終刊。這十一年中，全國的作家和翻譯家，以及中國文學和外國文學的研究者，都把他們的辛勤勞動的果實投給《小説月報》……《小説月報》記錄了我國老一代文學家艱辛跋涉的足跡，也成爲老一代文學家在那黑暗的年代裡汲取營養的園地。
>
> 這十一年中，《小説月報》廣泛地介紹了世界各國的文學，首先是介紹了俄國文學和世界弱小民族的文學，也介紹了西歐、北歐、南歐以及曾爲西班牙殖民地的拉丁美洲的一些國家和文學。
>
> 也許，這一些就是革新後《小説月報》之所以在當年產生廣泛影響的原因。〔註 7〕

特別值得一提的是《小說月報》革新後開闢的「海外文壇消息」專欄。《〈小說月報〉改革宣言》曾表示「將於譯述西洋名家小說而外，兼介紹世界文學界潮流之動向」，研究「西洋文學變遷之過程」，「介紹西洋之新說，以爲觀摩之助」。「海外文壇消息」欄的產生便是《小說月報》改革理論的實踐之一。它將海外文壇最新動態及時介紹進來，包括當年諾貝爾獎金的頒發、外國作家的近作及生活，外國文學作品的新譯本、新劇種、新文體的風行，一國文學在另一國家內的出版及反映，某國作家的逝世紀念，新的文學流派的產生及傳布，新發現的名家之作，某國舉行文學辯論會，某作家被逐及在國外的言論，某國的宗教與文學、戰爭文學、兒童文學等等。由於這些信息的傳入，大大開闢了中國文藝界和中國青年的眼界，縮短了中國文學和世界文學的距離，使「五四」以後的中國現代文學向世界文學靠攏了一步，促進了新文學運動的發展。

茅盾親自撰寫的外國作家評傳和作品評介，其量之大，內容之豐富、工作之浩繁，在中外文化交流史上是應當記下他的功績的。1919 年下半年，他在《近代戲劇家傳》中向讀者介紹了三十四個歐美戲劇家的傳略及作品；1920 年，他在《〈小說新潮欄〉宣言》裡，提出介紹俄、英、德、法的十九個寫實派、自然派作家；他寫有專文介紹過的作家將近六十人：意大利的但丁、薄加丘、鄧

〔註 7〕上海文藝出版社重印《小説月報》序，1981 年版。

南遮，挪威的般生、易卜生、包以爾，丹麥的安徒生，英國的莎士比亞、彌爾頓、笛福、菲爾丁、司各特、拜倫、濟慈、狄更斯、王爾德、蕭伯納，波蘭的顯克微支、萊芒忒，德國的歌德、席勒、霍甫德曼，匈牙利的裴多菲、育珂·摩耳，法國的盧梭、伏爾泰、莫里哀、巴爾扎克、雨果、大仲馬、福樓拜、左拉、莫泊桑、羅曼·羅蘭，印度的泰戈爾，西班牙的塞萬提斯、伊本納茲，比利時的梅特林克，波斯的費爾杜西，美國的史沫特萊，希臘的三大悲劇家，古羅馬的維吉爾，俄國的安特萊夫、屠格涅夫、契訶夫、妥斯陀也夫斯基、托爾斯泰、果戈里、蒲寧、勃留梭夫、蘇聯的高爾基、馬雅可夫斯基等；《小說月報》特地開闢「現代世界文學者傳略」欄，連續登載作家傳略，有法國的法朗士、拉封丹、白利歐、伯桑、克羅丹爾、波兒席、萊尼藹、雪里芳、梅里爾、福爾、戛姆、巴蘭、羅曼·羅蘭、巴比塞、杜哈默爾、魯意斯、梅脫靈、瑪倫，猶太的賓斯奇、海雪屛、考白林、阿胥，匈牙利的莫爾奈、海爾齊格，捷克的白士洛支、白息那、斯拉梅克、馬哈、齊拉散克、沙伐、捷貝克，烏拉圭的左列拉、馬丁、潘萊支、配蒂忒，秘魯的旭卡諾，墨西哥的甘曼，德國的霍甫德曼、蘇德曼、法蘭生、維也貝、湯麥司·曼等四十多名作家；1935 至 1936 年，茅盾在《漢譯西洋文學名著》、《世界文學名著講話》兩書裡系統地介紹了從荷馬史詩起至十九世紀西方的三十九部文學名著。

茅盾的一生都在從事偉大的文化交流工作。新中國成立後，他任中華人民共和國第一任文化部長兼《譯文》雜誌主編，隨著新中國國際地位的提高和國際交往的頻繁，這方面工作日益加重。1955 年，蘇聯著名作家肖洛霍夫提出「世界各國作家應該有自己的一張圓桌」的倡議，茅盾立即在《譯文》發表文章對「圓桌精神」表示贊同，他說：

> 各國人民，都希望自己國家具有燦爛的文化；希望把自己國家的寶貴文化獻給世界人民；同時也希望從別的國家的文化成果中得到寶貴的東西來豐富自己。我們翻開國際文化的歷史，就可以看到：從古以來世界各國人民就一直是建立著這樣廣泛而密切的文化聯繫的，並且各國作家就是這種聯繫的開拓者。可惜近些年來，在一些國家之間，這種聯繫被一種人爲的力量給割斷了。由於各國人民的共同努力，過去的一年中，各國文化交流的關係才有所改善，但還很不夠，應當繼續加強。這是我國人民的願望，也是世界各國人民的願望。〔註8〕

〔註 8〕《譯文》雜誌，1956 年 4 月號。

茅盾號召世界各國作家把這一願望帶到圓桌會議上去。在「圓桌精神」鼓舞下，日本《赤旗報》、法國《人道報》、《法蘭西文學報》、民主德國《星期日週刊》、匈牙利《匈牙利民族報》、意大利《團結報》、捷克斯洛伐克《文學報》、中國《文藝報》紛紛撰文表示響應。茅盾和各國作家建立了廣泛的聯繫，數次率中國作家代表團出訪，在中外文化交流史上建起友誼的橋樑和文化溝通的豐碑。茅盾不愧是中國現當代傑出的翻譯家和文化交流的偉大使者。

第二節　比較研究的倡導者和開拓者

茅盾認爲，在東西方文化包括文學的交流與比較研究中，應當樹立正確的介紹觀和研究態度。他以一個偉大學者和文學家的敏銳眼光指出文化交流和研究工作中的兩種傾向：

一種傾向是，具有正確的介紹觀和科學的研究態度，對文化交流和比較研究工作有明確的目的。他認爲，介紹西洋文學的目的不外乎三方面：

一、介紹西洋文學，不僅是介紹文學藝術，還要介紹外國的先進思想，用以抗議社會的腐敗，激勵民心，起到「足救時弊」的作用。他說：

> 我是傾向人生派的。我覺得文學作品除能給人欣賞而外，至少還須含有永存的人性，和對於理想世界的憧憬。我覺得一時代的文學是一時代缺陷與腐敗的抗議或糾正。我覺得創作者若非是全然和他的社會隔離的，若果也有社會的同情，他的創作自然而然不能不對於社會的腐敗抗議。我覺得翻譯家若果深惡自身所居的社會的腐敗，人心的死寂，而想藉外國文學作品來抗議，來刺激將死的人心，也是極應該而有益的事。〔註9〕

不僅抗議腐敗的舊社會，而且催促新時代的誕生。茅盾在給陳望道的一封信中陳述西洋文藝思潮的重要性時說，「一個新時代決不是容容易易造就得成的。我們希望在進行時遇著極堅強的阻撓物……我們像漢尼拔一樣，希望敵人集中在一點，以鐵騎破之，不願意辦『清鄉』。」〔註10〕這是多麼堅決的聲音和明確的態度。

〔註 9〕茅盾：《介紹外國文學作品的目的》。
〔註10〕茅盾：《介紹西洋文藝思潮的重要》。

二、改造人、改造人生。他說：

> 所以我最喜歡詛咒那些人類的作品，所以我極力主張譯現代的寫實主義作品。……他們低了頭一聲不響忍受軍閥惡吏的敲剝；這種樣的人生，正是國內極普遍的人生！這還算什麼人生！我們無可奈何乃希望文學來喚醒這些人；我們迷信文學有偉大的力量，故敢作此奢望。我以爲在現在我們這樣的社會裡，最大的急務是改造他們使他們像個人。〔註11〕

三、爲了創造中國的新文藝。茅盾說：「我們眞正主要的事還是介紹西洋文藝思潮進來，把國人的小說觀念矯正一下」，〔註12〕不僅是小說，詩歌也是如此，「藉此（外國詩的翻譯）可以感發本國詩的革新。我們翻開各國文學史來，常常看見詩本的傳入是本國文學史上一個新運動的導線，翻譯詩的傳入，至少在詩壇方面，要有這等的影響發生。」〔註13〕新思想的輸入能導致一場革命，這個意義是不能低估的。總之，「談革新文學非徒事模仿西洋而已，實將創造中國之新文藝，對世界盡貢獻之責任。」〔註14〕汲取異域的營養，取精用宏，把他人的精萃化爲自己的血肉，創造新文藝使中國文學與世界文學同步前進。

另一種傾向是主觀唯心主義的比較觀，或是主張「全盤西化」，或是鼓吹「東方文明」，互相對立，各爲各的目的服務。

以胡適爲代表的歐美派文人竭力宣揚西方文明，貶斥東方文化。胡適在他的《充分世界化與全盤西化》、《我們對於西洋近代文明的態度》等文中認爲，東方文明是「懶惰不長進的民族的文明」，而西方文明則是「充分運用人的聰明智慧來謀求眞理以解放人的心靈來制服天行以供人用，來改造物質的環境，來改造社會政治的制度，來謀人類最大多數的最大幸福」，這樣的文明「遠非東洋舊文明所能夢見。」〔註15〕

一些新文學的擁護者也曾盲目鼓吹「全盤西化」，如《新潮》的傅斯年在《怎樣做白話》中曾提倡「歐化的白話文」、「歐化國語文學」，不是從根本上

〔註11〕茅盾：《介紹外國文學作品的目的》。
〔註12〕同前註。
〔註13〕茅盾：《譯詩的一些意見》。
〔註14〕茅盾：《〈小說月報〉改革宣言》。
〔註15〕胡適：《我們對於西洋近代文明的態度》。

改造封建主義舊文化、舊文學，而是從語體入手，不僅不解決問題，反而給新文學的發展帶來消極影響。

當五四文學革命深入發展，以《學衡》、《甲寅》爲代表的一幫人，打出「昌明國粹，融化新知」的旗號，以「精通西學」、「學貫中西」自我標榜，販賣西方文化與中國封建文化拼湊的貨色，反對一切新學說、新思潮、新文化，污蔑西方進步思潮爲「外國吐棄的餘屑」。對這些言論，茅盾早在《新舊文學平議之平議》、《文學界的反動運動》中批駁過。

1924 年，印度詩哲泰戈爾訪華，和胡適接近的一派文人這時與復古派聯合起來，大肆吹捧泰戈爾，說「抨擊西方文化，表揚東方文化的大師到了！」「中華民族有了出路了！」用泰戈爾宣傳的「愛」「詩靈」抵制革命思潮和外來進步文化的傳播。茅盾寫了《泰戈爾與東方文化》、《對於泰戈爾的希望》等文予以駁斥。他指出：「泰戈爾在上海演講的是《東方文化之危機》，這次講演，他只反覆警告中國人不該捨棄了自己可寶貴的文化去接受那無價值的醜惡的西方文化，究竟我們的可寶貴的東方文化是什麼，他簡直沒有提起」，「我們不是閉了眼睛不問情由地反對東方文化，我們卻極不贊成這種自解嘲式的空叫東方文化，我們尤其反對那徒具空名的東方文化而仇視西方文化的態度。」〔註16〕可見，茅盾對東西方文化，既不盲目排斥，也不隨意吸收，既不妄自菲薄，也不夜郎自大，而是以辯證唯物主義和歷史唯物主義的態度對待之。

樹立了正確的研究態度，還必需運用正確的方法論，即系統的、經濟的、比較的研究方法。

系統的研究方法很重要，無論研究中國文學還是研究西洋文學，都必須有窮本溯源的精神和系統的認識。茅盾說：

> 我從前治中國文學，就曾窮本溯源一番過來，現在既把線裝書束之高閣了，轉而借鑒於歐洲，自當從希臘、羅馬開始，橫貫十九世紀，直到世紀末，那時，二十世紀才過了二十年，歐洲最新的文藝思潮還傳不到中國，因而也給我一個機會對十九世紀以前的歐洲文學作一番系統的研究。〔註17〕

茅盾以自己的切身體會進一步提出，系統研究西洋文學必須具備四個基本觀念：

〔註16〕茅盾：《泰戈爾與東方文化》。

〔註17〕茅盾：《我走過的道路・商務印書館編譯所》，人民文學出版社，1981 年版。

從前的文藝批評家解釋文學思潮的變遷，有「兩個H，四個R」之說。所謂兩個H便指的是 Hebrism（希伯來主義）和 Helenism（希臘主義）、四個R就是指 Renaissance（文藝復興），Reformation（宗教改革），Rationalism（合理主義），Revolution（法蘭西革命）而言，尤其是「二希」，很被重視爲歐洲文藝史的兩大動脈，然而我們現在卻不能不說像這樣的迂迴曲折的解釋是徒費了力氣。當然我們並不否認「文藝復興」的高湖是立腳於「希臘精神」的追索……在中世紀的漫漫長夜裡，生產手段有了新的進步，在僧侶和貴族的兩種神權的硬殼下，早孕起新的社會階級，要求著新的社會組織，而又恰好覺得古代希臘的社會組織有幾分合於他們的憧憬，所以便燃起了「研究希臘」的熱情來了。畢竟文學的潮流不是半空中掉下來的，也不是在夢中拾得的，而是從那個深深地作成了人類生活一切變動之源的社會生產方法的底層爆發出來的上層的裝飾。〔註 18〕

這是研究西洋文學史應有的第一個基本概念。從基礎與上層建築的關係入手，看古代頌歌、舞曲、史詩、悲劇等等，才能理清西洋文學史的脈絡，而不是從偶然的事件、作家個人生平經歷過的事實，不是偶然迷戀於某種文學時尚，也不是旅行者、政治流亡者偶然帶去的文化種子，看西洋文學如此，看中國文學亦如此。

自來的文學家——而且以後也是，只反映了他所在的那個社會裡的最有權威的意識，就是支配階級的意識；當然歷史上不乏和當時最有權威的意識發生反抗的文學家，但是這種反抗的精神和言論也不是「超然」獨自發生的，乃是因爲當時的那個最有權威的意識——支配階級的本身，已經有了裂縫，已在崩壞，而且和這支配階級對抗的新興階級已在抬頭……〔註 19〕

茅盾批評了資產階級文學史家和批評家宣揚的文藝的「超然說」，說明意識形態領域的文學藝術是受到統治階級思想制約的。不同國家的文學的聯繫應當看作一個歷史範疇，在各種具體的歷史條件下，其活躍程度是不同的，而且採取不同的形式。當一種文學傳播到另一國家的時候，和接受國的歷史

〔註 18〕茅盾：《西洋文化通訊》，世界書局，1930 年版。
〔註 19〕同前註。

類型、統治階級的思想以及文學過程的趨同有著密切的關係，當我們對兩國以上的文學進行比較研究的時候，必須考慮到這個前提。

第三，從民初時代而來的文學屬於公眾的精神產物，直到重商主義在歐洲抬頭，文學家的社會地位才由公眾轉爲個人的。〔註20〕

第四，無論文藝上的思潮怎樣變遷，無非是寫實精神和浪漫精神的互相推移。〔註21〕

以上是系統研究西洋文學的四個基本觀念，進行東西方文學比較，也必須從這四點出發，考慮到國與國之間相同或相似的經濟基礎、歷史類型，相同或相異的文化背景以及與之相適應的文學藝術。

經濟的研究方法是適合中國社會的現狀及文藝界的實際情況的。茅盾說：

> 西洋新文學傑作，譯成華文的，不到百分之幾，所以我們現在應選最要緊最切用的先譯，才是時間上人力上的經濟辦法。〔註22〕
>
> 如英國唯美派王爾德的《人生裝飾觀》的著作，也不是篇篇可以介紹的。王爾德的「藝術是最高的實體，人生不過是裝飾」的意思，不能不說他是和現在精神相反，諸如此類的著作，我們若漫不分別地介紹過來，委實是太不經濟的事——於成就新文學運動的目的是不經濟的。所以介紹時的選擇是第一應得注意的。〔註23〕

比較的研究方法，茅盾有過多方面的論述和倡導，他總是企圖從世界文學的範圍宏觀地考察文學現象，不停留在一般作家作品的類比上，而是從更廣更高的角度探索文學現象的可比性並尋出中外相通的帶普遍意義的藝術規律和藝術方法，從而開闊文學研究的視野和胸襟。1921 年，他以Ｐ・生的筆名在《民國日報・覺悟》欄發表一系列短文，稱梅德林克（M. Maeterlinck）爲比利時的莎士比亞，亞奈爾（Arany）爲匈牙利的彭斯，潘勒士（Perez）爲猶太的杜德，阿爾秦（Aleiehin）爲猶太的馬托溫，蘇特爾保格（Soderberg）爲瑞典的法朗士，指出他們雖兩兩不同國籍，但其作品、風格、人生觀及在文學史上的地位是相似的。1933 年，茅盾寫過一篇《日本文學家的水滸觀》，他從日本作家看中國古典名著這一特殊的觀察窗口發現了一個深刻而有趣的

〔註20〕茅盾：《西洋文化通訊》，世界書局，1930 年版。
〔註21〕同前註。
〔註22〕茅盾：《對於系統的、經濟的介紹西洋文學底意見》。
〔註23〕茅盾：《新文學研究者的責任與努力》。

現象，即中日學者觀察問題的相同乃在於兩國生產方式的相同。文中列舉了日本已故文學家森鷗外在明治三十年寫的一篇《水滸傳》的文章說：

> 此外在《水滸傳》的性質上還有一件可以注意。這就是這書所含的中國文明史的分子簡直就是中國社會的分子的一件事。換了話說，就是宋代的中國和現今的中國有同一的顯象，它正影印在這部書裡頭，因而無論如何，《水滸傳》不失爲中國特產的一件事。中國爲什麼總有疫癘、凶歉、泛濫、相繼而至？中國的官吏爲什麼不能夠防遏它？中國爲什麼總有匪徒橫行？中國的官兵爲什麼不能夠蕩平它？這是宋時已有的問題，而今也還不能解釋。我每讀《水滸傳》便未嘗不想到也。

從「日本文學家的水滸觀」可以看出，森鷗外對中國社會問題爲何如此敏感，看得也很準確，因爲他提出的是亞細亞生產方式，中國和日本生產方式相同，日本社會也有同樣的弊端，作爲社會生活反映的文學藝術不可避免地有類似之處，處於同樣文化背景下的作家看待對方的文學作品便很自然地提出了這個問題。

在比較文學研究中，茅盾是比較側重影響研究的。所謂影響，常常指一個國家的文學與另一個國家的文學在接觸、撞擊的過程中產生的反應，這個反應包括兩方面，一方面是吸收、滲透、借鑒、模仿；另一方面是揚棄甚至抵制和排斥。不同世界觀、不同立場、創作個性和生活經驗的作家作品都會產生不同後果。引力與斥力的極其微妙複雜的結合常常構成多種文學相互關係的實質。

能夠被吸收、借鑒的影響，往往是合於某個社會的需要。任何思想影響都是受到社會制約的，這種制約性取決於民族、社會、文學發展的內部規律，當一種思想輸入的時候，或者說當一類文學形象被另一個國家接受的時候，往往是經過了創造性的改造，與新的社會條件、民族生活相適應，使之能適合新環境的生存。早在 1920 年，茅盾便透闢地看到了這個現象，他說：

> 譯《華倫夫人之職業》不如譯《陋巷》（亦蕭的著作。）因爲中國母親開妓院，女兒進大學的事尚少，竟可說是沒有，而蓋造低賤市房以剝削窮人的實在很多。又如《群鬼》一篇，便可改譯易卜生的《少年團》，因爲中國現在正是老年思想與青年思想衝突的時代，

爭戰的決勝時代。再推上去講，《扇誤》可改譯莫特的 *Hegveat Divide*，因爲對於我們研究結婚問題貞操問題——女性獨立問題，有多少的助力！〔註24〕

「五四」時期的中國文壇接受易卜生、蕭伯納等的作品，因爲這些作品與當時的社會需要、社會問題相合拍的緣故。魯迅在當時提出過「從俄國借鑒」的口號，也因爲俄國文學中吶喊和反抗的聲音與中國社會思潮相合，他說：「因爲所求的作品是叫喊和反抗，因此所看的俄國、波蘭以及巴爾幹諸國作家的東西就特別多……記得當時最愛看的作者是俄國的果戈里。」〔註25〕茅盾認爲，魯迅這段談俄國文學影響的自述「在1918年以後，已經可以視爲中國大多數進步的青年文藝工作者的自白。而魯迅對於他自己的和果戈里的同一題名的作品（《狂人日記》）所作的比較，其意義實不僅限於此兩篇作品。如果我們進一步研究這兩位大作家。我們將發現兩人之中有更多的相似，但也有同樣多的不相同。諷刺是他們風格的共同點，然而魯迅的諷刺比果戈里更爲辛辣。」〔註26〕魯迅從果戈里的作品受到啓發，然而魯迅的《狂人日記》不是針對俄國社會，而是針對中國封建社會的，且比果戈里的更爲憂憤深廣。

茅盾曾十分注意法國文學給予歐洲各國的恩惠，他在《小說月報》的「法國文學專號」上曾撰文指出，從11世紀開始，法國的抒情詩，主要是戀歌，直接影響了德國的抒情韻文和宮廷史詩，藝術上是德國味，而詩文中貴族的人生觀和騎士的戀愛觀仍是法國風的。歐洲的文藝復興雖始於意大利，卻因法國的媒介把回歸後的古典藝術帶到了德國、英國和西班牙。17世紀後半葉是法國文學的黃金時代，拉封丹的寓言作爲大自然和動物世界的圖畫、賽文夫人的充滿高尚情操和愉快的機警的尺牘文學都給予歐洲文學以很大影響。不僅影響北歐，也影響南歐，西班牙汲取法國的精神食糧至少持續了一百年。18世紀時，要求理智的呼聲到復歸自然的傾向，都是自法國源出而後波及全世界。19世紀歐洲文壇兩大思潮——浪漫主義與自然主義曾喚醒了許多國家的作家，他們在創作上惟法國馬首是瞻。〔註27〕法國文學史的豐富事實說明了國與國之間文學影響的存在和影響研究的必要性。

〔註24〕茅盾：《對於系統的、經濟的介紹西洋文學底意見》。
〔註25〕魯迅：《我怎麼做起小說來》。
〔註26〕茅盾：《果戈里在中國》。
〔註27〕茅盾：《法國文學對於歐洲文學的影響》。

茅盾自己的文學道路同樣說明了這個問題。他受外國文學影響，主要表現在現實主義創作方法的學習與借鑒，汲取其精髓，豐富「爲人生」的文學主張及革命現實主義的創作實踐。他在青年時代就廣泛閱讀歐洲19世紀批判現實主義大師的名著，他說：

> 我讀得很雜。英國方面，我最多讀的，是狄更斯和司各特，法國的是大仲馬和莫泊桑、左拉；俄國的是托爾斯泰和契訶夫；另外就是一些弱小民族的作家了。這幾位作家的重要作品，我常常隔開多少時後拿來再讀一遍。〔註28〕

這些批判現實主義大師都注重眞實地反映現實，強調觀察與分析，反對做作和虛構，茅盾把這些精神都吸收在自己的現實主義文藝理論裡。對於創作，他說過：

> 我愛左拉，我亦愛托爾斯泰。我曾經熱心地——雖然無效地而且很受誤會和反對，鼓吹過左拉的自然主義，可是到我自己來試作小說的時候，我卻更接近於托爾斯泰了。〔註29〕

茅盾推崇左拉，是因爲左拉的自然主義主張眞實地反映現實，在這點上和現實主義取得了一致。「我提倡過自然主義，但當我寫第一部小說時，用的卻是現實主義。」〔註30〕至於他用無產階級世界觀觀察現實，用革命現實主義進行創作則是受到蘇聯文學和馬克思主義文藝理論的啓發和影響。他在《答國際文學社問》中寫道：

> 對於布爾齊亞的文學理論，我曾經有過相當的文學研究，可是我知道這些舊理論不能指導我的工作，我竭力想從「十月革命」及其文學收穫中學習，我困苦地然而堅決地要脫下我的舊外套。
>
> 我這工作精神以及工作方向，是「十月革命」及其文學收穫給我的！

以上列舉的都是接受影響時表現爲吸收、銓釋、融匯的一方面，此外，還有排斥、抵制的另一面。如歐戰時，巴西站在協約國一方與法國極爲親熱，可是戰後，巴西文壇卻憎恨法國，掀起「反法運動」。其實，戰時的親法與戰後的排法屬於同一個原因，乃是巴西的知識界要求獨立自由思想的表示。巴

〔註28〕茅盾：《談我的研究》。

〔註29〕茅盾：《從牯嶺到東京》。

〔註30〕茅盾：《我走過的道路・創作生涯的開始》，人民文學出版社，1981年版。

西的思想界素來受法國思潮支配，文學藝術尤其如此，法國的浪漫主義在巴西的勢力很大，它將新的衝動帶給巴西的小說和詩，再加上其它的成分——宗教的、愛自然的、拜倫風的等等與巴西民族特有的柔和憂鬱結合起來，滲透到巴西的民族性中，很容易接受其影響，可是，法國思想對巴西知識界的壓迫，使巴西產不出「土貨」文藝，戰後的巴西人認識到要有自己的土著文藝，非把法國思想的軛勒除去不可，於是變成反法的了。茅盾認爲這種影響並不奇怪，「因爲世界文學的果子大都是交互受胎而成，很少獨性受胎的，正和生物界相彷。」〔註31〕

文學現象是複雜的，國與國之間如此，一國之內，當一種文學運動或一種文學流派與另一種文學運動、文學流派交替的時候，也會產生或是匯合或是抵制的現象。19 世紀 30 年代法國浪漫主義和古典主義的決鬥表現在雨果的《歐那尼》的上演。茅盾稱《歐那尼》「是浪漫主義的一個大炸彈」，它的上演「便是浪漫主義對古典主義決定命運的主力戰」，「頑抗的古典主義在《歐那尼》面前終於全軍覆沒！」〔註32〕因爲一齣戲的上演而導致有人決鬥，有人在遺囑上寫「相信雨果！」，雙方在戲院裡毆打、起哄，成爲巴黎街頭巷尾人人皆知的大事件。這說明兩種文學流派的更迭有著十分複雜的背景，《歐那尼》上演的糾紛是以法國大革命直到 1830 年間長期的政治糾紛及社會經濟基礎的變革爲背景的，巴黎市民們出於對查理王朝的憎恨和對自由的渴望，把劇中主角歐那尼當作實現市民階級理想的化身，他們從歐那尼身上看到了自己的靈魂、自己的眞實。《歐那尼》上演後五個月，掃蕩查理王朝的市民革命就爆發了，《歐那尼》所反映的，正是革命前夜市民階級按捺不住的情緒和意識。「圍繞著《歐那尼》的決戰不僅是古典主義對浪漫主義，實在是過去的（沒落的）一代對未來的（正在興起的）一代！」〔註33〕茅盾以雨果的《歐那尼》爲例說明影響研究不能拋棄社會背景和文化背景而去孤立地、駕空地研究文學現象。

茅盾從「五四」時期直到逝世前，爲中國的比較文學研究作出了多方面的貢獻，他積極主張並致力於東西方文學起的溝通，他提出了研究西洋文學和進行比較文學研究的基本原則和方法，這些原則和方法不是憑空臆想的，而是根據西洋文學史的發展規律和中國社會的需要提出的，半個多世紀過去

〔註31〕茅盾：《現代文藝雜論·巴西文壇與法國文學》，世界書局，1929 年版。
〔註32〕茅盾：《世界文學名著講話·雨果和〈哀史〉》，開明書店，1936 年版。
〔註33〕同前註。

了，他的意見在今天看來仍然是正確的、有價值的。茅盾不愧為我國比較文學的倡導者和開拓者。

第三節　中世紀文學被納入比較文學研究的範疇

在歐美一些國家裡，比較文學是研究從文藝復興到當今文學的一門科學。從20世紀初葉起，比較文學的奠基人南・巴登斯貝格和凡・第根、伽列、基亞等就是這麼認識並從這一認識出發逐步建全這一學科的。他們的著作論述的內容，往往把中世紀文學排除在外。

第根在他的《比較文學論》（1931年）裡寫道：

> 在這一千年的過程中，在幾乎毫無成果的時期之後，我們遇到了用拉丁文寫的神學家、哲學家、編年史家，或者使用各種民族語言的編年史家、講故事的人、詩人。後面這些人中間的一些人表達了人道的和永恆的真實感情，但是他們往往缺乏美好和完善的形式，因此他們沒有成為文人研究與仿效的對象。〔註34〕

他把口頭文學從比較文學研究領域排除了出去。他說：

> 藝術和這種沒有作者姓名的傳統沒有關係，因為沒有作者姓名的傳統的特點是無個性的，而比較文學研究的是個人的作用和影響。〔註35〕

伽列為基亞的《比較文學》（1951年）一書撰寫的前言為比較文學擬出如下定義：

> 比較文學是文學史的一支：它研究國際的精神聯繫，研究拜倫和普希金、歌德和卡萊爾、司各特和維倫之間的事實聯繫，研究不同文學的作家之間在作品、靈感甚至生活方面的事實聯繫。〔註36〕

以上觀點顯然是保守、偏頗的。在實證主義影響之下，把比較文學局限在事實描述的範圍之內，使比較研究的歷史範圍盡量縮小，不僅不利於比較研究的開展，也不利於對各國文學現象的研究，包括與事實聯繫的影響研究和不同文化背景下的平行研究。

〔註34〕轉引自《比較文學研究譯文集・中世紀文學是比較文學的對象》：日爾蒙斯基，黃成來譯、上海譯文出版社，1985年版。

〔註35〕同前註。

〔註36〕轉引自《比較文學研究譯文集・編者前言》，北京大學出版社，1982年版。

其實，只要我們把比較文學的歷史傳統推得更遠一點看，不難看出，遠在比較文學的上述奠基人的理論之前，在一些有關比較文學的著述中，是很注意中世紀文學的。馬克斯．科赫（1887～1906）的第一本比較文學雜誌不僅注意到中世紀文學的比較史，而且把民間創作作爲比較研究的一個重要領域提了出來。英國波斯奈特於 1886 年出版的《比較文學》一書曾被梵．第根稱爲「又劃出一個時代」的著作，這本書從民間口頭創作開始，對東方、古希臘羅馬、中世紀各列專章進行比較分析。所以，從比較文學的歷史傳統看，中世紀文學應當納入比較文學的研究範疇。

從中世紀文學留傳至今的大量材料看，用比較方法對其進行研究也是完全有理由、有必要的。中世紀的英雄史詩、騎士小說、騎士抒情詩、神話傳說和描寫風俗人情的城市小說，其主題、情節、人物、風格，是一定文化地理範圍內的國際現象，它們之間有相似的地方，也有互相影響的地方。雖然不存在個人的影響或以某個人爲代表的流派，但作爲一種體裁，它能延續下來，不能不把它看作是一種國際文化現象來加以研究。因此，擴展比較文學研究的時間幅度，理應把中世紀文學包羅進去。

把中世紀文學納入比較文學研究範疇，是茅盾對比較文學研究的一貫觀點。1929 年，茅盾以玄珠的筆名出版《騎士文學 ABC》一書，對騎士文學的特點、韻文「羅曼司」、散文「羅曼司」、後期「羅曼司」以及騎士文學的類別作了全面闡述。

茅盾首先注意到封建騎士制度與騎士文學的關係，騎士文學是騎士制度的產物。他指出：

> 騎士制度是那時的封建諸侯國家的特殊組織，雖然以「忠君、護教、任俠」爲信條，似乎還不失爲中國朱郭游俠的一流，然而實際上，那些騎士只是酗酒好色的武夫，做了封建諸侯的爪牙，藉著「保護正教」的名義，任意殺人而已。在十字軍東征時，騎士的風頭就出得十足了，貨眞價實的騎士文學就在那個時代產生。
>
> 在歐洲文學史上，騎士文學是代表封建制度的文學。換一句話說，即是與政治上的封建制度相應和，或是爲封建諸侯的工具的，在文化方面，有騎士文學。現在自然不會再有人去摹擬或欣賞騎士文學，可是就文學史的立場而言，騎士文學是上承神話傳說，下啓近代小說的。所以騎士文學的研究也不一定是多事。騎士文學的「殿

軍」，有名的堂·吉呵德，是給騎士文學報了春的。〔註37〕

茅盾看到，封建諸侯國家的出現並非一國特有的現象，中世紀歐洲各國有著共同的封建文化過程，不僅封建生產方式的發展相似，包括宗教勢力的侵襲、教會對文化的壟斷現象都大致相同。騎士文學的誕生在若干國家都有類似的情況，呈現一種國際文化現象，這是毫不足怪的。日耳曼人的歷史歌謠、神話傳說和有關民族大遷移時代的史詩，凱爾特人的英雄故事，斯拉夫人的歌謠以及後期法國的英雄史詩和騎士文學，反映了中世紀人民的生活、信仰、精神面貌和藝術風格。中世紀文學的成就以及在各國、各民族間呈現的絢爛多彩的風姿爲比較文學研究提供了可能性和可比性。

中世紀文學一個很大的特點就是和民間文學的密切聯繫。謠曲、抒情詩、史詩、傳奇往往是從民間故事或是城鎮流傳的演唱轉化而來的。12世紀至13世紀是騎士文學第一期，北方的行吟詩人（Trouveres）的詩篇稱爲「韻文羅曼司」，與南方行吟詩人（Troubadours）的作品相比，前者剛健粗豪，後者戀愛色彩濃厚。繼之而起的是「散文羅曼司」。茅盾把「韻文羅曼司」與「散文羅曼司」進行比較，指出「韻文羅曼司」是封建制度全盛時代的產物」，而「散文羅曼司」則是新興的商業資本主義侵蝕封建制度的機構而封建社會已經走了沒落之路的時候。「『散文羅曼司』裡反映出來的『騎士道』，已經含有濃厚的都市風氣和商業的經濟的意味。『散文羅曼司裡』的『騎士』已經不像『韻文羅曼司』裡的騎士似的是封建制度的支柱，而是變把戲一樣的『技士』。」〔註38〕除了背景的差異而外，二者的內容也是大不相同的。「韻文羅曼司」寫的是離奇的戀愛故事，而「散文羅曼司」寫的是十字軍事件、亞瑟王、查理大帝的傳說；「韻文羅曼司」裡的騎士們冒險的對象是獅子、老虎、毒龍、巨人、妖巫，這些冒險行爲多半是在神秘的環境內，古老的不見天日的大森林、迷路的堡寨、保密的山洞，騎士都極勇敢，有魔法的盔、指環、寶劍，最後總是勝利的。「散文羅曼司」裡騎士冒險的對象是人而不是怪物，環境總在平平常常的鄉村或城堡裡，他們沒有會施魔法的東西，只會鎧甲精美，武藝高強，比武時以不傷人爲原則，戰敗者出贖金，滲透了經濟因素。

在對羅曼司進行比較研究的同時，茅盾還看到，十字軍東征對西歐文化的發展起了促進作用，表現在文學方面就是東方故事、愛情詩歌、東方史詩

〔註37〕茅盾：《騎士文學ABC·第一章》，世界書局，1928年版。
〔註38〕茅盾：《世界文學名著講話·吉訶德先生》，開明書店，1936年版。

以其華麗的風格被吸收到歐洲文學裡來，東西方文化的滲透爲東西方文化的影響研究提供了前提。茅盾指出：

> 十字軍兵，和東方接觸了以後，歐洲的「羅曼司」又有了新的裝飾了。從前的故事是籠罩著大森林的陰暗和北方神話的怪異。現在呢？東方的想像的光，照耀著來了；「羅曼司」裡充滿了發光的珠寶，有力的符咒，魔術的膏藥和聖水，妖艷的美女，富麗的宮殿和迷人的花園了。這些奢侈的東方的觀念，早已從西班牙的摩耳人傳入了歐洲文學，並且猶太人也曾將東方的小說傳到歐洲，但是十字軍的騎士們直接輸進了那些東方色彩，卻是不容忽視的事。而況隨軍的弦歌詩人如勃朗特爾（Blondel）竟自跟著他的爵爺到過東方，那就是「羅曼司」染上東方色彩的更重要的原因了。〔註 39〕

歷史是不允許被割斷來進行研究的，文學史也是如此。政治的、經濟的、宗教的、民俗的等等大小歷史事件、人物、環境都是人類歷史長河中的一部分，文學藝術更有前後繼承的發展關係。人類社會歷史發展的共同過程具有一致性和規律性，這種一致性和規律性是進行文學的比較研究的前提，通過比較研究既可看出文學發展的必然規律，也可判明研究對象的階段性和特殊性。正是基於這樣的認識，茅盾認爲，中世紀文學爲近代文學準備了條件，中世紀的散文小說是近代小說的先驅。他清楚地看到它們之間的繼承關係。他說：

> 中世紀的散文小說——《阿瑪笛斯》、《十日譚》、《甘德百蘭故事》通力合作似的把近代小說的原質都有了藝術的胚胎，並且有這仔細的研究和有意的應用，甚至近代小說結構上的最高形式，即所謂有機的結構，也似乎在《尼撥龍琴歌》裡有了雛形了。〔註 40〕

許多性急的文學史家和批評家總想把《阿瑪笛斯》等作品稱爲近代小說的第一部，茅盾則認爲那都是半成品，不過是近代小說的先驅，這類先驅性作品大致包括三類：

一是「惡混羅曼司」或稱「惡戲傳奇」，這類作品曾給近代小說「以若干推助的微力」〔註 41〕，直到塞萬提斯的《唐・吉訶德》問世，才「宣告了中

〔註 39〕茅盾：《騎士文學 ABC・第一章》，世界書局，1929 年版。
〔註 40〕茅盾：《小說研究 ABC・近代小說之先驅》，中華書局，1928 年版。
〔註 41〕同前註。

世紀的騎士文學的『壽終正寢』，宣告新的文學領土的建立」〔註42〕。塞萬提斯彗星一般的出現「一面以嘲笑來埋葬了騎士的世界和騎士的文學，但同時亦用了詩的輝耀的圖光來圍照著自己的『悲哀姿態的騎士』的頭顱」〔註43〕，他的筆雖爲中世紀文學和近代小說劃了一條界線，但我們仍可在他描繪的西班牙人生畫面裏找到「後期羅曼長」用粗筆畫下的時代輪廓和某些人物的身影。

二是 17 世紀法國盛行的「軟性讀物」，實是騎士文學和牧歌式的傳奇。拉法夷忒夫人（Madame Lafayette）的《克里甫斯公主》被法國人稱爲第一部近代小說，茅盾認爲它對近代小說的貢獻在於「把現實人生引到宮廷故事方面去，而從前的作者卻只把現實生活引到市井生活的故事。她把『觀察的眼』從表面進入內心，從動作進入思想，從肉體進入靈魂。」〔註 44〕它的問世標誌著近代小說的產生已到了不能再延擱的時刻，但它又不失與騎士文學的聯繫。

三是 17 世紀的英國文學。李卻特生的《帕米拉》被批評家們認爲是近代小說之父，凡近代小說應有的要素，《帕米拉》幾乎都有了。「《帕米拉》在世界文學史上是有歷史性的偉大，因爲它的驚人的風行一時使得世界想得到小說，並且要求小說，它開了大河的閘，於是好的壞的不好的不壞的小說像洪水似的衝出來布滿了世界。」〔註 45〕它在結構、人物、環境的描寫上奠定了近代小說的基礎。

既看到中世紀文學與近代文學間的聯繫，又看到二者之間的區別和獨特性，比較研究的目的在於判明歷史現象的異同並對它們作出歷史解釋，茅盾不僅把中世紀文學納入比較研究的範疇，而且對它的淵源和前景作了歷史性的闡明。

第四節　對近代文學體系的界說和比較研究

1921 年，茅盾寫有《近代文學體系的研究》這篇重要論文，論及近代文學的界說、近代文學的淵源、近代文學中的小說、詩歌、戲劇的比較研究，

〔註42〕茅盾：《小說研究 ABC・近代小說之先驅》，中華書局，1928 年版。
〔註43〕茅盾：《世界文學名著講話・吉訶德先生》，開明書店，1936 年版。
〔註44〕茅盾：《小說研究 ABC・近代小說之先驅》，中華書局，1928 年版。
〔註45〕同前註。

後與劉貞晦的《中國文學變遷史略》合印一書，書名《中國文學變遷史》，由上海新文化書社出版，這是 20 年代初期研究比較文學的一本重要論著。此外，在《小說研究 ABC》（1928 年）、《西洋文學》（1930 年）等著作中，同樣表述了茅盾對比較文學的一些基本觀點，集中體現了他在中國新文學運動頭十年對我國比較文學的貢獻。

近代文學從什麼時候算起？有兩種意見，一種意見認爲應從浪漫主義極盛時代算起，另一種意見認爲應從易卜生的寫實主義開始時代算起。

茅盾認爲，浪漫主義在破除崇古主義的束縛方面、以活潑潑的思想描寫活潑潑的人生方面、使作家能夠自由發展他的理想方面，都充滿一種崇古主義文學和死文學都不具備的前進不息的精神，一種有膽識的創造的精神。這種精神進入近代文學，使近代文學受其厚貺。沒有浪漫主義打先鋒開路，便沒有近代文學。這就是浪漫主義不容忽視的時代價值和歷史作用。但是，浪漫主義文學是貴族的，是玩具的，和近代文學的特質恰恰相反，因此近代文學不應從浪漫主義極盛時代算起。

後一種意見理由充足。茅盾說：「因爲近代文學無論哪一派，都是直接間接受易卜生的影響，文學中討論到社會上種種問題，實是易卜生開始。浪漫派文學統治西洋思想界到數百年之久，到此時也被易卜生打倒，推易卜生爲近代文學始祖，那是無可疑的了。」〔註 46〕

近代關於小說在理論上的定義和解釋是經過一個很長的歷史過程才逐漸確定下來的，正確的理論認識建立在不斷完善、豐富的創作經驗上。當我們回過頭去研究關於小說的定義時，不得不把各個歷史階段對於小說定義的解釋作一番比較，之後才能清楚地看出任何定義和理論的確立有一個漫長的過程，也才能對近代小說的同異作進一步的比較研究。茅盾把對小說的解釋分成若干階段，並對每一階段的解釋加以評點：

用嚴正的態度研究小說，是很早以前的事了。17 世紀羽厄特（Abbe Huet）的《小說起源》給小說下的定義是：「所謂小說，乃是戀愛冒險的作品，用散文精妙描寫，旨在使讀者賞心悅目，並得教訓。」茅盾認爲「這個定義之不完備自不待言，特別是沒有講到構成小說的要素是什麼。」〔註 47〕

〔註 46〕茅盾：《中國文學變遷史・近代文學體系的研究》，上海新文化書社，1921 年版。

〔註 47〕茅盾：《小說研究 ABC・第一章研究的對象》，世界書局，1928 年版。

對小說的性質作出較準確的解釋的是菲爾丁（Henry Fielding），他在自己的小說《齊失夫．安德烈》的序裡稱小說是「散文的喜劇的史詩」，他給小說制定了三條法規：有趣而不太緊張、要描寫現實人生、要含有教訓的道德意味。茅盾歸納了他的意見並代擬一定義爲「小說是放大的喜劇，確合乎日常生活和道德的教訓，爲圖書館而作，非爲舞台而作。」〔註 48〕

女作家呂芙（Clara Reave）在 1785 年寫的《小說進程》一書給小說下的定義是：「小說是眞實的生活與風土的圖畫，並且就是那小說的著作時代的風土與生活。」茅盾指爲，「這個定義大體是不差的，因爲能夠把 Novel 和以前的 Romance 劃分得很清楚，但是並不能加在說明小說的構成原素上。」〔註 49〕

土格門（Tuckerman）的《英國小說史》1882 年出版，比呂芙的書晚了將近一個世紀，他非常注重結構，他在讚揚小說家菲爾丁時說：「就是這精美的結構——將每個次要的動作都作爲總目的之附屬，將一切事實都歸結於完成全書的最後目標的那種技巧——使菲爾丁配稱爲英國小說的創始者。」茅盾認爲，「這樣的看重結構，便是使得 Novel 與其它一切散文的描寫人生的作品截然不同而成爲獨立的形式。」〔註 50〕

十三年後，華倫（Warren）在他的《小說史》中說，「小說是一件虛擬的散文的敘述，中間包含著一個結構。」茅盾認爲「於是近代小說的重要條件之一——結構，是較早地被公認的了。」〔註 51〕

七年後，配萊（Bliss Perry）在他的《小說研究》中說，「小說家與詩人同樣是對於人生自始有興味⋯⋯小說家與詩人，一言以蔽之，最先最先注意的是人。」沒有人物不成爲小說，人物是小說的中心和主體。

茅盾概括總結了二百年間文學史上對於小說的各種解釋，比較了從古至今的各種提法，從中可以看到，這些解釋從不完善不準確到逐步完善準確，從一般抽象的認識到小說具體要素的闡釋，隨著作家創作的日臻成熟，理論認識也逐漸完善。茅盾總結道：

> Novel（小說或近代小說）是散文的文藝作品，主要是描寫現實人生，必須有精密的結構，活潑有靈魂的人物，並且要有合於書中

〔註 48〕茅盾：《小說研究 ABC．第一章研究的對象》，世界書局，1928 年版。
〔註 49〕同前註。
〔註 50〕同前註。
〔註 51〕同前註。

> 時代與人物身份的背景或環境。我們現在研究的對象，就是這個。從歷史方面，我們要研究這個新的獨特的形式——所謂近代小說者，是怎樣一點一點發達成的；從理論方面，我們要研究結構、人物、環境三者在一部小說內的最高度的完成。〔註52〕

除對近代小說的定義作出理論的解釋並對這一解釋有充分的歷史認識而外，還必須區別近代小說發展的四個階段，比較這四個階段的相同和不同。

第一個階段是古典主義時代。文學是摹仿的，沒有描寫人生的本事，也不能寫什麼理想，只是在美學上有其「物性」，有一定藝術價值而已。

第二階段是浪漫主義階段。浪漫主義在各國因各國的社會、政治、文化的不同而呈現不同的面貌，即使在一國內，也因作家所屬流派不同而面貌各異，但是作爲一個整體，是可以區別於古典主義的異趨的。茅盾認爲古典主義是有「世界主義」性的，它跨過了各民族，惟以人類一般爲依歸，這裡說的「人類一般」只以「古典的」爲規範，浪漫主義則不然，它是「國民主義」性的。古典主義崇拜古希臘羅馬，看不起中世紀；浪漫主義則注目於中世紀，對希臘羅馬不感興趣，這一點，英德法各國的浪漫主義作家大致是相同的。古典主義的注意力在貴族成分異常濃厚的都市，其作品以表達都市居民的意識爲目的，浪漫主義卻相反，幾乎所有的浪漫主義作家都是大自然的讚美者和崇拜者。古典主義所表現的，是以貴族爲中心的全社會共通的思想、感情、意識等等，但浪漫主義則以表現自我爲主。古典主義是理性的、邏輯的、冷靜的，比較注意抽象和普遍的東西；浪漫主義則相反，色調多幻想、神秘，追求奇特，作品的背景要奇特（西班牙、東方往往成爲浪漫主義作家描寫的場所），人物的個性要奇特（殘廢者、囚徒、賣淫婦、私生子往往成爲作品的主人公）。從整體看，浪漫主義幾乎沒有一處不是和古典主義相對立的，但是這種對立，說明文學的進化，而不是倒退。〔註53〕

第三階段是寫實主義階段。浪漫派和寫實派創作態度不同，浪漫主義者發於情，要放歌，不能自己，喜怒哀樂非傾吐不可，現實主義者要觀察，冷靜、忠實，不加主觀抑揚地描寫，浪漫派是在自己腔子裡任意製造美，現實派則忠實地要發現「美」，浪漫者主觀熱情，表現個性，現實者客觀冷心，藏起個性。他們的題材也不同，浪漫派專取驚心奪目的題材，要求奇偉，諱言

〔註52〕茅盾：《小說研究 ABC・第一章研究的對象》，世界書局，1928 年版。
〔註53〕茅盾：《世界文學名著講話・雨果和〈哀史〉》，開明書店，1936 年版。

平凡，人物是理想的英雄豪傑；現實派描寫灰色平凡的人生，寫普通人。他們對人生的態度不同，浪漫派熱愛人生，把自己創造的好人捧上天堂，把壞人打入地獄，作品裡的人間世黑白分明，善必得賞，惡必招殃，現實派對人生不露主觀好惡。他們描寫的方法不同，浪漫派重想像，對事物只捉摸籠統的觀念，現實派重觀察，不含糊，重分析。他們對作品的技巧觀念不同，浪漫派重雄偉、奇瑰、熱情奔放，現實派重自然和諧的美。〔註 54〕

第四階段是新浪漫主義時代，其表現手法與寫實主義相同。

從創作實踐看，近代長篇小說和短篇小說是不同的。結構不同，長短篇不同不在長短，而在結構，長篇沒有很短的，短篇卻有很長的，如顯克微支的短篇小說《炭畫》篇幅卻很長。短篇多截面描寫，取一段生活，如司各脫的《撒克遜劫後英雄傳》，字數很長，但屬於短篇；長篇多直面描寫，常常寫一個人的一生。〔註 55〕

近代詩的形成也是經過了歷史的變遷的，其過程和小說大致相同，經過好古主義到浪漫主義、寫實主義、表象主義四個階段。抒情短詩淵源於古詩，由於人事匆遽時間經濟的要求，到了近代，詩界起了革命，擴充了詩的領域，豐富了詩的內涵，新的審美觀念和描寫自由使近代詩含有平民主義色彩，成為一種不假雕飾自然吟唱的天籟。到了表象詩蠭起的時候，更注意詩的言簡意遠了。〔註 56〕

近代戲劇的定型也同樣經過了劇本的沿革。古典主義派的劇本源出希臘，遵守三一律極嚴，悲劇多，而且一定是五幕，一幕敘因，二幕小結，三幕有驚人之事，四幕水落石出，五幕尾聲，已成套路，束縛作者的思想和才能。自雨果的「歐那尼」問世，掀起了劇界革命，掃清了古典主義道路，推翻了三一律和五幕苛律，悲劇作法為一、引，二、英雄上場，三、悲險時機，四、極點，五、又是悲險時機，六、回光返照，七、結。形式上比以前自由多了，雨果也因此而成為法國浪漫主義文學運動的領袖。到了易卜生時代，他的革新不僅是思想的，而且是藝術的。從前劇本重動作，易卜生重語言，一齣戲改為三幕，又是一次革命。易卜生以後是問題劇興起，從《娜拉》開

〔註 54〕茅盾：《西洋文學・第八章自然主義》，世界書局，1930 年。

〔註 55〕茅盾：《中國文學變遷史・近代文學體系的研究》，上海新文化書社，1921 年版。

〔註 56〕同前註。

始，易卜生的影響傳到法國，劇本《紅袍》是攻擊司法黑暗的，《躲避》是攻擊科學罪惡的，《慈善家》是攻擊慈善制度的，《產婦院》是攻擊男尊女卑的。易卜生的影響傳到瑞典，有心理劇問世，如斯德林褒格的解剖愛情心理的劇；易卜生的影響傳到英國，產生以蕭伯納爲代表的「理智派」，表現爲一種理想的追求。〔註57〕

比較研究，既要有縱向的歷史觀念，也要有橫向的輻射的層次觀念，才能準確地找到一種文學體裁的座標並看到它和其它體裁間的各種聯繫。茅盾關於近代文學的界說和對近代小說、詩歌、戲劇的比較研究爲我們在這方面開闢了一條途徑。

第五節　對世界文學名著的比較研究

30年代中期，茅盾的《漢譯西洋文學名著》、《世界文學名著講話》出版，對二十九部歐洲古典文學名著進行了介紹、評論，引導讀者「對歐洲文學及其發展有一個初步而又正確的認識」，〔註58〕可貴的是，其中對很多作家作品是用比較研究的方法加以論述的，從中我們可以看到茅盾淵博的學識和比較研究方法的運用，是30年代茅盾對我國比較文學研究的貢獻之一。

說到對世界文學名著的比較研究，應當指出，早在上述兩本專著之前，1919年茅盾即發表了《托爾斯泰與今日之俄羅斯》一文，對托爾斯泰及其作品與同時代俄國作家、與英法文學及古代文學進行比較研究，表述了許多卓越的見解。

首先，論述托爾斯泰在俄國文學和世界文學中的地位和貢獻，茅盾對英法文學與俄國文學作了比較，因英、法、俄爲西方民族三大代表、三種面目。他指出：

> 英之文學家，矞皇典麗，極文學之美事矣，然而其思想不敢越普通所謂道德者一步，眾人所是者是之，非者非之，不敢於眾論之外，更標異論，更闢新境。其所謂道德，奴性的道德，而非良心上直覺之道德也。故一論及道德問題，已有成見，不能發抒其先天的批評力以成偉論。是英之文學家之通性也。

〔註57〕茅盾：《中國文學變遷史‧近代文學體系的研究》，上海新文化書社，1921年版。

〔註58〕茅盾：《世界文學名著雜談‧序》，百花文藝出版社，1980年版。

> 法之文學家則差善矣。其關於道德之論調，已略自由。顧猶不敢以舉世所斥爲無理爲可笑者刑之筆墨。
>
> 獨俄之文學家也不然，決不措意於此，決不因眾人之指斥，而委曲其良心上之直觀。讀托爾斯泰著作之全部，便可見其不屈不撓之主張，以爲眞實不欺，實爲各種道德之精髓。

從英、法、俄三國文學不同的道德觀可以看俄國文學的特色：

> 俄國文學猶有一特色，即富於同情是已。蓋俄國民族性，爲女性的而感情的。彼處於全球最專制之政府下，逼壓之烈，有如爐火，平日所見，社會之惡現象，所忍受者，切膚之痛苦。故其發爲文字，沉痛懇摯；於人生之究竟，看得極爲透徹。其悲天憫人之念，悯矜在抱之心，並世界文學者，殆莫能與之並也。

托爾斯泰就是俄國文學的代表。

其次，把托爾斯泰放在同時代作家進行比較，可以看出他的地位以及與其他作家相同或不同的傾向與風格。茅盾認爲，托翁與陀思妥也夫斯基和屠柯涅夫是最相近的：

> 陀思妥也夫斯基一生與罪者爲緣者也。故其著作亦皆言罪之著作……實皆「悔罪」之研究。……故其始也，靈魂受無量痛苦至於奮奮無生氣，至於幾死，然及其終也，仍得湔滌自新復爲善人。……使人讀之，若幽然處於犴狴而視領鐵索鎯鐺之風味也，若淒然臨斷頭台下而靜待最後之一下也。

托爾斯泰是很傾倒於陀斯妥也夫斯基的，愈到晚年，傾向愈甚。茅盾說：

> 《復活》一書，爲托氏最後最鉅之著作，而所含「陀斯妥也夫斯基主義」亦最多。書中之女英雄，淫惡墮落至於極地，而終有一日濯磨湔滌，成其爲英雄。夫如托爾斯泰及陀斯妥也夫斯基之英雄，其前也墮落至此，其繼也改善如彼，此在悲觀者論之，必以爲事理之所無。然而二氏處政治不善社會黑暗之專制俄，而其對於後日之希望猶如此之坦然，以爲今茲之犧牲，今茲之萬惡，皆爲將來成功之善事也。

屠格涅夫也是托爾斯泰同時代人，雖然受法國文學影響很深，但其字裡行間，在在都是斯拉夫民族的深沉柔軟氣味，其率直、其眞誠，都和托爾斯泰、陀斯妥也夫斯基相同。而不在於：

試觀二氏之著作，亦全然相反，適如其性情。托爾斯泰早年之著作，才氣縱橫，動輒數十萬言，其局面之宏大，思想之縝密，爲英之司各脫《劫後英雄傳》差爲近之。故其文字，似於陽剛之美者也。其著作中所擬之英雄，皆粗豪任俠，血性男子，有拔劍眦裂，叱人噀血之概。雖寫一婦人，而亦不屑作尋常筆。其支配書中之英雄之出處，每忽焉而升之九天，忽焉而墮之九淵；其所搶之女子主張爲解放的，確認女子亦爲有一個人之價值，其著作中，皆見此主義也。又其所謂愛，也以爲是男性爲烈情，而有幾分粗暴。其視愛情之勢力爲危險品，頗與密爾頓同。

屠格涅夫則何如，彼則大異矣。其著作之特色，處處與托爾斯泰反。托爾斯泰摹篇什無不長，而屠格涅夫則甚短。托爾斯泰書中人甚多，而屠格涅夫則甚少。托爾斯泰情節曲折，而屠格涅夫簡率。顧雖短少簡率，而意味深長，耐人尋思。蓋屠格涅夫之小說近於詩。彼不喜本強之寫實體，而喜寫實寓諷。……彼蓋謂愛情之一物，因爲種種敗德之厚，種種罪惡緣此而起。然而苟用之於理想的精神的，則爲高尚之愛情，人類所不可缺也。是故其書中之英雄，恆爲婦人。

通過比較研究，我們可以看到，托爾斯泰在俄國文學和世界文學史上的地位。使俄國文學在上一世紀最後十年具有了世界意義的，不是別人，正是托爾斯泰。他以自己巨大的創作領域，廣闊而深刻的概括，偉大的藝術家的良心震撼了全世界，贏得世界的聲譽，並使人類藝術的發展向前邁進了一大步。茅盾說：「托爾斯泰、陀思妥也夫斯基、屠格涅夫爲俄三大文豪，如三峰鼎立，各有其妙，正不必苟同，而托爾斯泰實爲其主峰」，在世界文學中，「群峰競秀，托爾斯泰其最高峰也。而其它文豪則環峙而與之相對立之諸峰也。」早在 1919 年，深受托爾斯泰影響的茅盾就已運用比較研究的方法論述了托爾斯泰的功績和地位，實在是極爲難能可貴的。

從 20 年代到 30 年代，在新文學運動的二十年間，茅盾寫下數百萬字的作家作品研究，幾乎世界各國的文學名著都涉及到了，不論是發達國家的文學作品，還是弱小民族被污辱被損害者的文學，他都用審慎的眼光去進行選擇、評論、分析、比較，對一些膾炙人口的名篇用比較研究的方法引導讀者正確地認識和欣賞。通讀他的《漢譯西洋文學名著》和《世界文學名著講話》，感到他把一部古今中外的世界文學史放在比較研究的渠道裡加以描述、檢驗、鑒別，既有同時代運用同一體裁進行創作的名家比較，也有東西方名篇比較，既有同一主題不同表現方法的作品比較，也有文學流派或同一流派中不同風格的名作比較，縱橫捭闔，把一幅絢爛多彩的世界文學畫卷呈現在讀者面前。

三千多年以來，歐洲的文學史家沒有一個人不尊重歐洲文學最老的「老祖宗」《伊利亞特》和《奧德賽》這兩部傑作的，這兩部古典名著被譯成無數種語文，翻印過不知多少版，歐洲的小學課本裡有兩部史詩的節選，僅是研究這兩部書的書就可自成一個小小的圖書館。外國學者自不必說，中國學者也是極推崇這兩部史詩的。但是在新文學史上，對兩部史詩進行比較研究的，不能忘記茅盾的開拓性的工作。

茅盾是從西方的歷史背景，尤其是希臘的文化背景入手對兩部史詩進行比較研究的。他指出：「這兩部名著各擅勝場，合起來就成爲西洋古代『文藝技術』的高度發展的結晶……《伊利亞特》和《奧德賽》是同一題材下許多歌曲的『集團』，經過幾百年的演變，無數『盲詩人』的增飾，然後形成了的」。〔註 59〕它們的第一個共同特點是，同屬於民族性的史詩。史詩具有廣闊的幅面，包含著許多事件，雄偉奇瑰，富有文學價值。其次，兩部史詩雖然充滿荒誕不經的「神話」及「超人」式的英雄，但它們的精神同是寫實的。第三，兩部史詩同具有「經濟的意義」。《伊里亞特》的主要關鍵是阿喀琉斯的兩次發怒，第一次是因爲分配在他名下的一名女奴被阿加綿農奪了去，女子是被視爲財產的，所以這一怒是經濟的意味。第二次是因爲他的金盾戰車被海克托奪去，戰車當然是財產，至於傾國傾城的海倫，總是和她「帶來的寶貝」連在一起的，可見，戰爭的基本意義是爲了財產。《奧德賽》是復仇的故事，但俄底修斯最痛恨的不是求婚人如何騙他的妻，而是花光了他的家財。「這經濟的意義也是很顯然的。而這一點，卻是題材風格完全不相同的兩部書所共同的。」〔註 60〕

兩部作品的不同處，是從它們所包含的基本文藝技巧入手來進行考察的。茅盾指出：《伊里亞特》是用第三人稱寫的，而《奧德賽》用的是第一人稱；《伊里亞特》寫的是幾天內的故事，而《奧德賽》卻是十年間的記錄；《伊

〔註 59〕茅盾：《世界文學名著講話・〈伊利亞特〉和〈奧德賽〉》，開明書店，1936 年版。
〔註 60〕同前註。

利亞特》描寫的中心點是戰爭，而《奧德賽》卻是「人情世故」;《伊里亞特》的中心人物是男子，而《奧德賽》的中心人物是女人;《伊里亞特》是雄偉的，具有陽剛之美，而《奧德賽》是瑰奇的，具有陰柔之美;《伊里亞特》中的人物多具有獅子般勇猛、老虎樣暴烈的性格，《奧德賽》中的人物柔媚如貓，狡譎如蛇；女神雅典娜在兩部作品中都是主角，但《伊里亞特》中的雅典娜是個戰士，而非女人，《奧德賽》中的雅典娜是個女人而非戰士;《伊利亞特》的結構是緊湊的，激動的，處處火惹惹的，《奧德賽》舒緩幽閒，一步步引人入勝。〔註 61〕

從古希臘的著名史詩到公元前 500 年時希臘的「梨園舊事」，茅盾都把它們納入比較研究的視野，他對三個希臘悲劇家作了多方面的考察。

公元前 6 世紀時，是希臘的「市民政權」初期，希臘的文學、藝術乃至建築都在這時開了花。「貴族階級」已經退出歷史舞台，但他們的餘威還很大，無論是神的祭日或盛大的競技會，貴族青年仍然顯示出好身手，剛剛染指政權的自由市民對貴族生活的豪嗜風雅、時尚趣味是很想學步的，在思想意識方面，也仍然受到貴族思想感染。市民階級雖還沒有自己的詩人，但本階級的舞曲村歌則一點點演變成希臘的戲劇，無論是悲劇或喜劇，都是屬於自由市民的藝術。

希臘的第一個戲劇家是埃斯庫勒斯，他把雛形的戲劇發展成完全的悲劇。他是貴族出身，他的一顆心是屬於貴族的。他的戲劇頌揚古代帝王、傳統的法規、特權和神。這一切都和自由思想的市民意識不相諧和。第二個戲劇家是索福克勒斯，他是工商業暴發戶的「中間階級」的子弟，不是貴族，代表自由市民的思想，他在劇本裡反對不合理的傳統法規而擁護高貴的人道思想，宣傳「人應當怎樣做人的道理」，這正是自由市民要說的話，是市民階級鞏固政權的道德信條，因此，他「是被雅典人擁護的一個」，「他一生得雅典市民敬愛，他跟他們也相處得很好，我們在他身上，看見了一個『自由市民』自己的而且最足代表他們的思想意識的戲曲家。」〔註 62〕第三個戲劇家是歐里庇得斯，出身自由市民，卻對市民掌權的社會產生懷疑，對市民階級的思想、信仰乃至政治，都有過大膽的批評。這便是三個悲劇家的出身、信仰和思想傾向的不同。

〔註 61〕茅盾：《世界文學名著講話・〈伊利亞特〉和〈奧德賽〉》，開明書店，1936 年版。

〔註 62〕茅盾：《世界文學名著講話・〈伊勒克特拉〉》，開明書店，1936 年版。

埃斯庫勒斯的《俄瑞斯忒斯》和索福克里斯與歐里庇得斯的同名戲劇《伊勒克特拉》是根據同一個希臘古代傳說寫的，但在三個人的筆下卻呈現了代表不同傾向的藝術形象。《俄瑞斯忒斯》寫的是罪與罰惡性循環的家族史，悲劇的歌隊唱道：「看呀！罪上加罪，冤冤相報，／誰又知道牽連到幾時爲止？今天殺人者明天將要被人殺，／以殺報殺，不亦悲哉！」埃斯庫勒斯把一個家族的「血史」看成不可避免的「命運」，殺人者和復仇者都是執行「命運」的支配——神的意旨。埃斯庫勒斯把復仇的任務放在阿加門農的兒子俄瑞斯忒斯身上，到了索福克里斯筆下，則把復仇的任務交給阿加門農的女兒伊勒克特拉去執行了。伊勒克特拉目睹家中悲慘的血債，作爲一個意志堅強的女子，決心復仇，在她身上，沒有惶恐感和對命運的畏懼，有的是正義感和堅強的意志，而正義是得到了神的福佑的，全劇的教育意義在於教導人們「應該怎樣做人」，應該像伊勒克特拉那樣和命運搏鬥。到了歐里庇得斯筆下，則更加寫實，全然撇開了神的意旨或神的福佑，完全是一個平常的人伊勒克特拉在活動，爲了更近人情，竟在成群的王子公主間加進一個種田人的形象，這個種田人後來成了落難公主伊勒克特拉的丈夫，「歐里庇得斯把悲劇帶進眞實的世界許多步。」〔註 63〕

根據同一個傳說，同是表現復仇的主題，寫出來的戲劇，思想傾向不同，人物形象不同，人物所表現的感情和做法不同，所以茅盾總結道：「倘使說埃斯庫勒斯代表了沒落的貴族的意識，那麼，歐里庇得斯就反映著『市民政權』衰落時期一般的懷疑苦悶心理，只有索福克里斯是代表了『市民政權』全盛時期那種堅決的向上的自信的心理。他作品中的人物大都是意志堅強的。」〔註 64〕

在新文學史上，研究東西方文學比較，視線從西方的但丁到東方的屈原，第一個將《神曲》和《離騷》作比較的，是茅盾。茅盾說：「這東西兩大詩人中間有不少有趣味的類似。」「將但丁比屈原，《神曲》比《離騷》或許有幾分意思。這兩位大詩人都是貴族出身，都是在政治活動失敗以後寫了詩篇以寄悲憤。」〔註 65〕

但丁的《神曲》的基本思想是基督教的禁慾主義，可是構成這

〔註 63〕茅盾：《世界文學名著講話．〈伊勒克特拉〉》，開明書店，1936 年版。
〔註 64〕同前註。
〔註 65〕茅盾：《世界文學名著講話．〈神曲〉》，開明書店，1936 年版。

孔雀羽（薄加丘語）的燦爛的，也有異教的傳說和神話，同樣的，屈原所「上下而求索」者，雖然是堯舜的「純萃」，可是他也喜言巫俗（《九歌》）。《神曲》是「夢的故事」，而《離騷》和《九歌》也是「神遊」的故事。《神曲》開頭的文豹、獅子和牝狼是象徵或隱喻的，《離騷》等篇的椒蘭鳳鳩也是隱喻。《神曲》託毗亞德里采為天堂之嚮導，但丁是把這個純潔的女子作為信仰之象徵的；同樣的，《離騷》也託言求「有娀之佚女」。《神曲》包羅了中世紀的社會的政治的現象，交織著中世紀之哲學的和科學的思想；屈原在他的一氣發了一百八九個疑問的《天問》內，也頗有包舉一切——從傳說到屈原那時的社會政治，從哲學以至自然現象的解釋，等等古代文化的氣概。不過有一個大不同在，即但丁是站在自己的立場肯定地批判了一切，而屈原則是皇皇然求索。〔註66〕

茅盾的眼光是敏銳的，他至少看到這樣三方面事實：

一、兩大詩人都生活在一個新舊交替的大變動的時代，都出身上層貴族。但丁生活在歐洲中世紀向近代資本主義過渡的歷史時期，他的故鄉佛羅倫薩是當時最繁榮的工商業和文化中心，也是新興市民階級和封建貴族激烈鬥爭的中心，但丁作為「中世紀的最後一位詩人，同時又是新時代的最初一位詩人」〔註 67〕敏感到時代的脈搏，用《神曲》描繪了新舊交替時代的意大利的社會風貌，第一次鮮明表達了意大利從封建關係向資本主義關係過渡時期各個領域的變革。茅盾說，《神曲》「一方面是過去的貴族文化的總結帳，又一方面卻是未來的市民文化——所謂『文藝復興』的前驅」，〔註 68〕這話是對的。原屈的時代是中國的戰國末期，離秦統一中國只有半個世紀，中國學術思想蓬勃發展和各國軍事政治鬥爭最劇烈的時候，屈原也同樣處於尖銳的政治鬥爭中，他用《離騷》表達了他對現實的觀點和儒家的政治理想。

二、《神曲》以高昂的熱情，歌頌生活的意義，同中世紀一切歸於神的反動神學觀念背道而馳，主張以人為本，讚美人的才能智慧，強調人的理性和自由意志，茅盾說，「但丁將自身作為『人類精神』的象徵，將自己的個性作

〔註66〕茅盾：《世界文學名著講話．〈神曲〉》，開明書店，1936 年版。
〔註67〕恩格斯：《共產黨宣言》意大利文版序。
〔註68〕茅盾：《世界文學名著講話．〈神曲〉》，開明書店，1936 年版。

爲人生的中心，便已頗表現著他的個人主義的感情」。〔註69〕在這點上，屈原和但丁也是相通的，他的《離騷》集中體現了他的人格、思想和鬥爭精神，他的個性也是突出的，他政治上不得志，但決不隨波逐流，至死保持著至高無上的節操和高昂的愛國熱情。

三、《神曲》和《離騷》除了想像豐富、文采絢爛的浪漫主義手法而外，在浪漫主義精神上也是相通的。兩大詩人都反抗現實的黑暗，《神曲》進一步發揮了《帝制論》的思想，無情揭露教會的罪惡，憤怒鞭撻僧侶階級的驕橫腐敗，嚴峻批判豪門貴族貪官污吏的敗行劣跡，《離騷》痛斥了禍國殃民的黨人苟安享樂、陷害忠良、貪婪無厭、馳騖追逐的行徑；此外，兩大詩人都表現了偉大的理想主義，但丁作爲人文主義的先驅，鮮明地表達了新時代的新思想、新世界觀，號召人們學習古代英雄歷盡千難萬險，揚帆於天涯海角去尋求政治上道德上復興的道路，不愧爲文藝復興的偉大先驅；屈原則表達了自己舉賢授能使國家長治久安的政治理想，他置身人民、熱愛人民，他的理想主義和愛國主義是緊緊聯繫在一起的。茅盾所以把屈原比但丁，乃在於他把握了兩大詩人基本相通的若干方面，才能形成東西方文學的這一類比研究。

但丁的後繼者是薄加丘。雖然，文藝復興運動燦爛的收穫期在薄加丘求死後半個世紀，但薄加丘確是文藝復興的先驅和時代的鼓手，茅盾說：「這個新文化（文藝復興）的精神怎樣在意大利靴子裡那些新興的工商業都市的曲折湫隘的街道裡靜靜地慢慢地流輸，而終於成爲改變了歐洲顏色的大運動……在薄加丘還活著的時候，《十日談》中間那些生動有力的充滿了『新生』的精力的故事，早已爲意大利境內那些新興都市的市民所傳誦。……他們不知不覺地接受著，他們可沒想到這些辛辣而幽默的小故事帶著一個轟天動地的人類文化史上未曾前有的大運動。」〔註70〕但丁是歐洲中世紀向近代資本主義過渡時期的歷史巨人，而薄加丘則是文藝復興時期的傑出代表，他在思想上繼承了但丁的人文主義，藝術上極度推崇但丁的《神曲》，他的《十日談》改變了以往歐洲文藝領域裡以韻文爲主的形勢，而開闢了小說的紀元，成爲市民文藝的第一個果實。

茅盾對《十日談》和《神曲》進行比較，指出既有繼承的一面，又有很大的不同：《神曲》有嚴密有機的結構，通體是「三」的演進，全詩渾然一氣，

〔註69〕茅盾：《世界文學名著講話·〈神曲〉》，開明書店，1936年版。
〔註70〕茅盾：《世界文學名著講話·〈十日談〉》，開明書店，1936年版。

《十日談》是一百篇小故事，篇篇各自獨立；《神曲》是夢的故事，象徵的、幻想的，兩眼向著天上的，《十日談》是現實的描寫，剝露人間的醜惡僞詐，注視著活人的社會；《神曲》的主要人物是帝王、主教，《十日談》的主要人物是商人、手藝人；《神曲》是宗教的、象徵的，《十日談》是寫實的、現在的；《神曲》宣揚禁慾主義，《十日談》攻擊「禁慾主義」；《神曲》是嚴肅的、悲痛的調子，《十日談》卻充滿了不受僧侶欺騙不信天堂地獄的粗暴的健康的笑。總之，《神曲》是中世紀貴族文化的迴光返照，而《十日談》則代表了市民文化的第一道光，新的文化要求新的形式，《十日談》是適應市民文化要求而產生的「人生百面圖」——世界文學史的第一部小說。

19 世紀 30 年代，歐洲最先進的工業國英國首先從浪漫主義解放出來走上了寫實主義的路。夾在社會動亂中間的小市民出身的寫實主義作家中薩克雷和狄更斯是同時代而且齊名的。茅盾注意到，他們「對於那時的社會生活是不滿意的，他們用否定的態度去描寫這時的社會生活，但同時他們沒有一個人理解他們當前的現實，他們沒有一個是革命思想的擁護者。」〔註 71〕這是他們共同的思想基礎。「薩克雷用了厭世的冷眼寫他那時代的貪慾、利己的人生，狄更斯則思以諧謔的態度來否定這種人生。薩克雷貶責富者，狄更斯讚美貧者，兩人所要指摘者同爲人類之不平等。」〔註 72〕茅盾對薩克雷的《浮華世界》和狄更斯的《大衛・科波菲爾》作了比較分析，指出了兩人的相同和不同。

對世界文學名著進行比較研究的實例還很多，如果戈里的憂傷悲憤和萊蒙托夫的憂傷悲憤有什麼不同？〔註 73〕雨果的浪漫主義和夏布多里的浪漫主義有什麼不同？〔註 74〕同是表現知識份子的苦悶心理，托爾斯泰如何在原始的基督教義中找到安慰，陀斯妥也夫斯基如何在哲理中找到安慰，而屠格涅夫則在「到民間去」的呼聲中看見了新時代，只有契訶夫，帶著對人性及其弱點的深刻理解沉入了悲哀失望的濃霧。這四個俄國大文豪有哪些共同的心

〔註 71〕茅盾：《漢譯西洋文學名著・薩克雷的〈浮華世界〉》，中國文化服務社，1935 年版。

〔註 72〕茅盾：《漢譯西洋文學名著・狄更斯的〈大衛・科波菲爾〉》，中國文化服務社，1935 年版。

〔註 73〕見茅盾的《漢譯西洋文學名著》中的《果戈里的〈巡按〉》、《雨果的〈哀史〉》、《契訶夫的〈三姊妹〉》、《莫里哀的〈恨世者〉》，中國文化服務社，1935 年版。

〔註 74〕同前註。

理素質，又有哪些不同的表現方式？〔註 75〕高乃依的悲劇和莫里哀的喜劇有什麼相同或不同？〔註 76〕茅盾研究的問題是多方面的，他在《漢譯西洋文學名著》的序裡說：「盡可能的範圍內，我想在這本小小的書裡講到歐洲文學發展過程的一點粗枝大葉。」這當然是謙辭。茅盾通過對 39 部歐洲古典名著的比較研究，基本上把一部歐洲文學史介紹了給我們，在介紹過程中，一些作家作品的前後師承關係、作家作品產生的時代背景、同時代作家的相互影響、不同時代的作家作品的平行研究都講得深入淺出，井井有條，這對 30 年代的讀者或對今天的讀者，認識歷史（包括文學史），總結文學藝術的發展規律，探索古典作家的創作經歷，都有很重要的意義。

第六節　對東西方神話的比較研究

「五四」時期，茅盾研究歐洲文學的同時，又研究希臘神話，「彼時我以爲希臘地處南歐，則地處北歐之斯堪的納維亞各民族亦必有其神話，當時搜羅可能買到之英文書籍，果然有介紹北歐神話者。繼而又查大英百科全書之神話條，知世界各地半開化民族亦有其神話，但與希臘神話、北歐神話比較，則不啻小巫之與大巫。」〔註 77〕繼而又研究中國神話。凡此種種研究結果，在 1929、1930 年結集成書，即《中國神話研究 ABC》、《北歐神話 ABC》、《神話雜論》等。在這些論著中，涉及到神話的定義、神話的演化與解釋、各民族開闢神話的比較、自然界神話的比較、歐洲神話與中國神話的比較、北歐神話與南歐神話的比較等等，既有理論，又有具體形象分析，不失爲「五四」以來對東西方神話進行比較研究的開拓性著述。

茅盾在《神話的意義與類別》一文中提出，什麼是神話？神話與傳說、寓言有什麼不同？與歷史有什麼關係？在回答這些問題的同時表述了自己的觀點。

神話是原始的各民族在上古時代生活和思想的產物。神話所敘述的，是神或半神的超人所做的事，其性質頗像宗教記載。

傳說所敘述的，是一個民族的古代英雄，往往是這個民族的祖先或古帝

〔註 75〕見茅盾的《漢譯西洋文學名著》中的《果戈里的〈巡按〉》、《雨果的〈哀史〉》、《契訶夫的〈三姊姐〉》、《莫里哀的〈恨世者〉》，中國文化服務社，1935 年版。
〔註 76〕同前註。
〔註 77〕茅盾：《神話研究・序》，百花文藝出版社，1981 年版。

王所做的事。這些英雄的行爲當然也是編的，但是原始人心目中，這些英雄不是主宰自然界的神，而是自己的祖宗，所以傳說的性質像史詩。由此看來，神話和傳說是不同的。

神話和寓言的區別更是顯而易見的。神話是原始人的集體創作，沒有作者，而寓言則是有作者的；神話不含有道德的教訓的目的，寓言則以勸誡教訓爲主要目的；神話所敘述的是開天闢地、萬物來源的故事，寓言則敘述一個民族歷史上的任何一個時期，比如伊索寓言以紀元前 6 世紀的希臘社會爲背景，賀拉斯的寓言以羅馬帝國爲背景，拉封丹的寓言以 17 世紀法國爲背景。

神話和歷史是什麼關係，這可以從中國神話和北歐神話的比較中看出來。「中國的太古史——或說得妥當一點，我們相傳的關於太古的史事，至少有大半就是中國的神話。」〔註 78〕從盤古氏神話目前尚存的三條即《三五歷記》、《述異記》、《五運歷年紀》中可以看出，它們是作爲史料得以保留的，「證明中國古代的歷史家確曾充其力量使神話歷史化。」〔註 79〕在希臘，公元前「赫默洛司（Eu hemerus）其人，就是以歷史解釋神話者的始祖。他以爲民族的神話就是該民族最古代的歷史的影寫。」〔註 80〕希羅多德（Herodotus）也「認神話乃本國最古的歷史」。〔註 81〕史詩《伊利亞特》所記載的就是一幅影寫的希臘民族立國史，其中的很多故事都像古代史的縮寫。不但希臘神話受過歷史的解釋，北歐神話亦然。奧定被說成是小亞細亞一個部落的酋長，後被說成北歐的古帝王之一。東西方神話比較的結果，可以看出神話和歷史的關係是非常密切的，初民的知識積累、宇宙觀、宗教思想、道德標準、民族歷史最早的傳說以及對自然界的認識都包羅在內，越是遠古的歷史，越是和神話難以分割，具有合理成分的神話或被認爲有用的神話往往被史家寫入史書，即使是被刪削修改了的，也常常在史書中留有神話痕跡。由於原始人的信念大致相同，因此各民族的神話也有許多相似之處，無論先進的發達的民族還是愚昧落後的民族大抵如此。神話的歷史化帶有普遍性，古代的神話學者中就有所謂歷史派者。但文明民族的神話越到後來越美麗，一方面成爲文學的泉源，一方面也使得神話歷史化或哲學化，甚至成爲脫離了神話範疇的

〔註 78〕茅盾：《神話雜論・中國神話的研究》，世界書局，1929 年版。
〔註 79〕同前註。
〔註 80〕同前註。
〔註 81〕同前註。

古代史或古代哲學的一部分，反過來，凡有詭麗多姿的神話的民族，歷史證明，這些民族都發展成爲具有光輝燦爛文化的偉大民族。

茅盾十分推崇比較人類學派對神話的研究方法，他認爲，「神話之起源是原始人的蒙昧思想與野蠻生活之混合的表現。以此說爲解釋神話的鑰匙，幾乎無往而不合。這便是人類學派優於其它各派的原因。」〔註 82〕他在《神話雜論》一書中用專章評介了以現代神話學者安德烈·蘭（Andrew Lang）爲代表的比較人類學派的觀點和研究方法。

> 比較人類學要從人類的思想制度發展的全景裡求得進化的階段；要從野蠻人的怪異風俗研究到近代的法律，從石斧木矢研究到最新的機關槍，從游牧時代原始共產社會研究到現代社會組織。這一門科學，把最落後民族的生活思想，看得和文明民族的一般重要。
>
> 把這種研究方法用在神話上，結果便證明了各民族的神話只是他們在上古時代的生活和思想的產物。〔註 83〕

人類心理的創造神話的時代是人類思想發展全景中的最初階段，從完全野蠻、而半野蠻、而半開化，直至於美麗的人性的神話，我們可以看到神話進化的階梯。比較人類學派的方法就是「取今以證古」的方法，研究現代野蠻民族的思想和生活，看他們和古代神話裡所傳述的有多少吻合。研究結果證明，在現代的野蠻民族中，活的神話正在他們之中開演，那些人獸易形的故事、父母兄妹的血族婚媾等現代野蠻民族在今天的思想認識，正是我們的祖先在古代的思想認識，我們承認人類進化的事實，便「不能不承認人類學派的解釋是合於科學方法的」。〔註 84〕

從對現代野蠻民族的研究中，我們可以窺見原始人的心理特點：一、相信萬物和人類一樣有生命、有思想和感情。二、迷信人能變獸，獸能變人。三、相信人死後有靈魂，衣食作息於別一世界。四、相信鬼的存在，鬼魂可附著於人或物。五、相信人是可以長生不死的。六、見了自然現象和生死睡夢等都渴求解釋。原始人以強烈的好奇心探求宇宙奧秘，而又求不到科學的解釋，結果創造出種種荒誕的故事以代替合理的解釋，這便是文明民族如希臘、北歐、中國神話裡存有不合理成分的原因。這些不合理的原素無非是原

〔註 82〕茅盾：《神話雜論·人類學派神話起源的解釋》，世界書局，1929 年版。
〔註 83〕同前註。
〔註 84〕同前註。

始的哲學、科學與歷史的遺形，這便是比較人類學派的「遺形說」理論。茅盾說：「從原始的哲學，蛻化爲諸神世系及幽冥世界等等粗陋的宇宙觀；從科學，成爲解釋自然現象與禽獸生活的故事；從歷史，則創爲記述某種宗教儀式、部落典禮與風俗的故事，此種儀式典禮及風俗的起源是早已被忘卻了的。」〔註 85〕要想研究原始文化，要想知道人類生活史的第一頁，應當重視比較人類學派的方法和理論。茅盾本人正是運用這一方法和理論對東西方神話進行比較研究的。

茅盾對東西方神話的比較研究集中在三個方面：

一、關於開闢神話的比較研究

開闢神話就是解釋天地、人類及萬物何自生成的神話。茅盾說：「原始人的思想雖然簡單，卻喜歡去攻擊那些巨大的問題，例如天地緣何而始，人類從何而來，天地之外有何物，等等。他們對於這些問題的答案便是天地開闢的神話，便是他們的原始的哲學，他們的宇宙觀。」〔註 86〕不論是已經進入文明的民族或尚在野蠻時代的民族，都一樣有他們的開闢神話，他們的根本出發點是同的——同爲原始信仰，但是他們所創造的故事卻不盡相同。」〔註 87〕有的說天地是一頭牛，有的說是一隻兔，有的說是神，各不相同而又曲折有味。

茅盾把各民族的開闢神話依次排列比較，從落後民族到先進民族，從中尋出他們構成的共同因子和基本規律：

南澳洲的 Boonoorong 是一個文化程度極低的部落，他們認爲開天闢地創造萬物的是一個半人半神的生物，一個被膜拜的獸，或圖騰，或一個巫。

印度的 Andaman Islands 是最野蠻的一個民族，他們認爲創造天地的神像火一樣，無父無母，永不死滅，他們落後到連取火的方法都不知道，部落裡總是保留著一堆活火作火種。

南非洲的 Bushmen 是一個文化程度極低的民族，過著吃植物根塊、打小鳥的走獸生活，他們認爲天地萬物是一隻大蚱蜢創造的，這隻蚱蜢還有一個老婆。

在希臘，開闢神話是有系統的。據說，最初的宇宙是混沌的，天地不分，

〔註 85〕茅盾：《神話雜論・人類學派神話起源的解釋》，世界書局，1929 年版。
〔註 86〕茅盾：《中國神話研究 ABC・宇宙觀》，世界書局，1929 年版。
〔註 87〕茅盾：《神話雜論・各民族的開闢神話》，世界書局，1929 年版。

陸地、水、空氣三者混在一起，世界的主宰者和他的妻統治一切，遂生草木百花與鳥獸。

北歐神話與希臘神話相仿，認爲宇宙最初是混沌一團的，無天、無地、無海，惟有神與冰巨人久戰不分勝負。神的後代奧定、費利、凡戰勝冰巨人，將其屍身造爲天地，從此有了海、山、岩石、花草樹木。

中國古代的開闢神話是豐富多彩的。據古籍所載，徐整的《三王歷紀》記有「天地渾沌如雞子，盤古生其中，萬八千歲；天地開闢，陽清爲天，陰濁爲地」；任昉的《述異記》載「昔盤古氏之死也，頭爲四岳，目爲日月，脂膏爲江海，毛髮爲草木。」《淮南子・覽冥》載：「往古之時，四極廢，九州裂，天不兼覆，地不周載……女媧煉五色石以補蒼天。」《列子・湯問》載「昔日女蝸氏煉五色石以補其（天）闕，斷鱉之足，以立四極。」《太平御覽》引《風俗通》也有「女媧摶黃土爲人」的記載。可見中國的開闢神話極有系統，且面目與希臘、北歐仿。

從以上開闢神話的排列比較中，可以看出神話比較學者所尋的規律，即茅盾所說，雖然都有一個開闢神話的主宰，但「落後民族與先進民族之想像力的差數，也頗可窺見了。」〔註 88〕「依著他們文化程度的高低，得了一條定律，即凡落後民族的開闢神話大概是極簡陋的，漸高則漸複雜，至於文明民族，則開闢神話大都是極複雜，含有解釋自然的用意，富有文學氣味，並且自成系統。」〔註 89〕

如果說，開闢神話是原始人的哲學思想和宇宙觀，那麼，這樣的哲學思想和宇宙觀還表現在眾神聚族而居形態的基本模式上。開闢神話形態模式的形成，與原始人生活的自然環境有密切關係，居住在山區的民族易形成高山型模式神話，居住在海邊的民族易形成海洋型模式神話。茅盾注意到希臘神話和中國神話具有相同的基本模式，這可以追溯到南歐的希臘和亞洲的中國早期人類生活的環境有相同之處。原始人設想神是聚族而居的，住在很高的山上，「希臘人對奧林匹斯山的神秘的觀念就是由此發生的。中國神話與之相當的，就是昆侖。」〔註 90〕《山海經》裡的昆侖帶著北方人民嚴肅的現實的色彩，《西山經》裡昆侖山上的神「虎身而九尾，人面而虎爪」，《海內西經》

〔註 88〕茅盾：《神話雜論・各民族的開闢神話》，世界書局，1929 年版。

〔註 89〕同前註。

〔註 90〕茅盾：《中國神話研究 ABC・宇宙觀》，世界書局，1929 年版。

裡的昆侖神貴典麗，《楚辭》裡的昆侖加上了許多夢幻的色彩，《淮南子》裡的昆侖更是可羨的仙鄉。不管怎樣鋪衍描繪，中國北方原始人的宇宙觀和希臘人一樣把境內最高的山看作神聖的地方，即「帝下之都」。

作為原始人的哲學思想和宇宙觀的，東西方神話中都充滿了對異方的幻想。原始人受了自然界束縛，活動範圍很小，但他們想像力很闊大，對於因自然阻隔而不能到達的遼遠的地方充滿好奇心。這種「異方的幻想」和各民族居住的環境有關。「北歐人生活很艱苦，須是無休止地和風雪冰霜搏戰而後僅得生存，所以他們對於『異方』的觀念並不怎樣空靈美幻；他們覺得自己住的地方究竟還有短促的夏天，是有福的，他們想像北方有一處終年被層冰雲霧籠罩」，〔註91〕北歐神話中有冰巨人和霜巨人，就是被神仙放逐到終年積雪的地方的。在中國的神話中，也有相仿的故事，《天問》中說「日安不到，燭龍何照？」《海外北經》中把燭龍山易名燭陰，《大荒北經》中把燭龍易名章尾山，無論叫什麼，總之是個日光照不到的地方，和北歐神話中那些淒慘陰森的地方一樣。反之，生活在氣候溫和地方的原始人，對於異方的想像卻大不同了。希臘人「過得非常快樂，沒有病老死的痛苦，這裡是終歲常在春天。」〔註92〕中國也有類似的神話，《列子・湯問》是中部民族的產物，記載了一個「無風雨霜露」的地方，人們不競不爭、不驕不忌，「沐浴神瀵，膚色脂澤，香氣經旬乃歇」，〔註93〕同樣受到神的優待。

開闢神話作為原始人最初的哲學思想和宇宙觀，都說天地之初與神同時降生的有一個巨人族。希臘神話的巨人族名提坦，被神逐閉於北荒的地下谷；北歐神話的巨人族是冰巨人伊密爾；中國神話中有夸父、蚩父、龍伯大人之國等。這些巨人都與神爭權，擾亂世界，最後被神征服。

二、關於自然界神話的比較研究

所謂自然界神話，就是解釋自然現象的一切神話。其範圍很廣，從解釋天體、晝、夜、日、月、風、雷、雲、雨，到解釋一切生物的形狀、習性等等，茅盾稱這類神話是「原始人或野蠻民族的科學，也可以說是他們的神聖歷史，又可以說是他們的小說和傳奇故事。」〔註94〕

〔註91〕茅盾：《中國神話研究 ABC・宇宙觀》，世界書局，1929 年版。
〔註92〕同前註。
〔註93〕同前註。
〔註94〕茅盾：《神話雜論・自然界的神話》，世界書局，1929 年版。

太陽，是人類最熟悉的。世界初期的哲學，都把太陽看作和人類有一樣的性質。茅盾說：「現在我們來考察所有的太陽神話，都是把太陽當作一個人，可以被媚，可以被詛咒，並且可以捉住了打，能夠到地面來，並且會拿人類的女兒去做老婆。」〔註 95〕太陽的威力是無上的，但是，它受了什麼紀律的束縛，每天東出西落，走著單調的老路，不敢撒野，馴服地工作。原始人認爲，肯定有個能管束太陽的至高無上的神。讓我們考察各民族關於太陽的神話：澳洲土人的神話裡曾詛咒太陽，要求它不僅有日出，還要有日落，形成晝夜循環；新西蘭的神話說，太陽走得太快，曾被人捉住打跛了腳，從此走慢了，晝長夜短；《安塔利耶梵書》記載神怕太陽從天上掉下去，用五根繩子拴住它；美洲也有類似的神話；中國神話中的太陽神駕龍輈，載雲旗，青衣白裙，偉俊威武。所以茅盾說：「我們從散處在地上的各種現存的野蠻民族的神話裡，找出他們對於太陽的說法，看了之後，我們便會知道現代的野蠻民族和幾萬年前的原始人有一條共通的思想，有一雙共同的眼睛，去解釋他們所覺得是奇怪的天空現象。」〔註 96〕

月亮，也是人類熟悉的。關於月亮的神話，也多把月亮當人看，或女性，或男性，而月的盈缺、蝕、月面的黑影，說法更其繁複和浪漫。域多利的土人和布西曼人說，月亮是遭到鷲的老婆毒打而後去到天上的；恩康忒灣的土人和南美、南非的土人都把月亮說成是一個不規矩的女人，以她的胖瘦來解釋月的圓缺；愛斯基摩人和印第安人都把日月說成是夫妻，星星是他們的兒女，太陽抓兒女當飯吃，所以星星不敢見他，太陽巡行天空，星兒就躲起來。月亮是星兒的母親，看見太陽吃兒女，很傷心，撒些灰在臉上以示悲哀，所以月面有時污穢慘白。茅盾認爲「這篇故事，把太陽和月亮的關係，和星的關係，太陽西落東升的原因，日月晝夜互見的原因，總之，一切天空現象之關於太陽月亮者，都包括盡了。」〔註 97〕

關於鳥獸魚蟲草木的神話很多。原始人以爲一切生物、無生物都是同一性質，不同的只是形狀。他們以爲鳥獸、草木、土石也和人類一樣能思想、能感覺、有喜怒哀樂、會發脾氣。非洲土人關於蜂鳥的神話和希臘關於鳥的神話，都是說鳥是人變的，中國神話中精衛填海的故事同樣屬於典型的人化

〔註 95〕茅盾：《神話雜論・自然界的神話》，世界書局，1929 年版。
〔註 96〕同前註。
〔註 97〕同前註。

爲動物的同型神話，精衛與刑天那種百折不回的毅力描寫屬於道德意識的鳥獸神話。澳洲土人解釋塘鵝的黑白羽色和印第安人解釋知更鳥的紅羽色幾乎是一樣的。中國《山海經》中蜜蜂和《海外北經》中的蠶屬於解釋性質的動物神話。至於特異的禽獸神話都是披上了神秘的外衣的，如希臘神話中的梟、蝙蝠、鴟和中國神話中的鳳凰、鸞鳥、龍、虬、人魚等，或把它們說成吉祥物，或把它們說成凶邪物，都是原始人渴求解釋的心理表現。茅盾認爲，這類神話，「正是蠻性的遺留，正是變形以及人獸同類的思想尚爲眞實的信仰時所產生的故事。所以此等神話便是野蠻的科學，是他們的『物種由來論』。而創造此等神話的原始時代的或現代野蠻民族的達爾文對於此類的『物種由來』的解釋，正和科學的達爾文有同樣的自信與把握。」〔註 98〕

三、希臘神話與北歐神話的比較研究

南歐和北歐，民情、風土、文學藝術，自來有顯著的相同與差異，神話上也有很多相似和相異，「不僅指二、三故事之偶而暗合，我們簡直可以從各方面找出它們相同之點，幾乎可以說這兩大系神話在全體結構上是同型的，我們幾乎要說『同』是它們的『當然』，而『異』反是它們的『偶然』了。」〔註 99〕

爲什麼說南北歐神話屬於同型結構呢？茅盾認爲「阿利安種子說」不能完全解釋這個現象。這一學說認爲南歐和北歐屬於一個祖先，從同一個種子分離出的各民族不僅帶出同根的語言，也帶出同根的文學（神話）與宗教信仰，但是，世界上不僅南歐與北歐神話相同，在很多民族裡，都有相同的神話，「阿利安種子說」不能解釋世界性的普遍現象。茅盾推崇以安德烈・蘭爲代表的「心理派」理論，從近代人類學上得到啓示，用現代野蠻民族的心理狀況來說明古代神話的質素。各民族神話所以諸多相似，因爲神話時代人們的心理狀況相同；所以又有相異，是因爲依同一心理狀況而創造的神話，隨地取材各依其俗，印度有旱魃的神話，埃及則有水怪的神話，道理就在這裡。各地的地形氣候不同，人類的生產生活經驗也不同，有的民族早進入農業文化時代，他們的神話呈現出農業社會的色彩，有的民族以山居游牧爲生，他們的神話呈現出游牧生活的色彩。世界各民族神話互相交應，同中有異，異中有同。希臘神話與北歐神話亦如此。

〔註 98〕茅盾：《神話雜論・自然界的神話》，世界書局，1929 年版。
〔註 99〕茅盾：《神話雜論・希臘神話與北歐神話》，世界書局，1929 年版。

南歐的神話時代與北歐的神話時代，差不多在同一文化水平線上，所以兩者的根源觀念如宇宙觀、神系、冥界等等，大體相同，但南北歐地形氣候相差很遠，所以同中又有異。

南北歐開闢神話大致相同。希臘人和北歐人都認爲未有天地之前是渾沌一團。但希臘人認爲地、水、氣都渾在一起，地不堅凝，水不流動，渾沌黑暗；北歐人則認爲世界一邊是無盡的冰山，一邊是火焰。這裡可以看出南北歐地理環境的不同，北歐是嚴肅粗厲的風景，耀眼的極光，巨大的冰山，火山的噴發，冰與火被視爲宇宙最初的原質。南歐則風和日麗，景色宜人。

在渾沌一團的背後，有一個天帝照料著一切，這便是南北歐神話中的第一代神。和神同時產生的，有代表惡勢力的巨人族，他們都是南北歐自然力的人格化。有了神，就有了神系，南北歐神系不盡相同，但都以民族生活爲神系背景，北歐神喝羊乳吃狼肉，和北歐人一樣；希臘神喝甜酒吃香脂，和舒服的希臘人同其嗜好。

南北歐神話的宇宙觀大致相同，都認爲陸地居中，瀛海四面環之。但北海常有凶惡的風濤、慘淡的陽光、高聳的岩石和巨浪，北歐人生活在和風、雪、冰無休止的搏戰中，他們的宇宙觀是嚴肅的、現實的、刻苦的。希臘人常見晴明可愛的大海、短促的夏季、植物的榮茂，他們認爲春天與他們常在，他們的宇宙觀是極樂的、美麗的，享受無窮的福佑的。

南北歐神話裡都有一個神的主宰，神之父，宙斯和奧定都是宇宙的人格化。他們能矚見全世界的事，宙斯有雷錘，奧定有利矛，都是所向無敵的利器。南北歐神話中都有命運之神，都是三姐妹，都有關於四季的神話，都有主司婚姻、音樂和文藝的神等等，相同相似之處很多。但總的說來，南北歐神話的格調是不同的，北歐神話和斯堪的那維亞的群山一樣粗樸而巨偉，他們的神都是莊重、正純、博大的。如果說希臘神話是「抒情詩的」，那麼，北歐神話則是「悲劇」的，北歐的神在和巨人族鬥爭中死滅了，往往是悲劇的意味和悲劇的結局，而希臘的神是永生的、萬劫不復，永遠快活，總是在林中泉畔遊戲、戀愛、妒殺、享福，代表希臘民族享樂的人生觀。茅盾說，「我們可以看出來，在大的輪廓上，這兩個民族的幻想幾乎是一模一樣的，希臘的各色各樣的神，在北歐有相當者，並且甚至他們的性格和行動也有極顯然的相似」，〔註100〕之所以相似，「因爲這兩種神話都是原始的農業社會的產物。

〔註100〕茅盾：《神話雜論·希臘神話與北歐神話》，世界書局，1929年版。

自然現象對於原始的希臘人和北歐人的作用是一致的，所以編造出來的故事亦復面目相同。」〔註 101〕「而所有的一些相異的地方，又很明白的是受了地形氣候的影響；至於生活經驗不同所起的神話上的歧異，在希臘與北歐則不如其它民族那樣較著了。」〔註 102〕

總觀茅盾對東西方神話的比較研究，可以看出三個特點：

一、確立神話研究的立腳點。在闡明神話的歷史化問題時，茅盾談到中國神話缺乏系統，他說：「我以爲我們可以假定一個系統。這個假定的系統立腳在什麼地方呢？我以爲就可立腳在中國古史上。」〔註 103〕神話是原始人類生活的反映，中國神話系統可以立腳在中國古史上，西方神話系統可以立腳在西方古史上，中國神話反映了中華民族原始的宇宙觀，西方神話反映了西方各民族原始的宇宙觀。但是這並不等於說，神話就是歷史。我們必須看到史家對神話的刪改。中國神話自孔子後，因主張修身齊家治國平天下等實用爲教，不欲言鬼神，因此神話被史官刪得面目全非。西方神話也往往被史家、預言者、行吟詩人、悲劇家按照各自的需要進行刪改。因此，神話的歷史化，可起到保留神話的作用，但倘若歷史化太早，又往往使神話僵化。

二、茅盾考察研究東西方神話，總是把東西方神話放在產生它們的背景環境中。神話是原始人生活、生產經驗的產物，帶有產生它們的民族、地域、氣候、風土人情的特點。茅盾曾很細緻地分析比較了北歐神話與希臘神話在這方面的不同，分析了農業民族與游牧民族神話的不同，分析了海邊的人類與山區居民神話的不同，分析了中國北方神話、中部湘沅文化的神話和南方神話的不同，分析了北歐神話中何以出現冰巨人、霜巨人，印度神話何以出現蟒，中國神話何以出現中華民族的特惠物蠶和作爲瑞鳥的鸞鳳等。

三、不論是東方神話還是西方神話，都是人類思想發展全景中最初階段的產物，比較研究東西方神話，不是對它們孤立地進行考察，而是從歷史、天文、物理、文學、宗教等的發展及它們與神話的聯繫中包括神話自身的發展中加以考察。茅盾說：「在古代物理學和天文學初發達的時候，神話就得了物理的天文的解釋；在史學初發達的時候，神話就得了歷史的解釋；在基督教努力趕走異教思想的時候，神話就得了神學的解釋；而最後，在比較文字

〔註 101〕茅盾：《西洋文學・第二章神話與傳說》，世界書局，1930 年版。
〔註 102〕同前註。
〔註 103〕茅盾：《神話雜論・人類學派神話起源的解釋》，世界書局，1929 年版。

學興起的時候，神話就得了文字學的解釋。」隨著人們對客觀世界認識的加深，對神話的理解和解釋也是在不斷發展的，神話研究必須貫穿發展的、橫向聯繫的觀點。

第七節　關於環境、宗教、哲學、戰爭等對文學的影響研究

不同國家民族的文學藝術，是在不同的所有制形式上，由各種不同的思想方式和世界觀構成的意識形態的一部分。文學藝術和意識形態的其它部分有著不可分割的錯綜複雜的交互關係。英國的波斯奈特在《比較文學》一書中論述比較的方法時說：「比較的意思就是時刻不忘社會發展對文學生長的變動關係。」〔註 104〕比較文學包括社會史及文學同社會背景、政治背景和哲學背景的關係，同人類社會的其它精神生活的關係。美國的雷邁克在《比較文學・定義與功能》一文中提出美國學派對比較文學的定義時說：「比較文學研究超越一國範圍的文學，並研究文學跟其它知識和信仰的領域（諸如藝術、哲學、歷史、社會科學、宗教等）之間的關係。簡而言之，它把一國文學同另一國或幾國文學進行比較，把文學和人類所表達的其它領域相比較。」〔註 105〕茅盾對東西方文學的研究十分注意文學同產生它的背景、環境及人類其它知識信仰領域之間的關係及影響，並有多方面論述，在某些方面比他的同代或後代的理論家研究得更爲深入和廣泛。

環境對文學的影響是明顯的。環境包括兩方面，一是社會環境，一是自然環境。文學藝術是社會生活的反映，社會環境指人與人之間的關係、社會的變動、鬥爭及社會的歷史。茅盾一向主張文學要表現人生、指導人生、表現社會的文學是眞文學，對社會環境與文學的關係的論述是多方面的，在他早年的文學論文中，幾乎每篇都可找到。這裡主要談他關於自然環境對文學的影響的觀點。

西方和東方，南國和北國，山區和林地，海濱和平原，不同的自然環境對作家的心理氣質、情操的陶冶鍛煉不同，寫出的作品風格色調也就不同。

〔註 104〕轉引自《比較文學研究譯文集・比較文學理論的淵源與發展》，上海譯文出版社，1985 年版。

〔註 105〕同前註。

茅盾在多篇文章裡論述過這個問題，較早的一篇是關於瑞典詩人赫滕斯頓的。茅盾說：

> 低山起伏，湖沼縱橫，地威登森林莊嚴地應風而唱嗚咽的悲曲，這不是瑞典的南方那爾克鄉麼？這是歐洲有最早而綿延不絕的文化的諸處中的一處。這地居民的宗譜，是可以翻到千年以上而找不出一些外來的遺跡的。〔註 106〕

這便是赫滕斯頓的故鄉，一個風景秀麗、文化悠久而又沒有外來影響的地方。南國的自然風光和色彩美孕育了他愛戀鄉土的感情，成爲詩人視覺的萌芽，他的詩直到晚年都離不開這色彩。人們評論他的創作，說是畫家的詩，他用畫筆繪出的風景印象、狂歡節的場面、街旁的生活、天方夜譚的故事和地中海沿岸的風光，色彩新鮮、活躍、沉靜而深刻，有豐富的創造力。

茅盾評論道：

> 赫滕斯頓是一個強毅的摯情的大才。從他的熱烈的情感裡流出他對於祖國瑞典人民的愛，從他的不羈的創造力中流出他天矯自由的詩思和詩格，從他的不屈的精神中產出他的樂觀思想。古人不能羈他，當時不能羈他，一切藝術的已有的範型不能羈束他，從所見所覺所經驗的事物中，他抽出他的珍寶。然而同時，也是一個神遊於舊日好世界的夢遊者，現代的精神，他不是沒有幾處相接觸的，但是，那使他成爲自然派詩人的現代文明的科學的特徵和都市的污穢，都不曾和他有緣，這是我們從他的生涯和環境中所可以想得到的。至於他的情緒，那是有兩方面的，一方是向前的生命之衝動的猛進，一方他卻不能忘卻時時耕治他那內在的反省的一片沉鬱的土地。〔註 107〕

茅盾在這裡著重指出，環境不僅影響創作的格調和色彩，也直接關係到作家思想的形成，赫滕斯頓追求的不是事實的外象，而是內在的眞理。他是一個爲了更深的人生意義而和人生格鬥的理想主義者。他一生的疑惑或掙扎，到晚年都換成了沉靜嚴肅的透察和思考，他把嘲笑和責罵擲給了醜惡、憂愁、不安、忙亂的現實，他的詩裡有快樂，有一種清朗的美，但也有一束徘徊、沉鬱、悲哀的短歌。從對赫滕斯頓的剖析中，茅盾透闢地闡明了環境和文學的關係。

〔註 106〕茅盾：《六個歐洲文學家・瑞典現代大詩人赫滕斯頓》，世界書局，1929 年版。
〔註 107〕同前註。

宗教和文學有著千絲萬縷的聯繫，其影響是多方面的、潛移默化的。古今中外的許多文學作品滲入了宗教思想，有些宗教故事本身又是很好的文學讀物。古代東方、古希臘羅馬、中世紀的文學藝術都是如此。在藝術史上，我們常常遇到「基督教藝術」、「佛教藝術」等概念。東西方文學的變遷史和宗教的傳播、演變及因宗教而發生的戰爭有十分密切的關係；東西方神話往往因宗教不同而呈現不同的色彩；具體到作家作品，或因作家宗教信仰，或因作品所宣傳的教義不同而代表不同的宗教思想。茅盾曾指出：彌爾頓的《失樂園》、《復樂園》是清教教義最明白最典型的藝術作品，〔註 108〕薄加丘的《十日談》具有揭露僧侶和修道士虛僞道德的反宗教觀點，〔註 109〕以塞萬提斯的《唐・吉呵德》爲代表的騎士文學的護教精神，〔註 110〕但丁的《神曲》在基督教傳統之外採用了異教的希臘神話，構成了基督教文化與異教文化混合的特色等等。〔註 111〕茅盾對作家的理論思想和創作傾向與宗教的關係有多方面論述，以 1929 年出版的《六個歐洲文學家》一書中對陀斯妥也夫斯基的宗教思想的分析最具代表性。

陀斯妥也夫斯基的創作具有極其複雜、矛盾的性質，一方面是社會主題、人道主義、現實主義，另一方面是病態的幻想、主觀主義、神秘主義，後者和他的宗教思想密切相關。茅盾指出，陀氏雖然相信靈魂永不會墮落，但又覺得世間缺少完全的人格。他在寫《白痴》時曾在一封給友人的信裡這樣說道：「這根本的理想就是想寫出一個確乎是完全而可尊敬的人。這件事比世界上任何事都難些，在今日爲尤甚。一切作者，不獨我國，外國亦有，要想寫出『絕對的美』的，都不曾把他的工作做得好，因爲這是一件非常難的事。美是一個理想；但理想在我們這裡和在歐洲都一樣，早就在搖蕩著了。世界中只有一個絕對美的具體形象：那就是基督。這個無限的可愛的形象，亦就是無限的不可思議的」。茅盾認爲，《白痴》中的米西庚親王就代表「無限的不可思議」的形象，「象徵『愛』與『憐憫』——那是無往而不成功的，無限的不可思議的——則洛哥辛商人就是象徵『憎恨』與『克服』。……陀氏寫這

〔註 108〕茅盾：《漢譯西洋文學名著・彌爾頓的〈失樂園〉》，中國文化服務社，1935 年版。

〔註 109〕茅盾：《世界文學名著講話》中的《十日談》、《吉呵德先生》、《神曲》，開明書店，1936 年版。

〔註 110〕同前註。

〔註 111〕同前註。

完全人格的米西庚親王完全是把耶穌基督做了底本的。他那時的思想完全傾向原始的基督教義，他還不曾把政治上的斯拉夫主義應用到宗教信仰上去。」但到了寫《魔鬼》時，《白痴》中的原始基督教思想已經換成一種新的理想，即把斯拉夫主義應用到宗教信仰上，渴望新的基督在俄國出現，待到寫《卡馬拉左夫兄弟》時，陀氏提出「神就是民族精神」，而俄國國民性就是基督教的根性，這部作品可以看作陀氏哲學思考和宗教信仰的總結。茅盾把宗教與文學的關係作爲一把開啓陀氏文學思想之庫的鑰匙，去解剖他每個時期的作品，既指出他現實主義和人道主義的一面，也指出他身上所體現的宗教與藝術內在聯繫的對抗性和深刻矛盾，這無疑是符合作家的思想實際和創作實際的。

哲學是對客觀世界的根本認識。哲學觀點滲透在意識形態的各個領域，包括文學藝術領域，不僅在理論上，而且在創作實踐上，作家用哲學觀點觀察世界、觀察生活，指導生活實踐和藝術實踐。唯物主義哲學導致現實主義或積極浪漫主義的文學藝術，唯心主義哲學則導致主觀唯心主義的創作，把文學藝術視爲主觀意識的發泄和自我表現的工具。對於文藝與生活、世界觀與創作、哲學與文學的關係等問題，茅盾在早期的文學活動中就是很關心的。

早在 20 年代初，茅盾就指出：

> 至於近代，哲學上的思想普化到文學上，更是顯而易見，證據確實。因爲近代文學側重在表現人生，而近代哲學又格外的有系統，不必再借重文學了，所以近代文學只能跟著哲學走，不能再包含一種新生的哲學。我們明白這一層，然後可知近代文學和近代思想的關係。近代思想是由唯物主義轉到新理想主義，所以文學也是由自然主義轉到新理想——即浪漫主義，近代思想又側重到唯理主義，所以文學上也出了唯智主義，像蕭伯納，近代思想復由唯實主義轉到新唯實主義，所以文學上也由寫實主義轉到新寫實主義。這種趨勢，在研究文學時最爲重要，應得留意。倘使不明白這種趨勢而貿然而去談文學，一生一世談不出什麼意思來，倘使不明白這種趨勢，而貿然去創作文學，作出來的反正不成東西。〔註 112〕

具體到作家的理論思想，更說明了這個問題。茅盾說：「在英國有蕭伯納，

〔註 112〕茅盾：《中國文學變遷史・近代文學體系的研究》，上海新文化書社，1921 年版。

極受尼采思想的影響，做了一部《人及超人》的劇本，替尼采的『超人』說做注解，並在其它的著名劇本裡，也寫有超人式的人物。德國的蘇德曼的第一篇劇本《榮譽》也表示作者一定曾經對於尼采的《道德的宗派》和《善與惡之外》兩部書有過精湛的研究。《榮譽》裡的馬格達是蘇德曼的有名的製造品，便有許多超人的德行。遍歐洲全感著這兩種有力思想的領袖資格。在瑞典有斯德林褒格算得是首先把尼采哲學融化在劇本裡的人。意大利有鄧南遮，西班牙有依斯乞該萊，法國有白利歐，奧國有顯厄志勒。……那個偉大的比利時人梅德林克，總算是更透徹的把這些思潮和他自己的哲學思想調和起來，已經建立他自己的獨立的哲學，但是他得力於那些偶像破壞先驅者之處，究竟是很大的。」〔註 113〕茅盾曾把梅德林克、易卜生和尼采看作是不同人生觀下的同路人，他說：「十九世紀末出了三個大人物：——尼采、易卜生、梅德林。這三位大人物，表面看去是絕不同：他們的人生觀是向三條路走的，但是不同之中有一點是相同的，這便是對於人生的觀察——人生是掙向光明。」〔註 114〕

從作品看，有些作品直接受到尼采哲學的影響。茅盾分析霍普德曼的創作時指出：「霍普德曼對於舊日道德信條和教會的態度，若不是直接或間接的受著尼采思想的影響，也許是不會發生的……悲劇的戰士尼采的人形，巍巍然做了霍普德曼著作的背景。」〔註 115〕哲學思想滲透到文學作品中，或者成爲作品的背景，或者由作品中的人物直接道出哲學家的思想。

中國現代文學的三巨頭魯迅、郭沫若、茅盾都受過尼采哲學的影響。茅盾承認「尼采的哲學思想已經替現代大多數的藝術染了一層很濃的色彩，卻是少可懷疑的。不論尼采的哲學是好是壞，他的錘確已擊著近代世界的『心鐘』，起了這樣大的回聲，使我們不能不聽得。」〔註 116〕早年的茅盾也是被尼采之錘擊中的一人，但他的回聲裡對尼采的學說有肯定、有批判、有揚棄、有改造，絕不是一味吸收和照搬。他在 1920 年的《尼采的學說》中認爲「尼采最大的也就是最好的見識，是要把哲學上一切學說，社會上一切信條，一切人生觀道德重新稱量過，重新把他們的價值估定……掃蕩一切古來傳習的

〔註 113〕茅盾：《六個歐洲文學家・德國戲曲家霍普德曼》，世界書局，1929 年版。
〔註 114〕茅盾：《尼采的哲學》。
〔註 115〕茅盾：《六個歐洲文學家・德國戲曲家霍普德曼》，世界書局，1929 年版。
〔註 116〕茅盾：《尼采的哲學》。

信條，把自來所認爲絕對眞理的根本動搖。」在「五四」時期，這對摧毀歷史傳統形成的舊道德桎梏、提倡新道德，無疑是有利的。他曾表示同意尼采的「人總是要跨過前人」的超人說，因爲超人說提出「不應該屈膝在環境之前，改變自己的物質的構造去適應環境以求生存」的觀點，這與「五四」精神也是合拍的。但在總體上茅盾是否定尼采的思想體系的，認爲他的學說駁雜不醇自相矛盾，尤其反對他的社會二元論及爲之服務的社會目的。無論是魯迅、郭沫若還是茅盾早年都曾接受過尼采哲學的影響，但是，當他們接受了馬克思主義的學說，便在馬克思主義世界觀——人類最先進的哲學思想體系指導下進行創作。

戰爭對於文學的影響，茅盾是予以特別注意的，這方面論述的文字也比較多。1922 年，茅盾在《小說月報》上發表《歐戰與意大利文學》，1924 年發表《歐洲大戰與文學》，1925 年在《文學週報》上發表《最近法蘭西的戰爭文學》等，1928 年出版《歐洲大戰與文學》一書，詳細論述了第一次大戰對世界各國文學的影響並分析了小說、戲曲、詩歌等對戰爭的反映和表現。

戰爭，自有階級以來作爲政治鬥爭的最高形式，不能不深刻影響到意識形態領域裡的文學藝術。第一次世界大戰，歷時四年之久，參戰國達二十三個之多，捲入戰爭漩渦的人口達十五億以上，這樣一場大規模的戰爭，對於文學藝術的影響是很難用文字來估量的。茅盾注意到，戰爭一爆發，歐洲的文學家以他們對待戰爭的態度迅速分成三類：反對戰爭的、贊助戰爭的和避而不談戰爭的。

第一類作家中如德國的赫爾曼·里珊（Herman Hesse）超然不屈，號召全歐的思想家、文學家全力反戰，挽救和平，他的《祈禱和平》一詩曾唱遍歐洲。法國的羅曼羅蘭（Romain Rolland）鼓吹非戰論，發出救護歐洲文化的號召。巴比塞（H·Barbusse）曾經充軍，他的小說《火線下》描寫戰爭的恐怖、士兵的厭戰，兩年內銷售二十三萬部。英美的文學多是反省的作品，蕭伯納（B.Sharo）在《人及超人》中的警句「幾世紀以來人類對於殺人的方法和工具有了許多進步，但是對於生活的方法和工具卻進步得很少」成了英美文學的基調。俄國文學也是反戰的，安特萊夫的《紅笑》、托爾斯泰的《戰爭與和平》非戰色彩都很濃厚。奧、匈、瑞士、瑞典、西班牙都有揭露戰爭罪惡的作品。〔註 117〕

〔註 117〕茅盾：《歐洲大戰與文學·文學家對於戰爭的反對》，開明書店，1928 年版。

第二類作家中有的在戰爭狂飆下失去常態，驚慌失措，謾罵醜詆對方的民族性，宣揚德軍的「正義性」和「改建歐洲的天職」，德國的一些老作家就是如此。他們原來都是高唱「愛」、「藝術」、「和平」的，現在全成了嗜血的戰神，如老詩人檀曼爾（R. Dehmel）、劇作家霍普德曼（G. Hauptmann）、小說家托馬斯曼（T. Mann）都曾經爲德國軍國主義辯護，有的還以半百高齡效命疆場。〔註 118〕

第三類作家不論外界怎樣鼎沸紛擾，不管每日有多少生命送掉，他們都充耳不聞，永遠架起美的想像和平嫻靜的世界，這其中有遠離戰區的冰島、阿根廷、印度作家，也有參戰國的德法作家，甚至躲到瑞士的群山中清談藝術。〔註 119〕茅盾論述這三類作家時感慨道：「此次大戰眞是人類靈魂的天平，眞是人類知識者操守的試金石。」〔註 120〕他對第三類和第二類作家是同樣譴責的。

按作品分，戰爭文學有三類：一是描寫戰地實況的，二是戰時文學，描寫後方人們生活受了戰爭影響或以戰爭爲背景的戀愛故事，三是戰後文學，描寫人們回憶戰爭恐怖或戰爭對人的物質或精神的影響。茅盾說：「我們想在此詳細討論的，是幾本最重要的戰爭小說：能夠獨立的說出戰爭的眞正罪惡，能夠揭破愛國主義的假面具，能夠對世界表明那些被逼被誘上戰場的無產階級對於戰爭是怎樣一種心理的小說。」〔註 121〕根據這個原則，茅盾把巴比塞的《火線下》和拉茲古的《戰中人》進行了比較。

巴比塞，法國作家，他的《火線下》1916 年出版，獲得同年龔古爾獎。小說內容是幾個步兵在戰壕中的所談所感和所受。全書二十四章，構成二十四幅大戰慘景，通過綜合的表現，說明大多數士兵——佃農、船夫、搬運工、店伙、礦工等無產者對於大戰的心理。他們被戰爭風暴捲入同一隊列，污穢而且疲倦，「炮彈爆烈的巨聲和毒氣彈的毒煙已使他們失卻了思索的本能，只是專在那裡等候——等候進攻的命令，等候死。他們成了等候的機器了」。〔註 122〕「巴比塞理想中的將來社會是廢遺產廢兵的世界聯盟」，他大膽地指出「唯有無產階級的社會革命是終止帝國主義戰爭而確立人類間友愛關係之唯一的

〔註 118〕茅盾：《歐洲大戰與文學．文學家對於戰爭的贊助》，開明書店，1928 年版。
〔註 119〕茅盾：《歐洲大戰與文學．不談戰事的青年文學家》，開明書店，1928 年版。
〔註 120〕茅盾：《歐洲大戰與文學．文學家對於戰爭的贊助》，開明書店，1928 年版。
〔註 121〕茅盾：《歐洲大戰與文學．戰爭文學一瞥——小說》，開明書店，1928 年版。
〔註 122〕同前註。

大路。」茅盾說，「我以爲這是《火線下》所以巍然獨立，不同於汗牛充棟的其它侈言兵凶戰危的小說之處。」〔註 123〕

巴比塞深刻揭示了帝國主義戰爭的罪惡本質，他既不同於資產階級沙文主義作家，一味美化戰爭，也不同於資產階級和平主義作家，一味宣染戰爭恐怖，他比任何一個作家都更早地得出了必須消滅剝削制度才能消滅戰爭的結論。《火線下》出版後，高爾基曾預言這部小說的思想火花將點燃一場「遍及全世界的大火，把資本主義這個惡魔所產生的醜惡、血腥、謊言和僞善，從地面上掃蕩以盡。」〔註 124〕列寧在《論第三國際的任務》中給予《火線下》以高度評價，指出它是「群眾的革命意識增長」的一個「極其明顯的證據」。1935 年，巴比塞逝世，斯大林在唁電中指出：「他的生活，他的奮鬥，他的熱望和遠見，應該是青年一代勞動人民的榜樣。」茅盾在 1928 年寫《歐洲大戰與文學》一書時，尚未看到列寧、斯大林等對巴比塞的評價，現在我們把這些評價的話引在這裡，足以證明茅盾對巴比塞評價的正確。

有趣的是，茅盾選擇了一個與巴比塞的祖國是敵對營壘的匈牙利作家拉茲古的小說《戰中人》與之比較。《火線下》出版第二年，《戰中人》在西歐出現。拉茲古不是作家，他只是一名軍官，但茅盾認爲，他的作品「像急而且抖的弦音，像愈轉愈急的旋風，像愈刺愈深的針尖。《戰中人》僅只六個短篇，在量的方面，比《火線下》少五倍，然而感人卻一點也不小。」〔註 125〕

第一篇《開赴前敵》，寫四個軍官在遠離前線的醫院養傷，大家議論戰爭中什麼事最可怕，一個中校說：「最可怕的事情是開赴前敵！妻子看見親愛的丈夫跳上開往死地的車子，她們不但不哭，反而微微的笑，擲給你玫瑰花」，她們所以這樣硬心腸，因爲「一個女人沒有一個英雄的丈夫就像沒有一頂時髦的帽子」。拉茲古責備把勇敢當時髦盲目去犧牲的好戰心理。最後一篇《復歸故鄉》寫一個叫蒲丹的美貌少年，本是鄉村大戶的御者，戰爭使他動過十七次手術，瞎了左眼，剩了半個鼻子，頰肉陷落，奇醜無比，他復歸故鄉時，人人卻步。當他知道自己的主人家開了一個炮彈廠，每天從炮彈上賺進五百元錢，而他只能一年領取二十五元恤金時，便抽刀殺死了主人和他不貞的妻子。

〔註 123〕茅盾：《歐洲大戰與文學・戰爭文學一瞥——小說》，開明書店，1928 年版。
〔註 124〕轉引自《外國名作家傳・巴比塞》，中國社會科學出版社，1980 年版。
〔註 125〕茅盾：《歐洲大戰與文學・戰爭文學一瞥——小說》，開明書店，1928 年版。

茅盾認為，巴比塞寫的是兵士厭戰，拉茲古寫的是好戰，路子不同，結論是一個。借用羅曼・羅蘭的話說，《火線下》中人類是告發者，告發帝國主義罪惡；《戰中人》中人類是見證者，證明帝國主義是劊子手；《火線下》直接控訴帝國主義，《戰中人》則控訴帝國主義用愛國主義作幌子欺騙本國人民；《火線下》包括的問題廣博複雜，體大思精，《戰中人》則意義明顯、易懂。

震撼世界的歐洲大戰結束了。戰爭對於文學的影響究竟表現在哪些方面呢？茅盾說：

> 在文藝界，這十年的寶貴光陰卻是空前未有的變局。新主義像狂飆似的起來，然後又沒落。沒有一個民族的文學不受著歐戰的影響；戰爭已經在人類的思想情緒之表現的文學上，劃了一道鴻溝。世界的文學決不能再跨過大戰的血泊、回到老路上去了！這便是歐戰以後的世界文學所以如此富饒而變幻！〔註 126〕

把意大利戰前的文學和戰後的文學作一比較，便可看出這種變幻的深邃。從 19 世紀後半期到 20 世紀初十年，世界文藝思潮激蕩著這個靴形半島的海岸，使這個歷史悠久而風景秀麗的國度映出奇美的色彩。意大利現代批評家列文斯頓（Livingston）曾指出近代意大利文學的三個特點，一是民族主義，一個民族的光榮歷史成為民族文學的原素，常有懷古的心情；二是傷感性，易動感情，同情他人；三是羅馬舊教的思想，求得靈魂的慰安。歐戰以後則完全不同了，茅盾說：

> 意大利牽入漩渦，飽受鋒鏑之苦，歐戰既終，意大利又牽入中歐經濟恐慌的漩渦，這樣的生活劇變，必不能不影響到文學界了。正像其它民族一樣，意大利從此大戰所受到的禮物是民族自覺與世界大同主義。〔註 127〕

於是戰後的意大利文學呈現了與以前完全不同的兩個特點：一是「懷慕過去的心緒，顯然已被認識現在的心緒壓倒了。意大利人正也像其它各國人一樣，現在正忙著分析自己，忙著了解自己，因為此次大戰把從前誤認的現實的假面揭破了，他們要認識現實的眞相，他們要思索解決的方法；這都反映在近五年的意大利文學作品裡了。」〔註 128〕二是出現一批分析現代人精神

〔註 126〕茅盾：《現代文藝雜論・序》，世界書局，1928 年版。
〔註 127〕茅盾：《現代文藝雜論・歐戰與意大利文學》，世界書局，1928 年版。
〔註 128〕同前註。

重壓的小說，「從悲觀的人生觀裡透出來而進入於神秘的人生觀，也是此次大戰後一般民族共同的現象。大戰以前人類精神上的煩悶引人發生悲觀，正因爲只是恍惚地直覺得有大個大風暴將要到來，而這風暴究竟是怎樣猛烈，是何性質，都不知道，所以因煩悶而悲觀，現在這大風暴已經過去了……將來的事還是迷離不分明，人力的威信掃地盡了，只有希望超人間的力，這就是大戰後文學傾向於神秘的一個原因。」〔註 129〕

德國在歐戰初停時被表現主義的聲浪充斥文壇。爲傳統的思想藝術重壓下的現代靈魂很快便接受了渾樸、粗野、原始、直感的、非傳統的表現主義精神。但是這種毀棄過去的論調很快被淘汰了，德國文壇漸漸回到清醒、整飭和細緻的方面。〔註 130〕

戰後的法國出現達達主義，他們對文化傳統、現實生活採取極端的否定態度，反對一切藝術規律，否定語言、形象的思想意義，以夢囈混亂語言，怪誕荒謬的形象表現事物，以現成物品標以奇特題目充當藝術品，如給蒙奈·麗莎的畫像加上兩撇凱撒式鬍子，劇中人物常表現爲一件浴衣、一架縫紉機、一柄傘，最精彩的情節是縫紉機親吻浴衣的前額等，反映了歐戰期間青年一代的苦悶、彷徨、尋找出路的精神狀態。

戰後的「波蘭藝術界遂暫時呈現不能與轉變不居的人生步伐一致的現象」，〔註 131〕老作家都老朽落後了，不復發言，新作家已經出發，去努力發現有希望的土地，在枯澀的文苑裡力求醞釀新的生命。

大概因爲茅盾是在第一次世界大戰期間登上中國文壇的，所以他對戰爭與文學的關係問題的確投注了很大的注意力，他研究了戰時歐洲幾乎所有國家的文學，對戰時歐洲作家隊伍的分野作出準確的排隊分析，對戰爭文學、戰時、戰後文學進行分類排比，從具體作品入手，認眞研究了戰爭對文學創作、作家心理、文藝思潮的關係，戰爭洗滌了舊世界的污濁和傳統文學的束縛，催促了新世界的產生和新文學的來臨，對這些現象及各類關係的觀察研究都是符合辯證唯物主義和歷史唯物主義原理的。

〔註 129〕茅盾：《現代文藝雜論·歐戰與意大利文學》，世界書局，1928 年版。

〔註 130〕茅盾：《現代文藝雜論·青年德意志文學——從表現主義到無產階級文藝》，世界書局，1928 年版。

〔註 131〕茅盾：《現代文藝雜論·一個波蘭新詩人》，世界書局，1928 年版。